Forms of Novel & Aspects of Story

小説の〈かたち〉・〈物語〉の揺らぎ

日本近代小説「構造分析」の試み

Izumi Tomatsu
戸松 泉

Analyses of Structure in Modern Japanese Literature

翰林書房

◎もくじ

小説の〈かたち〉

〈物語〉の揺らぎ

序に代えて

I　複数のエクリチュールで構成された世界

II　「私」の語る世界――一人称〈回想〉形式の小説

Ⅳ　私の「文学研究」・「文学教育」

序に代えて

読むことは考えること
——文学の読み方、あるいは「解釈共同体」の現在をめぐって——

1 『小説の〈かたち〉・〈物語〉の揺らぎ』の企図

本書は、ここ十年ほどの間に書き継いできた「作品論」をまとめ、構成・配列した、私の第一論文集である。『現代文学理論——テクスト・読み・世界』（一九九六・一一 新曜社）という、簡にして要を得たガイドブックの執筆者の一人伊藤直哉氏は、「今や、死語になりつつある」と、「かつての文学研究を代表する方法論」「作品論」を評している。ここで伊藤氏が指している「作品論」[1]と、私のそれとは無論同一ではないが、かと言って「テクスト論」だと言い切ることも、私にはできない。ロラン・バルトの至りついた概念である「テクスト」として論じるという意味でも、また日本の近代文学研究の領域で流行した「テクスト論」という意味でも。ただ日本の近代小説を、それもいわばカノン化された作品を、ひとまず「自分なりに読む」というコンセプトで、一つ一つ煉瓦を積み上げるように論じてきた論文をまとめたもので、作品を一つの統辞的な世界として読もう（「物語」化しよう）と試みたことでは「作品論」というにふさわしい。しかしまた、これは、「読み直し」作業の報告集でもある。「自分なりに」といっても、無論、自分勝手に読んだというわけではなく、新たな「解釈共同体[2]」「研究者共同体」の読み方を求めつつ、その枠組みのなかで読んできた。意識したことは、対象とする作品を、できるだけ多くの読者に読まれてきたものを選択すること（「読み直し」という企図から）、文学的言語の仕組み（私は「小説の〈かたち〉」と言っている）を捉え、内在することばの連なりに耳を傾けつつ、「虚構言語」としての読みを徹底しようとしたこと、であろうか。こうして振り返って見ると、当たり前のことだが、時代の研究状況・流行とは決して無縁ではない。やはり「研究」という「制度」のなかで、考えてきたものにほかならない。また、その一方で、読むという行為は、なんと恣意的かつ自己投影的な行為なのかと、改めて感じる。その時その時の私自身が現象しており、ひそかに恥ずかしく、赤面ものでもある。その意味では、私の個人史の書でもある（従って、今回収録した個々の論文は、字句の修正程度で、大幅な加筆や削除を行なっていない）。

さて、そこで。私は、この書を編むに当たって、自分が現在のような「読み方」をするようになった経緯（背景）を、自分なりに確認しておきたいと思う。まず、この間、私の歩いてきた「近代文学研究」の軌跡をたどり検証することから始めたい。果たして、自分の「文学研究」が「制度としての研究」をどれだけ超えることができているのか、みきわめてみたいのである。大衆化路線をひたすら走ってきた日本の大学教育のなかで、「文学研究」とはほとんど無縁の学生たちに、文学を語る自分のことばがどこまで通用するのか。これからの、文学研究・文学教育はどうあるべきなのか、その点を考えるためにも、その作業をしてみたいと思う。本書を手に取ってくださった皆さんには、既に自明のことなのかも知れないのだが、しばらく一緒に考えてもらいたい。自分の「読み方」はどこから来たのかを。現在の私は、これまで自分がまがりなりにも行なってきた「文学研究」という「制度」に対して、ある意味で閉塞感と無力感とを覚えている。新たな道を模索したいと心底思っている。そのために、本書を編む機会を、次の一歩を踏み出す契機にしたい。「研究という制度」のためだけに論文を書くことは、もはや空しくなっている。その「制度」自体、崩壊しかかっているのだから。

2　作者の死／読者の誕生

批評理論あるいは文学批評の歴史のなかで、フランスのR・バルトの「作者の死」(3)（一九六八）他の発言が、一つの時代を画する、きわめて先鋭な主張であったことは、今日誰の眼にも明らかになってきた。その文明批評としてのラディカルな発言が、結果として「読者の誕生」「読書の民主主義」を広く実現したことも、もはや歴史的事実と言っても過言ではないだろう（たとえバルトの企図とは違うところに、違うかたちで、実現しようと）。また、一方では、「グーテンベルク銀河系の終焉」(4)が説かれるように、活字テクストから電子メディア・電子テクストへという、急速な移行は、「作者の権威」の失墜を加速し、テクストは文字通り受け手、享受者の手のなかで改変可能なものともなっている。作者という存在を限りなく特権化する一方で、誰でもが読み手（読者）となることを可能にした活字印刷文化から、今や誰もが書き手（作者）となり得る時代、更にテクストの連鎖による「ハイパーテクスト」の時代へと突入しているのである。「引用の織物」という、バルトの「テクスト」概念は、インターネット社会で、その現実性をますます顕示しているようであるし、「著作権」なるものの解体をも事実上発生させているようである。活字印刷文化が社会生活や人々の意識の在り方やにもたらしたものは多大かつ多様で、その現象と問題性はM・マクルーハンの浩瀚な書『グーテンベルクの銀河系—活字人間の形成』（一九六二刊　邦訳　一九八六・二　みすず書房）が教えてくれるが、まさに、その歴史の「終焉」を前にした時、私たち文学研究者も、これまで特権化してきた事態の再考を促されているのである。即ち、作者・作品・本文・文学史等々の文学用語なるものの内実、概念規定と、正典（カノン）化された個々の作品・作家の評価をめぐって、新たなまなざしによる再審を迫られている。

こうした状況を確認した時に、私たち一人ひとりが実践している文学研究における、作品の読み、解釈が、いかに歴史的な産物であるかを、改めて強く思い知らされるのではないだろうか。いや、現在活躍中の一定以上の年齢層の研究者は、この点を身をもって経験してきているのではないか。この間の一八〇度と言ってもよい転回を、自らのなかの研究手法の変化として実感しているはずである。今から考えてみると、私が大学で学生時代を送った一九六〇年代末から七〇年代前半にかけては、海の向こうのフランスを中心に構造主義、それに続くポスト構造主義と、現代思想の地殻変動が起こり、文学批評の領域はその潮流の発信源でもあった。しかし、当時の日本近代文学の研究状況はまさに「作品論の時代[5]」であった。一方で、ニュークリティシズム批評流入の時代でもあり、作品を自律的世界と捉える傾向が出始めてきた頃でもあったが、「作品論」の「実証」性なるものまでを退けることはなかった。即ち、その作品を書いた作者が特権化され、作品に込められた「作者の意図」を解明する読み方が、文学研究という制度のなかでなされていた。卒論を書くためには、まず選択した作家の全集を備え、読破することが必須要件であった。いわば、「作者の意図」あるいは「作品の一義（主題）」という絶対的「真理」「真実」が向こう側に存在しており、それを様々な資料（主として作家に関する情報）を駆使して「実証」的に証明しようとする、そんな幻想を誰もが抱いていたはずである。そしてそれは、必ずしも文学研究の領域に限ったことではなかった。

大学時代、ノーベル賞を受賞した理論物理学者朝永振一郎氏の講演を講堂で聴いたことがある。その時、氏は「物理学が進歩すれば、この世の不思議な現象は全て解明され、不思議ではなくなるのだ」という意味の発言をされたことを、今でも印象深く覚えている。隠された「真理」へは科学の進歩によって必ずや到達できる。科学の進歩とは唯一の「真理」の解明に向かうこと。当時の私は当然のように、その言葉を聴いて、こう理解した。しかし、今やこう考えること自体が錯覚だということに、科学者のみならず、誰もが気づいている。アインシュタインの理論が、それまでの伝統的・ニュートン的力学を覆したというできごとを憶うまでもなく、科学においても時代の研究手法によって「真理」は変化するわけで、「真理」は「制度」にほかならない。話を近代文学研究に戻せば、「作者の意図」なるものの実体性は遂に解明されない。当の作者自身でさえ、己れの作品を読み返した時、その都度違う「意図」を発見するやも知れない。今や、作品の、いや対象テクストの「読み」は読者の読む行為によって現象するものに過ぎないとの認識と、その読者は時代の「制度」即ち「解釈共同体」を生きるなかで、自ら読んでいるだけでなく、読まされてもいる、という自覚なしに、テクストに向かうことはできない、のである。従って、過去の他者の研究論文を読む時にも、こうした自意識は必要で、今の読み方とは違うといって、単純に裁断することは、当たらない。むしろそうした過去の、あるいは自らの読みが生まれてくる経緯自体を対象化する時節なのであろう。もはや、いかなる「主体」も「現実」も実体化することはできないのである（言語の問題をここに介在させると余計そのことは明瞭になってこよう）。

3　「構造」分析の実践へ

さて、こうした学問のパラダイム転換、バルトが言うところの「認識論的地すべりに近い」「変動」（「作者の死」）の起こった経緯を振り返った時、私自身が、こうした認識への道を、必ずしも自覚的に歩き、自ら推進してきたわけではないことに気づく。近代文学研究という「制度」を生きるなかで、研究状況に応じて軌道を修正し、その時々の「読み」の整合性を求めてきたに過ぎない自分を発見する。先行する「同業者」の仕事に刺激を受けつつ、次々に移入された欧米（主としてフランス）の批評理論を横目に見据えつつ、即同調することはしないにせよ、それらを頭から無視しえぬ事態を自覚しつつ、今日に至っている。積極的に読みの理論を構築しようとする、つまり理論家となるには力量不足で、背中を押されるように「時代の読み」を取り込み、できるだけ咀嚼し検証した上で、実践しようと努めてきたに過ぎない。いわば、漱石が「現代日本の開化」（明治四十四年八月和歌山での講演）で言うところの「外発的」なかたちでの文明開化（？）にほかならない。現在の地点から振り返れば、「文学を語る新しい方法」（T・イーグルトン）の自分なりの模索期間であったわけで、この十年余の間に書いた論文は、全て「読むこと」の「実験」というか、ウォーミングアップのそれだったように思われる。これからなすべき、新しい文学研究(6)あるいは文学教育の道は、私のなかで未だ確実には見えていない。

この間、大学の授業においても、「近代文学講読」「演習」といった、読むことの実践を指導する科目では、まずこうした研究状況の変化・経緯を、即ち「読むことの物語（歴史）」を講じないでは、授業を進められなくなって行った。当初は、学生への説明も、何か観念的で曖昧であった（今でもその傾向は強いが）。「外発的開化」である所以である。そして、改めて、何故そう読まなければならなくなったのか、何故そうしたシフトの転回をみたのか、という根本的理由を考えずにはいられなくなっている自分がいた。無論多くの学生たちにとっても、この点は必ずしも自明ではなかったから。しかし、ほとんどの啓蒙的文学理論書には、この間起こった現象の手際のよい整理がなされているのみで、私の求める「根本的理由」を説明している書には、なかなか出会わなかった（私に見えなかったということもあるが）。原書に当たって一つ一つ解明しようという力も意欲も私には生まれず、次々に国内外で出版された概説書・啓蒙書の類を漁る日々が続いた（もちろん翻訳書で）。新たな「解釈共同体」のまなざしで、個々の作品を読み直し、読み深める読解を遂行すること。この点を、とりあえず自身の文学研究の基本姿勢（出発点）とするほかない、と考えた私にとって、避けて通ることのできない問題であった（本来は作品に即した読みの理論化が必要かとも、今は思う）。

ここでも繰り返すが、私のとった方法は、小説の仕組み（構造）をまず考えることから、小説世界に入っていくこと。文学的言語（ロシアのフォルマリストは「詩的言語」）の読みにこだわり、且つ基本的には、「普通の読者」[7]の立場に立ち、内在批評を貫くこと、だったろうか。私にとっては、「虚構言語」として文学テクストのことばを内在的に読むというこの方向は、「作者」を特権化して読む、いわゆる「実証的」という、従来の不安定な読み方よりも、遥かに馴染み易かったことは事実である（ただ、フーコーも指摘した[8]ように、「作者」の問題が消えたわけではないだろう。文学テクストを「読むこと」と、「作者」とをどう関係づけていくかが、近代文学研究における目下最大のアポリアだろう）。

こうした、私が、というより私たちがと言ってよいと思うが、現在実践している読み方は、理論的には、広い意味で「物語論」「語り論」と言われる範疇に入るものであろう。「ナラトロジー」「構造分析」と言われたりもする。ひと頃、近代文学研究の論文には、ジェラール・ジュネットの名前が必ず注記されるといった時期があったが、私自身は、必ずしも理論そのものの援用に関心があったわけではない。ジュネットの理論を読めば、むしろプルーストの小説自体が気になってくる。バフチンを読めば、ドストエフスキーが読みたくなる。バルザックの短篇「サラジーヌ」を逐語的に検討し、多様な読みの可能性を拓いていくバルトの『S／Z』[9]（一九七〇）や、ヘミングウェイの短篇を使って教室でどのような教え方ができるかを示したR・スコールズ『テクストの読み方と教え方』[10]（一九八五）や、翻訳された理論書の多くは具体的な対象作品を使って論じており、その作品にある程度知悉しない限り、正確な理解はおぼつかない。ただ、日本の近代小説のことばの精読（設定した枠の中での精読だが）を通して、読みの整合性を求めつつ、論の収斂する方向として、自分の中で「物語」として再構築することを試みていたのが、この間の私の歩みだった。しかし、私の分析手法の理論的系譜を跡づければ、やはり西欧からの「物語理論」にあったとする他ない（「小説の〈かたち〉・〈物語〉の揺らぎ――日本近代小説「構造分析」の試み」という本書のタイトルを話すと、皆その研究手法の理論的出自を聞くのだ）。「源氏物語」等を読むなかで考究された、日本の物語学とは無縁のところに私は居たのだから。そして、その理論的系譜は、ひとまず一九二〇年代のロシア・フォルマリズムあたりにまで遡るのか。

北岡誠司氏は、「ロシア・フォルマリズムと構造主義」（大浦康介編『文学をいかに語るか―方法論とトポス』所収　一九九六・七　新曜社）で、フォルマリズムの提出した対概念「ファーブラ／シュジェート」は、「パリを経由することにより、二十世紀物語論の枠組みとしての位置を獲得」したと指摘する。「仏訳は histoire（イストワール）／discours（ディスクール）、英訳は story／discourse（ディスコース）（plot）」で、邦訳として北岡氏は、ここでは「話筋・物語内容／語りのレトリック・物語言説」を採用している。シクロフスキーをその運動の創始者とするフォルマリズムの「対概念」は、一九六〇年代のパリにツヴェタン・トドロフが導入し、バルトも「物語の構造分析序説」（一九六六）でその有効性を顕示し、G・ジュネットが『物語のディスクール』（一九七二）で「西欧の物語理論の枠組みにまで押し上げた」という。ジュネットの理論は多くの批判を受けつつも、現在のパリでも説明力を失っていないとのこと。確かに、この、プルースト「失われた時を求めて」を対象に精緻な物語の方法論的考察を行ない、打ち立てられたジュネットの理論からは、日本でも叙法の「焦点化」をはじめ、テクストを分析する際の共通概念基盤を提供されている。何が（内容）、どう語られているのか、物語をめぐる二つのレベルの問題が日本の近代文学研究でも俎上に上ってきたのである。「語り」（「人称」の問題でもある）「語り手」という言葉も、分析用語と

(11) (12) (13) (14)

して定着していった。

一般的に「物語論（ナラトロジー）」と呼ばれる潮流には二つあって、一つは「物語の内容に即したいわば原型論・類型論」（プロップなどの仕事を先蹤とする）、もう一つが「〈物語〉という特殊な言説の言語形式に関心をむけるテクスト分析」である。現在、「物語論（ナラトロジー）」と言えば概ね後者を指す。「物語行為（ナラシオン）」の研究である。日本の近代文学研究が構造主義批評からもっとも影響を受けたのは、この領域ではないか。しかし、日本での「流行」は、単に「読むための理論」としてであって、読む技術を顕示するための手段としてのみ使われたきらいがないではない。バルトやジュネットやの理論を読むと、彼らが「物語の《言語《ラング》》」の固有性にいかに固執し検討してきたかがわかる。新たに獲得した言語観（ソシュールによる）を基盤に、文学的言語に向き合う。要するにテクストを徹底して読むからこそ理論が生まれるのであって、その理論は文学それ自体を問うことに、言い換えると文学的言語の「特質」を問うことに、深く根差していた（『詩学』と言われる所以である）。

やがて、バルトが「作品からテクストへ」（一九七一）を著し、構造分析からテクスト分析へと展開し、デリダやクリステヴァが脱構築批評を実践し、意味の「拡散」「散種」や意味生成の「不安定」やを顕示していくのも、この文学的言語の意味作用の方向を徹底して究明した結果にほかならないのではないか。神郡悦子氏（前掲『現代文学理論』「ソシュール言語学から構造主義文学批評へ」）は、「構造主義に関する常套句として「理論的不毛」が叫ばれるが、それは用語の難解さや、理論的著作特有の文章の（つまりは思考の）屈折にたいする逃避的な拒否反応による」とし、「構造主義の文学理論は、文学の〝豊かさ〟の記述をラディカルに試みたものにほかならない」「構造主義文学批評とは文学のメカニズムの研究のことである、とわれわれは定義しよう」と概括している。「逃避的な拒否反応」を示していた私などには耳が痛いことばだが、今から振り返ると、パリの構造主義及び同時発生的に起ったポスト構造主義文学理論の華麗とも言える展開は、文学大国フランスの健在を示した出来事であったようにも見えてくる。文学の伝統があるからこそ、伝統を壊そう（造り変えよう）とするのである。

4　「先駆性」としてのソシュール言語学——「記号学／解釈学」

構造主義文学理論のなにがしかを、現在の日本近代文学研究が学んだとした時に、ここで、どうしても見ておかなければならないのが、ソシュールの提示した言語観（記号論《セミオロジー》）だろう。私が、フェルディナン・ド・ソシュールというスイスの言語学者の名前を初めて聴いたのは、大学時代の水谷静夫先生の講義「国語学原論」だった。その名とともに、「ランガージュ」「ラング」「パロール」の概念、そして構造主義・「生成文法」のチョムスキーなどの言葉を講義の中で何度も聴いたが、内容はほとんど記憶に残らず、まして文学理論との関わりなど知ろうともしなかった（凡庸を絵にかいたような私は、研究者に自分がなるなど夢にも思わなかった）。ただ、『一般言語学講義』(15)（一九一六）というソシュール言語学を代表する書物が、ソシュールのジュネーブ大学での最後となった講義であり、それを聴いた学生たちのノートから復元されたものだという点は、非常に強く印象に残った。しかし、この書物が、ソシュールの死後、弟子たちによって刊行されるに至る経緯にはさまざまな「物語」があり、その内容自体が問題を抱えていることや、今もなお、「ソシュール文献学」が複雑な検証を必要としていることやは、近年発表された松沢和宏氏の論文「「文離滅裂」に陥ったソシュール——第三回講義と『講義』の間」（『季刊文学』一九九八・秋）によって教えられた。これほど広く流通し、影響力を及ぼした言語学的学説が、今だに多くの謎を孕んでいるなんてと、その検証していく手続きの緻密さと大変さとともに、驚いた。と同時に、私のように概説書・翻訳書を頼って、外国文献への浅薄な理解をすることの怖さも教えてくれる論文だった。

松沢氏は「言語の一般理論に関する論文や書物を一度として公刊しなかったソシュールを構造主義や記号学の始祖になんのためらいもなく位置づける常套的評価」を「後代人にのみ可能な回顧的後望的《レトロスペクチヴ》遠近法にもたれかかった知的傲慢」ではないかと手厳しいが、「常套的評価」は、私の読んだどの概説書でもなされていた。[16]バルトを始め構造主義者たち、ソシュールの読者は、たとえ「誤謬」を孕んでいようと『一般言語学講義』に、ある「先見性」を認め、自らの理論と結びつけていった。それは何かと言えば、「独創的な記号（signe《シーニュ》）の理論」だろう。簡単に言えば、ソシュールは「はじめに言葉ありき」という言語観を提出したのである。伝統的古典的言語観である「言語命名論」（「言語名称目録観」などとも言う）を、否定することから出発する。「それぞれの言語のもつ語が既存の概念や事物の名づけをするのではなく、その正反対に、コトバがあってはじめて概念が生まれるのである」（丸山圭三郎編『ソシュール小事典』大修館書店）。言葉は単なる記号でも、事柄を指し示す道具でもない。「コトバ以前には、コトバが指し示すべき事物も概念も存在しない」のである。世界を現実を分節化するものは言葉にほかならない。ソシュールの考える記号（signe）は、シニフィアン（記号表現。意味するもの、表現部分、音・文字など。「能記」と訳した人もいる）と、シニフィエ（記号内容。意味されるもの。つまり意味。「所記」）の複合体として、自立して存在している。また、この記号は、個々独立した社会的・文化的システム（言語体系）のなかで、他の記号との差異・関係によってのみ機能する。（ソシュールは、この言語（記号）のシステムを「ラング」と呼び、個人的な発話による、具体的音声の連続を「パロール」と呼んで区別した。）

人口に膾炙した学説を、私がこれ以上稚拙に繰り返す愚はやめたいが、橋爪大三郎氏（『はじめての構造主義』講談社現代新書　一九八八・五刊）は、こうした言語の「恣意性」（ソシュール）という特徴を次のように評価する。

人間の精神生活が豊かなのは、いまのべた、言語の恣意性と深い関係がある。言葉が何を指し、何を意味するかは、言語のシステム内部で決まることであって、物質世界と直接に結びつかない。つまり、物質世界のあり方とは独立に、言語のシステム（ひいては文化のシステム）を複雑化し、洗練していく途《みち》が開かれている。人類はそうやって、感性や思考をどんどん高度なものにしてきたわけだ。

言語の「恣意性」こそが、思考を進める。このダイナミックで魅力的な言語観に照らして、私たちが研究対象とする文学「テクスト」の問題を考えたのが、R・バルトであったが、バルトならずとも、少なくとも次のようには考えるだろう。日本近代の小説も言語《ラング》（日本語）によって成る。だとしたら表現された言語の連なりとしての本文（作品の言葉）の前には、表現者（作者）と読者は対等ではないか、と。作品を書き終えた瞬間から、そのエクリチュールに対しては、作者もまた一読者になるほかない。そして、表現と意味と二つの側面を体現して屹立する言葉（記号）は、読者の読む行為のなかで、その特質としての「恣意性」をますます発揮していくのである、と。因みに、この文脈のなかで、私は、「言語」「記号」「言葉」「コトバ」と、同一の意味内容を内包する言葉を使い分けているが、一語一語はその文脈によって多様な意味性を発揮していく。私の使い分けが、正確に読み手に伝わるわけでもないし、また読み直した時、私自身のなかで、語の選択に対して変容をきたしていることを感じて、改稿したりもする。ましてや、「文学する」ことは、言葉化することの難しいことを、言葉化しようとする営為だ。ならば、この流動する文学テクストを、橋爪氏の指摘するように、「思考の場」として積極的に考えて行きたいものである。読んでも読んでも、逃げ水のように消えていく文学テクストの本文を(17)、自分なりに求め、新たな「物語」化の営為を行なうのが現代の「読者」である。私が、本書の標題に「〈物語〉の揺らぎ」としたのはその意味である。

ここで、ソシュールのいう言語の「恣意性」から、言語の宿命を受け止め、どう読んでもよいなどという結論が短絡的に導き出されるといけないので、あえて付け加えるのだが、ソシュールはまず「ラング」を問題にした。日本語とか、フランス語とかいう各国語に区別される、社会的文化的システムとしての言語体系のことである。その意味では、言語は「文化」であり「制度」であり、そのシステムのなかで生きる人々に潜在的拘束力として働く。その体系を捉えた上で、ソシュールは「パロール」の重要性に着目していくのである。「パロール」こそが、制度としての言語を変える可能性を秘めているのだから。引用した橋爪氏の言葉もその謂を含んでいよう。そして、ここに文学テクストの「作者」の「パロール」の問題が浮遊する。しかし、まずもって、私たちは、エクリチュールを問題にする。言語を考えることは、文化の構造を知ることである、と考える地点から始めるしかない（「記号学」から「解釈学」への道へは、改めて考えてみるしかない、これからの課題だ）。思うに「読むことの倫理」(18)（R・スコールズ）とは、読めないこと（意味の未決定性）を認めるということではないか。読者にイニシアティブが手渡された現在、文学テクストを読むことや、読み方やに、いかなる目的や意味があるのか、読者一人ひとりが改めて問うことが当面の課題であろう。

5　「構造主義の思想」のなかで

粗雑ながら、自身の今日的「読み方」に至った経緯を探ってきたが、こうした文学理論の展開を追っただけでは、今一つ私のなかで、先の「根本的理由」が解決できなかった。ソシュール、ロシア・フォルマリズム〜バルト、ジュネットと、継起的な流れだけを見ていたのでは、二十世紀半ばに起こった「構造主義」という思想の意味は単なる名称上の理解で済んでしまうのではないか。そんな疑問がわいてきた。領域を超えて起こった、あの「出来事」

とは何だったのか。そんな疑問のなかで偶然手にした、前掲の橋爪大三郎氏『はじめての構造主義』は、この私の問いに、なにがしか応えてくれる好著であった。いや、それだけではなくこの書は、自分が、便利に、しかし深く考えずに使っていた流通する用語「構造」への認識も新たにしてくれた。私にとって初めての、真の啓蒙書との出会いであった。「構造主義イコール二項対立」などと安直に了解し、構造主義を既に過去のものだとして葬り去っている人に一読を奨めたい書である。

さて、小田亮氏によって、「流行の思想としてではなく、思考の方法としての構造主義について分かりやすく書かれている希有な本」「入門書としてすでに古典的かつ基本的な文献」（「構造――〈変換〉の思考としての構造主義」浅沼圭司・谷内田浩正編『思考の最前線』所収　一九九七・四　水声社）と紹介された、橋爪氏のこの書は、文化人類学者クロード・レヴィ＝ストロースの「構造主義の思想」を、平易な語り口でまるごと解説する。初期の代表作『悲しき熱帯』（一九五五）が、西欧の人々に与えた衝撃から始まり、この一人の構造人類学者がもたらしたヨーロッパの思想史、いや二十世紀の思想史における地殻変動を、その背景や影響やに亘って、的確に教えてくれる。

橋爪氏は『悲しき熱帯』(19)（『悲しき南回帰線』とも訳される）をこう説明する。

この書物は、私の思うに、ひとつの時代の終わりを告げるものだった。フランス人の多くが無意識に感じはじめていた、ある時代の終わりを、はっきり宣言するものだった。ヨーロッパを中心とする時代の終わり、帝国主義と植民地支配の崩壊。あるいは、西欧中心主義、理性万能主義がついに行き詰まって、解体に瀕していること。それでもなければ、むかしマルクス主義の掲げた希望が、よれよれの紙くずとなり果ててしまったこと。そんなことを、はるか辺境の、未開の地からようやく帰りついたしょぼくれ人類学者が宣告するのである。ユダヤ人の、遅れてきた青年。彼のもの言いは、露骨なものではなかったが、それだけに、心ある人の胸にはずしりと響くのだった。

西欧近代に染まっていない地を「未開」（引用部分には現れていないが、橋爪氏は本書で「未開」と括弧で括る）とすることは、西欧近代を中心とした偏向した見方に過ぎない。「未開」とされる社会が西欧に劣らない豊かな精神世界を備えていることを、辺境の地に降り立ったレヴィ＝ストロースが、発想の転換とともに、世界に教えた。要するに、西欧中心主義であった近代の知が、西欧の知によって、内側から相対化されたのである。そのことの経緯を、橋爪氏は嚙んで含めるように、具体的に論じていく。そのコンセプトは、構造主義は「魅力ある考え方」、「二十一世紀を読むカギ」となる、というもの。私はその熱っぽい語り口に導かれながら、構造主義の発想に感動すら覚えてしまった。

たとえば、橋爪氏は一九四九年出版の大著『親族の基本構造』を「その内容は――まことに驚くべきものだ」として、紹介する。この書は〝親族は女性を交換するためにある〟という仮説（結論）を実証したものだという。「親族」とは、要するに「社会構造」のこと。つまり、「未開」社会は、交換のシステムによって成り立つ、いや、社会（親族）は交換のシステムそのものだ、と主張する。そこでは、利害や必要（社会の「下部構造」である経済のような意味での）からの交換ではなく、現代社会が見失った、交換のための交換が営まれている。西欧社会とは全く別の、人間らしい豊かな「交流」が行なわれている「社会」があることを発見する。そのことによって、それ以前の人類学者がアプローチしても解けなかった「謎」が次々氷解した。レヴィ＝ストロースは、社会学者M・モースの「贈与論」を参考にし、ソシュール言語学の恣意性の原理を使い、発想の逆転のなかで、そこにたどり着く。「クラ交換」の謎、インセスト・タブーの謎、イトコの問題、親族呼称の不思議と、橋爪氏は一つ一つ懇切丁寧に説明してくれる。私が、ここで上手く説明できるはずもないが、つまりこういうことだ。実際の交換媒体となっているクラという奇妙な「宝物」や、婚姻それ自体や、その中で交換される女性や、インセスト・タブーの「心理的な実体」性やといった、個々の物質的媒体に向き合って、実体概念として考えていたのでは埒が明かないと、レヴィ＝ストロースは考えた。反対に、「交換」というシステムの在り方（関係・構造）からアプローチした時、ばらばらに見えていたものが見事に構造化され、把握できたのだと。何やら、ソシュール言語学の考察の仕方と似ていることが、素人の私にも見えてくる。一つの〈構造〉を置くことによって、その内部の事象を関係概念として捉えていくやり方である。〈構造〉とは固定的・実体的なものとしてあるのではなく、一つの変換項としてある。別の変換装置を置けば、別の〈構造〉が見えてくる。構造主義とは、学問の「方法論」としてあることが、こんなところからもよく窺える。

本書の後半は、例の難解きわまりないとされる神話研究（『野生の思考』・『神話学』全四巻にまとめられる）を検証し、彼の独自な〈構造〉概念を、そのルーツに至るまで解明する。橋爪氏が、レヴィ＝ストロースの神話分析について語っている部分などを読んでいくと、私にはバルトのテクスト分析のそれと全く重なってくるように見えてくる。神話分析は「テキストを破壊してしまう無神論の学問」、神から人間へのメッセージと考えられてきた大文字の「テキスト（聖書）の権威を否定し」た。それによって、「テキストよりも、「××を読む」という態度のほうが、上位となってしまう」。まさに、バルトの「作者の死」や「作品からテクストへ」を思い出すだろう。それはともかく、橋爪氏は、「構造主義のルーツ」として数学の歴史や絵画の遠近法にまで遡った後、次のように概括する。

ヨーロッパ世界はこれまで、唯一の真理があることを信じてきた。その真理が、啓示によってもたらされるか、それとも、理性によってもたらされるか、という違いはあるにしろ（中略）ところがいまや、なにが「正しい」かは、公理（前提）をどう置くかによって決まる。つまり、考え方の問題である。公理を自明のものと考えれば、証明や論証の結果は〝真理〟にみえる。しかし、そうみえるのは、ある知のシステムに閉じこめられているくせに、そのことに気付かず、それを当たり前と思っているからじゃないか。――（中略）こういう反省は、数学や自然科学の内部にとどまらず、当然、社会科学や思想全般にも波及していく。ヨーロッパの知のシステムは、〝真理〟を手にしていたつもりで、実は〝制度〟のうえに安住していただけではないか。こんな疑問を、もっとも深刻なかたちでつきつけることになるのが、ほかならぬ構造主義だ。

ヨーロッパの精神史の上で、構造主義が果たした役割がいかに大きかったか。しかし、この引用部から、構造主義という新しい学問が提出されてOKということではないことも、よくわかるだろう。構造主義は、要するに伝統的な知のシステムを無限の相対主義のなかに叩き込んだのだ。人々が震撼し、たちまちポスト構造主義が起こる理由も見えてくる。構造主義的方法は学問を進める上にかなり有効だった、しかしそれで全てが片付くわけではない。そして、その状況は、今も、いや永遠に続いていく。そんなことを、橋爪氏の『はじめての構造主義』はよく教えてくれる。氏は、「構造主義――自文化を相対化し、異文化を深く理解する方法論」と結論する。だとしたら、一見近代とそれ以前が切断されてしまっているかのような、日本の文化構造の中で、構造主義はどう考えたらよいのだろうか。

「結び」の中で橋爪氏は、「近代主義《モダニズム》が十分に成熟した西欧社会なればこそ、構造主義は生まれるべくして生まれた」「構造主義は反モダニズムの思想」である、という。そして、であるのに、日本の場合はどうも様子が違う、と指摘する。日本では「日本流のモダニズム（舶来のものなら理屈ぬきに格好いいと思うこと）の延長上で受容された」「おまけに、それを押しのけて流行りはじめたポストモダン（ポスト構造主義）にしてもそこは同じみたいだ。だから、何も変わっちゃいない」のである。この書の初版が出たのは一九八八年。その頃、わが近代文学研究の領域でも、「構造主義」「テクスト論」「脱構築」が流行し、今はカルチュラルスタディーズ（文化研究）へとすっかり様変わり。見事に「日本流のモダニズム」を生きている。「何も変わっちゃいない」ことを、それ自体が物語っている。橋爪氏は、「日本人に必要なのは、ポストモダンじゃなくて、むしろ自前のモダニズムだ」とし、「日本のモダニズム（近代思想）」との対決を提案する。私は、何かこの書を読んで、大きな宿題を課されてしまったような気がする。何だかんだ言っても、西欧近代のものさし（自明のように潜在させている近代意識）で、日本近代の批判（ある種の後進性批判）をしてきたのが、私も含めて、近代文学研究の論文の常だったのではないか。その「ものさし」が懐疑され、知の体系が解体されたのが、構造主義の運動であったとすれば、グローバリゼーションが声高に唱えられる今こそ、日本近代を捉えていく新たな方法を、自前の眼鏡を考える必要が生まれているのである。溜め息が出るような状況ではないか。文化研究にも、その意味では期待したくなる。

ただ、こうした確認をした時、日本近代文学も新たな研究対象として迫ってくることだけは確かだ。私たち自身縛られてきた「近代」固有の枠組みという歴史性と、その枠組み・歴史と対峙し、あるいは超えるかたちで書かれてきた（であろう）文学言語の固有性と、この両者を射程に入れつつ思考を進めることが、今日必須の要件となる。神の一義（絶対）を求める〈主体〉を追究し続けて来た、キリスト教世界・西欧文化の伝統と、日本文化のそれとの差異はどこにあるのか。外からの思考の方法を借りながらも、日本近代の文学テクストを対象化する地点から始めるしかないようである。研究という制度のなかでは、本当に腰の座った研究が要請されているのかもしれない。

さて、このような研究状況・時代状況のなかで、教育現場において文学を「読むこと」を教える時に大切なことは何だろう。この「読むこと」にまつわる「物語」（歴史）をまず伝えることなのではないだろうか。「日本流のモダニズム」の歴史も含めて。自分の「読み」が歴史性のなかにあることを知る時、初めて「読むこと」の新たな意味を見出すのである。そして、他者の「読み」がこれまでとは異なる角度から意味をもって見えてくるのもこの時である。今やいかなる「読み」も絶対化し得ないという自意識を、まず教師自身がしっかりと認識すべきであろう。その上で、現代の「解釈共同体」による「読み」を、それとの対決も含みつつ、ひとまず極めてみるしかない。そこに文学作品があるから研究できる、教育できるという時代は完全に終わったと思う。そして、こうした地点に立った時、改めて「誤読」の問題も浮上してくる。「どうでも読める」の問題だ。確かに、作品の「読み」に「絶対」はない、しかし、その作品に即して、それぞれの読者が設定した「読み」の〈枠組み〉から逸脱する「読み」は、「誤読」と言うしかない。文学研究に「素朴な読者」などは存在しない。自らのなかで方法的に〈構造〉を構築しつつ、その限りでの「読み」の精確さを求めて、文学テクストへと向かっていくほかない。とりあえずの私の結論であり、出発点である。

6　読むことは考えること――「ジェンダーの思想」へ

ここまで、ナイーヴ(幼稚?)すぎる考察を重ねてきたが、最後に、これからの私の「文学研究/文学教育」のための方向を具体的に考えてみたい。未だに、ゆくえの定まらない、不安定を抱えた私だが、今の実践と絡めて、この機会に語っておこう。一歩でも、前に進められるように。

ここ数年、私は大学一年次生のための授業「近代文学講読」という科目を担当し、「小説を読むためのレッスン」と題して講義を行なっている。四月の開講時に、まず「あなたがきらいです」と題する次の詩を、なんの予備知識も与えずに読んでもらい、自分なりの読み（物語）を書いてもらうということをしている。私は、この詩を、宗像和重氏「「あなたがきらいです」――教科書のなかの現代詩」（『早稲田文学』一九九八・九）を読んで知った。この詩が教科書（角川書店『高校生の現代文』）に載っていることも。また学生たちに読んでもらい感想を聴いたのも、宗像氏のこの論文からヒントをもらったためである。私は学生たちに、この詩のコピーを配付しながら「読んだことある人いる？」と問うが、本学ではこれまでは一人もいなかった。こんな詩である。

あなたがきらいです

あなたのめにうつる
わたしは
そんなにも
かわいそうなひとだったのですか
あなたから
きかされる
そのころのわたしのおはなしに
おもわず
なみだぐみそうになってこまります
かわいそうなわたしが
ぽつんとひとりで

こうていをあるいているのがみえてきます
けれど
あのころのわたしを
わたしはいまでもすき
なのに
あなたは
かわいそうなひとだったという
おかげで
わたしがあなたをきらいだったりゆうもわか
る
ときおりみせた　あなたの
めの
ひかりのどこかで
かわいそうなひとだかわいそうなひとだと
いっているのを
からだのどこかで
かんじていたから
なぜ

あなたを
すきになれずにいたのか
ながいあいだのなぞが
きょう
とけたようなきがします

まずその題名にも驚かされるが、この詩は一見してわかるように、全て平仮名表記である。「貴方」とも「貴女」とも明示しない、この「視覚的効果」が何を意味しているかを、まず考えさせられる。語り方は、「あなた」に直接語った二人称とも、それとも「わたし」のモノローグ（一人称）とも、どちらにも読める。いや詩のことばは、「わたし」と「あなた」の関係を客観化した上で、誰か他の聞き手（読者）に向かって発した「三人称」的ことばとしても訴える。この詩だけを読めと言われた時、「あなた」と「わたし」の性別及び関係をめぐって、何らかの自己決定を読者は迫られる。仮説として〈関係〉を決定しないと、詩のなかに入っていけないだろう。そのくらい一読した時の印象に、不安定さを与え、独特の感性で迫ってくる詩である。

私が何も言わないでも、学生たちは多様な想像（空想？）力を発揮して、二人の関係を読んでいく。本学は女子大だから、言うまでもなく学生は全て女性。「わたし」に自分を仮託して読む者は多い。ここまでは、予想通りだ。しかし、このあとは実に多様である。「わたし」を女性とすると、必然的に「あなた」を異性である男性とし（同性愛ということもあるが）、恋人同士と読むパターンを想定する——ラヴストーリー（？）の様々な変奏曲を予想して臨む、こうした私の先入観は、いつも大きく裏切られる（学生にとって、この詩が醸し出すエロスの匂いは未だ感受できないのか、と私はひそかにほくそえむ？）。もちろん、恋人同士、ボーイフレンドとの関係を読む者は少なくないけれど。びっくりするのは、親子関係で読む学生が多いこと。父親であったり、母親であったり、義理の親子関係を想定する者がいたり。親を「あなた」と呼称する感覚に、醒めたものを感じるが、親子の確執物語をみごとに再構成する（現代の子供は自立が早いのかもしれない）。友達との友情物語、あるいは非友情物語。それは、女性同士であったり、異性であったり、年上の先輩であったり同級生であったり。こちらは、かなり陰湿な関係となる（確かに、「わたし」は「すきになれない」「あなた」との関係に、「ながいあいだ」悩まされているのだから）。また、「こうてい」が、小学校のそれか、中学か、高校か、もさまざまである（圧倒的に多いのは中学時代ということもわかったが）。とにかく、収拾がつかないくらい多様である。この詩は、それらの意味づけをほとんど許容する。

こうした、学生たちがこの詩を読んで創り出す「物語」を読んでいると、日々の人間関係のなかで痛々しいくらい傷ついている姿が見えてくる。そう言えば、教師と学生の関係を読む者も、少なからずいて、考えさせられたりもする。学生たちは、やがて自分以外の者の読み方を知り、驚いたり、共感したり、反発したりする。私が、なぜ、四月の段階でこんなことをするのかといえば、読むということがどういうことなのか、身体で実感してもらいたいから。現在の「解釈共同体」の読み方を説明する前に、まずことばを読むということを、素朴な現象として把握して欲しいからである。

この詩の作者は山本かずこ。彼女の七冊目の詩集『愛人』（一九九〇・四　ミッドナイト・プレス）のなかの一編である。こうした事柄は、この詩の「解釈」を進めるための情報にはなるだろう。作者の性別から、「わたし」を女性と決定する私小説的読みは、男性詩人が女装文体の詩を書く例を挙げ、作者の伝記的事実と作品とのつなぎ方は個人個人の恣意のなかにあることを指摘する。学生たちに、既に実感した、作品を読む行為の恣意性（複数の意味の生まれる言語への着目も行なう）を喚起し、二つの恣意を重ねることは当面避けよう、と伝える。作者と作品は一旦切り離し、文学テクストを「虚構言語」として読もうと説く。

詩集の編成は、この詩の読みに深く関わること、また詩集『愛人』に収録された他の詩（全部で一二編収録）から、たとえば「あいじん」（この詩と「あなたがきらいです」だけが平仮名表記。「こどもをうんだことがあります」で始まるように、この詩の「わたくし」は女性）を紹介する。こうした手続きは、必ずしも必要ではない。なぜなら、初出時（『樹林』一九八九・一）は、単独で発表されたのだから。あくまで、補助線とする。要するに、この詩を読むに際して、「わたし／あなた」「女／男」という一つの「変換項」を立て、そのことによって、この詩のどのような〈構造〉が見えてくるのかを、試みてみようというだけだ。その時、平仮名表記（歴史的伝統的に女性表現として使われた）についてや、「わたし」という呼称が、女性の場合と男性の場合とでは異なること。たとえば、男性には、私的領域の自称詞として「ぼく」「おれ」があり、「わたし」は現代では公的場面で使用されることが多いとか、それは男性にとってどのようなものなのか、とかを確認しあう。「変換項」は代えることは可能だが、「女／男」という〈構造〉をこの詩から読むことは、有効であることを浮かび上がらせる。方向が定まれば、あとは、詩のことばを徹底して読み、再構成するだけだ。

宗像氏から直接得た情報に拠れば、この詩は掲載された教科書のなかで、「女／男」の単元に森鷗外「舞姫」と並んで載っているとのこと。まさに「ジェンダーを考える」ために設定された単元で、この教科書の編集を担当された方のセンスに脱帽する。「舞姫」は近年、フェミニストから見ると、けしからん小説で、教材として不適切ということらしいが、それは表面的な読みをしているに過ぎないから出てくる意見だと思う。たとえ太田豊太郎はエリスを捨てた駄目な男だという結論を見るにせよ、批評の発揮できる「場」をテクストに即して確認する必要がある。その上で「舞姫」を読むと、「ジェンダー」を考えるために適切なテクストだと私は思う。さて、先に設定した、「あなたがきらいです」に読む、ジェンダーとは。そして、この詩には、ジェンダーを超えていくものがあるのかどうか。文学研究のジェンダー批評とは、テクストの構造のなかで考えられなければ、意味がないと私は思う。

今ここで、この詩を詳細に論じることは止めるが、この詩は意外に論理的である。「わたし」と「あなた」との「今」の関係が、男女のある濃密な関係にあることは、この詩だけからでも「女／男」の変換項を置けば浮かび上がろう。宗像氏が、この詩を評して「蠱惑的で危険」「きわめてセクシュアルな関係」が暗示されているとしたが、私もそう感じる。平仮名表記の文脈に、寝物語（？）で「あなた」から伝えられた「おはなし」への、「わたし」の婉曲的な拒否の反応を感じたりもする。しかし、これだけ冷静にかつ論理的に自己分析し、「あなたがきらいです」と言い切れた「わたし」は、これから「あなた」とどういう関係を取っていくのだろうか。「あなた」の庇護のなかで（「かわいそう」と思われて）生きていく自分に、「今」以上の居心地の悪さを感じるのではないだろうか。ここには、私自身の「ジェンダーの思想」が込められていく。学生たち一人ひとりからも、この点への「批評」を聴いてみたいものである。

さて、一例として、何故こんな話をしたかと言えば、教室で、文学テクストを読むにあたって、「読むこと」のなかで起こった地すべり的な転換を、まず、その歴史的背景をも含めて、たとえ観念的にせよ伝えておくべきだと考えるから。その上で、個々のテクストを、所与のものとしてではなく、つまり、何のために読むのか（教材とするのか）を明確にしていくべきだと思うから。文学テクストを使っての「思考の場」の設定こそが、要請されている。「読むことは考えること」を、様々な観点から重ねたいと思う。「ジェンダー」は、そのなかでも重要な観点の一つだ。

R・スコールズというアメリカの英文学者は、前掲書『テクストの読み方と教え方』（邦訳初版は一九八七）の中で、耐久年限の切れた「英文学という装置」のこれから、教室での文学研究／教育のこれからを語って、次のように結論づけている。

現代は操作の時代で、学生たちはあらゆるマス・コミュニケーション手段によってひっきりなしに攻撃されており、それに抵抗するためには強い批評的能力が切実に要求される。こうした時代にあってわれわれのなしうる最悪のことは、学生たちの中にテクストを崇拝する態度を養うことだ。ロマン派的な審美主義の遺産のひとつであるこの態度は、われわれがこれまで行なってきた文学解釈では、きわめて自然な態度である。聖典をまえにした釈義者の態度。だが、今必要なのは慎重な態度、分かったと思うまえによくよく考え、なにか見落としやすい点や、ひとには分からないように話題にされていることはないかと目を光らせる態度、結局、批判的であり、つねに問うことをやめず、懐疑的な態度である。

日本においても、「日本文学という装置」は、既に改変を迫られている。教養主義からの転換は、時代の必然だろう。そこで代わるものをと考えると、やはりスコールズが言うように、批判力・批評精神の養成ということになるのではないだろうか。広い意味でのメディア・リテラシーの教育である。その時、「テクストを崇拝する態度」「聖典をまえにした釈義者の態度」は、この新しい教育にとって「最悪」なものになるだろう。文学研究者は、一人ひとり、胸に手をあてて、じっくり考えてみる必要がある。自戒をこめて強調しておきたい。

注記

（1） 伊藤氏は、「読者の誕生」の章で、「作者が書き上げた作品には、作者の意図と文学作品の意味が隠されており、それを解き明かすのが、文学研究の役割」と「素朴」に前提されていた時代の産物として、「作品論」を捉えている。

(2)「解釈共同体」という概念は、スタンリー・フィッシュ(邦訳『このクラスにテクストはありますか』一九九二・九　みすず書房)の提唱したものとして有名である。その概念の曖昧さは常に批判の対象となって来た。ここでも、かなり曖昧な形で私が使用していることは、自覚している。実体概念として想定するのは難しいものである。

(3)『物語の構造分析』(花輪光訳　一九七九・一一　みすず書房)所収。なお、以下本論では、混乱を避けるために、海外の著作は、原則として、母国での発表年を本文中の( )で記し、注記で邦訳・収録された書物を示した。

(4)同名の書物が、ノルベルト・ボルツ(一九九三刊)にある。『グーテンベルク銀河系の終焉—新しいコミュニケーションのすがた』(一九九九・一二　法政大学出版局)。電子メディアという、新しいメディア技術がもたらす現実へと思考を開いていく。

(5)作品論の創始者は、改めて言うまでもなく三好行雄氏であるが、今から振り返ると、三好氏の作品論もまた「科学的実証主義」という西欧の知の歴史的枠組みの中にあったことが見えてくる。三好氏が、当初から自らの作品論に「出口」がないことを意識していたことは、今日注目しておくべきだろう。無論、氏が最後まで「作者」という観念を手放さなかったことは亡くなる直前の蓮實重彦氏との対談(「「作者」とは何か」『国文学』平2・6)を読んでも窺える。しかし、たとえば「作品論について」(『日本文学』昭58・11)のなかで、三好氏は「わたしはかつて、作品論は出口のない部屋に似ていると書いたことがあるが、同時に、入口もまたないことなのだろうか」という疑問を漏らし、「作品論は、作者の意図にのみ忠実な作品の水先案内である必要はない。そうした総体としての作品の構造を読みとくことから作品論がはじまると考える」と、「作品論」の入口を「作品の構造」に見ていた。構造主義の風を受けて、三好氏もまた「作品論」自体のアポリアを抱え、読みの模索をしていたことがわかる。

(6)注5に記した「作者」をめぐる三好・蓮實対談は、今日から振り返ると非常に興味深いものである。このなかで、蓮實氏が、新しい研究領域について話しながら、「実はよくわからないんです」「それに対してはわからないとしか言えない」「やってみないとわからない」という言葉を連発していたのが印象的であった。以後、ここで話題になった問題はほとんど解決を見ていないように、私には思われる。

(7)無論、文学研究に「普通の読者」も「素朴な読み」もありえない。なんらかの方法化が必要なことは前提にある。ここでいう「普通の読者」とは、バルトが「作品からテクストへ」のなかで、テクストは「エクリチュールと読書を同じ表意的実践のなかで結びつけることによって、両者の距離をなくすこと」を要求すると言っていることに通じる。構造主義文学批評の出発点が、まず文学テクストを言語的対象として捉えることにあったことは、評価できよう（もっとも英米のニュークリティシズムに原点を見ることもできようが）。

（8）『作者とは何か?』（一九九〇・九　哲学書房）所収の同題論文（一九六九の講演）。ここで、フーコーは、前年のバルト「作者の死」発言を意識しつつ、「誰が語ろうと構わない」、しかし「機能としての作者」を標定することが必要だと説いている。

（9）『S／Z――バルザック『サラジーヌ』の構造分析』（沢崎浩平訳　一九七三・九　みすず書房）

（10）『テクストの読み方と教え方――ヘミングウェイ・SF・現代思想』（折島正司訳　一九九九・七　岩波書店）

（11）藤井貞和氏『物語の起源――フルコト論』（「ちくま新書」一九九七・六）は、日本文学の系譜のなかにある「物語」の淵源を探った書である。また、中山眞彦氏『物語構造論』（一九九五・二　岩波書店）は、『源氏物語』とそのフランス語訳とを対象にして、「物語論（ナラトロジー）」を検証した書。こうした作業から学んでいくべきだろう。中山氏は、日本の近代小説（「蒲団」「伊豆の踊子」など）を対象にして、同様の問題を論じている。

（12）前掲『物語の構造分析』に収録。北岡氏は、バルトのなかでは、この「対概念」に混乱があることを指摘し、その原因は、エミール・バンヴェニストが既に確立していた「テクスト類型を示す区別イストワール／ディスクール（歴史的記述／対話的言説）に無造作に重ね合わされた」ことにあるとし、批判している。

（13）『物語のディスクール――方法論の試み』（花輪光・和泉涼一訳　一九八五・九　水声社）。続編として『物語の詩学』（和泉涼一・神郡悦子訳　一九八五・一二　書肆風の薔薇）がある。この続編は、『物語のディスクール』への「批判」を受けた後に、さらに自らの理論を精緻にすべく検討を加えたものである。「構造分析」のためには避けて通れない文献であろう。ただ、私には理論化のみに終始する志向はない。

（14）欧米で伝統的には「人称」と言われている分類を、ジュネットは不適切として採用していない。新しい術語として「等質物語世界的」（「自己物語世界的」）・「異質物語世界的」タイプなどを使う。

（15）『一般言語学講義』（小林英夫訳　初版は一九四〇・三、三十刷は一九九八・四　岩波書店）

（16）バルトがソシュールを論じたものに「記号学の原理」（一九六四）がある。邦訳は『零度のエクリチュール』（渡辺淳・沢村昂一共訳　一九七一・七　みすず書房）所収。

(17)〈複数のテクスト〉として読むことによって、〈書く〉行為自体に光をあてていく「生成論的読解」や、歴史的な資料となりつつある、近代的草稿の研究やは、これからの文学研究に一つの可能性を提示してくれる。私も、いずれ樋口一葉を中心に「草稿研究」の成果を一冊にしたいと願っている。
(18)『ソシュール小事典』「Ⅱソシュール理論の基本概念」の「パロールとラングの多義性」の項参照(執筆丸山圭三郎)。
(19)邦訳の初版は一九六七年。全訳は一九七七年だという。今日では、「中公クラシックス」『レヴィ=ストロース 悲しき熱帯Ⅰ』及び『Ⅱ』(川田順造訳 二〇〇一・三、四 中央公論新社)によって読むことができる。

追記

ここで、本書の構成・配列について簡単に触れておきたい。この書では、これまでの「作品論」を「小説の〈かたち〉」から、大きく三つのパートに分類して配置した。

「Ⅰ複数のエクリチュールで構成された世界」とは、手記・日記・手紙など、書かれたもの(エクリチュール)によってのみ構成された小説のことである。虚構のなかの「エクリチュール」は、読者にとって、もっとも見やすい小説的形式であろう。結果的に、先生と「私」の手記によって成る『こゝろ』論が中心になっている。「斜陽」論は本書のために書き下ろしたものであるが、時間の関係で、絵画でいうところの「ラフスケッチ」に過ぎないものである。別稿をいずれ期したい。しかし、こうした形式の小説は、近代小説のなかで少なくない。国木田独歩「第三者」・太宰治「人間失格」・谷崎潤一郎「鍵」・宮本輝「錦繡」など、論じてみたい作品はたくさんある。個々のエクリチュールは、大抵一人称(あるいは「二人称」)が多く、分析方法としては、「Ⅱ」のそれと基本的には同じである。

「Ⅱ「私」の語る世界――一人称〈回想〉形式の小説」は、説明するまでもない形式だろう。日本の近代小説には、この形式のものが圧倒的に多い。しかし、個々の小説に即して見ると、その差異もまた大きいことに気がつく。概ね「回想」となっているものは、回想している「今」の「私」と、回想されている過去の「私」と、その二重構造を読んでいくことになる。また、手記や手紙(名宛人への二人称になる)やといったエクリチュールの場合もある。ここに収録した小説以外でも、泉鏡花「外科室」・伊藤左千夫「野菊の墓」・夏目漱石「草枕」・梶井基次郎「Kの昇天」(これは手紙)・村上春樹「ノルウェイの森」など、学生の卒論につき合って様々検討したが、この「小説の〈かたち〉」にこだわって、想像力を働かせると、これまでと違った世界が見えてくる。また、同じ一人称の小説でも、回想という〈かたち〉よりも、世界を現前させる（ミメーシス性の強い）語りのもの、たとえば「伊豆の踊子」・「金閣寺」（一応「手記」となっている）などは、統辞的に読むことが非常に難しく、詳細かつ高度な分析が必要になることを実感した。今後の課題である。なお、このパートの最後に入れた、田山花袋の二作品を論じたものは、「隣室」が一人称、「一兵卒」が三人称で、両者を比較して論じたもの。便宜上、ここに置いた。

「Ⅲ〈語り手〉の顕現／〈語り手〉の変容――〈三人称〉小説の諸相」は、本書のなかで、もっとも手薄な部分かと、思われる。小説の面白さを感じさせるのは、三人称の客観小説であろうが、残念ながら、ここにはそうした小説を本格的に分析したものはない。日本近代小説史のなかで、西欧的ノヴェル即ち本格小説が多く書かれたのは明治時代だと思う。紅葉や一葉や蘆花や、そして自然主義の小説は、考えてみると、皆多く三人称なのだ。日本近代小説のなかで、いわゆる「全知的視点」で書かれたものがどのくらいあるのか考えてみたい問題ではある（もっとも、理論家G・ジュネットは、叙法の「焦点化」という概念を提出し、こうした視点で統辞される世界がありえないことをくり返し語っているのだが）。漱石のものでは、「三四郎」「明暗」などを分析したいと思っている。要するに、このパートで扱うべき小説はまだまだ際限なく、いろいろな問題を孕みつつ、検討を待っている、というわけである。本書で取り上げたもののなかでは、「鼻」「蜘蛛の糸」など芥川の作品は、語り手がある意味、実体的な姿を現象させ、一人称的な世界を構成していくことがわかる。語り手を読むことは、まして登場人物との〈関係〉のなかで読むことは、本当に難しい。

「Ⅳ私の「文学研究」・「文学教育」」は、折に触れ、求められて書いた、研究・教育に関する文章をひとまず発表順に並べておいた。その時々に応じて、考えていることは変化していく。用語の使い方も、読み返すと拙いものもあるが、あえて手を入れずにおいた。私のささやかな歩みとして、読んでいただきたい。

「教室から」として、挿入した三編ほどの短文は、勤務校の相模女子大学でここ七年間毎年作成してきたゼミの学生のレポート集に寄稿した文章のなかから選んだものである。本書は、基本的には学界へ向けて書いた論文を収めた論集であるが、私はある時期から、論文の読者に学生を想定して書くようになっていた。小説の読み方という基本的なところしか、この間追究してこなかったから。従って、本書も学生に読んでもらいたいと願っている。こうした文章を入れた理由である。

以上

I

複数のエクリチュールで構成された世界

ars
longa,
vita
brevis

悲恋小説としての『こゝろ』

――読み得ない「静」の心を求めて――

泉鏡花に「愛と婚姻」（『太陽』明28・5）という文章がある。伯爵夫人と医学士との地上において叶わぬ愛の絶対性を、語り手の画師がこの世の制度を撃つという形で謳いあげた「外科室」（『文芸倶楽部』明28・6）に先立ち発表されたものである。この中で鏡花は「古来我国の婚礼は、愛のためにせずして社会のためにす」「婚姻は蓋し愛を拷問して我に従はしめむとする、卑怯なる手段のみ」と、現実において愛と婚姻とがいかに相反するものとしてあるかを繰り返し述べている。鏡花から見た時、結婚とは「孝道」「家」「朋友」「親属」即ち「総括すれば社会」に対する「義務」に他ならなかった。それが現実において強固な制度として認識されているがゆえに、「外科室」のような小説も書かれた。愛という極めて個的な感情は「家」「社会」「国家」の前に封殺されるものとしてあったのである。しかし、こうした結婚観や現実認識やは、明治という時代のなかで半ば自明なものではなかったか。「外科室」・徳冨蘆花「不如帰」（明31、32）・伊藤左千夫「野菊の墓」（明39）等々、明治の恋愛小説が皆〈悲恋小説〉に終わる所以である。愛しあった恋人同士は明治という時代にあってはハッピーエンドはなかなか迎えられない。幾重にも錯綜する、内的外的障害を超えることの困難にぶつかるからである。『こゝろ』という小説は、こうした恋愛小説の系譜とは一見性格を異にするかのようである。けれども、静という女性の観点に立って読んだ時、私たち読者は背後に〈悲恋小説〉としての相貌を色濃く読み取ることができるのではないだろうか。これが本稿の一つの問題提起である。

久しく「奥さん」（静）については「先生」が捉えた技巧家・策略家として見る観方が実体化されて横行したが[1]、近年では「現在」の「私」もまた「先生」同様静を批判的に見ている[2]、とする傾向がある。それが小説のなかで何を意味しているかが必ずしも明確にはされないままに。確かに静は『こゝろ』において気になる存在である。殊に女性読者である私にとっては最大の関心事と言ってもよい。それは彼女の「声」[3]が、男性二人の言説によって成り立つ小説構造上、直接読み取れないからばかりではない。結婚後の「先生」の、ある意味で異常な生き方を照らした時、常に傍らにいた妻・静との日常生活自体が気にかかるのである。「先生」は「先生」なりの理念のなかでこの十数年を生き、その生の形を「私」宛ての遺書に記した。しかしその「先生」の心を理解したいと切実に願いつつ叶えられないままに生きたのが静であった。そして「先生」は妻にだけは隠せと遺言して自殺した。一見すると、完璧に静は夫から拒まれたのである。現代の女性読者である私には到底理解できない夫の措置である。その理由を、またそうした日常のなかの静の内面を私なりにわかりたいと思う。私が小説『こゝろ』を読む所以である。

> 秋が暮れて冬が来る迄格別の事もなかつた。私は先生の宅へ出這入りをする序に、衣服の洗ひ張や仕立方などを奥さんに頼んだ。それ迄繻絆といふものを着た事のない私が、シヤツの上に黒い襟のかゝつたものを重ねるやうになつたのは此時からであつた。子供のない奥さんは、さういふ世話を焼くのが却つて退屈凌ぎになつて、結句身体の薬だ位の事を云つてゐた。（上20）

「私」が手記のなかに記す、濃やかな女性らしさを示す「奥さん」の穏やかな日常性である。当時の「私」の眼には「先生」夫婦は「幸福な一対」（上20）と映った。しかし遺書を読み、「今」こうした光景を振り返る「私」は、「先生」から精神的に肉体的に隔てられ続けて来た静の淋しさを確認したはずである。そして「先生」の永遠の沈黙の闇のなかで、宙吊りにされてしまった静の孤独を思ったはずである。「私」の手記は静を読み手として強く意識して書かれている。(4)「先生」を愛する「私」は、「先生」の遺志を受けとめつつ、静を救済することへと向かっていく。

本稿では『こゝろ』に現れた「愛と婚姻」のかたちを追いながら、書かれていない静の心に迫ってみたい。それは同時に「時勢の推移から来る人間の相違」（下56）と言い、「私」による理解をも拒むかのように自らの生涯を閉じた「先生」の心に迫ることでもある。「明治の精神に殉死」した男・「先生」の生き方は、明治という時代と遠く隔たった私たち読者に、その倫理的潔癖さゆえの感動を与えると同時に、一方で、次代を生きる「私」ですら了解するに困難な閉塞性を抱えこんでいるようである。しかし、小説『こゝろ』はこの「先生」の生き方だけを示したのではなかった。作家漱石は、遺書を引用しつつ手記を編集・執筆していく「私」の地平に立って単行書『こゝろ』（大3・9岩波書店刊）を世に問うた。(5)こうした小説の〈かたち〉を踏まえつつ、漱石におけるセクシュアリティ（男女の性別）の顕現の仕方を、即ち「愛と婚姻」の言説としての『こゝろ』の世界を、捉えてみたい。

1 「先生」の「愛と婚姻」観

我々読者が、回顧されるその青春時代を通して『こゝろ』の「先生」という人物を素直に捉えた時、まず浮かんで来るのは近代的恋愛観に憑かれた明治の男という極度に戯画化された相貌なのではないだろうか。それは一面において愛すべき姿を示していると同時に、余りにも単純で直情ゆえの滑稽ささえ感じさせる。「先生」は新時代の青年として〈恋愛〉に至上の価値を見、美しい異性を憧憬の対象として絶対化した。その観念的な「愛の理論」は、観念的であるがゆえに強固に「先生」の言動を縛るものとして機能する。しかし「先生」にとって不幸だったのは、「先生」の恋愛が現実に発生した時にそれを阻む障害が内的にも外的にも何一つとして無いという状況が結果的に作られてしまっていたことであった。「私は自由な身体でした。たとひ学校を中途で已めやうが、又何処へ行つて何う暮らさうが、或は何処の何者と結婚しやうが、誰とも相談する必要のない位地に立つてゐました」（下16）というように、「先生」はその「愛」の観念をひたすら純粋培養し得る境遇に生きていた。「先生」は、ほぼ同時代を生きながら、鏡花の「愛と婚姻」に見る現実的な葛藤から無縁なままに、恋愛から結婚へとひた走ってしまった男であった。

一人息子の「先生」は、中学時代に両親を亡くしたことによって〈孝〉という明治人にとっての絶対的倫理は必然的に求められなくなる。叔父の言葉によれば、「先生」の父親は「先生」と叔父の娘即ち従妹との結婚話を「存生中」「話してゐた」（下6）。「先生」も「父が叔父にさういふ風な話をしたといふのも有り得べき事」（同）と考えないではない。「上・先生と私」の第一章で知らされる、「私」の友人である「中国のある資産家の息子」のように、「国元にゐる親達に勧まない結婚を強いられ」る可能性もあった。が、肝腎の両親を失った「先生」には、「不如帰」の武男のような、〈愛〉か〈孝〉かという葛藤は現実的には起こり得ない。そして、両親の死後ただ一人の叔父との財産問題のトラブルから故郷の新潟の家も捨て、先祖代々形作ってきた共同体的しがらみから物理的にも精神的にも結果的に自由になった。叔父に財産を横領されたとはいえ、「先生」は若くして何ものにも縛られず自由に一生暮らしていけるだけの経済的基盤を得た。生活者としての論理に煩わされることもその責任もない。いわば

「先生」は己れの「愛の理論」を純粋に貫き、実践できる男として設定され、東京という都会に放たれた。

叔父との確執は、叔父の娘である従妹との結婚問題を契機にして起こったのだが、この時、同時に「先生」の〈恋愛〉観、〈結婚〉観も顕在化してくる。「恐らく其従妹に無頓着であつたのが、重な源因」「始終接触して親しくなり過ぎた男女の間には、恋に必要な刺戟の起る清新な感じが失なはれてしまふ」（下6）というように、「先生」が従妹との結婚を拒絶する理由はいとも単純である。〈恋していない〉従って〈結婚〉は考えられない、というものである。「先生」は〈恋〉と〈結婚〉とを直結して考えている。「先生」にとって恋していることが結婚するための唯一の条件であった。そして、また同時に、相手の女性も自分を愛していなければ意味がないとするものだった。

> 此方でいくら思つても、向ふが内心他の人に愛の眼を注いでゐるならば、私はそんな女と一所になるのは厭なのです。世の中では否応なしに自分の好いた女を嫁に貰つて嬉しがつてゐる人もありますが、それは私達より余つ程世間ずれのした男か、さもなければ愛の心理がよく呑み込めない鈍物のする事と、当時の私は考へてゐたのです。一度貰つて仕舞へば何うか斯うか落ち付くものだ位の哲理では、承知する事が出来ない位私は熱してゐました。（下34）（注―傍点は筆者による。以下全て同様）

このような一見するとラディカルな恋愛の論理を「私達」という人称をともなって語るところに、「先生」の恋愛観が〈時代〉によって形成された多分に観念的なものであったことが窺えるが、こうした愛の論理を生きる「先生」にとっては、Kがライバルとなったならば正々堂々「御嬢さん」を争うことこそが本意だったはずであり、また相手の女性の心を知ろうとすることは第一義としてあったはずである。しかし実際には決してそうはならなかった。「先生」は明治という新時代の中で獲得し、自らの観念のなかに牢固として根付かせた「愛の理論」を貫く「勇気」（下31）に欠ける自分に何度もぶつからざるを得なかった。遺書のなかで「道学の余習」「一種のはにかみ」

（下29）「気取る」「虚栄」（下31）といった言葉で切実に青年の「私」に語られるもので、それは生身の「先生」が潜在的に身につけてきた伝統的なモラル・習慣・行動原理いわば明治人としてのアイデンティティそのものであった。「極めて高尚な愛の理論家」が「同時に尤も迂遠な愛の実際家だつた」（下34）とは、頭と身体との分裂を否応なく味わわされた明治の男の悔恨の言であった。無論、その時の「先生」には必ずしも意識されてはいなかった。

「香をかぎ得るのは、香を焚き出した瞬間に限る如く、酒を味はうのは、酒を飲み始めた刹那にある如く、恋の衝動にも斯ういふ際どい一点が、時間の上に存在してゐるとしか思はれない」（下6）という「先生」にとって、「始めて其所の御嬢さんに会つた時」「御嬢さんの顔を見た瞬間」（下11）こそまさにその「際どい一点」であり、いわば一目惚れであった。以後の「先生」は強く恋に囚われていく。「私は其時御嬢さんの事で多少夢中になつてゐる頃でしたから」（下25）「私の胸には御嬢さんの事が蟠まつてゐますから」（下30）「御嬢さんに対する私の感情が土台になつてゐたのですから」（下31）「是非御嬢さんを専有したいといふ強烈な一念に動かされてゐる私には」（下32）「もし考へてゐたとすれば、何時もの通り御嬢さんが問題だつた」（下35）「頭がたゞ恋の一字で支配されてゐた」（下53）と何度も繰り返されるように、「御嬢さん」への思いで頭のなかを占められてしまった「先生」の言動や想念やはことごとくそこから動きだす。〈恋は盲目〉とはいうものの「先生」は全てを恋の眼鏡で眺める男となってしまった。「今」の「先生」にはそうした過去の自分が見えている。そして、遺書を書いていく「先生」は一方で悔やみつつもいとおしむかのように当時を熱い思いで赤裸々に語っていく。こうした過去の熱した心のありようを明示した遺書の言説から、「私」は確実に「先生」の「花やかなロマンスの存在」「美しい恋愛」（上12）を認めた。

2　エクリチュールとしての「遺書」

『こゝろ』において、Kの「御嬢さんに対する切ない恋」の実態や「先生」への「打ち明け」に至る過程やは、そして「先生」の求婚を受け入れた「御嬢さん」の内面やは直接読み取ることはできない。当時を振り返る「先生」の叙述を通して浮かびあがらせ〈想像〉するしかない。しかし、「先生」の〈主観〉に限どられた言説は、実のところ「先生」が当時もまた「今」も必ずしも意識できなかった問題を逆に読み手に喚起していく。たとえば、遺書の中心的位置を占めるKとの関係を語った部分は、恋に囚われていた当時の「先生」を赤裸々に描き出していくが、そうした「先生」がKの眼にどのように映ったかを想像しながら読解を進めると、Kの葛藤や抱え込んだ問題を顕在化させて興味深い。ここではKの問題に深入りすることは止めたい。ただKの告白が単なる恋の感情を友人に吐露したわけではなかったことは確認しておきたい。Kはこの時「御嬢さん」との結婚を現実問題として「先生」に相談したのである。[6] それをKの「切ない恋」（下36）の告白とのみ思い込んだのは、恋していることが唯一の結婚の条件とする「先生」の観念が捉えた美しい誤解であった。実のところ、Kは「道」（下19）の実質的な空洞化という深刻な問題を抱えつつ、現実の生活基盤の立て直しを計っていた。後年「先生」は、繰り返し考えて来たKの自殺の原因を「現実と理想の衝突」「たつた一人で淋しくつて仕方がなくなつた結果、急に所決」（下53）と抽象的なことばで結論していく。多分に精神的なところでの理解の仕方である。一方でよくKを把握しながらもその反面の真実は、即ちKの置かれていた境遇への洞察は、「先生」には最後まで見えて来なかったのかも知れない。「先生」はどこまでも自己の観念の劇のなかでのみ終始することを、重ねていくしかなかったのか。

ところで肝心の「御嬢さん」の内面は「先生」の叙述がKほどには尽くされていないため、読者の想像力を働かせる場は小説内事実を読み取るところに限られてしまう。あれだけ「先生」の心を奪い常に頭を占めていた女性である「御嬢さん」の心は、治外法権の聖域かと思われるくらいに直接問題にされていない。「物を解きほどいて見たり、又ぐる〳〵廻して眺めたりする癖」(下3)から逃れられない「先生」の性分や先に指摘した恋愛観やを考えると、その時の「先生」にとって「御嬢さん」が自分をどう思っているかは最大の関心事であったはずである。「果して御嬢さんが私よりもKに心を傾けてゐるならば、此恋は口へ出す価値のないものと私は決心してゐた」(下34)というように、この点を確認しない限り「先生」は結婚できなかったのではないか。それなのに「先生」は「御嬢さん」を取り巻くKや「奥さん」やは問題にするのに「肝心の御嬢さん」の心へとは直接向かっていかなかった。結局「先生」の求愛は、Kに先を越されることを恐れて、突然その母親に「御嬢さんを私に下さい」(下45)と結婚を申し出るかたちでなされた。この時までの「先生」が「御嬢さん」の気持ちを確かめていなかったことは明らかである。後年、「いや考へたんぢやない。遣つたんです。遣つた後で驚いたんです。」(上14)と述懐する所以である。

肝心の御嬢さんに、直接此私といふものを打ち明ける機会も、長く一所にゐるうちには時々出て来たのですが、私はわざとそれを避けました。日本の習慣として、さういふ事は許されてゐないのだといふ自覚が、其頃の私には強くありました。然し決してそれ許が私を束縛したとは云へません。日本人、ことに日本の若い女は、そんな場合に、相手に気兼なく自分の思つた通りを遠慮せずに口にする丈の勇気に乏しいものと私は見込んでゐたのです。(下34)

「今と違つた空気の中に育てられた私共」「其頃の私は今よりもまだ習慣の奴隷でした」(下17)というように、

「先生」は男女の性別を意識する伝統的な規範から自由ではなかった。「御嬢さん」はあくまで「其監督者たる奥さん」（下39）の膝下にある存在であった。その「先生」から「御嬢さん」に直接求愛するという発想は到底出てこようはずはなかった。「先生」はKが「性によつて立場を変へる事を知らずに、同じ視線で凡ての男女を一様に観察してゐた」（下25）ことを「迂濶」とし「女の価値」（下27）を知らないと軽蔑しているが、男性とは世界が別として女性を囲い込んでしまった「先生」こそ女性の実体を捉えることに迂闊だったのである。「先生」の眼から「御嬢さん」の個的な人格は漏れるものであった。遺書のなかに「御嬢さん」の内面への言及が少ない理由の一つはここにある（思えば先生の言説はいかに時代の性差《ジェンダー》ギャップを潜在させていることか）。

「先生」の遺書は一見継起的に自分の生涯の出来事を追っているように見えて、全体を眺めると、かなり意図的に構成されていることがわかる。書き始めた当初「物を解きほどいて見たり、又ぐる〳〵廻して眺めたりする癖は、もう其時分から、私にはちやんと備はつてゐた」「此性分が倫理的に個人の行為やら動作の上に及んで、私は後来益他の徳義心を疑ふやうになつた」（下3）と、「私」に対して念を押すように書き記した「今」の「先生」は、自分の思い込みのなかで自閉していく性癖が様々な形で他者との不幸な関係をもたらしたことに無自覚ではいられない。また〈書く〉という行為のなかでかつて明瞭に見えなかった事態を確認してもいく。〈自分〉という人間の過去を、次代の青年「私」に明暗隠すことなく伝えよう、当時の自分の見方をそのままに再現しようとする、こうした遺書の言説ゆえに、しばし「先生」は立ち止まって、深い悔恨の思いに浸されてもしまう。

従来「奥さん」と「御嬢さん」とが一体となって策略を駆使し、Kより財産もある「先生」との有利な結婚へとことを運んだという捉え方が、あたかも事実として蓋然性をもつかのごとくに議論されて来た。確かに全てに懐疑的であった当時の「先生」を再現していく遺書の言説から、そうした輪郭が暗示されてしまうのは当然といえば当然だろう。また『こゝろ』という小説の言説が読み手のセクシュアリティを反映させてしまうせいかも知れない。しかし、遺書を執筆している現在の「先生」は必ずしもそう結論づけているわけではないことも確認しておく必要がある。書いていく「今」になって見えて来た当時の事態に対して、「先生」の意識はしばしば停滞してしまうかと思われる時がある。たとえば、「今」の「先生」には自分と「御嬢さん」との結婚が予定調和的に成立しつつあった時にKを招きいれた結果悲劇を生んだ、とする状況認識が明確にある。[7] 遺書の叙述の中心部分であるKとの一件（56章中32章を占める）に入っていく直前、そこには「先生」が「御嬢さん」に初めて贈物をするため「奥さん」と三人連れだって日本橋に出掛けた日のことが書かれている。この挿話を含む下16—18章、Kが同居する以前の「先生」「奥さん」「御嬢さん」とで、まさに「家庭」（下18）を形成していたかのような場面を語る時、「先生」はしばし筆を止めるかのように、そのことの意味が必ずしも見えなかったために迂闊だった、当時の自分への悔恨の思いを叙述のなかで漏らすのである。「私は思ひ切つて奥さんに御嬢さんを貰ひ受ける話をして見やうかといふ決心をした事がそれ迄に何度となくありました」「其位の勇気は出せば出せたのです」（下16）「其時自分の考へてゐる通りを直截に打ち明けて仕舞へば好かつたかも知れません」（下18）と、「先生」は回避できたかも知れない〈悲劇〉を思い浮かべながら記すのである。この場面を書いていく「先生」の意識は強く高揚していく。

また遺書を書いている「先生」は、当時はキャッチできなかった「御嬢さん」の自分への気持ちにも自覚的である。「先生」が「御嬢さん」の心に気がついたのは結婚以後であろう。「妻の方でも、私を天下にたゞ一人しかない男と思つて呉れてゐます。さういふ意味から云つて、私達は最も幸福に生れた人間の一対であるべき筈です」（上10）と「私」に漏らしたことばは、「先生」が妻の愛を確信していることを物語っている。そして、遺書の次の箇所は過去と書いている時点との「先生」の意識の差異を明瞭に示して興味深い。

御嬢さんの学校友達がときたま遊びに来る事はありましたが、極めて小さな声で、居るのだか居ないのだか分らないやうな話をして帰つてしまふのが常でした。それが私に対する遠慮からだとは、如何な私にも気が付きませんでした。（中略）そんな所になると、下宿人の私は主人のやうなもので、肝心の御嬢さんが却つて食客の位地にゐたと同じ事です。（下16）

「御嬢さん」の学校友達の眼には、「先生」の存在はこの時既にこの家の〈主人〉と映っていたのである。当時の「先生」には見えないものであったが。「然しこれはたゞ思ひ出した序に書いた丈で、実は何うでも構はない点です」と「先生」は当面の記述の流れからそれるものとして、こうした現在の見方を挿入したことを即座に否定する。今となっては「何うでも構はない」とするしかない辛い発見であったから。

さつき迄傍にゐて、あんまりだわとか何とか云つて笑つた御嬢さんは、何時の間にか向ふの隅に行つて、背中を此方へ向けてゐました。（中略）後姿だけで人間の心が読める筈はありません。御嬢さんが此問題（注―御嬢さんの結婚問題）について何う考へてゐるか、私には見当が付きませんでした。（下18）

その時は「読め」なかった、「見当が付」かなかったと語る「今」の「先生」は、「御嬢さん」が当時から恋心を胸に秘めつつ「先生」を未来の夫として認めていたことを確認している。その時気づいていたらという後悔の念を隠しつつ。「先生」の遺書の言説は「御嬢さん」に関わる問題を半ば自明のこととするかの如く、書いている現在も直接触れることを回避している。しかし実のところ二人はお互い自覚していなかったものの当初から相思相愛の関係即ち宿命的な恋に陥った二人だったのである。そして、こうした暗示的な記述が物語るものは、「先生」が今もなお観念の「牢屋」（下55）のなかで不断に循環を繰り返す思惟の人として在ること、その性癖に骨絡みになっていることの証左でもあった。

3　「御嬢さん」の意向

「先生」が結婚を申し出た時、「奥さん」は「よく考へたのですか」（下45）と念を押した上で「宜ござんす、差し上げませう」と即答する。この時「奥さんは何の條件も持ち出さなかつた」「親類に相談する必要もない」「本人の意嚮《いかう》さへたしかめるに及ばない」と「明言」したのである。余りの簡明さに逆に「先生」の方からせめて当人の承諾をと「注意」すると、「大丈夫です。本人が不承知の所へ、私があの子を遣る筈がありませんから」と再び明確に応えている。この「奥さん」の迷いのない態度はどこから来るのだろうか。娘の婿として「先生」は眼鏡にかなった人物と判断した母親の自信からか、また常日頃からの意思疎通が円滑になされていた母娘の一体性を示すものなのか。しかし何よりもこの返事のなかには娘の「先生」への気持ちを尊重し祝福する母親の愛情が籠っている、と私は思う。

青年「私」は、静の美貌に余程驚いたのか手記のなかで初対面の印象を前後三回も「美くしい奥さん」（上4）と繰り返したが、「容色」（下18）に優れ「奥さんの唯一の誇とも見られ」（下27）た「御嬢さん」は、女学校に通う傍ら「縫針だの琴だの活花だの」（下27）を稽古していた。ひたすら親の望む良妻賢母教育のレールの上を歩いていたわけで、「御嬢さん」は基本的には、〈家〉という母親の規範や「先生」のような伝統的な性別意識に縛られた男性の規範を内面化している「忠実な」（上17）明治の女であったと思われる。この「御嬢さん」の結婚は、女学校の卒業を挟んでのこの間、「奥さん」にとって大問題であった。明治という時代のなかで「結婚は女性が階級帰属をえらびなおす生涯で唯一のチャンス」（上野千鶴子『近代家族の成立と終焉』平6・3　岩波書店）であったのだから。「父親のない憐れな子」である「御嬢さん」にとって結婚はそれこそ階級奪回のチャンスであった。軍人の父親が戦死しなければ「市ヶ谷の士官学校の傍」（下10）の「厩などがあつて」「広過ぎる」「邸」を売り払うこともなく、「御嬢さん」に「聟を取」（下18）っていたと思われる。その「御嬢さん」と「先生」との結婚に「奥さん」は「何の條件も持ち出さなかつた」のである。「先生」は「御嬢さん」に初めて会ったその瞬間に恋をしたのだが、その瞬間の「御嬢さん」も「赤い顔をし」（下11）て頬を染めた。また青年の「私」に「書生時代から先生を知つてゐらつしやつたんですか」（上11）と確認された時「奥さんは急に薄赤い顔をした」ともある。異性として「先生」を意識した時の恥じらい、恋した女性・静が見せる身体的表情がここには感じられる。「御嬢さん」は「先生」に対して恋心をその出会いの時からひそかに抱いていたようである。(8) 母親の「奥さん」はこの娘の気持ちを察していた。それゆえに即座に「先生」の求婚を娘に断りもせず承諾したのである。

「先生」が「奥さんは滅多に外出した事がありませんでした。たまに宅を留守にする時でも、御嬢さんと私を二人ぎり残して行くやうな事はなかつた」（下14）「今迄長い間世話になつてゐたけれども、奥さんが御嬢さんと私だけを置き去りにして、宅を空けた例はまだなかつたのですから」（下26）と観察していたように、「奥さん」は「先生」に向けられる娘の心を知るがゆえに、また「先生」の娘への気持ちを察したがために過剰な気遣いを見せたのである。

Kを同居させたいと「先生」が申し出た時、「奥さん」は「気心の知れない人は厭だと」（下23）反対した。「そんな人を連れて来るのは、私の為に悪いから止せと云ひ直します。何故私のために悪いかと聞くと、今度は向ふで苦笑するのです」とこの時の「先生」には「奥さん」が苦笑して言葉を濁したことの意味が汲み取れなかったようであるが、「奥さん」は既に「御嬢さん」の未来の夫として「先生」を認めていたのである。この時、三人が暮らす

〈家〉の主は実質的には「先生」だったのである。そこに他人が入ることによって娘心に雑音が生まれることを「奥さん」は恐れた。「奥さん」も「鷹揚な方」（下12）として「先生」を評価していたのだから。

この後「先生」はKの同居を納得させるため言葉を尽くし「説き伏せ」ていく。「私は溺れかゝつた人を抱いて、自分の熱を向ふに移してやる覚悟で、Kを引き取るのだ」「其積であたゝかい面倒を見て遣つて呉れ」といって「奥さん」「御嬢さん」の協力を仰いだ。「私は蔭へ廻つて、奥さんと御嬢さんに、成るべくKと話しをする様に頼みました」「自分が中心になつて、女二人とKとの連絡をはかる様に力めました」「其場合に応じた方法をとつて、彼等を接近させやうとした」（下25）のである。ふたりは「先生」の依頼に応えてKを「親切に」処遇し、Kも「段々打ち解けて来」（下25）た。「奥さん」や「御嬢さん」にして見ればKは主人の客という立場であった。この間「先生」は、Kの置かれた境遇や彼に対する具体的な処遇の仕方、またその成果について、「奥さん」と「御嬢さん」に「何もかも打ち明け」（下18）「自分の思つた通りを話し」（下25）て来た。そうした「先生」に「二人も満足の様子でした」という。「御嬢さん」がKに対して親密な態度をとるようになり、Kも心を開くようになり、四人の共同生活が一見なごやかな雰囲気を醸し出すようになってくると、即ち「先生」の当初の意図が具体的に実現してくると、「先生」はやがてKへの嫉妬を感じ落ち着かなくなったのである。しかし、「御嬢さん」にして見れば「先生」を中心に自分たちが協力して、窮境にあったKを救ったことになるだろう。「先生」を「頼もしい人」（上18）と敬愛の眼で見ていったと思われる。「若い女として」「思慮に富んだ方」（下34）の「御嬢さん」はこうした「先生」に接しながら、「御嬢さん」なりにひそかに恋愛から結婚への夢をふくらませていったのではないか。そして自らが望んだ結婚だったからこそ、その結婚への期待と責任の取り方も半端ではなかったのである。

4　結婚、そして静の成熟

遺書を書きながら「先生」は一方で、どっぷりその幸福に浸れるはずであった、二人の運命的な恋愛の思わぬ展開の末路をじっと見詰めたと思われる。しかし末尾に向かうにつれて、「先生」は、一回限りの生涯を振り返りながら、それしか生きられなかった丸ごとの〈自分〉を投げ出すかのごとく緊迫した筆を走らせていく。自らの思念の円環のなかでのみ生き続けなければならなかった「私の宿命」（下55）を、潔癖なまでに甘受していく。たった一度の、つまずきの罰として。そこには既に生身の妻の入り込む余地はなかった。〈自殺〉という手段が心を横切り「死んだ気で生きて行こうと決心」（下54）して以後「今日迄何年」か。この間の「先生」は、ますます孤絶し自らの観念世界への下降を強めていく。「人間の罪といふものを深く感じた」（同）と「先生」の思惟は次第に抽象化の度を深める。「下・先生と遺書」51から56章。この末尾の数章で十数年の「先生」の結婚生活が語られるのだが、その言説は凝縮されているようでいて、今もなお思惟の円環のなかで生き続ける、「先生」の悲痛な息遣いが感じられる。[9] 遺書において結婚生活への言及がほとんどなされない理由も、ここにあるのではないか。

「私はたゞ妻の記憶に暗黒な一点を印するに忍びなかつた」「純白なものに一雫の印気でも容赦なく振り掛けるのは」「大変な苦痛だつた」（下52）と「先生」は愛ゆえに犯した罪を妻に隠した。ここでは妻の記憶の「純白」は何ら疑われることはない。「妻には常に暗黒に見えたらしい」（下54）という「私の有つてゐる一点」「私に取つては容易ならん此一点」という「先生」の秘密（罪）が、「一雫の印気」の比喩によって示されている。「先生」は、その罪の共有を恋人である妻に許さない。それが「先生」の倫理であり美学でもあったから。そして「先生」なりの妻への愛のあり方でもあったから。しかしこの時（結婚当初）「先生」は別の愛のかたちを考えないではなかった。「私は一層思ひ切つて、有の儘を妻に打ち明けやうとした事が何度もあります。」「善良な心で、妻の前に懺悔の言葉を並べたなら、妻は嬉し涙をこぼしても私の罪を許してくれた」（下52）だろうと、罪の共有即ち妻との全き愛の成就を夢想する。打ち明けることによって「先生」自身の罪の意識が消えるわけではないから、この場合の愛の成就とは妻に夫の人生への随伴を強いることであり最終的には心中ということになるのだろうか。乃木静子のように（乃木夫人は自ら夫の後を追った）。あるいは、その時妻は別の判断を下すことを「先生」は想像したのだろうか。しかし〈打ち明けない〉ところに止まるこの時の「先生」の想像力は、妻の選択の自由を一切考慮しようとはしなかった。それは、「先生」の観念として抱き続けた〈愛〉自体を問おうとはしなかったことでもある。「先生」の「神聖」な愛は結婚後も強固に生き続けていたことがわかる。

「波瀾も曲折もない単調な生活」（下55）の裏面で「内面」の「苦しい戦争」が続いたと告白するように、「先生」は思惟の循環構造のなかで生き続ける。妻を「純白」なままにして置きたいと言いながら、妻を共犯者にして一体化を願う可能性を夢想する。「打ち明け」「理解させる」ための「勇気が出せない」（下53）としながら、「世の中で自分が最も信愛してゐるたつた一人の人間すら、自分を理解してゐないのか」と言い、「悲しかつた」「世の中にたつた一人住んでゐるやう」と嘆く。「先生」はその思惟のなかでパラドックスを幾重にも抱えこんでいく。それは頭（精神）と身体（行為）とが引き裂かれてあることでもあった。そして「自由と独立と己れとに充ちた現代に生れた我々は、其犠牲としてみんな此淋しみを味はわなくてはならないでせう」（上14）と「私」に告げたように、やがて「先生」は近代人の宿命として背負うべき孤独の〈思想〉へと至り着く。その当為とでもいうように、「先生」は独りひそかに贖罪の道を歩いて行く。しかし、一方で「先生」の孤独は妻との日常性そのもののなかで、生身の身体を持つ人間として必然的に醸成されるものでもあったはずである。「先生」がひたすら死を思うようになった時から妻への愛は「先生」のなかで空洞化していかざるを得なかった。いや観念化の度を深めたといった方が正確か。「先生」の自殺は自己処罰[10]であると同時にこうした妻との愛のかたちに自ら完全な終止符を打つためでもあった。そして、結果的に、生きて在る妻の「幸福を破壊する」(上12)ことであった。

最後に「先生」は「私」へ遺書の公表を暗に依頼しつつ付記する。「妻が己れの過去に対してもつ記憶を、成るべく純白に保存して置いて遣りたいのが私の唯一の希望なのですから、私が死んだ後でも、妻が生きてゐる以上は、あなた限りに打ち明けられた私の秘密として、凡てを腹の中に仕舞つて置いて下さい」と。妻がもつ自分の過去に対する記憶とは、〈「先生」に恋したこと〉に他ならない。「先生」は妻のなかで自分との恋愛が美しい記憶として生き続けることを望んで死んでいく。汚れた自分がその恋の対象であったことを知られたくないと切実に願っている。死を前にして「先生」は「己を飾」(下52)った。「私が死んだ後でも、妻が生きてゐる以上は」ということばには、自分の死後妻が跡を追って死ぬかも知れないことを夢想するかのような「先生」がいることを感じさせる。自分が死んだら妻は生きていられないかも知れない。「先生」がひそかに願った〈全き愛〉の夢想である。しかし「成るべく」[11]ということばが添えられたように「先生」は既に妻の記憶が「純白」では有り得ないことも知っている。十数年の結婚生活のなかで、妻の眼に映る自分が次第に変貌していったことを「先生」はわかっていたのだから。そして現実には「先生」は妻を残して死んだ。「妻には妻の廻り合せがあります」(下55)として。それは「先生」がその〈愛〉を捨てた、静にとって寂しいことばに他ならない。しかし一方で妻の運命・妻の人生を認めたことばでもあった。夫から解き放たれた一個の人格としての静を直視したことばである。〈妻には隠せ〉という遺言は、妻を自分の観念の閉塞のなかに封じ込めることの不可能性を知りつつ夢想した、「先生」の「己れ」を賭けた最後の、そして最大のパラドックスであった。この「先生」のメタメッセージを受けて、「奥さんは今でもそれを知らずにゐる」（上12）状態のなか、「私」は静に「先生」の心を開くために手記を執筆していく。[12]

一方、静の愛の人生は結婚によって始まった。「奥さんも御嬢さんも如何にも幸福らしく見えました」（下51）と「先生」が言うように、静は幸福に満たされて新生活をスタートさせた。それは「二人揃つて御参りをしたら、Kが嘸喜ぶだらう」と夫を墓参に誘ったところにも窺える。恋愛から結婚へと、静は当時の女性としては望むべくもない幸福の道を歩いた。そして結婚後は「妻の何処にも不足を感じない」（下52）とされるように貞淑でかいがいしい新妻だったと思われる。「先生」の遺書の後半では、「御嬢さん」の頃あれほど気になった静の〈笑い〉や策略やについては一言も触れられない。静の日常性は恐らく夫である「先生」を見詰めることだけにあった。そうした妻に「先生」は確実に満足していたと思われる。しかしやがて「先生」に「手厳しい現実」が待っていたように、夫の変貌が眼につく頃から静の幸福にも陰りが見えて来る。

遺書から窺える結婚後の「先生」の日常は、「職業を求めない」（下52）で、「世間と切り離された」（下54）無為な生活を送る。一時は酒に溺れる日々を過ごし、「沈鬱」（下53）な状態に陥ることもあった。普段は「書物を読」むか「腕組をして世の中を眺め」して何事か考え込んでいる。こうした「先生」を妻の眼から見れば生活者としての自分を全く放棄していったように見える。「段々」以前のような「頼もしい人」（上18）ではなくなっていったのである。そればかりではなく、「先生」はKとの固有の理由から、妻を「遠ざけ」（下52）たという。書生時代からの「先生」を知る静はその変貌ぶりが理解できない。愛する「先生」を心配して、しきりにその理由を知りたがりわかろうと努力する。「あなたは私を嫌つてゐらつしやるんでせう」「何でも私に隠してゐらつしやる事があるに違ない」（下52）「貴方は此頃人間が違つた」「Kさんが生きてゐたら、貴方もそんなにはならなかつたでせう」[13]（下53）。何もわからないがゆえに素朴に投げかけられる妻のことばに、「先生」はその場限りの曖昧な対応しか返せない。そして妻との了解の仕方の相違を思っては、「心のうちで悲しかつた」（同）と独り傷つき孤独感を深めていく。静の方も「世の中を見る先生の眼が厭世的だから、其結果として自分も嫌はれてゐる」「先生は自分を嫌ふ結果、とう〳〵世の中迄厭になつたのだらう」（上19）という全く逆の二つの「推測」の間で悩みながら、「先生」との関係における「私の責任」に固執する。静はかつて恋した「頼もしい」「先生」が「近頃は段々人の顔を見るのが嫌になるやうです」（上16）と次第に孤独の人となっていくことに、この間心を痛め続けて来たのである。実のところ、「先生」と静との日常はお互い相手を労りながらも、その深いところでの心の交わりが得られないために、それぞれの世界で孤立し自己葛藤を繰り返していたのである。

その日常のなかで静は静なりの「成熟」[14]を果たしていった。青年「私」の眼に映った静は、毅然とした態度で〈自分〉を語る女性であった。

「（前略）私は今先生を人間として出来る丈幸福にしてゐるんだと信じてゐますわ。どんな人があつても私程先生を幸福にできるものはないと迄思ひ込んでゐますわ。それだから斯うして落ち付いてゐられるんです」（上17）

こうした静のことばを記憶の底から再現しつつ、その態度の「旧式の日本の女らしくない」（上18）、それでいて「其頃流行り始めた所謂新しい言葉」は使わない〈女性〉、男性と対等な人格を持った存在として、「私」は感動すら覚えたのである。遺書を読んだ後の「今」の「私」は「たゞ誠実なる先生の批評家及び同情家として」の「奥さん」、「もつと底の方に沈んだ心を大事にし」（上16）ながら「先生」との関係を真剣に模索していた「奥さん」の姿を思い出していた。ここには、頼る／頼られる関係としての伝統的な夫婦（「女／男」）の枠組から結果的に逸脱し、愛する主体を持った一個の人間として成熟した静の姿が垣間見られる。

『こゝろ』という小説を静の側から見た時、宿命的な出会いをした恋人同士がお互いそれと確認できなかったために、結婚へと至りながらもその全き幸福を阻まれてしまったという〈悲恋物語〉の相貌を、私たち読者は背後に確実に読み取ることができるのではないか。その〈悲恋〉はまさに〈明治〉という時代が生んだものであったと、ここではひとまず述べておこう。「私」から見た時、「先生」も静も、「一時代前の因襲のうちに成人した」「正直に自分を開放する丈の勇気」（上12）に乏しい明治の児だったのだから。静は、恋愛から結婚へという当時としては稀有なコースを歩きながら、結婚後の不幸な現実に戸惑うしかなかったろう。しかし、夫との「心の橋」を掛けるべくその情熱を持ち続けていた女性ではなかったか。青年「私」が静の存生中遺書を公開する決意をしたもう一つの理由がここにある。

＊引用は『漱石全集』第六巻（昭41・5　岩波書店）による。

注記

（1）　この点に関しては伊佐山潤子氏「『こゝろ』のいわゆる「御嬢さん策略家説」再考」（『文献探究』第28号一九九一・九）で問題が整理されている。最近のものでは小谷野敦氏「夏目漱石におけるファミリー・ロマンス」（『批評空間』4　一九九二・一）が更に徹底して策略家・静の姿を読み取っている。

（2）　佐々木英昭氏『夏目漱石と女性』（一九九〇・一〇　新典社）押野武志氏「「静」に声はあるのか――『こゝろ』における抑圧の構造」（『季刊文学』一九九二・秋）鶴田欣也氏「テキストの裂け目」（『漱石の「こゝろ」』所収　一九九二・一一　新曜社）西垣勤氏「作品の読み方について」（『近代文学研究』10号　平5・4）芳川泰久氏『漱石論』（平6・5　河出書房新社）等のな

かに見られる。

（3）押野武志氏前掲論文。氏は男たちの言説としてある「こゝろ」のテキストを明視し、それらを「裏切るという否定性において顕在化」する静の存在に着目している。

（4）拙稿「『こゝろ』論へ向けて――「私」の「手記」の編集意図を探る」（『相模女子大学紀要』57　平6・3）で考察した（本書に収録。この最初の『こゝろ』論は、余りにも拙いものであるため、巻頭に置くことがためらわれた）。本稿はこの論の続稿という形でも書かれている。なお、田中実氏「『こゝろ』という掛け橋」（『日本文学』昭61・12）からは、この小説の大枠の捉え方等、多くの示唆を受けていることをお断りしておく。

（5）「上・先生と私」「中・両親と私」「下・先生と遺書」という編集の仕方に作家・漱石と「私」との意識の重なりを見ることができる。逆に言うと「今」の「私」は小説家であるとも言える。漱石の『心』自装の意味も実のところここにあると言えよう。

（6）論証は別稿（注―本書収録「『こゝろ』の〈読解〉をめぐって」）を予定しているが、これまで、経済的な庇護者である「先生」の重ねての忠告はKに「人間らしく」（下25・31）生きることを喚起していた。（少なくともKにはそう見えたはずである。）下宿にKを連れてきて以後の「先生」の一連の行為はKの眼から見た時、自分と「御嬢さん」をとりもつ月下氷人のそれと映ったとしても不思議ではない。やがてKは「先生」の望むような形で自分の「生活の方向を転換」（下41）し自立して行こうと考えたのである。既に「窮屈な境遇」（下22）から「先生」によって離脱させられていたKの、卒業を半年後に控えた現実的・功利的な選択でもあった。なおKの抱えた問題を小説内事実として読み取ったものに松沢和宏氏「沈黙するK――『こゝろ』の生成論的読解の試み」（『季刊文学』一九九三・夏）がある。

（7）石原千秋氏「眼差としての他者―『こゝろ』論」（『東横国文学』17　昭60・3）の中に「先生はお嬢さんの自分に対する愛情を確認した上で、Kを下宿に引き連れて来たと思われるふしがある」という大胆な指摘があるが、その根拠とする先生の遺書の「仕組まれた、絶妙の語り」の意味、については触れられていない。

（8）松本洋二氏「『こゝろ』の奥さんと御嬢さん」（『近代文学試論』17　昭53・11）は、「御嬢さん」が先生に「意があった」こと、積極的に「気をひ」こうとしていることを指摘している。

（9）こうした先生のありようを論じたものに、佐々木雅発氏「『こゝろ』――父親の死」（『別冊国文学5　夏目漱石必携』昭55・2）「『こゝろ』――先生の遺書」（『繍』4号　一九九一・一二）がある。

(10)　妻のためにのみ生きながらえて来た「先生」が何故この明治の終焉という歴史的な時間のなかで自死を決意したのか。その「先生」の心のメカニズムはこれまでの『こゝろ』論において、十分解明されて来たとは思われない。大江健三郎氏が「〝記憶して下さい。私はこんな風にして生きて来たのです〟」（『図書』一九六五・一二）のなかで、「殉死とは、一般的に自己処罰であろうか?それは時に自己解放であるし、単にひとつの船が沈むとき、他の船に乗りうつることを拒む者の穏やかな決意でもあるのではあるまいか?」と述べていることにも留意しておきたい。

(11)　『漱石自筆原稿「心」』（平5・12 岩波書店）を見ると「成るべく」（そして「己れの」も）は後から加筆された事がわかる。

(12)　語り手の「私」を「ワトソンの視点」とし、あくまで小説の方法としての位置しか認めなかった三好行雄氏は、「「こゝろ」解題」（「夏目漱石事典」『別冊国文学』平2・7）で、「「私」による秘密の告白を書きつづけてきた漱石が小説の筆を止めた最後の一行には、妻が生きていて、何も知らない間はという意味の言葉があった」と述べ、この小説全体が「先生」の遺書を引用した「私」の手記としてあるという形を確認されているようである。しかし「論理的にいえば「私」がいま語っている以上、「奥さん」はすでに死んでいる」と続けているように、「先生」の「メタメッセージ」（前掲田中実氏論文）を汲みとり手記を書く「私」の問題はここでも抜けおちている。

(13)　遺書のなかの、結婚後のことを語った部分に出てくる静の言葉は、他の部分同様「先生」の文脈のなかに埋め込まれた間接話法の形で示されるものがほとんどである。この「Kさんが云々」の台詞は、原稿（前掲『漱石自筆原稿「心」』）を見るとあとから直接話法に書き換えたことが明瞭にわかる。二人の了解の差異、心の乖離を示す象徴的な台詞であったからか。

(14)　田中実氏前掲論文に指摘がある。また松下浩幸氏「『こころ』論――〈孤児〉と〈新しい女〉」（『明治大学日本文学』20　一九九二・八）は静を「新しい女」として捉え、青年「私」とのコミュニケーションの可能性を指摘し、赤間亜生氏「〈未亡人〉という記号」（『総力討論　漱石の「こゝろ」』所収　平6・1 翰林書房）は、その後の静が自立した女性として生きていくことを推測している。

『こゝろ』論へ向けて
――「私」の「手記」の編集意図を探る――

1 「余所々々しい頭文字」

近年の『こゝろ』論が、「私」の手記とそこに引用され嵌め込まれた「先生」の遺書、という〈かたち〉を持つ小説として捉えるところから出発していることは、周知の通りである。この構造については小森陽一氏[1]が提示し、田中実氏[2]が更に「私」の編集意図・編集操作の痕跡を強調する、という方向で検討がなされて来た。この二論は、一見相似ているようでいて、実は全く異質の論を展開しているのであるが[3]、この田中氏の論が提出されて以降も大方の『こゝろ』論は小森氏の捉え方に乗った方向で問題を設定し論を進めて来たようである。即ち「私」と「先生」の二つの手記の「差異」を検討・強調するという方向で。しかし、田中氏の提起した「私」の編集操作の具体的痕跡という事実を踏まえて、この『こゝろ』の構造を押さえていった時、その冒頭の読み取り方に対しても小森氏のそれは再考されなければならない[4]。

冒頭部分に関する小森氏の指摘は、「先生」という二人称的呼びかけを発する「私」と、その親友を「K」という「余所々々しい頭文字」で呼んでしまった「先生」と、ふたりが記した手記のことばの違い、他者との関わり方の違いを見ることを喚起していった。けれども、この冒頭の「余所々々しい」と「私」が捉えた「頭文字」に置き換えての親友への呼びかけも、田中氏の指摘に従って考えれば、「先生」が行なったこととは必ずしも言えない。こうして「筆を執」る際に「世間を憚かる遠慮」から「余所々々しい頭文字」「K」を「使」ったのは他ならない「私」であったとも読めるのである。

「下・先生と遺書」19章の冒頭で、「先生」は「私は其友達の名を此所にKと呼んで置きます」と書き記した、かのようである。しかし、よく考えてみるとこの言い方は少し妙である。何故「先生」は「私は其友達を此所にKと呼んで置きます」と言わないで、わざわざ「其友達の名を」と言ったのか。このことは、このすぐ後に続く次のような叙述を読むと更に疑問になって来る。

兎に角Kは医者の家へ養子に行つたのです。それは私達がまだ中学にゐる時の事でした。私は教場で先生が名簿を呼ぶ時に、Kの姓が急に変つてゐたので驚ろいたのを今でも記憶してゐます。(注—傍点は筆者による)

即ち「K」とは「姓」ではなく「名」の頭文字なのである。(この後「K」の姓は大学「一年生の時」「復籍」(下22)することによって再度改められた。)だとしたら「先生」があえて頭文字をここに使用したという可能性は薄いのではないだろうか。「先生」はその友達を姓ではなく名前で呼びたかったのである。「此所に…呼んで置きます」ということから実名ではなく仮名で呼んだとも思われるが。「小供の時からの仲好」(下19)がその頃から呼びあっていたように名前で呼んだのである。(5)「勝男」とか「克巳」とか「菊人」とか具体的な名前で呼んでいたのではないか。そんな疑問が湧いてくる。それを手記を書いていく「私」がその名の頭文字に置き換えて修正したのではないだろう(6)

か。「私」自身が執筆した手記のなかでは「静」「御光」（「私」の母の名）「関」（「私」の妹の夫の「苗字」）「作さん」（「私」の父の幼馴染み）と頭文字には置き換えていない。そのことは引用する「先生」の遺書との差異を感じるというよりも、他者の文章を自らの判断によって使用することへの心配りを際立たせる。直接には知らない「K」のことを公表するに際しての「世間を憚かる遠慮」即ち編集操作の意識からなされたとも十分考えられるのである。

私は其人を常に先生と呼んでゐた。だから此所でもたゞ先生と書く丈で本名は打ち明けない。是は世間を憚る遠慮といふよりも、其方が私に取つて自然だからである。私は其人の記憶を呼び起すごとに、すぐ「先生」と云ひたくなる。筆を執つても心持は同じ事である。余所々々しい頭文字杯はとても使ふ気にならない。

ただ「私」は「先生」に対しては同じような操作はほどこせなかった。「本名は打ち明けない」が、自然な呼びかけとして「先生」という言い方を選択するのである。おそらく「先生」もまた自然な呼びかけとして親友を名で呼んだのである。たとえ「先生」が「K」と記したとしても、少なくとも彼の姓ではなく「名」によって呼ぶという意識が働いていたことだけは確かである。「先生」は決して「余所々々しい」視線を親友に向けていたわけではなかった。(7)

　そして、なによりも、冒頭で「私」が「余所々々しい頭文字杯はとても使ふ気にならない」と断言していることは、この今から書き始める手記の公開を明確に宣言していることを物語っている。それは「私」が「先生」の遺書を公表することの要請と必然とを、その遺書自体から読みとったからに他ならない。「先生」はその遺書を書き始めた当初、「私は何千万とゐる日本人のうちで、たゞ貴方丈に、私の過去を物語りたい」（下2）と言った。しかし、その実「先生」は「私」の背後に多くの聞き手を期待していた。(8)「私は書きたい」「私の過去を書きたい」（下2）という強い気持ちから書き始めた「先生」は、「貴方丈」と、「私」ひとりに呼び掛けているようでいて「外の人にとって」（下56）も「人間を知る上に於て」役に立つことを確信していた。

私は私の過去を善悪ともに他の参考に供する積です。然し妻だけはたつた一人の例外……私は妻には何にも知らせたくないのです。……私が死んだ後でも、妻が生きてゐる以上は、あなた限りに打ち明けられた私の秘密として、凡てを腹の中に仕舞つて置いてください。（下56）

「先生」は「妻が生きてゐる以上は」「仕舞つて置いて」という条件つきで、遺書の公表を暗に「私」に示唆していたのである。従って、「私」は「先生」の遺書を含む手記をあくまで公表するつもりで書いている。しかし、そのなかで「私」は「世間を憚る遠慮」もせず、「奥さんの名は静といつた」（上9）と明示した。このことは「私」自身の判断から、まず他ならない「奥さん」を最初の読者として想定していることを意味している。[9]「私」が、「先生は「おい静」と何時でも襖の方を振り向いた。その呼びかたが私には優しく聞こえた」（上9）と書き記すとき、「奥さん」の名をあえて明示したのには、それなりの意図があったはずである。「先生」の唯一の願いを裏切り（?）、今この手記を真っ先に「奥さん」に示そうとしている「私」がここにいる。「私」の手記は、「奥さん」という読み手を強く意識しつつ書き進められている。

こうした「私」の手記の編集意図をひとつひとつ読み取っていくことこそが、『こゝろ』論に今要請されていることなのではないか。即ち、「私」という人間の過去と現在とをできる限り捉えることによって、「先生」の遺書から「私」が獲得したものを〈批判〉も含めて、[10]明らかにしていく作業が必要なのである。『こゝろ』という小説を、一旦はその仕組みを通して立体的に読むことこそが要請されている。小説の仕組みを閑却視して断片的なことばの解釈に終始するような『こゝろ』論を再生産する愚は、今現在の研究状況のなかでこそ厳しく戒めたい。本稿はこうした〈読み〉に向けてのささやかな試みである。

2　前提・帝大生としての「先生」と「私」と

改めて言うまでもないが、『こゝろ』という小説は「帝大生の物語」でもある。「先生」「K」「私」は東京帝国大学文科大学[11]に学ぶ学生であった。三人ともその大学卒業時の人生の節目ともいう時期に、各々の抱えていた問題が顕在化してくるという体験の共通項を持つ。そして、この学生から世の中へと方向転換していく際の個的で且つ共通する体験が、「先生」の遺書を読む「私」に対して、問題を身近なものとする半面、二つの世代の学生生活の差異を見ることを喚起するのである。この小説のなかで「私」という人間を考える時には、この設定の意味が意外に大きいことがわかってくる。まずこの点を押さえることから本稿を始めたい。

「私」が卒業したのは明治四十五年七月である。「先生」の卒業時は明示されていないが、先行研究では日清戦争直後即ち明治三十年代初頭とされている。その根拠は大学一年の時に「先生」が下宿した先の「奥さん」が日清戦争で軍人の夫を亡くした未亡人であったことに拠る[12]。その他、「本郷辺に高等下宿といつた風の家がぽつ〳〵建てられた時分の事[13]」（下11）「電車の通路になつてから、あそこいらの様子が丸で違つてしまひましたが、其頃は[14]」（下12）といった、「先生」が遺書のなかで折りに触れて語っていることばから漠然と類推することができる。「其頃」とは明治三十年代も前半のことであった。「其時の高等学校の生徒は今よりも余程殺伐で粗野でした」「今の学生にない一種質朴な点をその代りに有つてゐたのです」（下4）「其頃の大学生は今と違つて、大分世間に信用のあつたものです」（下10）「我々は真面目でした。我々は実際偉くなる積でゐたのです」（下19）と「先生」は自分たちの学生時代を繰り返し懐かしく語っている。今の学生との違いを意識しつつ語っていく口吻からは、漱石自身が送った学生時代の雰囲気をそのままに伝えているのでは、という印象が感じられるが、学士の稀少価値と相俟って、学生一人ひとりが社会・国家への貢献への責任を真摯に受け止めていた時代であった。

ところで、明治二十六年七月に帝国大学文科大学英文学科第二回生として卒業した[15]漱石自身の社会進出は、概ね順調といってよかった。『東京大学百年史』第二巻「通史二」では「卒業生の進路選択」の項で、「文学士の経歴でより一般的な形に近いのは夏目金之助（漱石）の場合である」として挙げられている。

> 漱石の経歴は文学士の職業領域をほとんど網羅している。彼は俊秀であり、二人目の英文学専修者という稀少価値も有していたから、（中略）多くの同輩らと同様の平坦な学者生活を送っていたかもしれない。すなわち、学者の理想的な職歴は、まず大学院に籍を置きつつ在京の高等教育機関や中学校の講師を勤め、ついで大学院を辞してその教授や地方の高等学校の教授あるいは文科大学の助教授となり、外国留学後、文科大学の教授に就任し、教職に一生を終える、といったものである。

文科大学の卒業生の就職が大半「学校体系」のなかと限られていたものの、明治前期の学生たちの意識は漱石や「K」や「先生」やのように、ナショナリズムに支えられた上昇志向に満ちたものであった。「先生」は「K」とは「同じ科」でも「専攻の学問が違つてゐた」（下19）。「K」の専門は哲学かと思われるが、「担任教師から専攻の学科に関して」「ある事項を調べて来いと命ぜられ」（下40）図書館で「新着の外国雑誌」を探し、「横文字の本」（上35）を読む「先生」は、〈西洋〉を対象とするその他の学科[16]であったと思われる。因みに「私」も卒論の「問題」に「先生と縁故の近いもの」（上25）を選択しており、「丸善の二階」[17]で「自分に関係の深い部門の書籍棚」（上36）を漁る。やはり〈西洋〉について学んでいる。しかし、同じ〈西洋〉を専門としても、世の中における人材としての要求度は「先生」の時代の方が格段に高かったはずである。新しい学問を学ぶことが国家への貢献へと直結して来る

のが「先生」の時代であった。(18)

このことは「先生」の同級生たちの動向を考えてもわかる。「世の中にたつた一人で暮してゐるといつた方が適切な位の私」(下1)「殆ど世間と交渉のない孤独な人間」(下2)という「先生」は、「私」の眼から見ても「交際の範囲の極めて狭い」(上7)人であった。「先生の元の同級生などで其頃東京に居るものは殆ど二人か三人しかないといふ事も知つてゐた」(上7)という。しかし、「先生と同郷の学生などには時たま座敷で同座する場合もあつた」(上7)「その日横浜を出帆する汽船に乗つて外国へ行くべき友人を新橋へ送りに行つて」(上10)「先生と同郷の友人で地方の病院に奉職してゐるものが上京したため、先生は他の二三名と共に、ある所で其友人に飯を食はせなければならなくなつた」(上15)という記述を読む時、「先生」が「今」でもひきずる地方(新潟)の名家の嗣子という階層的名残と、時代のなかで少数のエリートであった大学卒業生の同窓意識とを感じさせられる。「先生」は自ら世間との交際を断ったものの、「先生」の置かれている立場は必ずしもそれを許さないものがあったのである。

一方、明治四十五年(日露戦争後)に卒業した「私」の時代には文学士をとりまく状況は「先生」の頃とは違った様相を呈してきた。「学校を卒業するのを普通の人間として当然のやうに考へてゐた私」(中1)は、喜ぶ両親に向かって「大学位卒業したつて、それ程結構でもありません。卒業するものは毎年何百人だつてあります」(19)と言い放つ。「私」にとっては大学を卒業することは「それほどにもないもの」(中1)と意識されていた。卒業後の進路は、「私」の友人に即して見ると、中学校教員が圧倒的に多かったようである。「私の友達には卒業しない前から、中学教師の口を探してゐる人があつた」(上33)「地方の中学教員の口があるが行かないかと書いてあつた。此朋友は経済の必要上、自分でそんな位地を探し廻る男であつた」「もつと好い地方へ相談が出来たので(中略)知らせて来て呉れた」(中6)「知り合ひの中には、随分骨を折つて、教師の職にありつきたがつてゐるものがある」(同)というように、地方の中学校が大きな位置を占め、学生がその口を得るために奔走していたという。こうした叙述から窺えることは、この当時文科大学の学生が就職口を求めることが中学教員とはいえ困難であったという状況である。「不相当な地位と収入とを卒業したての私から期待」(同)する両親は「迂濶」と決めつけられる。「相当の口つて、近頃ぢやそんな旨い口は中々あるものぢやありません。ことに兄さんと私とは専門も違ふし、時代も違ふんだから」と「私」は牽制する。「忙がしい職にゐた」「九州にゐる兄」(中10)との差異を「時代」のなかにも見ている「私」がいるように、日露戦争後の学士の就職状況に相対的な価値の低下が生じて来たことは、確かなようである。「私」は卒業してもなかなか職が得られないという状況下にあった。

しかし「私」が就職しない理由はそれだけではなかったようである。この時期、高等教育を受けた者即ち大学・高等専門学校卒業者の無就業者が増加し、いわゆる〈高等遊民〉問題が社会問題として盛んに取り沙汰された。[20]明治四十四年十二月の『早稲田文学』彙報欄「教学界」には「社会風教に関して、最近最も世の耳目を聳たしめた問題は、かの所謂高等遊民問題である」と取り上げられており、問題の「要点」は「高等の知識を有して財産なく職業なき遊民の年々増加して行く社会的傾向に対する憂慮と之れが防御策の攻究に存する」として論じられている。その要因はさまざまに考えられるが、[21]『こゝろ』の「私」にもこうした時代の影が落ちていた。「私」が確たる思想的背景を持たないことは「先生」によって指摘されてもいるが、大学卒業当時の「私」は時代の風潮に安易に染まり、〈高等遊民〉を気取っていた青年であった。『それから』の代助はむしろ「私」にこそ近い。

「私」の卒業祝いの膳を設けた夜、「先生」は「是から何をする気ですか」(上33)と聞く。その時、「私にはたゞ卒業したといふ自覚がある丈で、是から何をしやうといふ目的もなかつた」。「教師?」「ぢや御役人?」と追うように聞く「奥さん」に対して、「本当いふと、まだ何をする考へもないんです。実は職業といふものに就いて、全く考へた事がない位なんですから。だいち何れが善いか、何れが悪いか、自分が遣つて見た上でないと解らないんだから、選択に困る訳だと思ひます」（上33）と心細いことを言っている。帰省した後の「私」のなかでは、「学校を出た以上」「他の世話になんぞなるものぢやない」「独立して遣つて行つて呉れな」（中6）くてはと考える父や、「世の中で是から仕事をしやうといふ気が充ち満ちてゐ」（中15）る兄との対立が顕在化してくる。「何にもして居ない」「先生」は父にかかると「役に立つものは世の中へ出てみんな相当の地位を得て働いてゐる」「必竟やくざだから遊んでゐるのだ」（同）ということになるし、兄によれば「何か遣れる能力があるのに、ぶら〳〵してゐるのは詰らん人間に限る」（中15）ということになる。しかし、「広い都を根拠地として」（中6）「気楽に暮らして行」（中2）くことだけを漫然と考え、「先生の忠告通り財産分配の事」（中7）を父親に確かめようと思案したりしていたのが当時の「私」であった。両親の手前「あからさまに自分の考へを打ち明ける」（中6）ことを憚ったものの、「口の見付かる迄」「今迄通り学資を送つて呉れるやうに」（中8）頼みつつ、「心のうちで、其口は到底私の頭の上に落ちて来ないと思つてゐた」。当時の「私」にとっては父や兄に何と言われようと、その内実においては「衣食の口の事」は「ちつとも頓着してゐない事」（中15）であった。そして、「今」の「私」は、「其時」の自分の「愚か」（中1）さや「憐れ」（中11）さがよく見えてきているのである。

詳述は後に譲るが、「其時」の「私」が「先生」に惹きつけられた理由、「先生」に「かぶれ」（上33）た理由を考えると、そこにまさに当時の「私」が抱えていた問題があったことが見えてくる。世の中に背を向けて生きる「先生」の姿は、〈時代〉の青年「私」の共感を呼んだのである。しかし、「私」は「先生」の遺書を読むことによって、そうした「先生」の選択した生き方の背後に「何んなに先生に取つて見惨な」「悲劇」（上12）があったかを知る。たまたま財産があるゆえに「先生」は〈高等遊民〉として働かなくとも生きていけたのだが、それは決して「先生」自身が望んだ生き方ではなかった。ただ漠然と進路が定まらず、大学を卒業しても「衣食の口」を求めようとしない「私」とは決定的に違う意味があったことを、「私」は知った。「先生」と「私」との大学卒業時のありようの差異は、ふたりを取り巻く〈時代〉を意識するなかで「私」には明瞭に見えてきた。「自由と独立と己れとに充ちた現代」（上14）を生きてきた「先生」にとって、「己れ」を閉ざして生きることがどんなに「見惨な」ことであったかが感受できたはずである。「私」の手記は、この間の自身の変貌を明確に意識しつつ書かれている。

3　「私」の編集意図　その一――〈高等遊民〉としての生

「私」の手記は、一見「先生」との出会いから遺書を読むまでの時間的経過を追っているだけのように見えながら、「たゞ一つ私の記憶に残つてゐる事がある」（上12）「そのうちでたつた一つ私の耳に留まつたものがある。然し、それを話す前に、一寸断つて置きたい事がある」（上11）「私は其晩の事を記憶のうちから抽き抜いて此所へ詳しく書いた。是は書く丈の必要があるから書いたのだが」（上20）と、しばしば挿入される断り書きが示すように、実際には記憶のなかから取捨選択し再構築されたものである。記憶をたどりつつ過去を再現している叙述のなかに現在の「私」の認識が滑り込んでいくという形になっている。従って読み取りに際しては、当時の認識のままに正確に叙述されているわけではない、「私」の手記の文体に留意しつつ見ていくことが肝要なのである。また「私」の手記が、先行する「テクスト」としての「先生」の遺書をさまざまな形で意識していることは、その用語の類似性からも明らかである。遺書は手記を書く「私」の認識や心理やに直接影響を及ぼしているだけではなく、その構成意識にも強く作用していると見ることができる。

「今」叙述を進めていく「私」には、それなりの企みが浮上してきている。その一つは、現実的・経済的な問題から遺書を照射するということであった。手記を書き出した「私」は、まず「先生」と出会った鎌倉の海岸に来ることになったそもそもの経緯を説明していく。「先生」との出会いを語るには、ほとんど無縁と思われるこの「私」の叙述は、実のところ『こゝろ』を見ていく上で軽々に見過ごすことができない意味を持っている。ここで「私」は、自分を鎌倉に呼び寄せた「友達」との経済的な差異を繰り返し述べている。

「暑中休暇を利用して海水浴に行つた友達から是非来いといふ端書を受取つたので、私は多少の金を工面して、出掛る事にした。私は金の工面に二三日を費やした。」「友達は中国のある資産家の息子で金に不自由のない男であつたけれども学校が学校なのと年が年なので、生活の程度は私とさう変りもしなかつた。従つて一人坊ちになつた私は別に恰好な宿を探す面倒も有たなかつたのである。」（上1）

その「友達」とは違い、「私」は旅行費用の「工面に二三日を費や」さなければならない状態であった。結局「友達」は、急に国元から呼ばれて帰郷、「折角来た私は一人取り残された」。しかし、「友達」も学生の身分にふさわしく、「生活の程度は私とさう変りもしなかつた」ので、「別に恰好な宿を探す面倒も有たなかつた」と、あえて説明していく。「私」にとって「暑中休暇を利用して海水浴に行」くことは、幾分ぜいたくな行為だった。

「玉突きだのアイスクリームだのといふハイカラなものには長い暇を一つ越さなければ手が届かなかつた。車で行つても二十銭は取られた」「長谷辺に大きな別荘を構へてゐる人と違つて」「海水着を持たない私」（同）と、繰り返し「私」は、避暑地に集まる一部の有産階級の人々とは違うという自己意識を吐露している。このことは、この手記を書く「私」が、「今」明確に自分の置かれている経済的・社会的基盤を自覚していることを物語っている。それはまた、亡き父を想い、自らの出自を顧み、己れの立脚点を確認することでもあった。『こゝろ』の世界は、〈愛〉や〈友情〉や〈死〉や〈倫理〉やといった、形而上的な命題を中心に据えて書かれているように見えるが、その背後に確実に透かして見えるのはリアルで生々しい現実的・経済的な問題であった。[22] そして、「今」手記を執筆している「私」は、かつての自分を対象化しつつ、この問題を見詰めている。

「上・先生と私」には、何回か「私」と「先生」や「奥さん」との間で交わされた会話が思い起こされ叙述されている。そのなかで「私」が繰り返し話題にしたことの一つは、「先生」が何故世の中に出て仕事をしないのかという点であった。「私」の眼に映った「先生」はまさに〈高等遊民〉の生を生きていた。その時の「私」は、こうした「先生」の生き方に惹かれ、思想的・精神的な面から「先生」の活動しない理由に固執していった。現在の「私」は記憶のなかの当時のこだわり方と「今」のそれとの差異を確実に見据えつつ叙述していく。

最初にその話題は、「奥さん」との他愛のない談話のなかから、「たつた一つ私の耳に留まつたものがある」(上11)として記憶のなかからたぐり寄せられていくのだが、「然しそれを話す前に、一寸断つて置きたい事がある」(同)といって、まず「私」は当初「先生」に対して抱いた素朴な疑問と、そのことについて「先生」と交わしたやり取りを記していく。

先生は大学出身であつた。……然し先生の何もしないで遊んでゐるといふ事は、東京へ帰つて少し経つてから始めて分つた。私は其時何うして遊んでゐられるのかと思つた。(上11)

「私」はこうした疑問を率直に「先生」にぶつけ、世間にでることを勧めた。「先生」の学問や思想に「敬意を払う」「私」は、「世間が先生を知らないで平気でいるのが残念だつたから」である。「先生」は「私のやうなものが世の中へ出て、口を利いては済まない」「何うしても私は世間に向つて働らき掛ける資格のない男だから仕方がありません」と「答へるぎりで、取り合わなかつた」。「私」は、余りに強い語気でいう「先生」に対してそれ以上追及する勇気を失ったのだが、前述の「奥さん」との会話の際に、またこのことが「自然」話題になり、「私の耳に留まつた」のである。

「先生は何故あゝやつて、宅で考へたり勉強したりなさる丈で、世の中へ出て仕事をなさらないのでせう」(同)

「私」はかなりことばを重ねて「先生」が「なぜ活動ができない」のかを問うた。しかし、それに対する「奥さん」の返答は要領を得ないものだった。「外側から云へば、私の方が寧ろ真面目だつた」とふりかえるように、この時の「奥さん」は「私」の追及を適当にはぐらかすような答え方しかしていない。「六づかしい顔をして黙つてゐた」「私」に気がつくと「急に思ひ出した様に」「若い時はあんな人ぢやなかつたんですよ。若い時は丸で違つてゐました。それが全く変つて仕舞つたんです」といった。もとより「先生」の過去を知らない「其時」の「私」は、自分の関心に照らして「真面目」に現在の「先生」のありようについて知りたいと考えたのである。

やがて再び訪れた機会に、「私」は更に「奥さん」に問うた。「奥さん、私が此前何故先生が世間的にもつと活動なさらないのだらうと云つて、あなたに聞いた時に、あなたは仰やつた事がありますね。元はあゝぢやなかつたんだつて」「何んなだつたんですか」(上18)と聞く「私」に対して、「あなたの希望なさるやうな、又私の希望するやうな頼もしい人[23]だつたんです」と「奥さん」は答えている。それ以後の会話は、この「先生」の変貌の原因をめぐってなされたのであるが、「私」にとって、当面問題だったのは、まず現在の「先生」が必ずしも望むような「頼もしい人」ではなかったこと、そのこと自体であった。その背後には「先生」が世の中に出ることを願う気持ちがあったからである。ある時の「私」は「先生」に対して「世間に背中を向けた人の苦味を帯びてゐなかつた丈に」「それ程の手応もなかつた」「偉いとも感心せずに帰つた」(上25)という失望を漏らしてもいた。「先生」が「世間に背中を向ける」ことに殊更に意味を見ようとした「私」が窺える。

突然「先生」が「君の家には財産が余程あるんですか」（上27）という質問を投げかけた時、「私」のなかでは、「私の方はまだ先生の暮し向に関して、何も聞いた事がなかつた。先生と知合になつた始め、私は先生が何うして遊んでゐられるかを疑ぐつた。其後も此疑ひは絶えず私の胸を去らなかつた。然し私はそんな露骨な問題を先生の前に持ち出すのをぶしつけと許思つて何時でも控えてゐた」と、またまた「先生」の生活にかかわる「疑ひ」が頭をもたげてきた。前述の文脈から考えれば「私」にとって「何うして遊んでゐられるか」という「疑ひ」は、単に働かなくても食べていかれるという「財産」の有無というだけではなく、世間的活動を行なわない精神的理由を問うことにも重ねられていた。しかし、ここでの会話は「私」の追及すべき方向へは向かわず、「それですぐ後に尾いて行き損なつた私は、つい黙つてゐた」。そして、「私はそれでも何とも答へなかつた。寧ろ不調法で答へられなかつたのである。すると先生が又問題を他へ移した」というように、「先生」自身の文脈で展開していったのであった。「今」の「私」は次のように振り返る。

先生の談話は、此犬と小供のために、結末迄進行する事が出来なくなつたので、私はついに其要領を得ないでしまつた。先生の気にする財産云々の掛念は其時の私には全くなかつた。私の性質として、又私の境遇からいつて、其時の私には、そんな利害の念に頭を悩ます余地がなかつたのである。考へると是は私がまだ世間に出ない為でもあり、又実際其場に臨まない為でもあつたらうが、兎に角若い私には何故か金の問題が遠くの方に見えた。（上29）

「まだ世間に出ない」「実際其場に臨まない」「若い」「其時の私」には、「財産」や「金の問題」はリアルな問題として迫ってはこなかった。しかし、当時の記憶をたどっていく現在の私には、その問題が看過できないことであること、またその人の「性質」や「境遇」やといったことに絡まって、「利害」に関わる大きな問題となることが意識されている。遺書を読んだことや、父を裏切った後の現実的体験やが、かつての自分を相対化させているのである。

「私の眼に映ずる先生はたしかに思想家であった」（上15）「私は思想上の問題に就いて、大いなる利益を先生から受けた事を自白する」（上31）というように、当時の「私」は多分に「思想家」である「先生」に傾倒していった。「先生」の「過去が生み出した思想」（上31）に「かぶれ」（上33）ていたために、「先生」が世の中で活動しない理由を殊更に思想的・精神的なところで理解しようとしていたのである。人間が生きていく上で、好むと好まざるとに関わらず抜き差しならない現実的問題が背後に横たわっていること、またそうした角度から思いを巡らすことは、「其時」の「私」には到底できなかったのである。「先生」と「財産」をめぐって交わした会話を、「今」の「私」は十分自分の問題として捉えた上で、再現しているといえる。

卒業式の日、式を済ませた「私」は「下宿の二階の窓をあけて、遠眼鏡のやうにぐる〳〵巻いた卒業証書の穴から、見える丈の世の中を見渡した」（上32）。そして、

「私はもう卒業したのだから、必ず九月に出て来る必要もなかつた。然し暑い盛りの八月を東京迄来て送らうとも考へてゐなかつた。私には位置を求めるための貴重な時間といふものがなかつた。」（上34）

というように、本来「貴重」であるべき時間を失念していた当時の自分を、現実問題に対して迂闊であった自分を、遠まわしな言い方で漏らしている。既に「世間に出」ている「今」の「私」には、経済的社会的問題は閑却を許さないものである。そのことを強く意識しつつ手記の叙述は進められていた。そしてこの視点は、表面的には〈高等遊民〉としての生を生きつつ「己れ」を閉ざして生きなければならなかった「先生」の真の姿を、「先生」にとっ

て最も痛ましい「生」の形を遠慮なく暴き出すものであった。手記を検討していくと「私」の関心が必ずしも「先生」の「過去」それ自体にあるのではなく、主としてその「過去」がもたらした不幸なその後の現実にあったことがわかってくる。「先生」の〈罪〉と〈罰〉との間にあって、その「先生」固有の〈罰〉の重さに「私」の眼は向かっていったのであった。「私」が、残された「奥さん」に真っ先に手記を示そうとした理由である。

4 「私」の編集意図　その二 ――「奥さん」に宛てて

肝心の御嬢さんに、直接此私といふものを打ち明ける機会も、長く一所にゐるうちには時々出て来たのですが、私はわざとそれを避けました。日本の習慣として、さういふ事は許されてゐないのだといふ自覚が、其頃の私には強くありました。然し決してそれ許が私を束縛したとは云へません。日本人、ことに日本の若い女は、そんな場合に、相手に気兼なく自分の思つた通りを遠慮せずに口にする丈の勇気に乏しいものと私は見込んでゐたのです。（下34）

愛において「迂遠な実際家だつた」（同）「先生」は「お嬢さん」に直接その心を確かめることなく結婚した。その後の結婚生活においても「先生」は一度も確かめることはしていない。それは今でも「先生」が「愛の理論」を対象化していないことからも明らかである。「恋は罪悪」（上13）というものの、ひたすら「愛の一面」である「神聖」（同）さを懐かしむかのようである。

一方『こゝろ』のなかで「奥さん」（かつての「お嬢さん」）の「先生」への気持ちを確かめ得る箇所が一か所だけある。「奥さんは先生を何の位愛してゐらつしやるんですか」（上17）と「私」が「奥さん」に聞いた場面、「先生」

が同郷の友人と夕食を共にするため外出するので、「私」に留守番を頼んだ夜のことである。無論「奥さん」が「私」に対してストレートに答えたわけではないが、この時の「奥さん」の受け応えする態度は「私」にある意味で感動すら与えている。それは、冒頭に引用した「先生」の「日本人、ことに日本の若い女」に対する認識と大きく異なるものであった。この部分を書く「私」は、この「先生」の遺書のことばを明確に意識しつつ書いている。

　私は奥さんの理解力に感心した。奥さんの態度が旧式の日本の女らしくない所も私の注意に一種の刺戟を与へた。それで奥さんは其頃流行り始めた所謂新らしい言葉などは殆ど使はなかつた。（上18）

「私」の眼に映った「奥さん」は毅然とした態度で自分を語る女性であった。「私」の問いに答える「奥さん」は「私は今先生を人間として出来る丈幸福にしてゐるんだと信じてゐ」る、「思ひ込んでゐ」るという自分の側の問題と、「先生」の眼に映る自分の姿如何とは「別問題」として明瞭に区別していた。その冷静な「理解力」に「私」は「感心した」のである。

「女といふものに深い交際をした経験のない迂闊な青年」（同）であった「私」は、男としての「異性に対する本能から、憧憬の目的物として」「女を夢みてゐた」に過ぎなかった。しかし、「奥さん」と対した「私」は、「奥さんの女であるといふ事を忘れた」と言う。「普通男女の間に横はる思想の不平均といふ考えも殆んど起らなかつた」と言う。「私」は、女性である「奥さん」も対等な立場で自分の考えを男性とぶつけあう存在であることをこの時認識したのであった。「私はたゞ誠実なる先生の批評家及び同情家として奥さんを眺めた」というように、当時の「私」にとって目下の関心事は「先生」のことであった。「誠実なる先生の批評家及び同情家として」の眼によって「奥さんを眺めた」ということの意味は、ふたりの間に「先生」という存在を挟んで、気がつくと人間として対等な関係[24]が成立していた、ということを伝えている。それゆえに「私」は、「先生」の核心に迫ろうとかなり突っこんだところまで話題を進展させることができたのである。

ところでこの夜のことは「上・先生と私」16章から20章までを割いて書かれている。その日「私の行ったのはまだ灯の点くか点かない暮方であつたが、几帳面な先生はもう宅にゐなかつた」。それから「十時頃になつて先生」が戻って来るまでの数時間を、主人のいない家で「奥さん」と「私」は二人だけで過ごしたと思われる。無論その時の「私」は終始一貫して別間に下女が居るものと信じて疑わなかったのだが、手記を書いていく「私」は時々あえて下女の挙動[25]を気にした一節を挟み込み、「奥さん」が意識的に「私」との内密な会話の機会を作ろうとしていた意図を記憶の底から立ち上がらせ類推していく。

「奥さんが茶の間で何か下女に話してゐる声が聞こえた」「一しきりで奥さんの話声が已むと、後はしんとした」（上16）と「私」は記す。留守を預かるために来て書斎に通された直後のことである。その後「奥さん」に促されて茶の間に移動していく。やがて「私は黙つてゐた。奥さんも言葉を途切らした。下女部屋はことりとも音をさせなかつた」（上18）と、ふと会話がとぎれた時のことがことさらに喚起されていく。そして「十時頃になつて先生の靴の音が玄関に聞こえた時、奥さんは急に今迄の凡てを忘れたやうに、前に坐つてゐる私を其方退けにして立ち上つた。さうして格子を開ける先生を殆んど出合頭に迎へた。私は取り残されながら、後から奥さんに尾いて行つた。下女丈は仮寝でもしてゐたと見えて、ついに出て来なかつた」（上20）。こうした記述を見ると、明らかに「今」の「私」が、当夜「奥さん」が下女を外出させていたのだということを暗に確信していることが知られる。即ち「奥さん」はこの夜の夫の不在を利用して、「私」と過ごす時間を目的を持って使おうと意図していたことが「私」には見えてきたのである。

先行研究においては、この夜の「奥さん」の言動を「批評的に」いや批判的に見る傾向がある。[26]当夜の「私」も一瞬そうした思いに捕らえられたとしている。自分の前で涙を見せた直後「先生」の帰宅を察知するや「輝い」た態度で夫を迎える豹変ぶりに「異常なもの」を感じ、「今迄の奥さんの訴へは感傷《センチメント》を玩ぶためにとくに私を相手に拵えた、徒らな女性の遊戯と取れない事もなかつた」（上20）と、その時の推察を漏らしてもいる。しかし、「尤も其時の私には奥さんをそれ程批評的に見る気は起らなかつた。私は奥さんの態度の急に輝やいて来たのを見て、寧ろ安心した。是ならばさう心配する必要もなかつたんだと考へ直した」（同）と、「其時の私」は「奥さん」の意図的な行為の意味を見極めず（つまり「批評的に見」ず）、「必竟」「幸福な一対として世の中に存在してゐるのだ」と「先生」夫婦のことを「自覚し」てしまったのであり、それまでの「奥さん」の訴えの重大さを等閑に付してしまったのである。「今」の「私」に、後悔の念が走るところである。

　私は其晩の事を記憶のうちから抽き抜いて此所に詳しく書いた。是は書く丈の必要があるから書いたのだが、実をいふと、奥さんに菓子を貰つて帰るときの気分では、それ程当夜の会話を重く見てゐなかつた。（上20）

遺書を読んだ後の「私」は、「先生」と「奥さん」の間に横たわる不幸な「現実」（下52）を知る。そして、その夜の「奥さん」の訴えが「重」い意味をもっていたことを知る。「奥さん」はこの夜夫の不在の時を利用して、下女を外出させ、「私」と二人だけの時間を持とうとした。人嫌いの「先生」と急速に親しくなった「私」に、日頃自身の抱えている、夫との関係に関わる問題を相談し、その判断を仰ごうとしたのである。

「手記」において「私」は、「奥さん」と交わした会話をできるだけそのままに再現しようと直接話法で叙述していく。その間に「私」の認識が挟み込まれている。その認識は必ずしも過去の「私」のものとは思われない。遺書を読んだ後の「私」が、過去の記憶を呼び起こし記述していくという作業のなかで発見し確認していったものなのである。(27)

奥さんは（中略）先生は自分を嫌ふ結果、とう〳〵世の中迄厭になつたのだらうと推測してゐた。けれども何う骨を折つても、其推測を突き留めて事実とする事が出来なかつた。先生の態度は何処迄も良人らしかつた。親切で優しかつた。疑ひの塊りを其日〳〵の情合いで包んでそつと胸の奥に仕舞つて置いた奥さんは、其晩その包みの中を私の前で開けて見せた。（上19）

ここは明らかに手記を執筆していく「今」の「私」が、「先生」との日常性のなかで葛藤していた「奥さん」の心中を「奥さん」の立場から推し量ってまとめた部分である。その時の「私」には必ずしもくっきりと見えていなかった「奥さん」の姿が、「奥さんの苦にする要点」（同）が、過去の記憶を整理するなかで捉えられている。

この時の会話の当初は、むしろ「私」の側の、「先生」に対する関心事だった。しかし、話題がその「先生」の〈変貌〉に移ってきた時であった。「私」からその「源因」が「奥さん」には「解るべき筈」と詰問された時、「奥さん」は「突然」「あなたは私に責任があるんだと思つてやしませんか」と聞いた。「奥さん」からの積極的な問いはこれが初めてである。「奥さん」は「私」の眼に映る自分の姿に強くこだわっていく。「責任」「悪い所」「欠点」と自分に落ち度があったら知りたいと、自分というものに固執していった。「自分と夫の間」の「蟠まり」の存在に心を痛めながら、自分を顧みつつその状態を切り拓く道を真剣に模索していたのである。

「奥さん」は、「あなた何う思つて？」「隠さず云つて頂戴」と迫り、「其所を一つ貴方に判断して頂きたいと思ふの」と、「私」の「判断」を促した。もとより「事の大根を攫んでゐなかつた」「私」は、「奥さん」の「縋り付かう」とする自分の「判断」を示すことはできなかった。「今」の「私」は、「奥さん」が「何処迄も手を出して、覚束ない私の判断に縋り付かうとした」（上20）ことの理由、「同じ問題をいつまでも話し合つた」（同）ことの意味が明瞭に見えてきた。同じ20章の末尾に、「秋が暮れて冬が来る迄」の「奥さん」の穏やかな日常性が描かれている。

「子供のない奥さん」は、「退屈凌ぎ」「身体の薬」といって、「私」の「衣服の洗ひ張や仕立方」などに快く応じている。その時の「私」には、こうした穏やかな、「奥さん」の日常のなかに潜む亀裂には気づくことができなかったのである。

やがて「先生」から遺書を貰った「私」は、その記憶のなかから「奥さん」と交わした会話を手繰り寄せる「必要」を感じる。遺書によれば、「先生」は「奥さん」の心の痛みを知りながらあえて自分の心を閉ざした。「奥さん」だけには生涯知らせてくれるなと言い置いて死んでいった。「私」はその遺書のなかに「奥さん」が最も知りたがっていた「先生」の心を開く鍵を発見したはずである。「先生」の心を知りたいと言った「奥さん」の情熱が、遺書を読んだ後の「私」には蘇って来たと思われる。「私」は真っ先に「奥さん」に「先生」の心を伝えたかったのである（そして、それは先生の遺志でもあった）。

5 「私」の編集意図 その三 ——「中・両親と私」の意味

「中・両親と私」の章を『こゝろ』のなかでどう位置づけるかは、今の段階でも、各々の論者のなかでそう明確にされているとは言えない。やはり「下・先生と遺書」との関係で読むことを強いられてきたせいかも知れない。近年の『こゝろ』論が遺書を中心化する読みから解き放たれ、前述のような構造を持つと考えるようになったのだが、その観点から改めて捉えると、この「中」章では「先生」はむしろ後景に退き「私」自身の物語として素直に読むことができる。また、遺書を読んだという〈体験〉の後に綴った「私」の「手記」という視点から眺めた時、叙述された内容はもとより、書かれていない空白部分の捉え方に関しても、自ずと読み取りが変わってくることに気づく。〈書く〉という意識的な行為のなかで、あえて排除していったものにも眼を向ける必要がでてくるのである。書かれていないからといって、「私」にとっての〈体験〉の意味が不明のままとは言えない。その意味で「語り手としての私は作者と一体不可分な代弁者であり、傀儡でしかない」とする三好行雄氏[28]の「私」の捉え方は再考されなければならない。

郷里に帰って以後の「私」は、「友達のだれかれ」(中4)に宛てて手紙を出すことから始まり、〈書く〉という試みを意識的に行なっていることが窺えるが、もし「私」が〈国を棄てて以後の自分〉について「綴」るとしたら、その内容を想像することは、それほど難しいことではない。「私」の記述した「手記」の末尾は、危篤の父親を残し「先生」のもとへ走るため「東京行の汽車に飛び乗」(中18)り、車内で遺書の「始から仕舞迄眼を通した」ということばで終わっている。田中実氏は前掲論文で「「両親と私」の章が見逃すことができないのは、その書かれた量の問題だけでなく両親を裏切ってしまった「私」の痛みの問題でもあった」ためであると、この章の意味を明確に示し、「先生」を愛する余りに犯してしまった「「私」の切実で固有な体験」によって、やがて「私」は「先生」を対象化しその批判を可能にしていったのだと結論づけていく。書かれなかった部分を読み取り、遺書と「手記」との重要な接点を指摘した数少ない論考といえる。しかし、それと同時にこの末尾の行為の「私」に及ぼされた現実的な波紋を考えてみることも促される。遺書を通して「私」に身近な問題として迫ってきたのは、むしろ自裁した「K」の境遇であり、大学卒業後の「先生」の生き方そのものであった。比喩的にいうならば、両親を裏切るという〈罪〉を犯してしまった「私」が、その結果として背負い込んだ〈罰〉をどのように身に受け、乗り越えて行ったかという点に関わってくる。この点を「中・両親と私」の章全体から検討することが要請されてくる。

親族・友人の集うなか、父の臨終を看取ることもせず東京へ向かってしまった「私」は、以後郷里の共同体から離脱することを余儀なくされたはずである。「田舎は蒼蠅いからね」（中3）と、父でさえ気にした「陰口」や「世間への義理」（同）に縛られた狭い「社会」にあって、兄や母は容易に「私」を許すことはない。結果的には「先生」や「K」と同じ運命をたどることになる。経済的な基盤を断たれたということでは「K」に近い。「口」を得るまでと約束した当面の「学資」（中8）の仕送りもなく、「私」は生きていくために選択の余地なく職を見つけなければならなかったのだ。そして「今」の「私」は、確実に市井の生活者としての暮らしを営み既に父親になっている。それはまた、結果的にしろ自ら望んだ、「自由と独立と己れ」（上14）を生きることでもあった。「今」の「私」は恐らく「広い都を根拠地として」（中6）生活者として独立して生きていく「覚悟」（中7）を持った「私」であった。この地点に立って初めて、自らの理念に生きてしまった「先生」の生涯の物凄さと痛ましさを受け止めることができたのであった。(29)(30)

「先生」への思慕を募らせ「行動」に走らざるを得なかった、かつての熱い自分を語ると同時に、既に自分のなかに父に代表される生活者の論理が生きていることを確認しつつ、「私」は「手記」を書いていく。世の中に出て行くことをある意味での〈成熟〉とするならば、それなりの〈成熟〉への方向を、故郷に帰って過ごす日々のなかで模索していたのが当時の「私」であった。時代の風潮にかぶれ確たる根拠もなく〈高等遊民〉を気取っていた「私」が、そこからまがりなりにも脱皮していくプロセスが、この「中・両親と私」のなかには集約的に示されていた。そして、こうした「私」の〈成熟〉の視点は、実はこの「手記」も含めて、〈書く〉という行為を通して自分を見詰めることによって獲得されていったものではなかったか。郷里から「先生」に宛てて書いた三通の手紙の意味するものが、その間の事情をよく物語っている。

一通目は、暇にまかせて「原稿紙へ細字で三枚ばかり国へ帰つてから以後の自分といふやうなものを題目にして書き綴つた」(中4)もの。受け取った「先生」はこの手紙については殆ど記憶に残らなかったらしい。「……私は此夏あなたから二三度手紙を受け取りました。東京で相当の地位を得たいから宜しく頼むと書いてあつたのはたしか二度目に手に入つたものと記憶してゐます」(下1)とこの一通目については何も触れていない。「先生」は「貴方は現代の思想問題に就いて、よく私に議論を向けた」「私はあなたの意見を軽蔑迄しなかつたけれども、決して尊敬を払い得る程度にはなれなかつた。あなたの考へには何等の背景もなかつたし、あなたは自分の過去を有つには余りに若過ぎたから」(下2)と評しているように、恐らく「私」のその時の手紙に示された「意見」「考へ」にも何らの関心も示さなかったと思われる。経験を持たない「私」のものの見方・考え方は「先生」から見た時皮相なものに過ぎなかったのである。

一方その時の「私」の方は「たゞ私は淋しかつた。さうして先生から返事の来るのを予期してかゝつた。然し其返事は遂に来なかつた」(中4)と、内なる「淋しさ」からひたすら「先生」を求めていたのであった。「私」は、明治天皇の崩御という「今度の事件」(中5)についても「先生に手紙を書かうかと思つて、筆を執り」「十行ばかり書いて已めた」りもする。「私は淋しかつた。それで手紙を書《かく》のであつた。さうして返事が来れば好いと思ふのであつた」。かつて「先生」は「私」に向かって「私は淋しい人間ですが、ことによると貴方も淋しい人間ぢやないですか」(上7)と聞いた。その時の「私」は、「私はちつとも淋しくはありません」と答えている。しかし故郷にあって、「先生」と物理的な距離を隔てることによって、「私」は「淋しさ」を、即ち自分の内面を見詰めるようになる。「目的物がないから動く」「あれば落ち付けるだらうと思つて動きたくなる」「物足りない結果私の所へ動いて来た」(上13)と指摘した「先生」のことばを、自分の前途を漠然と見詰めつつあった当時の「私」は実感として噛みしめていったのではないだろうか。少なくとも「動く」ことを促されている「私」がいた。「自由と独立と己れとに充ちた現代に生れた我々は、其犠牲としてみんな此淋しみを味はわなくてはならないでせう」(上14)と「先生」がいったように、「己れ」を生きつつあった「私」は、一方でそのための当為としての「淋しさ」を感じていったのである。

二通目の手紙は、「先生」に対する、「地位」を得るための「依頼」の手紙であった。「先生」は、「あなたの地位、あなたの糊口の資」などその時の自分にとって「丸で無意味」であったという。「宅に相応の財産があるものが、何を苦しんで、卒業するかしないのに、地位々々といつて藻掻き廻るのか。私は寧ろ苦々しい気分で、遠くにゐる貴方に斯んな一瞥を与へた丈で」(下1)返事は出さなかった。当時の「私」は、「父や母の手前、此地位を出来る丈の努力で求めつゝある如くに装ほ」(中7)うために「先生に手紙を書いて、家の事情を精しく述べた。もし自分の力で出来る事があつたら何でもするから周旋して呉れと頼んだ」(同)のであった。もとより「私」は、「先生」に期待していなかったし、期待しても無駄だということも承知していた。ただその時は「此手紙に対する返事が屹度くるだらうと思つて書」き、「返事の来るのを心待に待つ」「私」であった。しかし、「父や母の手前」の偽装が動機だったとは言え「家の事情を精しく」書くことは、自分の立場を見詰め返す契機になったはずである。この時「私」の潜在意識のなかでは、既に職を求めることの重要性が兆していたとも見ることができる。書いていくうちに、その文面は必死の懇願にもなっていったのではないか。それが「先生」には「苦し」み「藻掻き廻る」姿に映ったのである。やがてこの後、「先生」が認識していたような「宅に相応の財産があるもの」どころか「家の事情」も変わってしまい、「私」は、それなりの「地位」を求めるために「苦し」み「藻掻き廻る」ことの必要を確実に知っていったと思われる。

「先生」からの返事が貰えなかったその時の「私」は、父や母のことよりも「先生から見下げられるのを遥かに恐れてゐた」「依頼に対して今迄返事の貰へないのもさうした訳からぢやないかしらといふ邪推もあつた」（中11）という。再度手紙を出せと促す母の思いをそのままに放置し「遂に一行の手紙も先生に出さなかつた」。しかし、この「手記」を書いていく「今」の「私」は、「先生」への思いと両親への思いとが、裏腹なものとして等価に自分のなかにあったことを意識している。

母は其時の私の言葉を信じてゐた。其時の私は先生から屹度返事があると母に保証した。然し父や母の希望するやうな返事が来るとは、其時の私も丸で期待しなかつた。私は心得があつて母を欺むいたと同じ結果に陥つた。（中11）

「母を欺む」くこと、即ち父母の期待する「返事」が「先生」からは来ないことを知りつつ、実際には「返事」の届かない「結果」に落胆した「私」が、ここに漏らされている。「私」は当面する事態のなかでその都度「先生」と両親との間で葛藤していた自分を対象化していく。そして、「憐れな私は親孝行の出来ない境遇にゐた」（同）と、「親孝行の出来ない境遇にゐた」自分を、つまり両親の期待を裏切り「衣食の口」を得ることに真剣に取り組もうともしなかった「其時の」自分を、「今」明確に「憐れな私」と捉えていく。〈高等遊民〉を気取っていた「其時の」「私」は、真剣に「己れ」を生きる道を模索してはいなかったのである。

「先生」に宛てた三通目の手紙は、突然届いた「先生」からの「会ひたい」（中12）という電報に対する返事。行くことのできない「細かい事情を」「認ため」（中12）た「長い手紙」（下1）であった。「私」はことばを尽くして、「先生」からの要請に応えられない理由を説明した。「あなたの出京出来ない事情が能く解りました。私はあなたを失礼な男だとも何とも思ふ訳がありません。貴方の大事な御父さんの病気を其方退けにして、何であなたが宅を空けられるものですか」（下1）と「先生」も言うように、「私」が書いた「可なり長い」（中13）手紙は「兄や妹の夫迄呼び寄せた私が、父の病気を打ち遣つて、東京へ行く訳には行かない」（中12）事情を記したものである。この時の「私」は過剰なまでに自分の置かれている立場を「先生」に説明したと想われる。募る「先生」への思いを押さえながら、父のもとに止まらざるを得ない辛い思いをこめて。しかし、結果的に「私」は「先生」のもとへ走った。「私」にとって真に「己れ」を生きることを決定した瞬間でもあった。

「其時私の知らうとするのはたゞ先生の安否だけであつた」（中18）と「先生」の生死を気遣い、「夢中で」「思い切つた勢で」行動してしまった「其時」の自分を「私」は記していく。その瞬間の行動が発作的・衝動的であったと強調されればされるほど、読み手にはこの手記を叙述していく「今」の「私」との差異が伝わってくる。確かに「両親と私」の章のここまでの記述は、過去の「私」が両親と「先生」との間で揺れつつ「先生」への思いを募らせ、その結果、父の臨終の床を離れて東京へと走ってしまったプロセスが書かれているといえよう。しかし、そうした表面的な叙述の底に、既にその頃から「己れ」を見詰めることを促されていた「私」が持続的に潜在していたことを、「今」の「私」は想起している。「今」、「私」はかつての自分の内面の劇《ドラマ》を再構成しつつ振り返っていく。

眼が覚めると、蟬の声を聞いた。うつゝから続いてゐるやうな其声は、急に八釜しく耳の底を掻き乱した。私は凝とそれを聞きながら、時に悲しい思ひを胸に抱いた。（中4）

私は其時又蟬の声を聞いた。其声は此間中聞いたのと違つて、つく〳〵法師の声であつた。私は夏郷里に帰つて、煮え付くやうな蟬の声の中に凝と坐つてゐると、変に悲しい心持になる事がしば〳〵あつた。私の哀愁はいつも此虫の烈しい音と共に、心の底に沁み込むやうに感ぜられた。私はそんな時にはいつも動かずに、一人で一人を見詰めてゐた。（中8）

この章の底に沈んでいて、時折「私」の耳に響いて来る、故郷の夏に聴いた蟬の声は、「私」に「己れ」を凝と見詰めることを喚起していた。「先生」へ宛てて「長い手紙」を〈書く〉ことによって、自分の置かれた境遇を再認識していったこと、また帰郷して以後の日常のなかでその都度両親との葛藤を重ねたこと等によって、「私」は「己れ」を見詰め、生の方向を模索することを促されていたのであった。その意味では、衝動的であったとは言え、「先生」を選んだことは「私」にとって「己れ」を生きるがための必然であった。「今」の「私」にはそれがよく見えている。「土の臭を嗅いで朽ちて行」(中15)くことを拒み、「日本一の大きな都」「黒いなりに動かなければ仕末のつかなくなつた都会」(中5)で生活者として独立して生きる道を選ぶほかなかった自分を知っていく。そして、それゆえにこそ「私」は、「死に瀕してゐる」(中15)父を見棄て母を裏切った〈罪〉を強く自覚していくことになるのである。以後の「私」は、「自由と独立と己れとに充ちた現代」を生きるがゆえの当為としての「淋しさ」を、身を以て知る「私」であった。

「今」の「私」はかつての自分を対象化しつつ、亡き父への思いと「先生」への思いとを等価に身に受け生きる「私」であった。即ち真に「己れ」を生きる「私」であった。そうした「私」の姿は、「手記」全体を貫く編集意図の跡を探ることによって見えてくる。いわば「私」の「手記」は、「先生」に出会って以後の〈体験〉のなかで、それなりの変貌を遂げてきた自分を見詰めつつ生まれて来たものと、ひとまず確認できるのではないだろうか。「先生」や「奥さん」との数年にわたる交流、「先生」を思う余りに両親を裏切ったという決定的な出来事、そして「先生」の遺書を読んだこと(恐らく「私」は遺書をこの間繰り返し読んだと思われる)等々、一つ一つが〈体験〉となって「今」の「私」がいるのである。「私」にとって「今」見えて来たものは遺書を読んだからというだけのものではないことがわかってくる。「手記」を書き、その中に「先生」の遺書を引用した理由もここにある。

本稿は青年「私」の現在をどこまで読み取れるかという観点から、「私」の「手記」の編集意図を探ってみたものである。「先生」の遺書の問題には紙幅の関係で、残念ながらここでは殆ど触れることができなかったが、二つの「手記」の間にはさまざまな対応関係があることが見えてくる。そして、「私」が手記を書いた理由、「先生」の遺書から受けとったものを明らかにしない限り『こゝろ』を論じたことにはならない。別稿を期したい。

＊引用は『漱石全集』第六巻（昭41・5　岩波書店）による。なお、本文中の傍点は全て筆者による。

注記

（1）「「こころ」を生成する「心臓《ハート》」」（『成城国文学』昭60・3、のち改題して『構造としての語り』所収　昭63・4　新曜社）

（2）「『こゝろ』という掛け橋」（『日本文学』昭61・12）数多くの『こゝろ』論の中で、最も『こゝろ』という小説の全体像を明示した論文と思われる。本稿もこの論文に大きな示唆を受けて成ったことをお断りしておく。

（3）小森氏の論だと「先生」の遺書は否定的対象としてしか「私」に受け取られていない。そこから二つの手記の差異を検証し、「先生」批判の論が量産されて来たようである。田中氏は「両親と私」の章に注目し「私」固有の体験によって、「先生」の遺書自体の持つ自己否定的メッセージを乗り越えていく「私」の生の形を読み取っている。この二論は「私」の捉え方が決定的に違うように私には思われる。

（4）近年の「対談・漱石『こゝろ』の原稿を読む」（『季刊文学』一九九二・秋）の中でも石原千秋氏・小森氏は同様の読み取りを確認している。

（5）「K」も「先生」を「名」で呼んでいたようである。「小さな声で私の名を呼ぶものがあります」（下40）「Kはしばらくして、私の名を呼んで私の方を見ました」（下42）「Kはたしかに襖を開いて私の名を呼んだ」（下43）というように「先生」は常に「K」が呼ぶ時「私の名」と記している。

（6）実のところ「先生」が「K」としたならば、「私」にはそれが頭文字とわかるはずはないのではないか。また「K」の墓を訪れた「私」は「K」の名を知り得たはずという指摘（前田角蔵氏『日本文学』平5・5〈読む〉欄）もあるが、だとしたら「先生」が「私」だけに宛てた遺書に「K」とするのは疑問である。「私」が「K」としたと読むほかない。
（7） 遺書の中で「先生」はかつての自分がいかに「御嬢さん」への思いに捕らえられてしまったかを述べていく。全てを恋の眼鏡で眺めてしまった男が、その囚われた心のありようを赤裸々に明示したのが遺書の文体であった。むしろ、当時の「先生」に「K」を冷静に見る眼は失われていたと思われる。
（8） 松沢和宏氏「沈黙するK─『こゝろ』の生成論的読解の試み─」（『季刊文学』一九九三・夏）に『こゝろ』の清書原稿を検討すると「遺書が想定している読者」が「貴方」から「貴方がた」へ訂正されている箇所があるという興味深い指摘がある。
（9） こうした指摘は既に小森氏・田中氏の論のなかに見られる。
（10） 高田知波氏「『こゝろ』の話法」（『日本の文学』第八集　一九九〇・一二　有精堂）は、二つの手記の話法の違いを検討。「私」の手記が選択した叙述方法それ自体の中に「先生」の遺書への「批評意識」があるとした。
（11） 帝国大学（明30以後は東京帝国大学）文科大学時代は明治一九年より大正八年まで。
（12） 桶谷秀昭氏『夏目漱石論』（一九七二・四　河出書房新社）・遠藤祐氏『日本近代文学大系27・夏目漱石集Ⅳ』（昭49・2　角川書店）補注
（13） こうした現象を引き起こすためには学生数の増加が考えられる。年々の帝国大学生の卒業数の変化を五年ごとにまとめた表（『東京大学百年史・通史二』昭60・3　東京大学一七二頁）を見ると、「明治九〜十三年に年平均約六五名だった卒業生は」「その十年後（二十九〜三十三年）には三四七名」に達している。十年間で約五倍である。以後も倍加の一途をたどり、東京帝国大学はわが国唯一の近代的大学としての規模と学問水準とを誇るようになるのであるが、この間の増え方は著しい。数の上ではそれほどでなくても当初からの増え方を考えると、おそらくこの頃から大学周辺の学生の町としての変貌が顕著になってきたことが窺える。
（14） 「先生」の学生時代は未だ市電のない時代であった。東京で最初の市電は明治三十六年八月に開通する。この本郷周辺では、神田須田町から本郷三丁目までが明治三十七年一月に通じ、上野広小路へは十一月に通じた（石崎等氏・中山繁信氏『夏目漱石博物館』昭60・11　彰国社）。
（15） 英文学専攻の卒業生はこの年漱石一人である（因みに文科は十五名卒業）。卒業後漱石は帝国大学大学院に入るが、就職は必ずしも思うようにはならず結局高等師範学校に週二回出講することに落ち着いた。「文学士の就職に関し、前途に不安を覚え」

（荒正人氏『増補改訂・漱石研究年表』昭59・5　集英社）たというものの概ね進路は順調であった。

（16）文科大学は明治二十三年十二月に仏蘭西文学科が新設され合計九学科となった。以後大正八年まで文科大学時代は続く。哲学科・国文学科・漢学科・博言学科・史学科・英文学科・独逸文学科・国史科が他八学科である。

（17）田山花袋『東京の三十年』（大6・6　博文館）「丸善の二階」の項に「丸善の二階、あの狭い薄暗い二階（中略）その二階にはその時々に欧州を動かした名高い書籍がやつて来て並べて置かれた」とある。

（18）明治二十年公布の文官試験試補及見習規則には「法科大学文科大学（中略）卒業生ハ高等試験ヲ要セズ試補ニ任ズルコトヲ得」とあり、帝国大学卒業生には高等官吏への特典が与えられていた。朝比奈知泉は「大学の独立を論ず」（『東京新報』明22・4・19―21）で「大学は官吏養成所なりとの嘲を受く」と、このことを問題にした。

（19）前掲表（注13）によれば、「明治四十四年～大正四年」の五年間の平均卒業生数は約千名で、「先生」の時代から見ると約三倍に達している。

（20）前掲『東京大学百年史・通史二』の「文科大学卒業生の進路（明治二十一～大正六年）」の表を見ると「四十一～四十五年」の卒業生総数四九八名中進路「未定・不詳」の者一一一名で、その占める割合は前の時期に比べ急増している。この現象は文科大学に限らず理科大学や工科大学などでも見られた。

（21）この問題について調査したものに長島裕子氏「『高等遊民』をめぐって」（『文芸と批評』昭54・12、のち『日本文学研究資料新集14・夏目漱石―反転するテクスト―』所収　一九九〇・四　有精堂）がある。

（22）松沢和宏氏前掲論文（注8）は金銭という観点から「K」の抱えた問題を顕在化させた論である。

（23）「頼もしい人」という言葉は「先生」の遺書の中にも出てくる。「父はよく叔父を評して、自分よりも遥かに働きのある頼もしい人のやうに云つてゐました」（下4）という父の言葉を思い起こす箇所であり、「先生」はこの父の言葉を意味深く記憶している。この例に限らず二つの手記の用語の共通性はかなり頻繁に見られる。

（24）内田道雄氏は「『こゝろ』再考」（『古典と現代56』一九八八・九）のなかで「「私」の固有な文脈として」「女性開眼」が「静」との関係性のなかで跡付けられるとしている。

（25）井原三男氏『漱石の謎をとく・『こころ』論』（一九八九・一二　勁草書房）のなかで、疑問点としてこの下女をめぐる記述が問題にされている。

(26) 鶴田欣也氏「テキストの裂け目」(『漱石の「こゝろ」』所収一九九二・一一　新曜社)等のなかで指摘されている。
(27) 前掲田中論文で既に指摘がある。
(28) 『鑑賞日本現代文学5・夏目漱石』(昭59・3　角川書店)
(29) ある時「先生」宅で「私」は子供をめぐっての「先生」夫妻の会話を聞くことがあった。「私」は「子供を持つた事のない其時の私は子供をたゞ蒼蠅いものゝ様に考へてゐた」(上8)と記している。「今」の「私」には子供がいることがわかる。
(30) 本稿では触れられなかった明治人としての「先生」の問題を扱った論文に佐藤勝氏「『こゝろ』と『道草』の間」(『文学・語学』56　昭45・6)がある。「「明治」的に閉ざされた」「理念に装われた人間観」によって「生き死にする」他ない「先生」の生のありようについて指摘されている。

『こゝろ』の〈読解〉をめぐって
――Kの自殺の真相に迫る道――

1　〈小説のかたちを読む〉ということ

高校時代、数学の複雑な方程式を解いていて、どんなにいじくりまわしても駄目で諦めかけた時、ふと基本にかえって公式通りのアプローチを試みると、簡単に解けてしまったという経験を何度となくした。小説を読む際にもこうした経験と同様の感じを受ける時がある。たとえば、小説のなかに出てくる人物の科白がなぜここで漏らされたのか、その科白の真の意味は何なのか、という疑問にぶつかることがよくある。そんな時、その小説の〈かたち〉を捉えて、表現されたことばの世界を立体的に立ち上がらせると、思いもかけない相貌を私たち読者に見せ始める。そして、それまで解けなかったその小説の投げかける〈問い〉が解読されてくる。平板なことばの羅列として粗筋を読むことだけに必死になっていた時には見えなかった世界が次々に提示されてくる。小説の〈かたち〉を読むことは小説を読むための一つの公式なのではないか。また逆に小説を読むためには基本的な手続き・公式を踏まえていくことが必要なのではないだろうか。そんなふうに思えて仕方がない。

いきなりこんなことを言ってみても理解されないかも知れない。小説を読むためのルールなどありもしないし、またあっては困るのだという意見もあるだろう。一つの正解が求められる数学の方程式とさまざまな読みを誘発する小説とではアプローチの仕方は自ずと異なるのだ、と言われるかも知れない。しかし、小説がひとりのことばの芸術家（作家）によって構築された世界とするならば、それを享受する読者はそこから投げかけられるなんらかのメッセージを的確にキャッチすべきであり、そのためにはその小説の〈かたち〉・言語によって構築された世界の潜在的システムを、まず捉えることは基本的な手続きなのではないだろうか。それが小説という、文学の一つのジャンルを享受するということになるのではないか。読者論の要請が唱えられ、〈作者〉をひとまず括弧に括ることが説かれ、必然的に読みの〈主体〉である読者を対象化することが求められている現在において、この点はもっと検討されてよい問題なのではないか。決して、小説はどうにでも読んでよいわけではないと思われる。近頃しきりに考えることである。

たとえば鷗外の「舞姫」は太田豊太郎が己れを見詰める必要から筆を執っていった、読み手を想定しない一人称回想の手記である。芥川の「羅生門」や「鼻」は認識者である〈語り手〉によって語られた世界である。太宰治の「斜陽」は、かず子が断続的に書き綴った日記（手記）や手紙といった数個のエクリチュールの集積を基本的な形式としている。このように小説はさまざまな〈かたち〉をもった、ひとつの虚構世界である。ひとつの宇宙である。その世界に入ることによって、読者は〈出会い〉をし〈体験〉をするのである。ことばを通しての想像的な体験をし感動を受けるのである。私にとって小説を読むことは、基本的には、自分の経験をふくらませ検証することによって、未知の世界を解明することに他ならない。

ここまで概念規定なくいろいろなことばを発してしまった。今ここで、私は私自身の稚拙な読み方の講釈を論の中心とするつもりもその自信もないのだが、普段授業のなかで学生に話していることを、一度文章にまとめてみたいという思いを常に持っていた。言い換えると、論文の読者を学生にしたいと思っていた。文学研究など意識したこともない、いわばアマチュアの読者（普通の読者）に、ほんの少し、小説のことばを読んでいく筋道を立てると、思いも寄らない想像力を発揮していく。そのための試みをここでしてみようというのである。「かたちを読む」即ち「構造分析」は今や近代文学研究にとって不可欠な作業であり、実のところそこに孕まれている問題は大きい。単に小説の形式・文体の問題に限らず社会構造や歴史認識の問題にまで、小説の読解を通して拡がっていく可能性を秘めている。ここで「構造」といわずに「かたち」ということばをあえて使ったのは、難しく考えず、まず眼に見えやすい小説の形式〈かたち〉を捉えることを、学生諸嬢（勤務校は女子大学）の小説読解の出発点に置いてもらいたいと思ったからである。〈かたち〉を意識した時、読み方は必然的に一定の方向性を持ってくる。そのことに意識的になってもらいたかったからである。本論では『こゝろ』を具体的な例として、この小説の「かたちを読む」試みを語ってみたい。

2　小説『こゝろ』の〈かたち〉

近年の『こゝろ』論が、青年「私」と先生と、ふたりの手記によって成り立つという構造把握から出発していることは周知の通りである。しかし、更に小説の細部を見ていくと、田中実氏（「『こゝろ』という掛け橋」『日本文学』昭61・12、のち『小説の力─新しい作品論のために』所収　平8・2　大修館書店）が指摘したように、「私」の手記とそのなかに編集・引用して嵌め込まれた先生の遺書という〈かたち〉を持つということがわかってくる。「私」は手記を書き、そのなかに先生の遺書を編集して引用し「奥さん」をも含めた不特定多数の読者に公開する。「私」は先生の生き方を人々に提示することに意義を認め手記を書くのである。この点に関しては現在の『こゝろ』研究においてもそれほど検討されているとは言えない。また「私」によって編集されたとする遺書の部分について、「作業仮説としては魅力的だが、どこまでが手紙のままであり、どこから先が編集の結果であるのかを区分けする基準が示されぬかぎり、論者によって解釈がひとり歩きし始める落とし穴が潜んでいるように思う」(1)という疑義も提出されている。しかし、この小説『こゝろ』の〈かたち〉を認めた地点から読解を始めるならば、『こゝろ』は青年「私」の手記一篇(2)として捉えられるのであり、読者は基本的には「私」が伝えたい「先生」像として読むことになるのである。その意味ではこの小説から先生もまた実体的に捉えることはできないことになる。最終的には、「私」という人間のフィルターを通して提示されている人物としてのみ捉えるべき、となる。解釈の「ひとり歩き」・〈読み〉の多様性はこの点をめぐって発揮されるべきなのではないか。

『こゝろ』は当初、「心・先生の遺書」と題して新聞に連載された。そのため、一回限りの読者、毎日一章ずつ読んでいく読者のために、続きを読みたくなるようにひっぱっていくような、謎解き小説・探偵小説的要素を持つ作品である、とする意見が一方にある。殊にこの点を一貫して強く主張したのは三好行雄氏(3)だろう。氏によれば「私」の語りは「ワトソンの視点」によるものであり、「私」は先生の遺書へと読者を導いていく方法としての役割を担わされたに過ぎないということになる。しかし氏の最後となった『こゝろ』の「解題」(「夏目漱石事典」『別冊国文学』平2・7)のなかの「「私」による秘密の告白を書きつづけてきた漱石が小説の筆を止めた最後の一行には、妻が生きていて、何も知らない間はという意味の言葉があった」という記述を見ると、この小説が先生の遺書を引用した「私」の手記としてあるという〈かたち〉（氏の言葉によれば「小説の性格」）は確認されているかのようである。但し、三好氏は「論理的にいえば、「私」がいま語っている以上、「奥さん」はすでに死んでいる」と続けているように、先生の「メタメッセージ」（前掲田中論文）を遺書から読み取った上で（その意味では背信行為ではない）、「奥さん」を含む不特定多数の読者に向けて先生の秘密を開いていく「私」の問題はここでも抜け落ちてしまっている。「語り手の現在は注意ぶかく伏せられている」「父親が死んで、その後に家族とのどういう葛藤が生じたか。だが、その決着も書かれていないし、「私」の語りから、そのことの気配を読みとることもできない」と三好氏は重ねて主張する。果たしてそうであろうか。遺書を受けとって後、「今」過去を語る語り手の〈語り〉の二重構造を立体的に読み取ることこそが、この小説読解の要なのではないか。「今」ここで書いている「私」を顕在化すること、その点を読み取らない限り『こゝろ』を読んだことにはならないのではないか。

『こゝろ』は漱石が単行本にすることを他のどの作品よりも強く望んだものである。連載中から漱石は装幀を自分で考えたりしている。そして半ば自費出版のようなかたちで、当時はちっぽけな出版社岩波書店から出した。漱石は読者に単行本として手にされることを強く望んだ。再読、三読、繰り返し読まれることを願って。

では小説『こゝろ』の〈かたち〉はどのようになっているのかを、ここで今一度具体的に確認しておこう。『こゝろ』は「私」と先生とふたりの手記から成り立っている。それも二つの手記が単に並列して置かれているのではなく、「私」の手記のなかに先生の手記が編集して引用されており、「私」はその手記全体を奥さんを含む不特定多数の読者に公開しようとしている。これが『こゝろ』の小説としての〈かたち〉である。「私」の編集の跡は次のようなところに見られる。（概ね前掲田中論文の指摘に拠る。）

①先生の書簡（遺書）の「最初の一頁」（中17）が、「引用」された遺書のなかでは省かれている。

②書簡に通常ある前文や挨拶のことばの省略。宛名、差出人の名前の記載もカットされている。また先生が自殺した友人を「K」という頭文字で表記したかのようであるが、これも「私」の編集操作の痕跡(4)と見ることができる。

③「私」の手記の冒頭と引用された遺書の末尾とが明らかに対応関係をもっている。（その対応の仕方は、一見すると先生の唯一の願いを裏切ったかのようであるが、遺書を読んでいくと、この先生のことばはパラドックスであることがわかり、それを正確に読み取った「私」によって、「今」まさに先生の遺書は「奥さん＝静」をも含んだ不特定多数の人々にむかって公開されて行くことになる。）

④なによりも「私」が先生の遺書を編集引用したことは、「下・先生と遺書」の冒頭が「『…私は此夏」というかたちで始まっていることに明示されている。言うまでもなく「…」は「前略」の意味である。以後各章の冒頭に引用符「『」がつけられ、56章大尾に至って「』」で括られている。こうした〈かたち〉は、初出の新聞連載の時から構成されていた。そして、単行本にするに際して、全百十章は上中下三つのパートに分割され、各々「先生と私」「両親と私」「先生と遺書」と小題がつけられた。「先生の遺書」ではなく「先生と遺書」とした点に、全体を一個の手記として編集する「私」の意識が反映している。即ち、読者に必ずしも先生の遺書をそのまま提示するのではないという意識である。

繰り返しになるが、④で指摘したように、『こゝろ』が単行本になる時、「上・先生と私」「中・両親と私」「下・先生と遺書」という編集がなされた。この編集の仕方に作家・漱石と「私」との意識の重なりを見ることができる。逆にいうと「今」の「私」は小説家であるとも言うことができよう。漱石があれほど一冊の本にすることに固執し、装幀にまで心をくだいたことの意味もここらあたりにある。小説『こゝろ』は「明治の精神に殉死」（下56）した男・先生の生き方だけを示したのではなかった。作家・漱石は、遺書を引用しつつ手記を編集・執筆していく「私」の地平に立って、単行書『こゝろ』（大3・9　岩波書店）を世に問うたのである。

このように小説の〈かたち〉を押さえていくと、『こゝろ』という小説から私たち読者が何を読み取らなければならないのかが自ずと明確になってくる。小説の投げかける〈問い〉が聞こえてくる。たとえば「私」が手記を書いたのは何故か、「私」が先生の遺書からどのようなメッセージを受け止めたのか、やがてそれを公表していく決意をしていったのは何故か。現在の「私」について、読者はどこまで想像することができるのか。こうした〈問い〉を一人ひとりの読者が自分なりに明らかにしていかない限り、『こゝろ』を読んだことにはならないのではないか、と私は思うのである。

さて、以上のように小説『こゝろ』の〈かたち〉を捉えてきた時、読解の方向は一方で自ずと限定されてくる。たとえば、先生と「私」と、ふたりの「手記」の言説によって成り立つこの小説から、他の登場人物の生《なま》の声を聞いたり、その内面を直接知ることはできない。書き手の主観に限どられて顕現されているに過ぎないからである。Kや静を捉えるには、基本的には小説内事実（その人物の年齢・性別・置かれている社会的立場等々）から〈想像〉(5)することに限られる。従って、Kの「切ない恋」の内実や先生への「打ち明け」に至るプロセスやは、また先生の求婚を受け入れた「お嬢さん」の内面やは直接読みとることはできない。当時を振り返り再現しようとする先生の叙述を通して浮かびあがらせ〈想像〉するしかない。しかし、Kの自殺の真相に先生同様迫りたいとか、夫である先生に疎外され続けた静の気持ちを知りたいとか、プロットを追いながら読み進めていく多くの読者はきっとそんな思いを強く抱くのではないか。考えてみれば、この小説は人が人の心を知ろうとする、その行為が求心的になされていく様態を重層的に描いたものに他ならない。読者もまた小説を読むことによって、登場人物と同じ行為を知らず知らずのうちに実践していくのである。読者は先生とともにKの心に迫ろうとし、「私」とともに先生の心に迫ろうとする。

こうした〈問い〉を抱いた時、『こゝろ』というテクストはどこまで応えてくれるのだろうか。Kや、静や、彼等の実体について読み取ることは永遠に不可能なのであろうか。読者は単に類推するにとどまるのだろうか。基本的には、あるいは最終的には、そうだとするしかない。しかし、かなりの確度で彼等の抱えた内面に迫っていく通路はないわけではないと思われる。その時、考慮されなければならないのが小説の〈かたち〉なのである。〈読み〉の手続きを踏み誤らない範囲で、即ち小説という言語によって構築された虚構世界の仕組みをふまえた上で確かな〈想像力〉を発揮していくことが大切なのである。恣意的な〈空想〉は極力退けたいものである。

たとえば、Kや静の「ことば」として直接話法で示されているか、間接話法で示されているか[(6)]は、そのことばの信頼度・発話者自身の所有度（あるいは聞き手の記憶の強弱）が異なるものとして置かれていると見ることができる。「　」で括った直接話法のことばは、できるだけ当人のことばを正確に再現しようとする意識が書き手に働いているといえる。これは〈読み〉の問題からは離れ、余談になるが、そのことに作家・漱石が自覚的だったことは清書原稿[(7)]の次のような一例を見ることによってもわかるのである。

Kさ〔へ生きてゐたら〕

改稿↓〈「〉Kさ〔へ〕〈んが〉〈生《い》きて〉ゐたら、〈貴方《あなた》も〉そんなに〈は〉ならなかった〔らう〕〈でせう」〉と

云ふのです。（下53）〔　〕削除・〈　〉加筆

削除と加筆が繰り返され、推敲された跡をこうして眺めると興味深い結果が浮び上ってくる。「　」で括ったために静のそれらしい言葉遣いに直したものであることが明瞭である。結婚後のある日の静との会話を、記憶の底か

ら先生が思い起こして記している部分である。この後の文脈は、

私は左右かも知れないと答へた事がありましたが、私の答へた意味と、妻の了解した意味とは全く違つてゐたのですから、私は心のうちで悲しかつたのです。それでも私は妻に何事も説明する気にはなれませんでした。

と続く。夫婦の心の乖離を象徴する重要な妻の科白として前掲の「」のなかの言葉が先生によって意味深く強調されているのである。この他の箇所の直接話法の使用も概ね自覚的になされているのである。この話法の区別の仕方などはアプローチのための一つの手掛かりになる。

こうした微妙な表現の仕方の差異にまで注意しつつ読解を進めうるということは、『こゝろ』とい

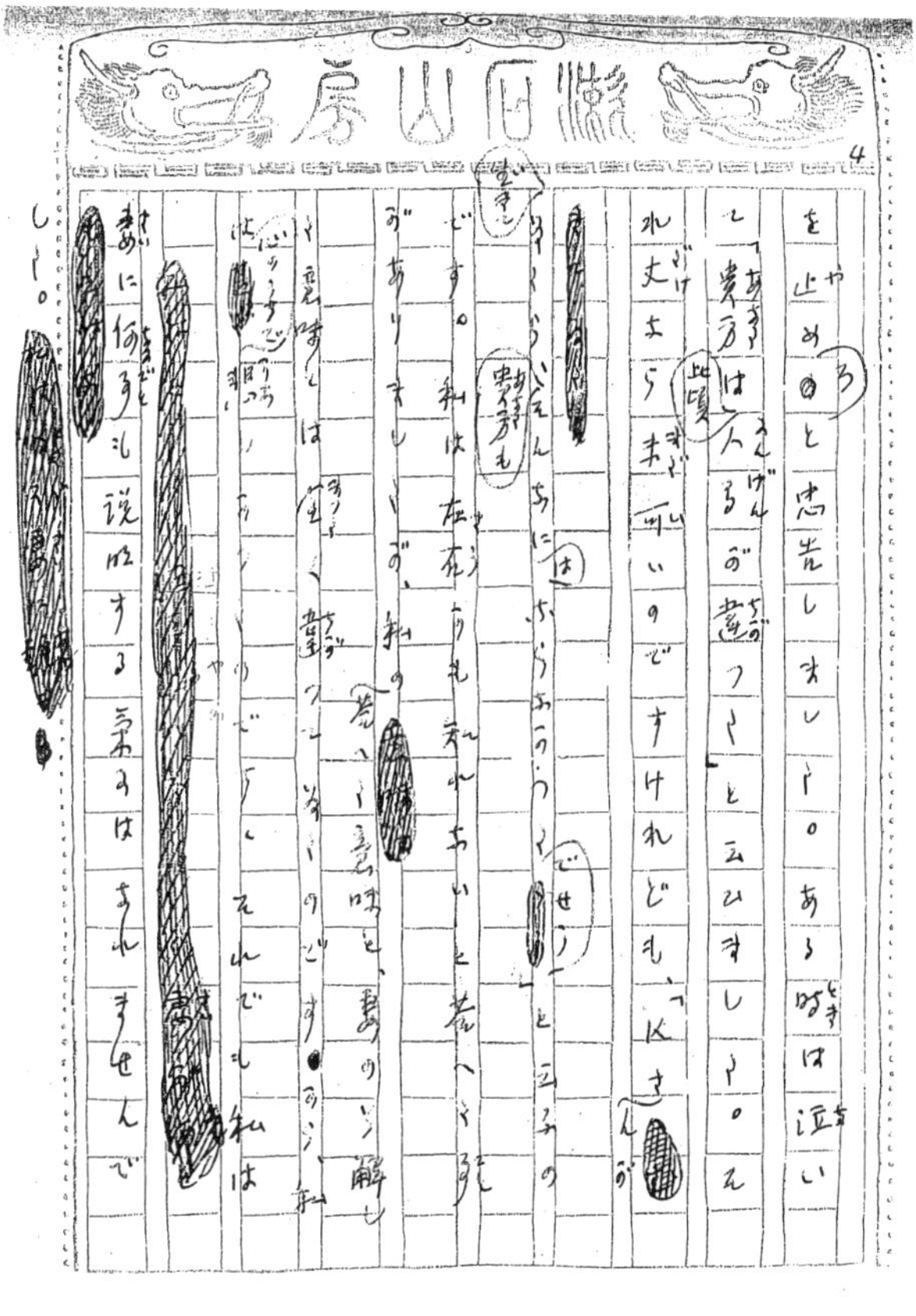

う作品の叙述の自立性の高さを物語っている、と言えないか。『こゝろ』は小説内事実や、確度の高い「記憶」の断片を遍在させることによって、登場人物たちによって繰り広げられる立体的な世界として立ち上がらせ得る強度をもったことばの集積なのである。本稿では触れることはできなかったが、『こゝろ』には背景に流れる歴史的時間及び空間がいかによく書き込まれていることか。(8) 殊に先生やKが生きた時と場とは先生によってくっきりとした記憶の輪郭をもって語られている。そして、この点の考察は現段階の『こゝろ』研究においては、必ずしも十分に行われているとは言い難い。まだまだ考察する余地は大きく開かれている。その意味でも、『こゝろ』は「貧しい」(9) 作品どころか、読者の想像力を豊かに拡げていく小説世界を顕現している作品であると言えよう。

なお、筆者には本稿以前に発表した二本の『こゝろ』論(10) がある(本書に収録)。それら二論文も〈かたち〉に着目することによって論じたものであり、合わせて参照していただけたら幸いである。本稿とは内容に一部重複するところがあるが、具体的な作品分析は前二論でなされなかった、Kという人物を対象にし、前稿とは異なる角度からの「読解」作業に照明を当ててみた。

3　二つの「手記」の構成

さて「手記」として捉えた時、その構成自体が問題になる。「私」の手記も、先生の手記(遺書)も継起的に過去の出来事を追っているように見えて、その実、今何を語ることが大事なのか、一つ一つの事象に確実な主観的判断を働かせている。仔細に叙述を検討していくと、ある年のある日という限定された時日の出来事が克明に記憶の底からたぐり寄せられ、あたかも顕微鏡で観察するかのように検証されていく。青年「私」はできるだけ正確にその場を現前させようとする視線を向け、先生は再度自分自身のその時の心のありようを凝視するような視線を向けて。小説の〈かたち〉を意識化した時、構成の検討も一旦は意識的になされてしかるべきだろう。

たとえば、「私」の手記である「上・先生と私」全36章のうちの過半の部分即ち16章以下末尾までの部分は、明治四十四年の秋以降のことが書かれている。言うまでもなく、「私」は翌明治四十五年七月に大学を卒業し、一旦郷里に帰っていた九月に先生から遺書が届いたのである。つまり、ここでは先生の死までの一年ほどの時間が集中的に回想されていることになる。それ以前の時間にあたる「上」の前半は、鎌倉の海岸での先生との運命的な出会いから（この時「私」は高等学校の学生）、やがて交際が始まり先生や奥さんを「私」なりに知悉するに至る過程が回想されている。この間は数年（四年間という推定もなされている(11)）ほど。ここでの記述は「ある時」（上8）「ある日」（上9）と漠然とした記憶のなかでなされている。明確な時日を確定する記述はもとより、ぼんやりとでも印象に残った季節を示す記述もない。しかし後半に至ると、それがより近い過去となるためか、「私」の記憶は俄然鮮明さを増してくる。

「その頃は日の詰つて行くせわしない秋に、誰も注意を惹かれる肌寒の季節であつた」（上15）と始めて、以下16章から20章まで五章を費やして、先生の留守に「奥さん」と二人で会話を交わした数時間を現前させる。そして、

私は其晩の事を記憶のうちから抽き抜いて此處へ詳しく書いた。是は書く丈の必要があるから書いたのだが、実をいふと、奥さんに菓子を貰つて帰るときの気分では、それ程当夜の会話を重く見てゐなかつた。私は其翌日午飯を食ひに学校から帰つてきて、昨夜机の上に載せて置いた菓子の包みを見ると、すぐ其中からチヨコレーを塗つた鳶色のカステラを出して頬張つた。さうしてそれを食ふ時に、必竟此菓子を私に呉れた二人の男女は、幸福な一対として世の中に存在してゐるのだと自覚しつゝ味はつた。（上20）

というところで「其晩の事」を語った記述が閉じられる。先生夫婦に対する見方が、当時と「今」とでは差異のあることを確認しつつ閉じるのである。ここは、「今」先生の「奥さん」こそを再考するために「私」の記述が進められた結果、一個のかたまりとなって位置づけられた部分として読むことができる。(12)

自分と夫の間には何の蟠りもない、又ない筈であるのに、矢張り何かある。それだのに眼を開けて見極めようとすると、矢張り何にもない。奥さんの苦にする要点は此處にあつた。(中略)先生の態度は何處迄も良人らしかつた。親切で優しかつた。疑ひの塊りを其日其日の情合で包んで、そつと胸の奥に仕舞つて置いた奥さんは、其晩その包みの中を私の前で開けて見せた。(上19)

これは明らかに「今」の「私」の認識である。先生の「変化」をめぐっての当夜の会話の裏に込められたもの、即ち「奥さん」が夫婦の問題で心底苦悩していたことを知るのは、「今」の「私」である。先生の遺書を読み、「今」手記を書く「私」なのである。このように、「私」の手記は「上」の後半に至って次第に「今」の「私」の主観の色を濃くしていく。その主観とは一つには、生きて在る「奥さん」の救済という点にあった。生きている時先生がついにできなかったこと、それを「今」先生に代わって実行していく(遺書を開示していく)自分を確認していくプロセスが手記執筆の一つの動機であった。

そして、より独立したかたまりとして構成されたことを印象づけられる「中・両親と私」は、まさに青年「私」の物語として読むことができる。「今」の「私」を決定した具体的な体験が語られていくのである。ここには「私」に固有の時間が流れている。父親の危篤・臨終という、初めての人生の大事に直面した「私」は、同時に自分の〈未来〉の決定を不可避的にそして性急に迫られていったのである。共同体の一員としての生と自立した個としての生と、この二重性のなかで「私」は引き裂かれていた。そして先生の遺書を受け取った「私」は、両親を見捨て汽車に飛び乗る。この時である。「私」の人生が真に決定されたのは。「上・先生と私」の部分では、「私は其時」「其時の私」「若い私」という記述が頻出し、過去の自分と「今」の自分との差異がことさらに強調されていたが、「中」の「私」は過去の自分を語るうちに、ともすれば「現在」の自分が溶け出していく。かつての記憶は「今」の思いのなかへと埋没していきがちである。それだけ〈両親への裏切り〉は「私」にとっての切実な問題として、「手記」を書いている「今」も生々しく存在していることが窺える。いずれにしろ、位置づけしにくい「中・両親と私」の部分をどう読むかは[13]、現在の「私」への想像力と『こゝろ』全体の読みに関わって重要な問題であり、検討の際には、書き手の構成意識を読み取ることが、ひとつの前提となってくる。

一方、「下・先生と遺書」の部分は、全部で56章から成る。この部分の構成の考察にはひとつの留保条件がある。青年「私」の編集操作の痕跡が窺えることである。極端な空想をめぐらすと、先生が結婚生活を語った部分が少ないのは、「奥さんは今でもそれを知らずにゐる」(上12)というように先生の死後も存命している「奥さん」(静)を配慮して「私」が故意に削除したため――などということになる。しかし読者の眼の前に置かれた先生の遺書が「作品」化されていることは何人かの研究者[14]によって指摘されているように、遺書の完結性は高い。たとえ何らかの「私」の手が入っていると仮定しても、読解上の手続きは同じことで、読者はここに提示された先生像をまるごと摑めばよいのである。

確認するまでもなく、本稿で当面の分析の対象となる、Kとの一件を語った部分は19章から51章までの三十二章という遺書の大半を占めている。けれども仔細に読み進めれば、遺書はいかなる時にも書き手の意識のなかから離脱することのない核心的出来事の存在を暗示している。「下」の3章冒頭、「『私が両親を亡くしたのは、まだ私の二十歳にならない時分でした。」と語り出した先生は、まず青年「私」に両親の死について、そして叔父との確執、永遠に故郷を離れることになった経緯を開陳していく。先生は語りつつ、次のような言葉を挿入していく。

たゞ斯ういふ風に物を解きほどいて見たり、又ぐる〳〵廻して眺めたりする癖は、もう其時分から、私にはちやんと備はつてゐたのです。それは貴方にも始めから御断りして置かなければならないと思ひますが、其実例としては当面の問題に大した関係のない斯んな記述が、却て役に立ちはしないかと考へます。貴方の方でもまあその積りで読んで下さい。此性分が倫理的に個人の行為やら動作の上に及んで、私は後来益他の徳義心を疑ふやうになつたのだらうと思ふのです。

先生は「癖」「性分」として対象化しつつ、まず自分という人間の特質を紹介していくことから始める。具体的「実例」に即して。しかし先生は語らなければならない「当面の問題」「是より以上に、もつと大事なものを控へてゐる」（下8）たのであり、筆を省きながら先へと話を進める。10章から18章にかけて、先生はKの話に入る前に、軍人の遺族である「奥さん」「お嬢さん」の家に下宿するようになったいきさつや、そこでの一年半ほどの出来事を回顧していく。「今」の先生の眼で振り返ると最も幸福な時間だったようである。「お嬢さん」への信仰に近い愛と、それゆえに先生のなかで起こる葛藤。即ち女性二人の「技巧」・「策略」に翻弄された自分を語っていく。しかしそこを経過した後、先生はそれなりの精神的平安を得ていたここでの自分を語った。一見Kの話とは無縁のような部分に見えながら、既にここからが「当面の問題」だったことは、9章末尾の「此余裕ある私の学生生活が私を思ひも寄らない境遇に陥し入れたのです」という記述のなかに込められた思いによって伝わって来る。いわば先生の一生を決定した〈一点〉、先生の過去を振り返る視線は常にこの〈一点〉から集中的に放たれていくのである。語っていく起点が定まった求心的な文体が遺書の記述の特徴である。

ここからの先生の記述は微に入り細に入り、過去の出来事をひとつひとつ検証するかのように為されていく。思わぬ「境遇」「運命」（下18）へと先生を導いた折々の出来事を注意深く見詰めかえしていくのである。必然的に「今」の先生は悔恨の思いを強めて悲痛である。しかし折々の先生の言動が、「運命」とはいうものの偶然先生にもたらされたものでもないことは、先生自身が一番理解していた。たとえば、先生が自分の下宿にKを連れて来ることになったいきさつ一つ取り出しても、異常なくらい克明に語られている。拒否するKを先生はしつこく説得して、また猛反対する「奥さん」の忠告を押し切って「家」（下23）に連れて来たという。「自白すると、私は自分で其男を宅へ引張つて来たのです」「私には連れて来なければ済まない事情が十分ある」「私は私の善いと思ふ所を強ひて断行してしまひました」（下18）というように先生自身の意志によって決定され実行された。先生のなかに潜在する思惑として、作田啓一氏[15]が指摘したような目論見が在ったとされるのも頷かれるような先生の態度である。何故そんなに先生はKに対する自分の「責任」（下19、下21）を果たそうとするのか。ここに垣間見られる先生の生き方のかたち・こだわりこそが、先生が「私」に語りたかったことを、ある意味で明るい方面から照射する。「私の責任」という言い方が何度も出てくるように、先生はこれまでのKとの交友関係のなかで自分が果たした「責任」（Kが自分の「道」を貫くことを支持したという共犯者意識）から容易に離脱できない人間だったのである。過去の自分を簡単に捨ててしまって別の道を行くようなことはできない人間だった。それが過去を告白する先生の一つの主眼であったはずである。[16]

「記憶して下さい。私は斯んな風にして生きて来たのです。」（下55）

というように、先生が「私」に語りたかったことはまさに自らの生のかたちであった。そして、良くも悪くも、思念の人としての生き方を形造られた人間が、たった一度つまづいた出来事、「考へたんぢやない。遣つたんです。遣つた後で驚いたんです。さうして非常に怖くなつたんです」（上14）という出来事の特異さのありようを際立たせていくのである。

以上ここでは問題提起をする程度に止めるしかないが、書かれたもの（エクリチュール）としての二つの「手記」を分析・対象化する作業は『こゝろ』研究においてこれからもまだまだなされなければならない。

4　Kの抱えた問題――読みとれるもの／読みとれないもの

石原千秋氏の「『心』の研究史」（前掲「漱石自筆原稿『心』」解説）によれば、昭和五十年代に入って、Kが「批判的に検討され」「分析の俎上に上り始めた」という。Kの「罪」（重松泰雄氏「Kの意味―その変貌をめぐって」『国文学』昭56・10）や、「加害者」（村上嘉隆氏『漱石文学の人間像』昭58　哲書房）としてのK、そしてKの自殺は先生のいわゆる裏切り行為以前に決意されていたとする読み取り（菅野圭昭氏「実践報告　夏目漱石『こころ』―Kの死について」『国語通信』昭51・10、浅田隆氏「漱石『こころ』私解―Kの死因をめぐって」『奈良大学紀要』8　昭54・12）が提示され、それまでの読者のなかにあった固定的且つ肯定的なK像への修正が迫られていったというのである。今、これら先行するKを論じた論文を、〈読み〉の手続きという観点から見直した時、Kという人物を読み取ることの難しさが論者の視野に入って来たのもこの頃からであった、ということが窺える。

「先生は漏らさず書きとめている」「この先生の証言は重要であろう」（前掲重松氏）とKを語る先生の言説への論者の信頼度を測りつつ読み取ったり、「物語の展開はすべて『わたくし』の眼を通して、語られている。しかもその時のわたくしは自己の利害のために主観的でゆがんだ視野でKをとらえていた。（中略）だから断片的なKの行動の描写からKの心理を想像する作業が大切になってくると言えよう。」（前掲菅野氏）と「行動」といった出来事の

「描写」に限定して読み取ろうとしたり、Kの内面にアプローチすることの難しさが自覚されていることがわかる。そして「主としてKの精神（意識）状況とのかかわりの中でKの死因を分析してみた」（前掲浅田氏）という言に明らかに示されるように、論者各々の捉えたKという人物の意識や総体（人間性や生き方）によって最大の関心事である自殺の真相を解明しようとしている手法は、これらほとんどの論に共通するものである。しかしこうした読解は、その出発点からしてどこまでいっても恣意的理解に終始する他ない（もっとも解釈とは所詮そうしたものなのかも知れないが。）という印象を与えてしまうことも確かであろう。どんなに説得性のある見解が示されてもそのことを他者が再確認する術がないのである。同じ頃、社会学者の作田啓一氏（前掲『個人主義の運命』）がルネ・ジラールの「三角形の欲望」理論を援用することによって、Kと先生と「お嬢さん」の三者関係を読み解き、多くの『こゝろ』論に肯定的に引用されていったのだが、そうした外からの理論による解読が自然と要請されるのも、読み取り難いKをめぐる読解の閉塞性を打破したい思いがあったからだろうか。

読解上の手続きの要件の一つ即ち〈語り〉の二重性を意識しつつKを論じた最初の論は、石原千秋氏の「眼差としての他者—『こゝろ』論」（『東横国文学』17　昭60・3、のち『反転する漱石』所収　一九九七・一一　青土社）であろう。遺書を書いていく先生と過去の先生と、その〈語り〉の屈折・錯綜している様態のなかでKを語る先生の言説を読み解こうとする離れ業を見せている。ここで浮かび上がって来たKは「閉ざされた世界に生きる徹底したナルシスト」というものであった。しかし、それは実体としてのKというよりも、あくまで先生の眼に映ったK像ではなかったか。石原氏自身「畑氏の言うように、先生の語りからKの像を分析・記述することは、そのまま先生のKへの情念を抽出する」[17]と述べているように、この論文から浮かび上がってくることは、先生がいかにKを固定化して捉えていたか、自分の思い込みのなかでのみ捉えていたか、ではないだろうか（先生はKの変貌に迂闊だったのである）。

そして、そうした「ナルシシスト」Kにとって「お嬢さん」に恋することは正に挫折であり、「そうするように仕向けた」先生は「K殺しのモチーフ」を達成する、と読み進めていくのならば、当時から先生はKを正しく捉えていたことになる。青年「私」に「今」遺書を書いていく、先生の「仕組まれた、絶妙の語り」が何を意味しているのか、この論から読み取ることはなかなかに難しい。

さて、論の帰結するところはともかく、この石原論文の発想にある「先生とKとの葛藤」のダイナミズムを追うというなかで、注意深くあくまでも先生が語ったKとして読みながら、結局「Kの恋」自体は終始自明のこととされている点が気になった。石原氏に限らず、管見の限りの、ここまでのKを論じた論文のなかで、Kの「お嬢さん」への恋の内実が問われたことは皆無である。「ナルシシスト」であり、禁欲的生活を第一義とする求道者であるKが「お嬢さん」に恋したのは何故か。考えてみるとKに関する最大の疑問かも知れない。私たち読者が、どこかで先生の言説を対象化することを失念し、その言に無防備に依拠しつつ読み進んでしまうというミスを犯すことになるのが、この一人称テクストなのかも知れない。小説の〈かたち〉を踏まえた時、K読解の〈手続き〉には殊に意識的になりたいものである。

近年のKを論じた松沢和宏氏「沈黙するK――『こゝろ』の生成論的読解の試み」(『季刊文学』一九九三・夏)は、『こゝろ』の構造をふまえつつ読解上の手続きを踏み外さないという自意識の下に、主として小説内事実からKを読むという試みを行っている。そこではKの置かれている社会的・経済的立場からの想像力が遺憾なく発揮されている。Kの恋に関しても、先生が捉えたに過ぎない「切ない恋」であるとして、その内実が「Kの立場」という観点から相対化されている。K像が一気に具体的になって来たという印象を覚えるが、そこに現れてくる功利的・打算的K像に対しては違和感を感じないわけではない。

私なりのK像を摑むために、ここでは小説内事実を押さえる一方で、その時々の先生のKに対してとった言動（実のところ遺書からはひとまずそれしか読むことができないのだが）を軸に、そのことがKに与えた影響を〈想像〉してみたい。恋に囚われた先生の偏向した言動がKの眼にどのように映ったか。その時Kの心に起こったことは？　Kの心的ダイナミズムを先生との相関のなかで捉えてみたい。極端なことを言えばこの小説のなかからKを読むには、こうした形でしか〈想像力〉を発揮することができないのではないだろうか。実のところ、Kを読み取ることは、先生の〈語り〉を超越したところでの読解が要請されるのである。

先生が自分の下宿にKを連れて来た理由が問われると同時に、Kは何故先生の申し出に従ったのか？　Kにとっての「お嬢さん」とは？　Kが先生に告白したのは「恋」心だったのか？　Kが自殺したのは何故か？　Kに関する読者の疑問は次々生まれてくる。こうした〈問い〉の全てが解明されるかは多分に疑問なのであるが、読み取れるものと読み取れないものと、その読解上の手続きを踏み誤らないようにということを心掛けつつ、Kの抱えた問題に迫ってみたい。

*

先に述べたように、先生がKを自分の下宿に連れてきたのは、「私の責任」という先生の側の思惑・行動規範があったことは確かであろう。そして、「人間を愛し得る人、愛せずにはゐられない人、それでゐて自分の懐に入らうとするものを、手をひろげて抱き締める事の出来ない人、――是が先生であつた」（上6）と「私」が捉えたように、一方で先生が純粋にKのことを案じていたことも事実であろう。説得のことばとして「奥さん」や「お嬢さん」に告げたように、「溺れかゝつた人を抱いて、自分の熱を向ふに移してやる覚悟で、Kを引き取」（下23）ったのである。しかし、先生はこの時のKの抱えている問題を多分に精神的なところからくるものとして理解していた。

実のところKの抱えていた問題はもっと現実的で深刻なものであったと思われる。誇り高いKが先生の援助を拒めない理由はそこにしかない。だが、先生には必ずしもそれが見えていなかったのではないか。「孤独の感に堪へなかつた自分の境遇を顧み」（下24）て、「親友の彼を、同じ孤独の境遇に置くのは」「忍びない事」「より孤独な境遇に突き落とすのは猶厭でした」（下23）と、Kの孤独を癒すことを第一の目的として捉えていたのである。そして「氷を日向へ出して溶かす工夫」「彼を人間らしくする」「手段」として、「まづ異性の傍に彼を坐らせる方法を講じ」（下25）たのである。そして「奥さん」と「お嬢さん」に協力を仰いだ。

「私は蔭へ廻つて、奥さんとお嬢さんに、成るべくKと話しをする様に頼みました」「私は成るべく、自分が中心になつて、女二人とKとの連絡をはかる様に力めました」「其場合に応じた方法をとつて、彼等を接近させやうとしたのです」（下25）。「此試みは次第に成功し」、先生は「愉快」「喜悦」を覚えた。先生の眼には、Kは「自分以外に世界のある事を少しづゝ悟つて行くやう」に見え、「心が、段々打ち解けて来る」ように映ったのだった。先生の真意はともかく、こうした一連の先生の行為がKの眼にどのように映ったかは想像に難くない。いわば先生がKと「お嬢さん」との仲を取り持つ役・月下氷人を演じているように見えたとしても不思議ではない。

「私はたゞでさへKと宅のものが段々親しくなつて行くのを見てゐるのが、余り好い心持ではなかった」「最初希望した通りになる」ことに「心持を悪く」（下27）していったと、先生は自分のとった処置がやがて自分の首を締めるような事態になってきたことを漏らしていく。「私がいつもの通りKの室を抜けやうとして、襖を開けると、其所に二人はちやんと坐つてゐました」（下26）「私は又Kとお嬢さんが一所に話してゐる室を通り抜けました」（下27）と何度かこうした光景を眼にしていくうちに、先生のKに対する視線は変貌を余儀なくされていったのである。先生の頭のなかを占める「問題」は「重」に「お嬢さん」とKとのことになっていったのである。先生にKの側から眺めてみる余裕は失われていった。

思いあまって、「ある日」先生は「奥さんやお嬢さんを彼が何う見てゐるか知りた」い、つまり「お嬢さん」に対するKの気持ちを探ろうと、散歩に連れだし「出来る丈話を彼に仕掛て見」た。この時の先生がどういう言い方をしたのか推定できないが、Kは「海のものとも山のものとも見分けの付かない」「要領を得ない」「返事ばかり」したという。口ごもり答えをはぐらかしたKの心中を察すると、先生の質問は「お嬢さんをどう思うか」といったような、かなり単刀直入な際どいものとして耳に響いたのではないかと想われる。それまでの文脈から判断して、即ち「お嬢さん」と親しくすることを殊更に計らってくれた先生の好意から考えて、自分の「お嬢さん」に対する気持ちを聞かれたとKが受けとっても不思議ではないのである。Kは「ある日」先生に向かって「女はさう軽蔑すべきものでないと云ふやうな事を云ひました」(下25)とある。先生の「工夫」が功を奏し始めた頃のことである。Kが同居するようになったのは大学「二年生の中頃」(下22)であるが、それから半年程経って学年末の試験が終わった頃、今度はKは先生に「向つて、女といふものは何も知らないで学校を出るのだと云」(下27)ったという。「お嬢さん」と接触する日常のなかで得た感想を、Kは時折先生に「向つて」ぽつりと漏らしていたのである。Kは異性である「お嬢さん」と親しむことによって少しずつ心を開き、それまで抱いていた女性観を確実に修正していった。そして自分をそう仕向けてくれた先生に対してさりげなく同意と報告を示唆していたのである。つまりKが次第に「お嬢さん」との関係を考えていく(先生に対して「愛」の告白をする)過程には、他ならない先生の〈奨め〉があったとKには思えたはずなのである。Kの眼には、先生はある意味で貴重な人生のアドバイザーとして映っていたと思われる。そして実際にはKは、「道」のために生きるという従来の姿勢を堅持しようとしつつ、「お嬢さん」との〈結婚〉という新たな局面の提示を前に、心は揺らいでいったのである。先生同様、KはKなりにその内側に抱え込んでしまった難問と葛藤することを強いられていた。それは恐らく自分の「道」の実質的な空洞化を意味していた。

「今から回顧すると、私のKに対する嫉妬は、其時にもう充分萌してゐたのです」（下27）と「今」の先生はいう。つまり「其時」の先生は、必ずしも明確にKを恋のライバルとして意識していたわけではなかった。先生の眼には一方で「変に高踏的な彼の態度」「Kの様子が強くて高い」（下29）というように、これまで通りの求道者的Kの姿が依然として認められていたのである。それゆえに先生は、Kが「依然として女を軽蔑してゐるやうに見え」「お嬢さんを、物の数とも思つてゐないらしかつた」と「安心」することもあったのである。先生は、基本的には、Kのいう「精進」「道」ということばを「尊く」「気高い」ものとして「畏敬」していたと思われる。だからこそ時折、Kの堅い「頭」に「柔らかい空気を吹き込んでやりたい」（下29）という思いも横切ったのである。

夏休みを利用して行った房州の海岸の宿でなされた議論。「精神的に向上心がないものは馬鹿だ」といってKから「遣り込め」られたと思った先生が、「しきりに人間らしいといふ言葉を使」（下31）って反論した際の議論は、二人が自分の依拠する立脚点（理念）に立ち戻ろうとする動きだった。この「人間らしい」という「抽象的な言葉」は、先生にして見れば「私の胸にはお嬢さんの事が蟠まつてゐますから」「お嬢さんに対する私の感情が土台になつてゐたのですから」というように、いわばその時の本音をKにぶつけたことになる。「出立点が既に反抗的でしたから」「猶の事自説を主張」したと「先生」はむきになってKを批判したことを振り返っている。

君は人間らしいのだ。或は人間らし過ぎるかも知れないのだ。けれども口の先丈では人間らしくないやうな事を云ふのだ。又人間らしくないやうに振舞はうとするのだ。（下31）

このことばの裏側にこめた〈もっと人間らしく生きろ〉というメッセージは、先生がこれまで、少なくとも表面的にはＫに対して働きかけてきたこととそのままに重なっている。Ｋも実のところ暗黙のうちにそれなり受け入れてきたことだった。だからこそ、この時のＫは「自分の修養が足りないから」といって恥じ、「一向」「反駁しやうと」もせず「だん〳〵沈んで来」たのである。生活の経済的基盤を先生によって全面的に支えられているＫにして見れば、先生の「攻撃」は痛烈な批評として響いたはずである。先生に向かって、自分が「どの位そのために苦しんでゐるか解らないのが、如何にも残念だ」と「明言」するのが精一杯の弁解であった。しかし、この時のＫにとって、先生からの経済的自立は急務のことと意識されたはずである。だとすれば、少なくともＫの「お嬢さん」への「恋」は、先生の〈サポート〉を通して受容（或いは醸成）されていったものなのではなかったか。先生のそれのように、〈一目惚れ〉でなかったことだけは確かである。

この後のＫは素直に先生の〈忠告〉を受け入れていったのではないだろうか。翌年の正月、先生に突然「お嬢さんに対する切ない恋を打ち明け」（下36）るまでの半年余りのことは、「是非お嬢さんを専有したいといふ強烈な一念に動かされてゐる私」（下32）即ち恋する先生の眼によって捉えられたものが示されているに過ぎない。「何うしてもそれが当然以上に見えたのです。」「Ｋの方ばかりへ行くやうに思はれる事さへあつた位です。」（下32）と「今」の先生は自分の思い込みのなかにあった当時の自分を顧みている。また「私は今でも決して其時の私の嫉妬心を打ち消す気はありません」（下34）と、「其時」の「お嬢さん」への熱い思いゆえの自身の「嫉妬心」があったことを振り返る。この間先生は益々「お嬢さん」のことが気になり、「絶えず」「お嬢さんがＫの方に意があるのでは」という「疑念」に「制」（下34）せられていたのであった。従って「お嬢さん」やＫの「其時」の様子は先生の「嫉妬心」（同）「疑念」を通して眺められていたことになる。即ち「十月の中頃」（下32）の出来事・「十一月の寒い雨の降る日の事」（下33）新春のある日歌留多遊びに興じた時のことと、これらは「お嬢さん」がＫに対してある種の〈親密な態度〉[18]を示しているように先生には確実に見えていた。こうしたプロセスの後、Kの告白がなされていくのであるが、だとしたら、先生がそれに対して衝撃を受けるのは当然であった。先生の眼には「お嬢さん」はKに「意」があると映っていたのだから。Kから「切ない恋」を打ち明けられた時の先生は呆然自失、ことばを無くし沈黙してしまうくらい驚くのだが、それはKの告白が意外だったからなのではない。二人の「恋」が成就してしまうこと、「お嬢さん」を失うことが決定的な現実になってしまいそうだったからなのである。

Kの「切ない恋」の実態と先生のこの時の対応との相関は、既に松沢和宏氏（前掲「沈黙するK」）によって詳細に検討されている。経済的に行き詰まったKが、自身の「道」の追求のために一人娘の「お嬢さん」との有利な結婚を望」み、「主」である先生の同意をもとめたのだ、と読む松沢氏の指摘は『こゝろ』の空白を立ち上がらせて興味深い。Kの動機を「道」の貫徹のためとする、功利的打算的なものを強調する意見には必ずしも同意できないが、この時のKが〈御嬢さんと結婚したいがどうか？〉と実質的な後見人である先生の判断を仰いだとする可能性は高い。ここまで見てきたように、先生のKに対する行為がKの眼にどのように映っていたかを〈想像〉しながら読んでみた時、Kが経済的庇護者である先生の忠告に従い「人間らしい」生活を望むようになった、とは充分考えられるのである。先生の望むような形で自分の生活を自立させて行こうと思ったのである。卒業を半年後に控えた現実的な選択であった。それを「Kの切ない恋」の告白とのみ思い込んだのは、恋していることが唯一の結婚の条件とする先生の「愛の理論」ゆえの美しい誤解であった。この少し後に改めてKが先生に「向つて、たゞ漠然と、何う思ふ」（下40）といったことからも、先生の誤解であったことが想われる。「何う思ふといふのは、さうした恋愛の淵に陥いつた彼を、何んな眼で私が眺めるかといふ質問なのです」と先生は理解しているが、そうした他者の公平な「批評」が恋した者にとって不要なことは、先生自身が一番よく知っていたはずであった。まして、直截に「恋愛」を口にできなかったのが先生・K世代の明治の男であったのではないか。

「進んで可いか退いて可いか、それに迷ふ」（下40）退くことは「苦しい」と、改めて先生に対していわば自分の現実的な〈出処進退〉を相談したKは、これまでのいきさつから推して先生が当然賛成してくれると思ったはずである。既に「窮屈な境遇」（下22）から先生の手によって離脱させられていたKであった。しかし、案に反して先生は驚愕の態度を示し沈黙してしまった。先生の動揺を感じ取ったKは戸惑った。しかし後に「近頃は熟睡が出来るのか」（下43）と先生に問うたように、Kは、この間先生が自分の告白に対して真剣に受け止め考え込んでくれているる、と思っていたのではないか。隣の部屋で先生もまた眠られぬ夜を過ごしていることを「何時でも遅く迄起きてゐる」（同）Kは知っていたのである。

「何う思ふ」と再度Kは確かめている。その時、先生は「精神的に向上心のないものは、馬鹿だ」「君の平生の主張を何うする積なのか」（下42）と責めた。Kにとって、これ程残酷な「批評」はなかった。それでも、この時のKは素直にその批評のことばを受け止めたばかりで、先生に対して何のわだかまりも持たなかったと思われる。むしろ房州の海岸での議論の再燃であることを、ここでKは真剣に受け止めたのではないか。そして、「馬鹿だ」「僕は馬鹿だ」といったまま先生の「顔を見ない」でうつむいて歩きだしたKは、自分が了解していた先生のことばを反芻し、自分流に受け止めていたこと（先生が自分と「お嬢さん」の仲を取り持とうと働いてくれたと思い込んでいたこと）を思い知らされ恥じたのである。先に引用した「近頃は熟睡が出来るのか」というKのことばは、この翌日に発せられたものである。自分の告白が先生を悩ませてしまったことに、済まなさすら感じていたことを窺わせる。先生に「批判」されることによって、Kは、思いのままこれまで通り自分の「道」を貫けと、先生に励まされているように思ったかも知れない。かつて先生がKの前に「跪まづ」（下22）いて「一所に向上の路を辿つて行きたい」（同）と言ったことばを思い出して。いずれにしろ、Kが自分の歩いて来た「道」を見失っていたこと、「平生の主張」の空洞化していたことを思い知らされたことだけは確かである。この時のKには先生に反論することばは何もなかったのだから。

「奥さん」の口から「お嬢さん」と先生との結婚を告げられてから二日後にKは自殺している。遺書のなかの「もつと早く死ぬべきだのに何故生きてゐたのだらうといふ意味の文句」は悲痛である。Kは精神的にも経済的にも絶体絶命の窮状に追い詰められてしまったのである。先生を恨むとか、「お嬢さん」とのことを諦める辛さとかの次元の思いは、おそらくKの胸には去来しなかったのではないか。この時のKには生きる力は何ひとつ見出せなかったと思われる。ただただ自己嫌悪のかたまりとなっていたのではないか。ここまで現実的には先生の援助によってKはかろうじて生き延びることができたのであった。先生がいなければとっくに「溺れ」(下23)ていた。しかし、Kにとって、先生と「お嬢さん」が結婚することは、自分の居場所が再び失われることに等しかったのではないだろうか。

先生は後年、繰り返し考えて来たKの自殺の原因を「現実と理想の衝突」「たつた一人で淋しくつて仕方がなくなつた結果、急に所決」(下53)と抽象的なことばで説明していく。多分に精神的なところでの理解の仕方である。一方でよくKを捉えながらもその反面の真実は、即ちKの抱えていた境遇への洞察は、先生には最後まで見えてこなかったのかも知れない。いや「今」の先生はその点に気がつきつつ、Kの功利的な「恋」に眼をつぶり、Kの潔白をそのままに金銭の問題を殊更に隠蔽したのだとする見方もある。しかし、少なくとも「今」手記をまとめていく青年「私」には確実にこのKの悲劇が見えている。卒業を間近に控えた学生であったKの抱えていた問題の重さを、自分自身の〈体験〉を通して見ることのできる「私」がいる。『こゝろ』という小説は、現実的な日常性即ち

〈生活〉というレヴェルの問題を一見後景に追いやっているように見えて、逆にそのことの重さを読者に喚起させるのである。

＊

本稿はひとまずここで筆を擱くことにする。私の『こゝろ』論は、最後に残った「先生の自殺」の問題を論じることによって完結する予定である。

＊本文の引用は『新選名著復刻全集近代文学館』「夏目漱石著『こゝろ』（大3・9　岩波書店）」（昭52・10　日本近代文学館刊行、ほるぷ発売）によった。また本稿中の傍点は全て筆者による。

注記

（1）安藤宏氏の、前掲田中実氏著『小説の力―新しい作品論のために』（平8・2　大修館書店）の書評のなかでの発言。（『昭和文学研究』第33集　平8・7）

（2）田中氏の論文以前に、小森陽一氏は「私」が「自らの手記の中に遺書を引用する」というこの小説の構造を指摘している（「『こころ』を生成する「心臓《ハート》」」『成城国文学』昭60・3、のち『構造としての語り』所収　昭63・4　新曜社）。「引用」という指摘のなかに既に「編集」意識も含まれていたはずである。しかし、小森氏は「私」が遺書公表に至る経緯を「『奥さん』―と―共に―生きること」を選択する経緯に見て、先生の生の形を否定的に捉えていく「私」を読んだ。否定するためにだけ手記を書き遺書を「引用」するとは、「私」のどのような心象風景を想定していたのかという疑義はすぐに湧いてくるが、この点に関しては早くは亀井秀雄氏が、いわゆる「こゝろ」論争当時に、「『私』が公表を選んだ理由が『私』の手記の書き方それ自体の分析によって明らかにされねばならない。小森陽一や石原千秋の論がこの点でけっして十分なものとなりえなかったのは、まず『先生』の書く過程における意識増幅を問題意識化する発想が欠けていたからである。」（「テキスト論と教科書《テキスト》の問題」『群像』昭63・8）と小説の〈かたち〉からの分析の徹底化を促し、疑問を突きつけている。近年、浅田隆氏は「漱石『こころ』論・素描―「静」の「純白」をめぐって」(『枯野』第10号　平5・6)の注記で、青年の編集の手の入った遺書とする田中実氏の論文に触れて、「こうなると、すべてが揺れ動きはじめるのではないか」と指摘している。また、木股知史氏「『こゝろ』―〈私〉の物語」(浅田隆氏編『漱石―作品の誕生』平7・10　世界思想社　第九章)も『こゝろ』の語りの形式自体に考察を加えている。「私」の手記一篇として『こゝろ』を読む方向は、未だ緒についたばかりである。

(3)　三好行雄氏編『鑑賞日本現代文学5　夏目漱石』(昭59・3　角川書店)のなかの「本文および作品鑑賞　こゝろ」及び「ワトソンは背信者か―『こころ』再説」(『文学』昭63・5)に、三好氏の「こゝろ」理解が示されている。

(4)　拙稿「『こゝろ』論へ向けて―「私」の「手記」の編集意図を探る」(『相模女子大学紀要』57号　平6・3)で指摘した。また、松沢和宏氏「〈自由な死〉をめぐって―『こゝろ』の生成論的読解の試み」(『漱石研究』第4号　平7・5　翰林書房)は、「「静」という名前も編集者の「私」によるものではないのかと疑うことも十分できる」「「私」は、乃木大将の殉死を契機に「明治の精神」に「殉死」した先生によって「幸福を破壊」された女性に対して、夫の殉死に従った乃木大将夫人と同名の「静」を与えたのではなかろうか」と指摘している。

(5)　大江健三郎氏は、岩波新書『新しい文学のために』(昭63・1)のなかで「具体的な根拠のない、あるいはあってもあいまいなものにたって行なう古層への心の動きを、空想・空想するとし、よりはっきりした根拠にたつ、しっかりした心の働きを、想像・想像するとして」柳田國男が終始使い分けていたことを指摘し、「文学を作りだす側にも、文学を読みとる側にも、重要な役割」を果たす、「想像力」について言及している。私も本稿において、柳田氏や大江氏のいう「想像」「想像力」という「心の働き」を念頭においてこのことばを使っていきたいと思う。

(6)　高田知波氏「『こゝろ』の話法」(『日本の文学』第8集　平2・12　有精堂)はこの問題を取り上げている。

(7)　『漱石自筆原稿「心」』(平5・12　岩波書店)

(8)　たとえば、重松泰雄氏の『漱石全集　第九巻』(平6・9　岩波書店)「心」注解や「『こゝろ』の二十の〈景観〉―非注釈的注釈の試み」(『敍説』平7・1)などがこうした基礎的作業を行っている。なお、重松氏は『漱石全集』「月報9」掲載の「「先生」たちの時代―『心』の風景を読む」のなかで、「『心』という作品の時間が、きわめて明瞭な〈顔〉を具えている」「それが作品解読の重要な鍵を握っている」ことを指摘している。

(9)　「座談会『こゝろ』論争以後」(飯田祐子氏・石原千秋氏・小森陽一氏・関礼子氏・平岡敏夫氏『漱石研究』第6号　平8・5

翰林書房）で小森陽一氏は、「基本的な形式の中にまず安易さがある」「何か途中で投げ出されてしまった小説」という二点を根拠に『こゝろ』を「漱石全体の中でも非常に貧しいもの」としている。

(10)　一つは、注4に示したもので青年「私」の手記の編集意図を探ったもの。もう一つは、「悲恋小説としての『こゝろ』」（『漱石研究』第3号　平6・11　翰林書房）で、読み取りにくい静の心に、読解の手続きを踏まえつつ迫ろうとしたもの。この二論で、青年「私」が「今」「奥さん」に先生の遺書を開示していく必然を論証したつもりである。

(11)　石原千秋氏は先生と「私」との交流期間を、先生33歳（明41）から37歳（明45）の期間と推定している（前掲『漱石自筆原稿「心」』解説）。また仲秀和氏は、諸説を踏まえつつ、先生とは、「私」が「高等学校の学生の時出会い、四〜六年の交際期間があったのではないだろうか」としている（「漱石『こゝろ』研究史（六）—昭和五十年代以降の研究を巡って（2）」樟蔭女子短期大学『文化研究』第3号　平元・6）。

(12)　前掲の拙稿「『こゝろ』論へ向けて—「私」の「手記」の編集意図を探る」のなかで論じた。

(13)　前掲田中実氏論文が「中」の位置づけを行なっており、説得力がある。

(14)　関谷由美子氏「『心』論—〈作品化〉への意志」（『日本近代文学』43集　平2・10）中丸宣明氏「作品としての「遺書」—『こゝろ』論」（『山梨大学教育学部研究報告』41号　一九九一）松沢和宏氏前掲「〈自由な死〉をめぐって」等。

(15)　『個人主義の運命—近代小説と社会学』（昭56・10　岩波書店）で「Kを連れてきた理由は」「お嬢さんが結婚に値する女性であることを、尊敬するKに保証してもらいたかった」「同時に、このような女性を妻とすることをKに誇りたかった」からだとしている。

(16)　こうした生の形は、先生だけのものではなかったはずである。先生がKについて次のように語る言葉からわかるように、二人に共通する、即ち明治という時代を丸ごと生きた人間の生の形としてあることが窺える。「Kが古い自分をさらりと投げ出して、一意に新しい方角へ走り出さなかつたのは、現代人の考へが彼に欠けてゐたからではないのです。彼には投げ出す事の出来ない程尊とい過去があつたから」「Kは何うしても一寸踏み留まつて自分の過去を振り返らなければならなかつたのです。さうすると過去が指し示す路を今迄通り歩かなければならなくなるのです」（下43）というように、常に理念的な潔癖さが働いていることが窺える。

(17)　畑有三氏「心」（『国文学』昭40・8）。畑氏は「作品のなかでKは常に先生の話をつうじてしか登場しない」「実際のKがどうであったかはここではわからない」ことを確認している。
（18） 山本道子氏は「人物の重み」（『漱石全集』第9巻「月報9」平6・9　岩波書店）で「見事だと思う場面は、「お嬢さん」が「先生」よりもむしろKにみせる無邪気さゆえの親しみの表現である。たとえばかるた取りの場面とか、「先生」の留守にKの部屋に入り込んで二人で歓談していたらしいという場面で「先生」の嫉妬心を刺激しながら、一方では「お嬢さん」の幼さを同時に語り尽くしているあたりにそれがみられる。つまり、ここにあるのはKにたいしては、男を異性として意識する以前の女の子であって、「先生」にたいしては、なぜか自然に振る舞えなくなっているという微妙なちがいに、彼女自身気づいているという複雑さも忘れてはいない。」と直感的なものながら、興味深い、そして鋭い読み取りを示している。

『こゝろ』の難問

夏目漱石の『こゝろ』は、最初「心　先生の遺書」と題して、大正三年四〜八月東京・大阪『朝日新聞』に一一〇回にわたって連載されました。そして、同年九月二〇日当時はちっぽけな古書店だった岩波書店から単行書として刊行されました。装丁も自ら考え、半ば自費出版のような形でした。漱石は、この作品が読者に繰り返し読まれることを心から望んでいたようです。だから連載中から単行本にすることを積極的に進めたのです。何度もこの小説を読んだ私には、これほど明治という時代を生々しく映した小説はないのではないか、と思えます。「こうとしか生きられなかった」という先生の声は悲痛で且つ切実です。

授業では、まず小説の〈かたち〉を押さえることから始めました。ここでもしつこく繰り返しておきます。『こゝろ』は青年「私」が、明治の終焉という歴史的な時間のなかで自殺した先生の遺書を受け取った数年後に、手記を書き、そのなかに先生の遺書を編集して引用したものと読むことが出来ます。簡単にいえば「私」の手記といえます。そして、「私」はこの手記を先生の奥さんも含む不特定多数の読者に公表していくために書いたのです。

引用された遺書には、先生がひとりの女性（現在の妻）を手に入れるために友人を裏切り自殺に追い込んだ過去と、以後苦しみ考え続けてきた自らの生涯とが綴られていました。そして、実は、先生の遺書の最後にはこう書いてありました。

「私は私の過去を善悪ともに他の参考に供するつもりです。しかし妻だけはたった一人の例外だと承知してください。私は妻には何にも知らせたくないのです。妻が己れの過去に対してもつ記憶を、なるべく純白にしておいてやりたいのが私の唯一の希望なのですから、私が死んだ後でも、妻が生きている以上は、あなた限りに打ち明けられた私の秘密として、すべてを腹の中にしまっておいてください。」（ちくま文庫）

「私」が公表するのは先生への裏切り行為なのでしょうか。いいえ、そうではないのです。先生は基本的にはこの遺書が公開されることを希望しました。遺書の呼びかけが「あなた」から「あなたがた」へと変わっていくことからも、わかります。ただ妻だけは例外、「妻には隠せ」と言ったのです。

しかし「私」はこの先生の願いがパラドキシカルな表現であることを見抜いたのです。つまり、先生のなかの妻像の二重性を読み取ったのです。先生のなかには、夫と一体化し、夫の人生に無条件で随伴していく伝統的日本の妻像があります。そうした妻は夫亡き後、独りで生きていくことはできません。愛する夫のあとを追って死ぬ、先生はそう夢想したのです。けれども一方で先生はこうした自分の閉塞した観念の外で生きていく、全く独立した人格を持つ妻の存在を認めていました。その妻にこそ先生は心の秘密を打ち明けなければならなかったのです。

先生が「純白にしておいてやりたい」という「妻が己れの過去に対してもつ記憶」とは、具体的にはどういうことを指しているのでしょうか。私は奥さんが〈先生に恋したこと〉だと思います。先生は妻のなかで自分との〈恋愛〉が美しい記憶として生き続けることを望んで死んでいくのです。と同時に、妻のなかの自分が長い結婚生活のなかで変貌していったことも、そしてそうした夫を前に妻が苦しんでいたことも知らなかったわけではなかったのです。先生の奥さんもまた「自由と独立と己れ」に生きた明治近代の女性だったと思われます。青年「私」が遺書を公開しようと決意したのは、後者である奥さんを認めたからです。真っ先に奥さんに先生の遺書を見せたかったのです。……

こんな読み方どうでしょうか、難しいですか。私もこの部分を読み解くのに、三日三晩うんうん唸りつつ考えました。冗談ではなく、数年前の暑い夏に苦しみ抜いて考えたのです。そしてこの遺書が「私」に宛てたものだという原点に返り、青年「私」になって先生の言葉を受け止めた時、雲が晴れるように『こゝろ』の世界が見えて来ました。先生は大切なメッセージを「私」に伝えようと必死で書いているのです。

苦しみつつ小説が投げかけてくる〈問い〉に対して、自分なりの答えを見出していく。わからないことをそのままにしておいたのでは、その小説は読めたということにはなりません。そして優れた小説は、時を置いて読んだ時にまた違った〈問い〉を投げかけてくるのです。レポートのなかで皆も自分なりに受け止めた〈問い〉を考えてくれました。一年間楽しく授業できたこと感謝しています。卒業後も小説との出会いを重ねてくださいね。

（ゼミ生レポート集「『こゝろ』論集」平成九年一月二七日発行）

「斜陽」の〈かたち〉覚書
――かず子の「手記」としての世界――

1　「斜陽」の読み方／想像力の働かせ方

最初に太宰治「斜陽」（『新潮』昭22・7〜10、初版『斜陽』昭22・12　新潮社）の「梗概」をまとめたもののうち、二つほどを見てみたい。

A（小学館『群像日本の作家17』相馬正一氏「作品解題」一九九一）

敗戦後に元華族の母と二人で伊豆の山荘に移住した出戻りの私（かず子）は、学徒出陣で南方の戦場へ駆り出された弟の直治を思い出す。高校時代に文学に凝って麻薬中毒に陥った直治の手引きで、私は無頼の作家上原二郎にキスされ、それ以来夫婦仲がこじれて離婚した。直治が帰還し、再び上原二郎との付き合いが始まる。私は思いきって上原に身の上相談の手紙を書き、上原に対する恋情を打ち明けた。一夜、思いが遂げられ、上原の子を孕む。母は病没し、直治は遺書を残して自殺。私は恋しい人の子を生み、育てることで、私の道徳革命を完成させるために闘うことを決意する。

B（『別冊国文学』47「太宰治事典」服部康喜氏「梗概」一九九四）

お母さまは最後の貴族です。人を裁かず恨まず、直治と私のために財産のすべてを使い切り、貧乏を受け入れ、私たちを愛し、このまま美しく悲しく生涯を終える事のできるのは、もうお母さまが最後のような気がします。けれども、かず子の胸の底には、お母さまの命をちぢめる小蛇が一匹入りこんでいるようです。私は以前から、小説家の上原二郎を恋するようになっています。札つきの不良。世間からそんな目で見られている上原に、私はいのちの喜びを味わいたい。そのうちにお母さまが亡くなり、私のロマンチシズムや感傷が消えて、生き残るための戦いを始めました。あさましくともよい、世間と戦い、悪がしこい生きもののように生きてゆく決心をしたのです。まず、妻子ある上原との恋の成就。私はそのために、身と霊魂《たましい》とを滅ぼす決心ができる。その願いは、彼が黄昏と見まちがえた朝、成就しました。けれどもその朝、直治が自殺していました。民衆の友達になろうとして、下品を装った直治は、結局、スガちゃんという奥さまを愛して、別な女性と死んでゆきました。最後まで、お母さまの愛情に引かれて、命を延ばしていたのでした。道徳の過渡期の犠牲者。直治も私も、上原さんもきっとそうなのでしょう。古い道徳とどこまで戦ってゆけるか。私は上原との子供を、彼の奥さまに抱いていただき、直治がある女のひとに内緒に生ませた子ですと、言いたいのです。直治という小さな犠牲者のために、どうしてもそうさせていただきたいのです。

どちらも太宰研究者によるものだが、この二つを読んで「斜陽」の内容が、またその小説世界がどのようなものなのか理解できるだろうか。強いて言えば、Aは「かず子と上原との恋物語」を、Bは「たくましく生きていくかず子の物語」を中心化して読みとった、ことになるだろうか。Bは、当初の一人称の文体が、末尾に至って二人称に変わってもいる。誰に向けての言葉なのか？　両者の「梗概」を並べて読むと、それぞれ違う小説を語っているようにも思われてくる。私が、もし「斜陽」を知らないでこの「梗概」を見せられたとしたら、頭のなかは「？・？・？」となる。「梗概」は、どんな短いものでも、まとめた人の作品の読み方が自ずと反映する。切り取り方によって、全く異なる「物語」が現象してくることは当然だ。だが、ここからは、この小説をどう読んでいるのか、その内実を窺うことは難しい。出来事を羅列しただけの記述だから。実際に小説内時間の進展と比較すると前後関係が違っていたりもする。出来事と出来事との因果関係もここからはほとんど読み取れない。どうして、こんなことになるのか、考えてみてもよい問題ではないだろうか。これでは、粗筋紹介としても役に立たないのではないだろうか。

頭から、この「梗概」をまとめた方への失礼を冒してしまったが、実のところ、私自身こうした類いの「梗概」を、何の疑問も持たずに書いていた時代が長らくあったことを認めざるを得ない。そう認めた上で、今日的「読みの転回」について、考えてみたいがために、あえて失礼を顧みず、列挙したのである。「斜陽」という小説のそれに限らず、「梗概」というと、どうしてもプロットを追ってまとめていくという習慣が、私たちの意識のなかにはあったのではないか。粗筋（ストーリー）を追っただけで、読んだ気になる。太宰の「斜陽」に限らず、こうした読み方、即ち「梗概」のまとめ方は今日再考されてもよいのではないだろうか。

さて、私が考えるに、この「梗概」がまとめられた頃には、未だ多くの読者に「斜陽」という小説の〈かたち〉がよく見えていなかったのではないか。いや、見えてはいても、その〈かたち〉に従って想像力を発揮するということが、なされなかったのだと思う。だから、本当のところ、「斜陽」という小説が、私たちには理解できていなかったのだ。このことは、過去の「斜陽」論における読み方をたどっても窺える。無論「斜陽」という小説の特異な形式については、発表当初から言及[1]されていたが、それでも、普通の一人称の現前小説として、「時間」の流れに従って出来事を追っていく読み方をしていたに過ぎないのだ。その小説を執筆した「作者」を、特権化・実体化させて、「作者」のペンの運びを頭に描きつつ、読んでしまう癖がついていたのではないだろうか。「作者」へと一元化する読み方、更には小説の「語り手」を即作者太宰とする根強い「私小説」的読み方である。こうした小説の読み方に私たちもどこかで拘束されてきた。したがって、登場人物の把握に関しても、「お母さま」「上原さん」までも安易な形で実体化してしまうことになる。実のところ、この小説では、個々の登場人物の了解は、その人物（ここでは、かず子、直治に限られる）の書いたものによってなされるだけなのだ（傍点は筆者。以下特に断らないものは同様）。

ここで、小説の〈かたち〉を確認すると、既に島村輝氏等[2]に指摘があるように、「斜陽」はかず子の編集した一編の「手記」として捉えることができる。その「手記」は、かず子の執筆時を異にするいくつかの日録的文章と上原へ宛てた四通の手紙、弟直治の「夕顔日誌」や遺書や、といった数個のエクリチュール（書かれたもの）によって構成されており、後に（この時点を特定するのは難しいが、おそらく全ての出来事が終わった後に）かず子の編集（再構成）の手が入っていると読むことができる。たとえば、第一章は、昭和二十一年四月のある日にかず子が書いた文章と基本的には言える。この日、かず子は〈書く〉ということを始めた。「ああ、何も一つも包みかくさず、はつきり書きたい」「恋、と書いたら、あと、書けなくなつた」などの記述から「書いている」かず子が、更に、「さうして、その日、私はお庭で蛇を見た」という記述の突然の挿入から、「けさ」「けふ」の書記を〈過去化〉する視線（読み直しの視線、編集の意図）が、読みとれる。また、かず子が書いたもの以外のエクリチュール、すなわち弟直治の日記や遺書も、「そのノートブックの表紙には、／夕顔日誌／と書きしるされ、その中には、次のやうな事が一ぱい書き散らされてゐた」とか、「直治の遺書。」といったかず子の言葉が添えられて、一部あるいは全文が引用されていくことが明示されている。

　このように「斜陽」の〈かたち〉を押さえた時、読み方も自ずと方向づけられていくのではないか。小説の空白部への想像力の働かせ方も変わってくる。従来、六章末尾、上原と肉体的交渉を持った後「もうこのひとから離れまい」と思ったかず子が、八章でなぜ彼への「愛想づかし」となるのか疑問が提出されていた。たとえば大森郁之助[3]氏などは、こうした直治やかず子の上原観の「急転」を、「ついて行き難い飛躍」と言い、小説の書き込み不足・欠陥と理解してきた。しかし、「斜陽」の〈かたち〉から考えればそうは単純に言えない。かず子の生き方の「変貌」は、弟の死（残された遺書）の受け止め方にあったわけで、そのことの意味はかず子の「手記」全体から読みとるべき問題になってくることがわかる。「斜陽」の〈かたち〉を押さえた上で想像力を発揮していくと、この小説が、敗戦後の混乱した社会のなかで、自分の生き方を真剣に模索したひとりの女性の軌跡が書き記された一編の「手記」であったことが、明瞭に浮かび上がってくる。本稿では、この〈かたち〉を押さえた時の読み方に従って、想像力を働かせる試みを、粗雑ながら、ひとまず行なってみたい。

2　かず子の「現在」／〈書く〉ことへ向けて

　ここでいう、かず子の「現在」とは、昭和二十一年四月のある日（第一章）を指す。つまり、この日かず子は

〈書く〉ことを始める。何故〈書く〉のかは、かず子の書いたもの（エクリチュール）によって知るしかない。だが、その前にまず、小説内事実を読むことから、「現在」のかず子を捉えて見たい。

かず子は、二十九歳になる華族の家の長女。「駒場」の「宮様」が「血縁つづき」という家柄（公卿華族）[4]である。東京本郷の西片町に屋敷を構えていたが、十年前、かず子が十九歳の時に父親が病死。弟の直治は長男であるため、当然当主となったはずだが、未だ成人していなかったためか、家の経済は、たった一人の肉親である和田の叔父（母親の実弟）が「全部世話して」くれるようになった。生まれながらの貴族（和田の叔父も華族と思われる）である「お母さま」は、経済には疎く、世間知らずであったから。その後、かず子は山木家へ嫁ぐ。しかし、「六年前の私の離婚」というように、二十三歳で離婚し実家に出戻っている。この間、弟の放蕩（薬物中毒）や金銭的不祥事やが嫁いだ姉をも悩ませたこと、またかず子の軽率な言葉から、夫に「裏切り」の嫌疑をかけられ誤解を生み、夫婦仲は険悪になっていったこと等々、さまざまな心痛を抱え、かず子の人生は必ずしも平坦ではなかった経緯が漏らされる。かず子は、身重の時に実家に帰ったまま、死産をし、自身病（軽度の肺病）に倒れ、そしてそのまま離婚という憂き目を見たのである。日中戦争・太平洋戦争と、悲惨な戦局を日本が歩いていた時代であった。放蕩を重ねていた直治も、莫大な借金を作った後、南方へ学徒出陣していった。四月の「現在」、未だ帰還せず、行方不明である。

「斜陽」というと、敗戦後の世の中の変化と、貴族の没落とが重ねてイメージされ、背後の歴史的時間が強調されて読まれてきた傾向がある。しかし、かず子の「手記」という小説の〈かたち〉を押さえた時、二十九歳のかず子の生きてきた軌跡（個人史）の重さも無視できない。かず子の家の凋落は、十年前の父の死の直後から始まっていたわけで、戦争やそれに続く敗戦は、その傾斜に拍車をかけ、事態をいっそう顕在化させたに過ぎないのである。

敗戦後「世の中が変り」、経済を預かっていた叔父の「もう駄目だ、家を売るより他は無い」という助言（?）のままに、西片町の邸宅を処分し、雇人も解雇、「お母さま」とかず子は、伊豆の山荘へ引っ越してくる。「日本が無条件降伏をしたとしの十二月のはじめ」のことであった。その後も、「貯金の封鎖だの、財産税だので」、「叔父の話」によれば「もう私たちのお金が、なんにも無くなつてしまつた」のである。やがて来る新憲法の公布（昭和21年11月3日、翌22年5月3日施行）は、華族制度の廃止を意味していた。伊豆の山荘へ移って来て数か月、一見平穏に見える「今」の二人の生活も、底知れない不安を潜在させていた。経済的基盤の崩壊のみならず、自分たちの生活力への信頼という点においても、自他ともにおぼつかなかったのである。まして、かず子は、「現在」のたった一人の家族ともいうべき、「お母さま」の健康（そして死という喪失）への不安におびえる日々が続いていたのである。第一章のかず子の日記（?）にはそれらが明瞭に表れている。

最初に筆を執って、かず子が自分の心のうちを言葉化しようとした文章は、それぞれ同じ日に書かれたと思われるが、三つのパートで構成されている。一見、気ままに、話題も思いつくままに書き進めた様子が窺える。が、どのように表現しようと、かず子の筆は、潜在する不安な心の吐露に収斂していく。第一の話題（パート）は、その朝の食事風景のこと。スウプを摂る「お母さま」の姿に、「ほんものの貴族」性を発見しつつ、朝の会話を再現していく。そのなかで、「お母さま」の近頃の「ご病気」や、出征した弟の消息に心を痛めるお母さまのこの頃へと思いが至る。かず子は心底「長生きしてもらいたい」と願い、「下唇がぶるぶる震えて来て、涙が眼からあふれて落ちた」と書き記す。気をとり直すかのように、「蛇の話をしようかしら」と話題を移す（第二のパート）。父の亡くなった日の蛇にまつわる不吉な思い出は、「お母さま」にとっても忌まわしい記憶として残っている。かず子が「その四、五日前」に蛇の卵を焼き、「その日」卵を探す母蛇の「悲しみ」が、「お母さま」を悲しませていることを知る。「私はお母さまの軟らかなきやしやなお肩に手を置いて、理由のわからない身悶えをした」と締め括られる。第三のパートでは、ここへ移ってきた経緯がたどられ、山荘での生活が、「お母さま」にとっても決して本意なものでないことに、改めてかず子は気づく。「ああ、かうして書いてみると」と、その日常性のなかに走る亀裂を、書くという行為のなかで発見していくのである。そして、「私の過去の傷痕も、実は、ちつともなほつてゐはしない」ことを確認する。

ああ、何も一つも包みかくさず、はつきり書きたい。この山荘の安穏は、全部いつはりの、見せかけに過ぎないと、私はひそかに思ふ時さへあるのだ。これが、私たち親子が神さまからいただいた短い休息の期間であつたとしても、もうすでにこの平和には、何か不吉な、暗い影が忍び寄つて来てゐるやうな気がしてならない。

(二)

かず子は、赤裸々に書くということを通して、忍び寄る自分のなかの「暗い影」を見つめる。と同時に、それと闘おうともしている。このあと「恋、と書いたら、あと、書けなくなつた」と記すように、自分だけの秘密の「恋」に言及しようとしたことからも、そのことはわかる。しかし、その闘いは未だかず子にとって、方向すら定まっていない茫漠たるものだった。

かず子の「現在」は、こうして書くことを通して、次第にかず子の眼に明らかになってくる。生活者としても、一人の女性としても、「お母さま」の娘としても、かず子のこれから生きる道は、決して順境ではない。どうやって身を起こしていくか、それがかず子の課題になってくる。「手記」というエクリチュールは、この課題を乗り越えるために企図された。それをかず子が繰り返し読み直し、「注釈」を施しつつ、ある統一的視点(?)から整理したのは、もっと後のことであったろう。この当時書かれた日録的文章のなかにも、時折、記述している時点を

〈過去化〉する視線が何度も現れてくるのだ。(5)

3　かず子のなかの「物語」／「更級日記の少女」として

敗戦後の混乱した社会のなかで、かず子と「お母さま」は、とみに過酷な現実を引き受けることになる。そうしたなかで、既に自身の死期の近いことを知るかのような「お母さま」にとっても、また母を失う予感におびえるかず子にとっても、残されるかず子の未来こそが、最大の心配の種であった。そして、そのことを巡って考え始めていくうちに、かず子は「お母さま」と自分との差異・乖離をも感じるようになる。美しい母を喰い殺す、胸のなかにひそむ「蝮」を意識し、「粗野な下品な女」「野生の田舎娘」になっていく自分を自覚する。「お母さま」から逸脱する生き方と知りつつ、そうした自分へと積極的に向かっていくことになる。周囲の者に、華族の「おひめさま」の脆弱さを責められつつも、戦時のヨイトマケの体験や現在の畑へ出ての野良仕事や、かず子には日常的な生活力は確実に備わっていったことが窺える。しかし、かず子を生の方向へと促すのは、こうした力ではなかった。

「お母さま」は「和田の叔父様」からの話として、かず子に宮家への奉公、あるいは年齢の離れた裕福な芸術家との再婚話を持ち出したりする。かず子が生きる道として、当然計られる、現実的提案であろう。しかし、かず子はそれを全て退ける。かず子が考えたのは、ただ一度会っただけの、妻子ある男性への「恋」を貫くこと、その「恋人」との間にできるであろう子供を産み育てることであった。一見、荒唐無稽の、いかにも世間知らずの華族のお嬢様が考えそうな夢物語である。あるいは「母は強し」といった通俗的な母性神話の現れか。いずれにしろ、「更級日記の少女」（文学少女）かず子ゆえの「物語化」の営為である。そのことをかず子自身十分自覚してもいる。

その上で、成就への方策を一つ一つ考え、実現させていくのである。ここに、かず子的生き方が顕現されているといえよう。

どうしても、もう、とても、生きてをられないやうな心細さ。これが、あの、不安、とかいふ感情なのであらうか、胸に苦しい浪が打ち寄せ、それはちやうど、夕立がすんだのちの空を、あわただしく白雲がつぎつぎと走つて走り過ぎて行くやうに、私の心臓をしめつけたり、ゆるめたり（後略）（三）

弟の直治が戦地から帰還して、十日ほど経っての記述と思われる。かず子は、日常のなかで、波のように襲う不安感に囚われている。人がこうした不安定な状況を生きる時、何を支えとするのか。その根源的な問いを模索しているのが、この時のかず子ではないか。

六年前、まだかず子が山木の妻であった頃、弟の年上の友人である、妻子ある小説家・上原二郎はいたずら心からか、初対面の彼女にキスをした。かず子のなかに、甘美な「ひめごと」が生まれた瞬間である。その後の辛い現実のなかで、この「ひめごと」は次第に増幅され「恋」に変わっていった。この「恋」を成就することは、母を裏切り、これまでかず子が身につけてきた「女大学」的な、つまり伝統的日本女性の生き方を壊す、非道徳的行為であった。それでも、数々のハードルを乗り越えてでも、切実な願い、切実な生き方として、かず子は選択せざるを得なくなる。その間の葛藤は、かず子の「手記」によく示されている。実のところ、この葛藤のうちにこそ、真に新しい生き方が現れているのではないか。ぎりぎりの状況におかれた、何の生きる手段も持たない、一人の若い女性が、自分の力で生きていこうとした時に、考え考えして選択した道である。この選択を愚かと批判することが誰にできるのだろうか。「ロマンチシズムという言葉が浮んで来ました。私に、リアリズムは、ありません。」というように、かず子が生きていくために必要としたものは、「ロマンチシズム」つまり「物語」であった。経済的には衣類やものを売り始め、そうした暮らしはあと半年もつかどうかという時であったが、かず子は、物質的に満たされたいとか、生活者としての道を探ろうとかするのではなく、好きな人の子を生むという、「ロマンチシズム」を支えに、生きる道を模索するしかなかったのである。

決心の後、上原へ宛てて書いた三通の手紙には、かず子の〈選択〉への経緯が率直に綴られており、ある意味で感動的ですらある。さすがに一通目は婉曲的であるが、返事の来ないままに、二通目、三通目と重ねていく手紙には、かず子の生きる糧（手段）となる「物語」がくっきりと提示されていく。「私は、あなたの赤ちゃんがほしい」「あなたの赤ちゃんを生みたい」と、繰り返し訴えていくのである。

> 私の望み。あなたの愛妾になつて、あなたの子供の母になる事。／このやうな手紙を、もし嘲笑するひとがあつたら、そのひとは女の生きて行く努力を嘲笑するひとです。私は、港の息づまるやうな澱んだ空気に堪へ切れなくて、港の外は嵐であつても、帆をあげたいのです。（四）

この時のかず子に潜在していたのは、恋愛至上と、母は強し、母になることによって女は強く生きる、という母性神話に根差したような、陳腐な「物語」なのかも知れないが、かず子が、ただ生きているだけの生に耐えられず、どう生きたいのかを、初めて考えたことが大事であろう。かず子にとって、「生れて初めての、こと」（傍点原文のママ）であった。「生れて来てよかつたと、ああ、いのちを、人間を、世の中を、よろこんでみたうございます」という手紙の最後に記したことばは、いわば、かず子が苦しみのなかでようやく獲得した人生哲学であった。かず子は、自らの欲望にしたがって生きることの、第一歩をようやく踏み出したのである。

4　かず子のなかの弟・直治

かず子の弟・直治は、昭和二十一年の「夏の夕暮」、母と姉の住む山荘に南方の島から還って来た。「胸の奥のひそかな不安や焦燥」を抱えながらも、表面的には安穏な山荘での生活を記していたかず子の手記には、後にこう書き加えられた。「思ふと、その日（「初夏」のある日＝筆者注）あたりが、私たちの幸福の最後の残り火の光が輝いた頃で、それから、直治が南方から帰つて来て、私たちの本当の地獄がはじまつた」と。二章の手記の原形が、未だ、直治の消息を知らずにいる頃執筆されたものであることがわかる。

従来、「斜陽」の登場人物のなかでも、直治はそのデカダン生活に作者太宰を投影させてもっとも重要な位置を占める人物であるかのように読まれてきた。しかし、「斜陽」をかず子の「手記」として読んだ時、直治はかず子にとってどのような存在として映っていたのかこそを、まず読みとるべきだろう。断片的なことばに過ぎない「夕顔日誌」の引用の仕方、「姉さん」と繰り返し呼び掛ける遺書のことばを、かず子がどう受けとめたのか。かず子の「手記」を通して考えて見るしかない。この点にこそ、読者が想像力を働かせる場がある。

かず子が、直治の「夕顔日誌」を読んだのは、帰還した直治の部屋となる「二階の洋間」に荷物を運び込んだ時、偶然手にしたことからである。「あの、麻薬中毒で苦しんでゐた頃の手記のやうであつた」と気がつく。その「頃」を、かず子が記憶のなかからたどれば、「直治の、この麻薬中毒が、私の離婚の原因になつた」と頭に浮かぶ。そう言ってはいけないと打ち消しても、嫁いだばかりの姉にお金の無心をし、表面改心の情を示す「弟の手紙の誓ひは、いつも嘘」だったことを思い出す。「おそろしいほどの金額」の薬屋への借金は母が何年も掛けて支払い、姉の離婚を知った時も、責任を感じてか「僕は死ぬよ」と言ってわめきつつ、なだめれば再び「遊びに行」く。かず子にとって、弟は信頼の置けぬやっかいな存在そのものだった。

日記を読む以前に記した、かず子の文章をみても、直治は、かず子にとっては、ただただ疎ましい存在に過ぎなかったことがわかる。だからこそ、戦地からアヘン中毒を直して帰還するという直治の消息を母から聞いた時、「また！」／私はにがいものを食べたみたいに、口をゆがめた」のである。そして、出戻りである自分が、直治の帰還にともないこの家での居場所を失うのではという思いとともに、母の直治を思うことばに反発を示したりもする。自分の大切な「お母さま」を苦しめる存在、なのに「お母さま」は直治を愛してやまない。かず子の弟・直治への感情は、嫉妬もともなって決して好ましいものではなかった。帰還した夜、三人床を並べて休もうという母の提案に、かず子は「泣きたいやうな気持になつた」のである。以後、相も変わらず、直治は母から多額の小遣いをせびっては、家を留守にする。かず子は、「昔から性格が合はない」弟が、小説家の上原らと遊びまわり、「東京の狂気の渦に巻き込まれ」ているであろうことを想像し、それを「思へば思ふほど、苦しくつらくな」るのであった。直治の帰還は、確実にかず子を「本当の地獄」へと叩き込んだ。

しかし、「夕顔日誌」を読んだかず子は、単なる「不良」に見えていた弟の苦しさを初めて知る。

夕顔。ああ、弟も苦しいのだらう。しかも、途がふさがつて、何をどうすればいいのか、いまだに何もわかつてゐないのだらう。ただ、毎日、死ぬ気でお酒を飲んでゐるのだらう。いつそ思ひ切つて、本職の不良になつてしまつたらどうだらう。さうすると、弟もかへつて楽になるのではあるまいか。（三）

かず子は、「途がふさがつて」、生きる前途の見えない弟を発見しつつ、自分自身の途を歩くことを進めたのである。「恋人」上原への三通の手紙は、この直後に出されたと思われる。かず子は、弟と自分との同一性を見たと同時に、その差異をも見たのである。引用された「夕顔日誌」の記述は、読者はまずかず子になって、読み直してみるほかない。この後に引用されていく、直治の遺書についても同様である。

5　かず子の「その恋」（物語）の行方

「秋のしずかな黄昏」に、「お母さま」は亡くなる。かず子は、その死顔は「ピエタのマリヤに似てゐると思つた」。島村輝氏は前掲論文で、この第五章の記述について「ここは母の死からあまり日の経たないうちに、最初の稿が書かれているということになるだろう。しかし、少なくともこの章の記述の原形は、第二章の末尾の部分より先に書かれていることは確かである」と指摘する。第二章「末尾の部分」の「私たちの幸福」「私たちの本当の地獄」の具体的中身の捉え方によって、後に挿入されていったという、こうした事後的ことばを書いた時点の確定は異なってくるだろう。が、「斜陽」の構成が島村氏の言うように複雑な様相を呈していることだけは確かである。それと同時に、後半に至って、かず子の記述の仕方が次第に、小説文体のスタイルをとってくることも注目される。かず子の「手記」を書くという行為が、改めて問われてくる。

確かに出来事が済んだあとでしか、人はそのことについて書くことはできない。それと同時に、ことば化することで、初めてその出来事は意味づけられる。けれども、ことば化しても容易に意味づけられない時、人はしばしば、小説・文学というスタイルを選択していくのではないか。かず子は、あたかも今起こっているかのように出来事を現前させる。そうすることによって、自分の「恋」の行方を反復（生き返）し、みきわめていくかのようである。六章冒頭、「戦闘、開始。」とかず子は記し、上原のもとへと、即ち「恋」に向かって歩きだす。

「私はいま、恋一つにすがらなければ、生きて行けないのだ」と、改めてかず子は自分に言い聞かせる。しかし、実際の行動に出たかず子の心は、大きく揺れ動く。上原の家の前で「どうしようか、とまた瞬時立ちすくみ」、上原の妻子を前にしては「私の恋も、奇妙にうしろめたく思はれ」、不在の上原を求めて点々と移動しては「自分がいま、気が狂つてゐるのではないかしら」と、立ちどまらずにはいられなかったのである。自分を何度も立て直さなければ、かず子は前に進めなかった。それだけ、かず子の「物語」は観念的だったと言えよう。

そして、かず子は、この紡ぎだした「恋の物語」即ち「道徳革命」の観念性を、実際に上原に再会することで、瞬時に思い知らされてしまう。かず子は上原を眼の前にした時のことを次のように記していく。

私は土間に立つて、見渡し、見つけた。さうして、夢見るやうな気持ちになつた。ちがふのだ。六年。まるつきり、もう、違つたひとになつてゐるのだ。

これが、あの、私の虹、M・C、私の生き甲斐の、あのひとであらうか。六年。蓬髪は昔のままだけれども哀れに赤茶けて薄くなつてをり、顔は黄色くむくんで、眼のふちが赤くただれて、前歯が抜け落ち、絶えず口をもぐもぐさせて、一匹の老猿が背中を丸くして部屋の片隅に坐つてゐる感じであつた。(六)

六年ぶりに見た「恋人」は、「一匹の老猿」でしかなかった。一挙に「恋」は醒めてしまった。かず子は、とりまきと酒浸りになって騒ぐ上原を、傍観者のように眺める。折から届いた原稿料一万円を、右から左へと酒場のおかみに渡し、たまったツケの一部に充てる上原の姿に、あきれかえる。「一万円。それだけあれば、電球がいくつ買へるだらう。私だつて、それだけあれば、一年らくに暮せるのだ」と、切れた電球を取り替えることもできずに「これで、三晩無一文の早寝」といった、最前対面した上原の妻のことを、そして自分の切り詰めた心細い生活のことを、上原たち酒呑みに対しての、ある種の「敵意」「怒り」とともに、思うのだった。しかし、そこには、また、生きることへの苦しみを抱えた者への深い深い共感も込められていた。

ああ、何かこの人たちは、間違つてゐる。しかし、この人たちも、私の恋の場合と同じ様に、かうでもしなければ、生きて行かれないのかも知れない。人はこの世の中に生れて来た以上は、どうしても生き切らなければいけないものならば、この人たちのこの生き切るための姿も、憎むべきでないかも知れぬ。生きてゐる事。生きてゐる事。ああ、それは、何といふやりきれない息もたえだえの大事業であらうか。(六)

この夜、かず子は、不本意ながら、上原の身体を受け入れた。「いつのまにか、あのひとが私の傍に寝ていらして、……私は一時間ちかく、必死の無言の抵抗をした。ふと可哀さうになつて、放棄した」結果のことである。その時「私のその恋は、消えてゐた。」と後にかず子は確認するかのように書き記す。かず子が心の中で紡ぎつづけた「その恋(6)」の「物語」は、見事に現実の前に雲散霧消していったのである。しかし、その朝、かず子は目の前の他者としての上原と向き合い、新たな「恋」を経験することになる。

夜が明けて部屋が薄明るくなった時、傍らに眠る上原の顔をかず子は「つくづく眺めた」。「ちかく死ぬひとのやうな」「疲れはててゐる」「犠牲者の」顔を、そこに見る。そして、その顔はまた、「この世にまたと無いくらゐに、とても、とても美しい顔」に思われ、「恋があらたによみがへつて来た」のである。「かなしい、かなしい恋の成就」とかず子は書くが、この「かなしい恋」は、それまでの「恋」とは質的に違う。かず子が頭のなかだけで造り上げて来た「虹」としての「上原さん」にではなく、「田舎の百姓の息子」ゆえのコンプレックスを隠すことなくさらけ出した、つまりかず子にとって向き合うべき他者となった、この時の「上原さん」に対する感情であった。上原は、かず子のキスを受けつつ抱き寄せて、「ひがんでゐたのさ。僕は百姓の子だからさ」と言う。かず子はこうしたことばを聞いて、「もうこのひとから離れまい」と思い、「私、いま幸福よ」と心から応えた。かず子なりの、幸せの「朝」を迎えたのである（この時の記述が、妊娠を知って以後に書かれたのかどうかはわからない）。

さて、この「手記」の末尾に、「弟の直治は、その朝に自殺してゐた。」と記されるわけで、以後の事態の展開は、この弟の死をかず子がどう受けとめたのか、の捉え方によって変わってこよう。かず子は、遺書を全文引用していく。それだけで、彼女にとって重い意味をもったことが窺える。上原とはその後、弟の「死のあと始末」の際に会ったのかどうか。少なくとも「昭和二十二年二月七日。」付の「最後の手紙」を上原に出すまでの「一箇月間」は、音信不通であった。この間、かず子は「冬の山荘にひとり住んでゐた」。

6　母と弟の思いを胸に――「貴族」性の再生へ

直治の遺書は、まず何故死ぬのかを語る。結局、生きていることの意味を見出せなかった直治は「死ぬる権利」を主張して自殺する。敗戦後の世の中で、さてどう生きるのかを問い続ける、かず子と同じ悩みを生きつつ、直治は逆の方向へと歩いていた。

直治は、高等学校に入った頃から、「自分の育つて来た階級と全くちがふ階級に育つて来たたくましい草の友人」を知り、家を「父の血」を否定して「民衆の友」になろうと努力した。しかし、結果はどちらの世界にも居場所を得ることができない自分を思い知らされただけであった。死を前に、直治は、「人間は、みな、同じものだ」という「思想」に、遂に同調できなかった自分を告白する。本来の「マルキシズム」とも、「民主々義」とも異質な、「民衆の酒場からわいて出た」、思想とも言えない「奇妙」なこのことばへの根本的違和を、同じ貴族の姉に対して明確に表明する。このことばに脅え、このことばに震え、それゆえに「酒や麻薬の目まひに依つて」不安を忘れようと努め、結局自己を崩壊させていった経緯とともに。母の死んだ今、自分が死ぬ権利を行使するのを留めることは、誰にもできないと断言する。直治は直治なりに、〈固有の死〉を生きようとしたのである。

「姉さん」と何度も呼びかけながら、直治は弁明する。「僕は、死んだはうがいいんです。僕には、所謂、生活能力が無い」、「僕たちは、貧乏になつてしまひました」「この上、僕は、なぜ生きてゐなければならねぇのかね？もう、だめなんだ」と繰り返される、こうしたことばのうちに、かず子は、自分と弟との同一性と差異とを明瞭に感受していったと思われる。直治は遺書の最後に、「姉さん。僕は、貴族です。」と書き記した。

そして、遺書のなかで、直治は姉に心の奥の「秘密」を告白していく。恋してはならない人に恋した「秘密」を。「フイクシヨンみたいにして教へて置きます」といっても、明らかにかず子には伝わるように、直治は精一杯「秘密」を書き記したという。それを、かず子がどう受けとめたのかは、読者は、かず子の「手記」全体を通して読むほかはない。

直治が恋い焦がれた「そのひと」は、「スガちやん」。戦後急に売れっ子になった中年の洋画家の奥さんである。その洋画家の苦しい「デカダン生活」が、その実、単なる成り上がりの「田舎者」の遊興にすぎない、虚偽のものであることを、直治は口を極めて罵っていく。あたかも自分とは異質の人間だといわんばかりに。その批判的言辞から、かず子には、この洋画家が上原であることは、すぐに見抜けたであろう。かず子も、直治と同じ感想を持ち、自ら書き記してもいるのだから。また、かず子は、実際に上原の妻にも会っている。そして、その時の印象とともに、かず子は、直治のなかで「そのひと」の面影に、他ならない「お母さま」が重ねられていたことを確実に了解したと思われる。遺書のなかの、何故、直治が「スガちやん」に惹かれたのか、恋したのかを語ることばから、そのことは明らかに浮かびあがってくる。

直治は、「そのひと」に惹かれた理由を二つのエピソードで語っている。その一つは、「或る夏の日の午後」のこと。「そのひと」の「何の邪心も虚飾も無」い、「正直」な眼に、「くるしい恋をしちやつた」というもの。「高貴、とでも言つたらいいのかしら。僕の周囲の貴族の中には、ママはとにかく、あんな無警戒な「正直」な眼の表情の出来る人は、ひとりもゐなかつた」と断言する。それから「或る冬の夕方」のこと。直治は「そのひと」が「お嬢さんを抱いてアパートの窓縁に」腰をかけていた時の「端正なプロフィル」と、自分にそっと毛布をかけてくれた「ヒユウマニテイ」溢れる心情に、心打たれたことを語っていく。「奥さんの心情の美しさにひかれ、いいえ、正しい愛情のひとがこひしくて、したはしくて、奥さんの姿を一目見たくて」(傍点は原文のママ)、洋画家の家へ通ったことを打ち明けていく。こうしたことばから、かず子は、「お母さま」を語ったかつての直治のことばを、そして自分のなかの「お母さま」の面影を、あふれる追慕の念とともに思い出していったはずである。

> 爵位があるから、貴族だといふわけにはいかないんだぜ。爵位が無くても、天爵といふものを持つてゐる立派な貴族のひともあるし、(中略) おれたちの一族でも、ほんものの貴族は、まあ、ママくらゐのものだらう。あれは、ほんものだよ。かなはねえところがある。(一)

〈書く〉ことを始めた四月のある日、この言葉を書き留めながら、かず子も「お母さま」の所作・表情の「無心さが、本当に可愛らしく、私のお母さまなども、そのやうなほんものの貴婦人の最後のひとりなのではなからうかと考へた」。かず子のなかで、直治の愛した、「そのひと」と「お母さま」とが、「ほんものの貴婦人」「正しい愛情のひと」という点で重層し、一つの像として結ばれていったことがわかる。「道徳の過渡期の犠牲者」とは一線を画す、「正しい愛情のひと」たちである。だからこそ、直治は、「そのひと」を恋した「秘密」を、大仰な言い方で、ためらいながら語り始めたのである。

永いこと、秘めに秘めて、戦地にゐても、そのひとの事を思ひつめて、そのひとの夢を見て、目がさめて、泣きべそをかいた事も幾度あつたか知れません。
そのひとの名は、とても誰にも、口がくさつても言はれないんです。僕は、いま死ぬのだから、せめて、姉さんにだけでも、はつきり言つて置かうか、と思ひましたが、やつぱり、どうにもおそろしくて、その名を言ふことが出来ません。(七)
人妻である「そのひと」の名はやがて遺書のなかで、「たつた一度だけ」「スガちやん」と書き記される。しかし、母を「そのひと」として、名を呼ぶことは、直治には最後までできなかったのではないか。この大仰な語り方は、「スガちやん」の背後に、明るみに出せない母への「恋」心を隠していることを暗示している。それを、かず子だけは、はっきりと遺書から読みとったのだと思う。直治が永遠に慕い、恋い焦がれるのは、「ほんものの貴族」である「お母さま」であることを——。

*

かず子は、「あのひとに、おそらくはこれが最後の手紙を、水のやうな気持で、書いて差し上げた。」と認め、「昭和二十二年二月七日。」付の上原宛書簡を引用し「手記」の最後に置く。その手紙では、おなかに「小さい生命」が宿ったことが報告され、上原への愛想尽かし・訣別のことばが次々と、そしてきっぱりと重ねられていく。そして、これから、独りで、私生児を産んで育てる決意が表明されていく。「革命どころか、みじろぎもせず狸寝入りで寝そべつてゐる」、世の中の「古い道徳」に対して、自分は「過渡期の犠牲者」のひとりとして、雄々しく戦っていくと告げる。この戦いを支えるものとして、この時のかず子に自覚されていたのは、ほかならない貴族としての「誇り」だったのではないだろうか。

「マリヤが、たとひ夫の子でない子を生んでも、マリヤに輝く誇りがあつたら、それは聖母子になるのでございます」「でも、私にこんな強さを与へて下さつたのは、あなたです。私の胸に、革命の虹をかけて下さつたのはあなたです。生きる目標を与へて下さつたのはあなたです。私はあなたを誇りにしてゐますし、また、生れる子供にも、あなたを誇りにさせようと思つてゐます」というように、かず子は生きる強さを持った「今」の自分をこそ、「誇り」としている。その上で、これからも闘っていくことを表明するのである。それは、遺書のなかで直治が、「人間は、みな同じものだ」という「思想」に反発し、「なぜ、同じだと言ふのか。優れてゐる、と言へないのか」(傍点は原文のママ)といって嘆いたことばに通うものがある。かず子は、自分の選択した生き方を貫くことに「誇り」をもって、未来へと踏み出していく。「物語」の「少女」は、ようやく、ここまで歩いて来たのである。この「今」のかず子を支えるものは、亡き「お母さま」や弟・直治のなかに流れ、自分のうちへと通う「ほんものの貴族」の血を引き継ぐこと、あえて貴族としての生を選びとっていくという「誇り」であった。

手紙の末尾で、かず子は一つの願いを申し出る。「直治といふ小さい犠牲者のために」どうしてもかなえたい願いを。

> それは、私の生れた子を、たつたいちどでよろしうございますから、あなたの奥さまに抱かせていただきたいのです。さうして、その時、私にかう言はせていただきます。「これは、直治が、或る女のひとに内証に生ませた子ですの。」(八)

この一見奇妙な申し出は、かず子にもその意味が「よくわかつてゐない」とのことだが、少なくともかず子のなかで結ぶイメージは、ピエタのマリアの構図のそれであろう。十字架に架けられて死んだ、わが子イエス・キリストを抱く「悲しみのマリア」の像である。ローマのサン・ピエトロ大聖堂にある、ミケランジェロ作のピエタ像

ミケランジェロ，ピエタ，16世紀，ローマ，サン・ピエトロ大聖堂（『キリスト教美術シンボル事典』1997・6　大修館書店）

（図像参照）が、もっとも有名で、もっとも美しい傑作であるが、あのピエタのイメージが、かず子によって再現されようとしている。そう言えば、お母さまの死顔は、かず子の眼には「ピエタのマリヤ」と映っていた。かず子は、母に重なる直治の恋しい人、上原の「奥さま」に、直治の生まれ変わりであるわが子を抱いてもらうことによって、貴族の母の、そして弟の思いを「再生」させようとしているのではないか。聖書によれば、イエス・キリストは、この三日後に復活をする。伊豆の山荘に来た頃、「お母さま」は「神さまが私をいちどお殺しになつて、それから昨日までの私と違ふ私にしてよみがへらせて下さつたのだわ」とひとりごとのようにおっしゃった。かず子も、その頃の手記に、「いかにも私たちは、いつかお母さまのおつしやつたやうに、いちど死んで、違ふ私たちになつてよみがへつたやうでもあるが、しかし、イエスさまのやうな復活は、所詮、人間には出来ないのではなからうか」と書いていた。母と弟を亡くした「今」のかず子は、いったんは自分のなかで否定した、貴族の精神の「復活」こそを、願うのであった。それは、同時に、「ほんものの貴族」性を喪失させていく世の中への、痛恨の思いをこめたかず子なりの批評でもあった。

＊

「斜陽」という小説を、かず子のまとめた一編の「手記」として読むことは、かず子のその折々の心のひだにわけ入ることであった。独り生きて行こうとして紆余曲折する、生の軌跡に立ち会うことであった。読者にとって、単線的なストーリーや、物語の結末を追うことが重要なのではなく、その記述のあわいにたたずみ、かず子とともに揺れることこそが、求められている。こうして読んでくると、かず子の手によって、全体として或る構成がなされたことは窺える。が、同時に、かず子のなかで「今」必ずしも、統一された「手記」としてあるのではないことも見えてくる。その都度、書き綴ったものを読み返す最初の読者はかず子自身であった、ということが窺えるだけである。かず子は、自分の歩いてきた軌跡を振り返り、また前を向き、と繰り返してきただけである。そして、かず子は、この手記をまとめる地点に立った時、ようやく未来へと踏み出す力を手に入れたのではないだろうか。その意味では、この一編の「手記」は、かず子が生きていくための、長い序曲でもあった。

＊「斜陽」本文の引用は、『太宰治全集9』（一九九〇・一〇　筑摩書房）所収のものによる。本稿の中の傍点は、特に断りがない限り、全て筆者による。

注記

（1）神西清氏「斜陽の問題」（『新潮』昭23・2）は、「斜陽」のモザイク的構成を「ハ長調の弦楽四重奏曲」に譬えた。伊藤整氏「『斜陽』と『処女懐胎』」（『人間』昭23・2）は、「その骨組み、告白、手紙、日記、思出などから出来てゐる作品構成」を「反自然的」であり「風俗の描写としての正当」を欠くとしつつ、「着想のうまさ」を評価した。

（2）「〈書くこと《エクリチュール》〉への意志―「斜陽」の記述構造」（『太宰治』8号　平4・6　洋々社、のち『臨界の近代日本文学』所収　一九九九・五　世織書房）この他、早くに、この小説の仕組み（構成）に触れたものに、須田喜代次氏「「斜陽」論ノート―朝を迎えるかず子を中心に」（『近代文学論』昭54・11）・江種満子氏「「斜陽」の構成―かず子を中心に」（『解釈と鑑賞』昭56・10）がある。島村氏同様、「斜陽」の構造を本格的に論じたものには、高田知波氏「「斜陽」論―ふたつの「斜陽」・変貌する語り手」(『国文学』平3・4)・高橋恵利子氏「太宰治「斜陽」―作品の形式に関する一考察」(『広島女子大国文』平6・9)・榊原理智氏「語る行為の小説―『斜陽』の消滅する〈語り手〉」(『日本文学』平9・3)・中村三春「「斜陽」のデカダンスと〝革命〟―属領化するレトリック」(『国文学』平11・6)等がある。なお、「斜陽」研究史に、加藤里奈子「太宰治「斜陽」―「読まれ方」の歴史を追って」(『相模国文』25 平10・3)がある。

(3) 「「斜陽」結尾の混乱―直治の恋人の設定をめぐって」(『札幌大学女子短期大学部紀要』昭62・2)

(4) 「華族」は、明治二年六月一七日の版籍奉還(藩政の改革)の際、従来の公卿と大名(諸侯)とから成る新たな階級の名称として生まれた。この時、「全部で四百二十七家」(浅見雅男『華族誕生―名誉と対面の明治』一九九四・六 リブロポート)の華族が誕生した。彼らは、明治一七年七月七日公布の華族令で新たに生れた「新華族」に対して、後に「旧華族」といわれた。かず子の家は、もちろん旧華族である。太宰は「斜陽」執筆当時、新聞記者の「訪問記」のために語ったなかで、「話はある没落貴族、それもほとんど皇族に近いくらいの華族が没落してゆく、その家庭の話なんです、その貴族夫人、つまり手記を書いている娘さんのお母さんなんか、いわゆる成上がりなんかじゃなくて骨のずいからの貴族なんです」といっている(「恋と革命を語る人気作家ダザイ氏訪問記」見出し「没落する貴族描く『斜陽』」「人民しんぶん」第百九〇号 昭22・6・2発行 筑摩書房『太宰治全集9』「斜陽」解題に掲載)。なお、敗戦後の華族については、酒井美意子氏『元華族たちの戦後史―没落、流転、激動の半世紀』(平7 宙出版)に詳しい。

(5) 前掲(注2)論文で、榊原理智氏は、語る行為についてのテクストとして見た時、「ある地(時)点におけるかず子を特権的な枠組みとして物語を再構成するような読者を『斜陽』は拒んでいる」という、傾聴すべき指摘をしている。いずれにしろ「再構成」の中身が問題になって来よう。

(6) 「私のその恋は」は、初版単行本では「私の恋は」に改稿されている。初出に見るかず子の「恋」を限定する言い方をやめて、より多義的な本文にしたことが窺える。

II

「私」の語る世界——一人称〈回想〉形式の小説

「坊っちやん」論
——「大尾」への疑問——

1　問題設定——「大尾」への疑問

新作小説存外長いものになり、事件が段々発展只今百〇九枚の所です。もう山を二つ三つかけば千秋楽になります。趣味の遺伝で時間がなくて急ぎすぎたから今度はゆる〳〵やる積です。もしうまく自然に大尾に至れば名作然らずんば失敗こゝが肝心の急所ですからしばらく待つて頂戴出来次第電話をかけます。（明39・3・23付高浜虚子宛書簡）

この手紙をしたためた数日後(1)に漱石は「坊つちやん」を脱稿、四月一日発行の『ホトトギス』に「吾輩は猫である」第十章とともに掲載する。『ホトトギス』の実際の発売は、「坊つちやん」の原稿が入るのを待っていたために予定より少し遅れ十日頃(2)になったらしいが、三月十五日頃(3)から執筆し始めた「坊つちやん」を、漱石は「狂気のような速筆(4)」で一気に書きあげたようである。そうした形跡は、「坊つちやん」の至る所に発見できる前言とのくい違いや記憶違いやといったケアレスミス等からも窺え、何人かの人によって細かく指摘されてもいる。[5] しかし、一方で「只今ホト、ギスの分を三十枚余認めた所。(第三章の末あたりか[6]—筆者注) 何だか長くなりさうで弱はり候。夫に腹案も思ふ様に調はず閉口の体に候」(明39・3・17付瀧田哲太郎宛書簡) というように、かなり筆を運んだところでも腹案が定まらず四苦八苦しているという事情が漏らされてもいる。また、冒頭に引用した書簡を見ると、「趣味の遺伝」(『帝国文学』明39・1・10) では「急ぎすぎた」[7]「今度はゆる〳〵」「うまく自然に大尾に」というように、なによりも作品を結末まで「うまく」運びあげることに、かなり気を配っていたことが窺える。短期間に一気に書きあげたとはいうものの、漱石は何度か立ち止まっては作品の展開を思案したようである。ことに結末の部分については——。

「只今百〇九枚」[8] ということは、九章の初めの方、うらなり君の送別会の会場に坊っちゃんと山嵐が連れ立って来たところである。この後、祝勝会の日に生徒の喧嘩事件に巻き込まれたことをきっかけに、山嵐は排斥され、坊っちゃんも辞表を出して学校を去っていく。去るにあたって、「奸物」赤シャツを徹底的に叩きのめし、読者はひとまず溜飲をさげる、ということになる。「最後のクライマックスは確かに痛快である。さんざんに翻弄され、積りに積った鬱憤が一気に爆発する」[9] ということも一応言えよう。漱石にとって、こうしたプロセスが「うまく自然に大尾に至」ったということになるのだろうか。いずれにしろこの数日後漱石は擱筆した。しかし、この時の彼の心中に想いをめぐらした時、少なからず複雑な気持を抱いていたのではないかと想像される。何故なら、大尾への至り方を注意深く読んだ読者には、とりわけ正義漢・坊っちゃんを贔屓する読者には、漱石のつけた「大尾」は必ずしも納得のいく、痛快なクライマックスとは言えないものだから。かなり微妙な形で、やむを得ずつけた結末、という様相を呈しているからである。当初作家が意図していたものとは微妙なずれがそこにはあるのではないか。

詳述は後にゆずるが、この結末の部分では、坊っちゃんはすっかり主役の座を降りている。[10] 代わって作品進行の主導権は山嵐が握り、山嵐の論理に従って「赤シャツ退治」は行なわれる。この時坊っちゃんは彼の論理から言えば「堕落」（十）していくのであり、ここに至っての坊っちゃんは実に歯切れが悪いのである。どうして漱石はこのような結末にしなければならなかったのか、それとも、こうした結末に至ること自体が当初からの必然だったのか。この問題は、「坊っちゃん」論が俄かに頻出している今日（昭和六十年前後のこと――筆者注）でも、必ずしも納得されているとはいえない「坊っちゃん」論の中心問題なのではないだろうか。

　さて、「坊っちゃん」の結末といった問題を考えた時、帰京して後、街鉄の技手をして清と一所に暮らし、やがて清が死ぬという後日談がよく問題にされる。この時坊っちゃんは「死んだ」とする平岡敏夫氏[11]の指摘を初めとして、それまでの読者が坊っちゃんに対して抱いていた明るい直情径行型の青年といったイメージだけではない、彼の持つ暗い側面に光があてられて久しい。この小説を、単に滑稽なユーモア小説とするだけではなく、背後に流れる悲哀を読む見方もかなり一般的になったといえる。[12] 坊っちゃんの「死」、あるいは「変化」[13]「変節」[14]についても様々に論じられている。近年の「坊っちゃん」論では、正義感にあふれた愛すべき坊っちゃん像へのこれまでの多くの読者の共感を修正するために、坊っちゃん批判が相ついでなされてもいる。[15] 当然、それに対する反論も提出されている。[16] また、一人称回想形式という小説構造に着目、その〈語り〉の機能を精緻に分析し、平岡氏言うところの坊っちゃんの「死」が当初からあったとして、その時点から書き出された「坊っちゃん」の世界の再検討を試みた小森陽一氏の卓抜な論[17]なども出されている。これらの先行する論の大方が、「坊っちゃん」の結末が決してめでたし〳〵の痛快なものではないことを認めている。しかし、清の死といった結末の与える印象、あるいは街鉄の技手になった坊っちゃんのその後に想いをめぐらして真の勝利ではないと、その、「挫折」[18]についても言及していても、そこに至るまでの結末の部分の描き方、「大尾」へ至る至り方自体を仔細に検討した論は少ない。(19) 私は、「坊っちゃん」のこの部分を読むたびに、漱石はどこまでこんな形で終ることを予想していたのだろうかと疑問に思わざるを得ないのである。作品を読む上で、まずこの点の検討が必要なのではないだろうか。

また、小森氏が指摘するように小説の構造という観点からこの作品を見た時、確かにこの小説は、清の死、坊っちゃんの何らかの変貌以後の時点から語り出されているという枠組を認めることができる。すべての小説のベクトルは、坊っちゃんが「挫折」をせざるを得ない方向を示し、展開していく。そして、一見、作品は完璧に作家の手のなかで終始しているようである。しかし、そうした小説の当初意図したところと、結末部分で示されている坊っちゃんの映像とはストレートにつながってこない印象を受けるのではないだろうか。そして、そうした小説の裂け目に見る作家の意識へと読者は想いを馳せてしまうのではないだろうか。この辺りの解明を本稿では試みてみたいと思う。

しかし、先走って言うならば、こうした疑問をこの作品で解くのは、実はそれほど容易ではないのである。というのは、作品は一応坊っちゃんの後日の回想という形での〈語り〉によって展開されているわけであり、坊っちゃんの語る過去の、あるいは語っている現在の〈意識〉をどのように把握するかによって、解釈が分かれる部分があるからである。この辺りの認定の難しさがこの作品の〈語り方〉のなかにはつきまとっている。この問題は、言い換えるとこの小説の文体が、それほど透明ではないということであり、漱石が小説のさまざまな設定のなかで問題を曖昧なままに放置した部分が余りにも多いということにも通じる。気楽に書いた作品として、これまで漱石の作品系列のなかでも二義的な扱いをされてきた所以もここらあたりにあるかとも思われるが、ひとまず作品「坊っちやん」において、読みとれる問題と読みとれない問題とを明らかにすることは、先の疑問を解く一つの鍵になると思われる。本論では、この点を考慮しつつ論を進めてみたい。

2　坊ちゃんの「堕落」／山嵐の「天誅」

九章では、ようやく仲直りした坊っちゃん[20]と山嵐が、「奸物」赤シャツを「腕力」でやっつけることで意気投合する。「あんな奴にかかつては鉄拳制裁でなくつちや利かない」と山嵐が言い、坊っちゃんは早速今夜の送別会のあと「撲つてやらないか」と「勧め」る。しかし、この時山嵐は「どうせ撲る位なら、あいつらの悪るい所を見届て現場で撲らなくつちや、こつちの落度になるからと、分別のありさうな事を附加した」。坊っちゃんは「山嵐でもおれよりは考へがあると見える」と、ここでは山嵐の「分別」「考へ」に感心しているようである。しかし、次章に見るように、一方でこうしたやり方を、つまり「向の筆法を用ゐて捕まへられないで、手の付け様のない返報」(十)をするというやり方を「堕落」として明確に否定してもいる。坊っちゃんは、この時、同時に自分自身がやがてこのやり方を選ばざるを得なくなる危険性を察知しているが、それは即ち我が身の「堕落」の予感でもあった。けれども、この時この「堕落」は、坊っちゃんの意識の中では、「こんな土地に一年も居ると」「一年もかうやられる以上は[21]」というように、ずっと先のこととして捉えられ、呑気に構えてもいた。着任早々、一ヶ月経つか経たないかのうちに「大変な事」(六)「何か事の起」(十)る時が来るとは思ってもみなかったというのである。そして、一方で「早く東京へ帰つて清と一所になるに限る」「新聞配達をしたつて、こゝ迄堕落するよりはましだ」(十)というように、「堕落」するよりはその場を立ち去りたいと切実に願ってもいた。

坊っちゃんは〈その日〉がそんなに早くやって来るとは思っていなかった。そして、下宿の蜜柑の熟れていくのを見ては、「もう三週間もしたら、充分食へるだらう。まさか三週間内に此所を去る事もなからう」（十）と思っていた。この時点の坊っちゃんにとって、「此所を去る事」は「堕落」する前に逃げだすことを意味していたはずである。しかし、漱石が考えていたものは……。漱石は、六章で「とう〳〵大変な事になつて仕舞つた。夫はあとから話すが」と回想している現在の坊っちゃんに語らせているように既に何か坊っちゃんの「堕落」にかかわる「大変な」事件を用意していたのである。そして、回想している過去の、坊っちゃんの意識と無意識とを微妙に書きわけつつ、坊っちゃんの「堕落」がふいに彼を襲ったかのように読者に印象づけているのである。

　赤シャツ退治の計画は、祝勝会の日、坊っちゃんの下宿を「偶然」（十）訪ねた山嵐の口から漏らされる。「彼奴が芸者をつれてあすこ（角屋—筆者注）へ這入り込む所を見届けて置いて面詰する」、「夜番」は「二週間許りやる積りでなくつちや」という計画は、山嵐にとっては「あんな奸物をあの儘にして置くと、日本の為にならないから、僕が天に代つて誅戮を加へるんだ」ということになる。しかし、坊っちゃんは、「僕は計略《はかりごと》は下手だが」「おれと山嵐がしきりに赤シャツ退治の計略を相談して居ると」（十）「おれは策略は下手なんだから」（十一）と繰り返し言うように、この計画については一貫して「計略」「策略」と呼んでいる。たとえ山嵐の計画に「加勢」しただけにしても、坊っちゃんの論理からすれば「堕落」なのである。（山嵐の論理からすれば〈天誅〉ということになる。）

　向でうまく言ひ抜けられる様な手段で、おれの顔を汚すのを抛つて置く、樗蒲一はない。（中略）だから刑罰として何か返報をしてやらなくつては義理がわるい。所がこつちから返報をする時分に尋常の手段で行くと、向から逆捩を食はして来る。貴様がわるいからだと云ふと、初手から逃げ路が作つてある事だから滔々と弁じ立てる。弁じ立てゝ置いて、自分の方を表向き丈立派にして夫からこつちの非を攻撃する。もと〳〵返報にした事だから、こちらの弁護は向ふの非が挙がらない上は弁護にならない。つまりは向から手を出して置いて、世間体はこつちが仕掛けた喧嘩の様に、見傚されて仕舞ふ。大変な不利益だ。夫なら向ふのやるなり、愚迂多良童子を極め込んで居れば、向は益増長する許り、大きく云へば世の中の為にならない。そこで仕方がないから、こつちも向の筆法を用ゐて捕まへられないで、手の付け様のない返報をしなくてはならなくなる。さうなつては江戸つ子も駄目だ。駄目だが一年もかうやられる以上は、おれも人間だから駄目でも何でも左様ならくつちや始末がつかない。（中略）こんな田舎に居るのは堕落しに来て居る様なものだ。新聞配達をしたつて、こゝ迄堕落するよりはましだ。

引用が長きにわたったが、再度この部分を見てみよう。第十章、坊っちゃんが、祝勝会へ向かう生徒の列の騒ぎを背中にしつつ、しばし考え込んでいる箇所である。ここに限らず作中坊っちゃんはしばしば立ち止まっては考え込む姿を見せるが、(22) ここでも坊っちゃんは考え込む。そして、彼の眼は自分の内側へと向かっていく。小森陽一氏が指摘するように、ここには「世間体」を気にしたり、「不利益」だと感じたりする姿が見え、「無意識のうちに」世の中の論理が坊っちゃんのなかにすべりこんでいるともいえる。(23) しかし、坊っちゃんは「向が人ならおれも人だ」「おれも人間だから」「大きく云へば世の中の為に」（この場合の「世の中」は坊っちゃんの考えるあるべき「世の中」）という点に照らして卑怯な向こうのやり方に黙ってはいられない。〈損はいやだ〉と明確に言い切ってもいる。自らの変貌に対して意識的でないとは言えないだろう。そして、具体的に相手に対抗していくためには、こちらも「向の筆法」を使うしかないというところまで追いつめられていく。目には目をの論理である。しかし、そうなっては「堕落」である。そうならないうちに、ここから逃げるしかないのであり、その方がまだ「堕落」よりはましだと考える。ここに至って、坊っちゃんは自らの内面に照らして一歩も動けなくなる。これ以上動くと「堕落」するしかないところまで追いつめられているのである。このことは、逆な言い方をすると、坊っちゃんを律しているものが、かろうじて〈歯止め〉になっている、ということであり、内面を見る眼を持つ坊っちゃんだからこそ、ここまで追いつめられていくのである。

この後の山嵐の計画は、こうした坊っちゃんの論理からすれば「堕落」以外の何ものでもないだろう。漱石は坊っちゃんが「堕落」していくことを知っていて、また坊っちゃん自身も認めざるを得ないことを知っていて、山嵐の計画に荷担させたのである。しかし、これ以降小説は表面的にはこのあたりを巧妙に隠している。坊っちゃんは、これ以上にこの点を突きつめていくことはしない。突きつめたらそれこそ動けなくなるのである。「山嵐は粗暴な様だが、おれより智慧のある男だと感心した」「どうも山嵐の方がおれよりも利巧らしいから萬事山嵐の忠告に従ふ事にした」（十一）と、ひとまずここでは（ここでもと言うべきか）、「智慧」「利巧」という形で押え、坊っちゃんは状況との対決を進めていく。以後は全く山嵐のペースである。赤シャツ退治にしても、坊っちゃんはまるで気楽である。「こつちのは天に代つて誅戮を加へる夜遊びだ」「如何に天誅党でも飽きる事に変りはない」「可愛想にもし、赤シャツが此所へ一度来てくれなければ、山嵐は、生涯天誅を加へる事は出来ないのである」「今夜来なければ僕はもう厭だぜ」「天誅も骨が折れるな」とまるで他人ごとである。それに代って、山嵐の方は、盛んに「天誅」「正義」を振りまわしていくことになる。この間、ただ一度山嵐の〈策〉の進行が滞っていた時に、坊っちゃんは「どうも、かうも心が落ちつかなくつて」（十一）直接行動に出ることを「発議した」が、山嵐は「一言にして」「外に策はない」と「おれ（坊っちゃん＝筆者注）の申し出を斥けた」のであった。

山嵐は、坊っちゃんが感心するように、世の中をわたっていく「智慧」を心得ているようである。その意味では、坊っちゃんと違って大人であり、より現実的な人間である。山嵐は、奏任待遇の、校長や教頭やが宿直の義務を免れることに納得を示さない坊っちゃんに向って「might is right」（四）と言うことばを引いて「説諭」する。「強者の権利」という体制合理化のこのことばに示されているように、山嵐は体制内的発想に終始する人間である。「君余り学校の不平を云ふと、いかんぜ。云ふなら僕丈に話せ、随分妙な人も居るからな」（三）という坊っちゃんへの忠告のことばから、また宿直をさぼって外出した坊っちゃんに「校長か教頭に出逢ふと面倒だぜ」（四）と言うところから、また祝勝会の事件の後、辞表提出を要請されていない坊っちゃんには、赤シャツ退治の計画に「君はよす方がよからう」（十一）と「首を傾け」るところから、あくまで体制内秩序のなかで行動する人間であることがわかる。従って、山嵐が「天」とか「正義」とかを持ち出して来るのは、いよいよ免職かというところで、つまり自分が体制からはじき出されそうになった時である。

「だまれ」と山嵐は拳骨を食はした。赤シャツはよろ〳〵したが「是は乱暴だ、狼藉である。理非を弁じないで腕力に訴へるのは無法だ」／「無法で沢山だ」とまたぽかりと撲ぐる。「貴様の様な奸物はなぐらなくつちや、答へないんだ」とぽか〳〵なぐる。（中略）「貴様等は奸物だから、かうやつて天誅を加へるんだ。これに懲りて以来つゝしむがいゝ。いくら言葉巧みに弁解が立つても正義は許さんぞ」と山嵐が云つたら両人共だまつてゐた。（十一）

赤シャツをやっつける、ここでの立役者は山嵐に他ならない。「無法」でも構わないとして「正義」「天誅」の名のもとに「腕力に訴へる」のは、辞表を強要され、体制からしめ出された山嵐である。坊っちゃんは、こうした山嵐に荷担していく自分の行為を決して「天誅」とはしない。坊っちゃんにとっては、あくまで山嵐の「天誅」なのである。坊っちゃんが「天」という言葉を持ち出してくるのは、祝勝会の日の事件の後である。この事件に巻き込まれた山嵐と坊っちゃんは、始めから終りまでどうやら赤シャツのしくんだ「策」と気づきつつも証拠があがらず、手も足も出ないことを認める。この時、坊っちゃんは「厄介だな。それぢや濡衣を着るんだね。面白くもない。天道是耶非かだ」（十一）と言う。天道疑わしいぞとその身の不運を嘆く形で、このことばは持ち出されてくる。自分の身の「潔白」（十）という、内側から坊っちゃんを律するものがなければ、こうした言い方は出てこない。また、坊っちゃんが山嵐の〈策略〉に荷担するのは、「天道是耶非かだ」という認識に至ったゆえでもある。このことばはさりげなく持ち出されているようでいて、山嵐の〈策〉と直接関係したことばであることがわかる。山嵐と坊っちゃんの二人は、一見同じように「正義」「天」ということばを使っていくように見えるが、二人の中では全く違う形で取り込まれていることに注意しなければならない。八章の末尾で、「人間は好き嫌で働らくものだ。論法で働らくものぢやない」と論理を越えた所でひらきなおり、赤シャツに増給を断って門を出てきた坊っちゃんの頭上に「天の川が一筋かゝつて居る」、と唐突に書き記された一行が意味ありげに響いてくる。

最近の論に、この作中における真の「挫折」は山嵐にあるとする意見[24]があるが、山嵐の「挫折」はより外的な形のものであり、言ってみれば体制からはじき出されたというものである。それに比して、坊っちゃんの「挫折」は、より内的なものである。自らを律するものを余儀なく曲げざるを得なかったのである。どちらの悲しみが深いかは、読み手によって受け取り方は異なろうが、二人に対する作家の認識の異質性は見ておく必要があるだろう[25]。ただ、小説のなかで坊っちゃんがこの悲しみを表面的には何も表明していないということがある。また坊っちゃん自身が我が身の「堕落」をどこまで自覚していたかは明らかではない。しかし、この「堕落」というのは、あくまで、坊っちゃんの論理から言ってのことであるという一点は明瞭である。

其夜おれと山嵐は此不浄な地を離れた。船が岸を去れば去る程いゝ心持ちがした。神戸から東京迄は直行で新橋へ着いた時は、漸く娑婆へ出た様な気がした。山嵐とはすぐ分れたぎり今日迄逢ふ機会がない。（十一）

この末尾に近いところの、坊っちゃんが赤シャツ退治のその後について語るさりげない数行は意味深く読める。

「不浄な地」とは、ついに自分が「堕落」してしまった土地だから、に他ならない。だから、「いゝ心持」は「船が岸を去れば去る程」という条件つきなのである。単純に、赤シャツをやっつけたからとは読めない。そう考えるとこの「不浄」ということばは、作中坊っちゃんが自分の「堕落」を公表した唯一のことばであるということができる。そして、新橋の駅に着いて、「すぐ分れた」山嵐は、坊っちゃんにとってその後一所に暮らした清とは異なる存在であったということを物語っている。

「新橋の停車場で分れたぎり兄にはその後一遍も逢はない」（二）、「新橋へ着いた時は、漸く娑婆へ出た様な気がした。山嵐とはすぐ分れたぎり今日迄逢ふ機会がない」という、坊っちゃんが袂を分かった二人の人間との別れの場所はいずれも「新橋」であった。「その後一遍も逢はない」「逢ふ機会がない」とそれぞれに対してニュアンスは異なるが、妙に符合する記述の仕方ではないか。少くとも、坊っちゃんにとって山嵐という存在は、自分の方から会いたいと積極的に働きかける存在ではなかった、ということだけは言えよう。そして、前述のように漱石は、坊っちゃんと山嵐との異質性を明確に見ていた。ただ、この作品のなかで漱石は、二人の異質性に照らして、どちらの方向がよいかということについては何も示してはいないが――。

3　「坊つちやん」第一章――「作家の論理／小説の論理」

末尾の赤シャツ退治の部分は、まさに山嵐の物語といってもよい様相を呈していた。ここでの坊っちゃんは、消極的に山嵐の計画に荷担していきながら、坊っちゃんの論理から言えば、ついに「堕落」を余儀なくさせられてしまう。こうした結末を見ることを漱石が当初から予想していたとは思われない。何故なら、作中漱石は、坊っちゃんの「堕落」を隠蔽しようとしている節が感じられるから。書いていくうちに仕方なく、結果的に選びとった結末ではないかと思われる。この点を更に考えるために、ここで一章での坊っちゃんの設定を検討してみることにしよう。

「坊っちゃん」の第一章は、作品全体の縮図といってもよい様相を呈している。全体をひとまず見通したような章で、漱石がこの作品で意図したものがすでにある程度透けてみえる。この頃の漱石は〈小説〉というものが作家の手のうちでどうにでも操れると考えていたのか、〈小説〉が意図した通りに完結するとでも楽観していたのか、と思わせるような、伸び〳〵とした書き振りである。冒頭の「親譲りの無鉄砲」という主人公の自己規定は、「親譲り」という点の具体的説明もなく、(26) 有無も言わさず、主人公の〈天性の性格〉として読者に植えつけられる。それに続く小学校の「新築の二階から」云々の話や、ナイフの話やは、「無鉄砲」というだけではなく、〈負けず嫌い〉といった印象を受けるが、それはともかく、以後、この章で展開される、主人公が社会へ出ていくまでのいくつかのエピソード、子供の頃の失敗、物理学校への入学の決断、卒業後の就職先の決定、といったものが、この「親譲りの無鉄砲」ゆえの結果と説明される。少々単純ではあるが、自由な〈行動家〉のイメージが浮かんでくる。

主人公の生い立ちに関する情報も、なによりもこうした側面を補強する。子供の頃母を亡くし、それから六年目の正月に父を亡くす。戸主となった、たった一人の兄は、その年の六月商業学校を卒業、家、財産を処分して任地の九州へ赴く。その際、坊っちゃんに六百円を渡し「是を資本にして商売をするなり、学資にして勉強をするなり、どうでも随意に使ふがいゝ、其代りあとは構はない」と兄弟の絶縁を告げる。弟の方も、前々から不仲のこの兄の世話になる気は毛頭ない。現に「兄には其後一遍も逢はない」という。坊っちゃんは実質的に身寄りのない天涯孤独の身となる。こうした一切の係累を持たない人間は、行動家としてはうってつけである。自分の行動を規制する外的条件はなにもないわけで、思うままに行動し生きることができる。漱石が主人公坊っちゃんに与えた第一の役割は〈行動家〉という点である。

さて、漱石が、世の中に坊っちゃんを放り込むにあたって、彼に与えたのは「無鉄砲」という行動原理だけかと言うと、必ずしもそうとは言えない。漱石が後に言うところの坊っちゃんの「美質」[27]といったものであり、それは、彼にとっての一つの価値観を形成しているものでもある。坊っちゃんは坊っちゃんなりに決して譲れない、固執していく、倫理的といってもよい側面を持っているのである。一章ではそれほど明確ではないが（坊っちゃん自身の価値観として）、坊っちゃんと兄との対立のなかに、また清との関わりのなかに窺えるものである。

「実業家になるとか云つて頻りに英語を勉強して居た」功利的で当世風の兄と「別段何になると云ふ了見もなかつた」坊っちゃんと、二人はこの一点だけを取り出しても正反対な位置にいるが、この兄に対して坊っちゃんはことごとく自分と相入れないものを感じている。

元来女の様な性分で、ずるいから、仲がよくなかつた。十日に一遍位の割で喧嘩をして居た。ある時将棋をさしたら卑怯な待駒をして、人が困ると嬉しさうに冷やかした。あんまり腹が立つたから、手に在つた飛車を眉間へ擲きつけてやつた。眉間が割れて少々血が出た。

少年時代のある日の事件によって兄との関係を語るこの部分はさまざまな〈読み〉を誘う。しかし、客観的に見て、「単純」[28]「無茶」[29]「主観」的にせよ、こうしたエピソードに見られる坊っちゃんのなかに、彼なりに「ずるい」「卑怯」としていく一定の価値基準があることは見ておくべきだろう。清が兄に隠れて坊っちゃんにだけ物をくれるのに対しても、「おれは何が嫌だと云つて人に隠れて自分丈得をする程嫌な事はない」と清を批判していく。あくまでも公明正大を貴ぶ気質が彼の真骨頂である。そしてここでの坊っちゃんの行動の仕方（前後を顧みずストレートに反感を示していく）も重ねて注目されるところである。

この坊っちゃんの持つ価値観は、一方で清の坊っちゃん評価（「真っ直でよい御気性」「欲がすくなくつて、心が奇麗だ」）とも重なっている。清は坊っちゃんを異常に可愛がる。「此婆さんがどう云ふ因縁か、おれを非常に可愛がつて呉れた。不思議なものである」「此清の様にちやほやしてくれるのを不審に考へた」「おれには清の云ふ意味（坊っちゃんへの讃辞＝筆者注）が分からなかつた」「自分の力でおれを製造して誇つてる様に見える。少々気味がわるかつた」と坊っちゃんは語っている。こうした箇所については、小森陽一氏[30]に「少年時代の「おれ」にとって清の存在は理解しがたいものであり、むしろ「気味がわる」いものだったことを示している」という指摘があるが、坊っちゃんが不可解、気味が悪いと感じるのは、清の存在自体に対してではなく、他の人が皆、自分を顧みてくれないなかで、清だけが可愛がり褒めてくれるからである。坊っちゃんは自分自身の「美質」を知らない。それどころか、両親はじめ周囲の者は皆、この「乱暴者」を「爪弾き」し「木の端」のように扱う。坊っちゃんが清の態度に不審を抱くのも当然であった。

しかし、このことは一方で、坊っちゃんが自分自身の持っている価値観が検証されたり、あるいは疎外されたりというような、これといった体験もないままに過ごしていたという証拠でもある。少年時代の坊っちゃんは「苦になる事は少しもなかつた。只おやぢが小遣いを呉れないには閉口した」だけであった。続く物理学校での三年間も「おれの生涯のうちでは比較的呑気な時節であつた」と言っている。二章以降、世の中に出ていった坊っちゃんは、次第に自分の内に持っている価値観に照らして動くようになる。この作品の語り手である坊っちゃんの「おれは……だから、」とか「……だから……した」とかいう、常に自己規定をしたり自分の行動を理由づけたりする「饒舌な」[31]語り口となる理由は、作家が、世の中に入っていくに際して付与した坊っちゃんの単純とも言える一個の価値観を強調するせいでもある。つまり、坊っちゃんは一見リアルに見えながら、その実非常に抽象化された人物なのであり、こうした坊っちゃん像に対して「妖精」[32]「傀儡」[33]といった評言が出てくるのも当然であった。

清はそうした坊っちゃんの唯一の理解者、応援団長として位置づけられる。「十年来召し使つて居る」「もと由緒あるものだつたさうだが、瓦解のときに零落して、つい奉公迄する様になつた」というこの下女の清は、坊っちゃんを「無暗に珍重」した。しかし、ただ可愛がるのではない。坊っちゃんとの「関係を封建時代の主従の様に考へて居た」「昔風の女」と説明されるように、清は清なりの価値観[34]で坊っちゃんを評価している。作中に見る限り、清という人間を根本的なところで支配しているものは、「昔風」という一点で押さえられるに過ぎないが、その価値観に照らして、清は「勉強をする兄は色許り白くつて、迚も役には立たない」とし、坊っちゃんは「将来立身出世して立派なものになると思ひ込んで居た」のである。清の世界の中では、坊っちゃんこそ世の中を背負っていくべき人間像であった。だから、清は、「自分の力でおれを製造して誇つている様」な清は、坊っちゃんがわけがわからないというほどに可愛がり、将来を期待したのである。しかし、同時に「何かにつけて、あなたは御可哀想だ不仕合だと無暗に云」ってもいたという。清は既に坊っちゃんにとって（そして自分にとっても）生きにくい世の中であることを直感していたのだろうか。この作品のさまざまな箇所で、坊っちゃんの運命は当初から決定づけられていることがわかるが、この清の繰り言もその一つであろう。即ち、坊っちゃんは状況と対峙していくなかで決して勝利しないのである。

そのことは、なによりもこの作品の文体によって規定されている。この作品は、「今」という時点（その時、清はもう死んでいる）から回想されている坊っちゃんの一人称の〈語り〉によって書かれている。この〈語り〉の特徴については、小森陽一氏（前掲論文）の分析があるが、この「今」の時点の坊っちゃんに対する認定の仕方は微妙な問題であり、さまざまに意見の分かれるところでもあろう。

○親譲りの無鉄砲で小供の時から損ばかりして居る。

○なぜそんな無闇をした。

○今だに親指は手に付いて居る。然し創痕は死ぬ迄消えぬ。

○成程碌なものにはならない。御覧の通りの始末である。行く先が案じられたのも無理はない。只懲役に行かないで生きて居る許りである。

○何が駄目なんだか今に分らない。

○今となつては十倍にして返してやりたくつても返せない。（清の死の暗示＝筆者注）

○今から考へると馬鹿々々しい。

○今考へると是も親譲りの無鉄砲から起つた失策だ。

○是も親譲りの無鉄砲が祟つたのである。

一章の〈語り〉の中にすべり込んでいる「今」の坊っちゃんの認識である。かつての自分の「無鉄砲」な行動に対して、「損」「失策」「祟つた」という捉え方をし、今はただ生きているだけという坊っちゃん。そして、たった一人の支持者である清はもうこの世にはいない。漱石が、この物語を始める当初から、現実の世の中における坊っちゃん的人間像のある種の空洞性・空虚さを見ていたことは確かである。

しかし、一章における設定を見る限り、漱石は「無鉄砲」な行動家・坊っちゃんを設定し、彼を現実の世の中に放り込むなかで、読者の失笑をかおうが、思いきり行動させるつもりではなかったか。坊っちゃんが敗北を恐れず敵に向かっていくことこそ、望んだはずである。「損」「祟つた」「失策」といったことばのニュアンスにはそうした意味がこめられているようである。損をしてもいい、失敗してもいい、結果を恐れず坊っちゃんらしく行動することこそ、漱石が望んだところではなかったか。一章を見る限り、坊っちゃんを「堕落」させることは、漱石にとって決して本意ではなかったような気がするし、当初の意図に入っていたようには思われない。ただ、漱石が〈清の死〉を暗示したことにどれほどの意味をこめたかが疑問であるが、その内実を一章から想像できるほどには書き込まれていない。もし、この〈清の死〉を暗示することで、坊っちゃんの清の世界からの解放や断絶やを意味し、その上で、当初から漱石が坊っちゃんの「堕落」（即ち策略、智慧を用いること）を用意していたとするならば、策や智慧やは真に世の中を生きていく上での条件と考えていた、ということになりかねない。本当の意味での坊っちゃんの世間への旅立ちに、必要な条件としたことになる。だとしたら、作品を書いた後に漏らしたところの、作家がこの小説の中で実践したという人生観(35)とは微妙にズレることにはならないか……。しかし、よく考えてみると、作中坊っちゃんが表面の舞台からは後退していかざるをえず、山嵐の論理に乗って彼自身の節を曲げていったというこの小説の結末を迎えた原因は、実は、きわめて倫理的に設定された坊っちゃん自身の中にあったとも言えそうである。（後述）

いずれにしろ、一章における「今」の時点の坊っちゃんと、末尾の坊っちゃんの意識（これも想像するしかないものだが）との間には微妙なズレが存在するようである。たとえ、坊っちゃんの意識と無意識と、と区別するにしても。そして、勿論このズレを漱石が見ていなかったはずはない。

三好行雄氏(36)に「『坊っちゃん』は、無鉄砲で、人生への智恵を欠いた主人公が損に損をかさねて、ついに市井に撤退するまでの物語である」という言があるが、一章の段階で見る限りは、いや小説の表面上はこう言えるかもしれない。しかし、末尾に至っての、小説が結果的に示した内実は、必ずしもこうは言えないだろう。私なりにこうした言い方をしてみるならば、「『坊つちやん』は、損はいやだと自分の節を曲げて「堕落」させられてしまった男の物語」である。三好氏が言うところは、坊っちゃんが「聖人」「君子」として、どういうわけかひたすら「敬愛」（七）してやまないうらなり君にこそあてはまる。しかし、うらなり君は、それを「損」とも思わなかったかもしれないが。

4 「堕落」への道の隠蔽

第一章での坊っちゃんの設定に、〈行動家〉という要素だけでなく、ある価値観を与えたことは、二章以降坊っちゃんの現実体験のなかで、より明らかになってくる。その価値観とは、結局「正直」という一点に集約される。稲垣達郎氏[37]が指摘するように坊っちゃんにとっての「正直」とは、彼の「内外を照らす鏡」であり、「かれの思考と行動とのすべての論理を導き出す」ものである。そして、坊っちゃんを内側から律するものとして機能する点では、きわめて倫理的である。

「世の中に正直が勝たないで、外に勝つものがあるか、考へて見ろ」（四）「正直にして居れば誰が乗じたつて怖くはない」（五）「単純や真率が笑はれる世の中ぢや仕様がない」（五）「人間は竹の様に真直でなくつちや頼母しくない」（八）と坊っちゃんは繰り返す。こうした坊っちゃんの価値観は、現実の世の中に接していくなかで、次第に確認されていくものであった。

まず、坊っちゃんは、自分の考えるあるべき世の中と、現実の世の中との間に落差があることを知っていく。自らの絶対的信念に照らして行動しようと、つまり、正直にしていさえすれば「怖くはない」（五）としていた坊っちゃんが、やがて、「世の中はいかさま師許りで、御互に乗せっこをして居るのかも知れない。いやになつた。世間がこんなものなら、おれも負けない気で、世間並にしなくちや、遣り切れない訳になる。巾着切りの上前をはねなければ三度の御膳が戴けないと、事が極まればかうして、生きてるのも考へ物だ」（七）とかなり絶望的な心境に陥る。現実の世の中においては、彼が価値とする「正直」や「純粋」（五）やが、到底通用するところではないことを知っていく。そして、「此所へ来てからまだ一ヶ月立つか、立たないうちに、急に世のなかを物騒に思ひ出した」（七）のである。「物騒に思」うということは、自分の身に危険が迫ってこなければ出てこないことばである。そして、その危険とは「おれも負けない気で、世間並にしなくちや」と思う自分を発見したからに他ならない。自分が現実の世の中のやり方に巻き込まれて行きかねなかったからである。坊っちゃんに自らの内面を見ていく眼が用意されていなければ出てこないことばであろう。

しかし、事はもっと重大であった。「声が気に入らないつて、親切を無にしちや筋が違ふ。夫にしても世の中は不思議なものだ、虫の好かない奴が親切で、気の合つた友達が悪漢だなんて、人を馬鹿にして居る。大方田舎だから万事東京のさかに行くんだらう。物騒な所だ。」「赤シヤツの依頼がなければ、こゝで山嵐の卑劣をあばいて大喧嘩をしてやるんだが、口外しないと受け合つたんだから動きがとれない」（六）「信用しない赤シヤツとは口をきいて、感心して居る山嵐とは話をしない。世の中は随分妙なものだ」（八）という箇所に示されているように、「不思議」「妙」と言いながら坊っちゃん自身知らない間に、自分の心とは裏腹に行動してしまっているのであり、「正直」であろうとすればするほど、なおさら「妙な」世の中の仕組みに組み込まれてしまっているのであった。

こうしたジレンマに陥ったことに気がついた時、坊っちゃんは「好き嫌」（八）という、自らの感性によって行動するしかないと居直るのである。ここには、「旗本の末裔」「江戸っ子」と自らを規定し、一見前近代的倫理を振り回しているかに見えて、あくまで個に固執することによって自らを律していこうとする、坊っちゃんの近代的市民としての映像が垣間みられるが、とにかく赤シャツの「巧妙な弁舌」「議論」、「論理的」な「弁論」を突破できないまま、「中学の教頭位な論法でおれの心がどう動くものか。人間は好き嫌で働らくものだ。論法で働らくものぢやない」（八）とひらき直る他はなくなるのである。

そして、

> 生徒があやまつたのは心から後悔してあやまつたのではない。（中略）形式的に頭を下げたのである。（中略）よく考へて見ると世の中はみんな此生徒の様なものから成立して居るかも知れない。人があやまつたり詫びたりするのを、真面目に受けて勘弁するのは正直過ぎる馬鹿と云ふんだらう。あやまるのも仮りにあやまるので、勘弁するのも仮りに勘弁するのだ（中略）本当にあやまらせる気なら、本当に後悔する迄叩きつけなくてはいけない。（十）

と坊っちゃんは、世の中の人々が内側から自己を律するものを失っていることを嘆くしかなくなるのである。人々が自らを律するものを失い、それを守っていさえすれば「怖くはない」はずの道理や筋やが通らない世の中、「表と裏と」（八）が異なる「妙な」世の中の仕組みを悟った時、坊っちゃんは、この「野蛮な」（二）地を逃げ出すか、「堕落」かというところへ追い込まれるのであった。坊っちゃんが、そして漱石が最もこだわるのは、その人間自らを内側から律する「心」のあり方であった。[38]そんな坊っちゃんの周囲の人間のなかで、うらなり君だけは違っていた。彼は赤シャツの奸計に遭って不本意な転任を強いられ「僻遠の地」（九）延岡へ行くことになるが、その際開かれた自分の送別会に対しても、「心から感謝してゐるらしい」（九）のであった。この時、坊っちゃんは、こうしたうらなり君に対して「どこ迄人が好いんだか、殆んど底が知れない」（同）と、あきれたように批判的なことばを初めて漏らす。うらなり君的生き方では通用しないことを、新しい地平は開かれないことを見ていたのか。しかし、この点も、これ以上追求されることはない。

さて、坊っちゃんは、「おれは勇気のある割合に智慧が足りない」と「白状」している。こうした説明の仕方は、作中何度か繰り返される。物理学校を出て、まがりなりにも校長の推薦で中学校教師として赴任した坊っちゃんが言う「智慧」とは、単に知性や知識・教養やといったものだけを指して言うのではないだろう。言ってみれば、世の中を生きていく上での「智慧」といったもので、一方で作中の「情実」「策略」「作略」「計略」といった言葉と通じている。でなければ、次のような言い方は出てこない。

おれは勇気のある割合に智慧が足りない。こんな時にはどうしていゝか薩張りわからない。（中略）只智慧のないところが惜しい丈だ。どうしていゝか分らないのが困る丈だ。困つたつて負けるものか。正直だから、どうしていゝか分らないんだ。世の中に正直が勝たないで、外に勝つものがあるか、考へて見ろ。（四）

ここでは「智慧のない」こと、「正直」なことが、状況に対していく上で「どうしていゝか分らない」ことの理由として挙げられている。坊っちゃんにとって「智慧のない」ことと、「正直」なことがストレートにつながっているのである。しかしこの「智慧」も作品の後半になると、そこにこめられたニュアンスは大分違ってくる。

○どうして一所に免職させる気かと押し返して尋ねたら、そこはまだ考へて居ないと答へた。山嵐は強さうだが、智慧はあまりなささうだ。（九）

○どうせ撲る位なら、あいつらの悪るい所を見届て現場で撲らなくつちや、こつちの落度になるからと、分別のありさうな事を附加した。山嵐でもおれよりは考へがあると見える。（九）

○君まだ気が付かないか、きのふわざ〳〵僕等を誘ひ出して喧嘩のなかへ、捲き込んだのは策だぜと教へてくれた。

成程そこ迄は気がつかなつた。山嵐は粗暴な様だが、おれより智慧のある男だと感心した。（十一）

○赤シヤツが果して山嵐の推察通りをやつたのなら、実にひどい奴だ。到底智慧比べで勝てる奴ではない。（十一）

○どうも山嵐の方がおれよりも利巧らしいから万事山嵐の忠告に従ふ事にした。（十一）

依然として坊っちゃんは「智慧」から阻まれている。しかし、山嵐の「智慧」や「策」を、「分別」「考へ」ということばで言い換えたり、「智慧」のあることに「感心」したり、「智慧」による競争も止むを得ぬこととしたりしていく。次第にこの「智慧」ということばにプラスの評価を見ていくようである。世の中を生きていく上で必要なものとして積極的に捉えていくのである。

世の中に旅立ち、状況に対峙していく坊っちゃんに漱石はひとまず〈正直〉という価値観を与えた。従って坊っちゃんはその〈正直〉さゆえに、状況へ向かっていく〈智慧〉〈策略〉から阻まれていた。正面から正々堂々と直接的に対峙していくことこそ本来としていた。また〈正直〉が価値として、内側から彼を照らす倫理として機能するがために、逆に坊っちゃんの行動をさまざまな形で縛ることにもなったのである。そして、結局坊っちゃんは、自分自身の〈智慧〉を働かせることはなかった。山嵐の〈智慧〉に「腕力」で力を貸すという形で、「腕力」という一点で手をつなぐという形で、結末を迎えるのである。しかし、それは、「おれは脳がわるいから」（六）「おれの頭はあまりえらくないのだから」（八）という理由ばかりではないだろう。そうした表現の裏で、漱石はかろうじて坊っちゃんを直接〈策略家〉にすることから守ったのである。なぜなら、どんなに山嵐の陰に隠れようと、坊っちゃんがあれほど嫌った「向の筆法」を用いたことは確かであり、それが自分にとっての「堕落」であることを一番よく知っているのは、他ならない、坊っちゃん自身なのだから。どうやら漱石は「智慧」ということばを坊っちゃんに使わせながら、そのことばの〈幅〉を利用しつつ、そのことばの意味するところを巧妙にすりかえつつ、

「大尾」の赤シャツ退治を設定していったようである。

＊

「坊っちゃん」という小説は、現実の世の中にひょんなことから入りこんでしまった主人公坊っちゃんが、その正直で単純で純粋で無鉄砲でという天性の性格のため、より一層、裏表のある複雑な世の中の論理に巻き込まれざるをえない破目に陥り、慌ててそうした運命から逃げだそう〳〵としているうちに、ついに自分もその世の中の人間と同類になりさがってしまったという話になりそうである。ただ、作家は、この時の坊っちゃんの内面を彼の意識の上にはのぼらせないように、小説の表面上は、彼の「堕落」が印象づけられないように、巧妙に覆い隠そうとしたかのようである。それが漱石が言う「うまく自然に大尾に至れば」の真に意味するところだったのかもしれない。しかし、結果はどうだろう。この作品の末尾まで注意深く読んだ時、坊っちゃんの露呈している内面はそれと書かれていなくとも想像することは容易ではないか。決して呑気に過ごされない、深刻なものを抱えている坊っちゃんがいるのであり、それは、何よりも、己れの内側を見る眼を持った坊っちゃん自身の問題としてあるためなのである。そして、この時の坊っちゃんの心を考えると、坊っちゃんが呑気に「清や帰つたよ」と言って、清の世界に「飛び込ん」できたのも素直に受け取れなくなる。第一章で漱石が〈清の死〉を暗示した真の意味は？という疑問も再び浮かびあがってくるのである。

　この作品の中で作家がひそかに用意した清の占める位置は、読者が想像する以上に大きいものであったと思われる。坊っちゃんを「自分の力で」「製造して誇つてる」ようだという清。その清の世界から、ひとまず坊っちゃんは旅立った。列車の「窓から首を出して、振り向いたら」清は「矢つ張り立つて居た。何だか大変小さく見えた」（一）という坊っちゃんの旅立ちは、それとは知らず彼の〈清離れ〉であった。二章以降、世の中に出た坊っちゃんは、自分の考えるあるべき世の中と、現実の世の中とのギャップにとまどっていく。そして、ひたすら清の世界への回帰願望を強めていく。「人間としては頗る尊とい」「立派な人間」(四)「上等」(五)「清の美しい心」(六)「善人」「気立てのいゝ女」(七)と坊っちゃんの清評価は、余りに主観的且つ抽象的形容に満ちているが、そうした清を思うことによって、坊っちゃん自身が「堕落」しそうになるのをひきとめるものとして機能していくのである。清の世界へ帰ることによって、坊っちゃんは自らのアイデンティティをかろうじて確認できることに気づいていく。坊っちゃんは所詮現実の世の中では生きていくことができない、清の世界でしか生きられないという方向で小説は展開していったわけである。しかし、「大尾」に至っての坊っちゃんは、重大な清への裏切りを犯してしまうのであった。「真つ直ぐでよい御気性」を貴ぶ清が、そして坊っちゃん自身がなによりも嫌う、〈策略〉を用いてしまうのであった。

作品の「大尾」で描かれた坊っちゃんと清との幸せな時間は、ほんのつかの間であった。漱石は「大尾」に至るなかで坊っちゃんが暗に露呈してしまった彼の深刻な内面を覆い隠すかのように、清の世界への回帰をひとまず果した。しかし、それは長くは続かなかったようである。坊っちゃんの「堕落」は、作中坊っちゃんが思っていた以上に早くやってきた。そして〈清の死〉も、一章で暗示した時よりも早められたのかもしれない。[39]清は「今年の二月肺炎に罹つて死んで仕舞つた」という。「今年の二月」について、平岡敏夫氏は[40]「作品発表の明治三十九年四月より以後になることが未来小説でもない限りあり得ない以上、明治三十九年二月となる」と指摘している。日露戦争の「祝勝会」[41]が出てくるこの小説の時間に対して、当時の読者は我々以上に〈現在の時間〉を重ね合わせて読んだはずである。坊っちゃんが帰京してわずか数ヶ月後、ようやく清と一所になったのもつかの間、坊っちゃんは清を失うのである。今度は清はお墓の中で坊っちゃんの来るのを待っているというのである。世の中を生きていく上での逃避場所、回帰すべき世界を失った坊っちゃんは、再び「妙な」「不思議な」世の中をさまよい歩かなければならない。再び「堕落」の危機にさらされないとも限らないのである。真に世の中の状況と対峙していくためには、やはり、清を裏切り、「智慧」や「策略」やを駆使することが必要なのか。しかし、この作品の中では、このあたりの認定は曖昧なままにされている。それは、坊っちゃんがどういうわけかひたすら「敬愛」してやまないうらなり君と坊っちゃんとの関係や、山嵐と坊っちゃんとの関係やについて、そして、〈清の死〉の意味する内実について、漱石が何一つ明確にしていないことにも通じる。

いや、というよりも、この小説の中で漱石はそうした問い自体を巧妙に隠蔽した。「うまく自然に大尾に」とは、坊っちゃんが「策略」を持ち出すしかなかった現実の重さをも、ひとまず覆い隠すことだったのかもしれない。漱石は、愛すべき坊っちゃん[42]を貶めたくはなかったのであろう。

『坊ちやん』の中の坊ちやんと云ふ人物は或点までは愛すべく、同情を表すべき価値のある人物であるが、単純過ぎて経験が乏し過ぎて現今の様な複雑な社会には円満に生存しにくい人だなと読者が感じて合点しさへすれば、それで作者の人世観が読者に徹したと云ふてよいのです。尤も是程な事は誰にでも分つてるかも知れん。つまらぬ人世観である。然し人が利口になりたがつて、複雑な方ばかりをよい人と考へる今日に、普通の人のよいと思ふ人物と正反対の人を写して、こゝにも注意して見よ、諸君が現実世界に在つて鼻の先であしらつて居る様な坊つちやんにも中々尊むべき美質があるではないか、君等の着眼点はあまりに偏頗ではないか、と注意して読者が成程と同意する様にかきこなしてあるならば、作者は現今普通人の有してゐる人生観を少しでも影響し得たものである。然もその人生観が間違つて居らぬと作者の見識で判断し得たとき、作者は幾分でも文学を以て世道人心に裨益したのである。勧善懲悪主義を文学上に発揮し得たのである。（談話筆記「文学談」

『文芸界』明39・9）

「坊っちゃん」を発表した後に作家の語った小説の意図である。ここには、「坊っちゃん」という作品から読みとるべき二つの「人生観」（人世観）が示されている。一つは、作者をも含む「現今普通人」の持っている人生観で、それは「つまらぬ」とすぐに退けられる。もう一つが、作者の見識によって示された、坊っちゃんの「美質」を「尊むべき」ものとする人生観である。それによって作家は「勧善懲悪主義」を「文学上に発揮」したという。しかし、そうした意図からはみ出るものを「坊っちゃん」という小説は結果として示してしまっているのではないか。そのことについて、ここでも作家は何も触れていない。

＊「坊っちゃん」本文の引用は『漱石全集』第二巻（昭41・1　岩波書店）による。なお、文中の傍点・傍線は全て筆者による。

注記

（1）高木文雄氏（「『坊っちゃん』概看」『一冊の講座夏目漱石』昭57・2　有精堂）は、執筆中の書簡によって原稿の進み具合を推定、3月26日頃擱筆かとしている。
（2）荒正人氏『増補改訂漱石研究年表』（昭59・6　集英社）
（3）高木文雄氏（前掲論文）推定。なお、着想から執筆までの時間は短く「三日許り前に不意と浮んでずる〳〵書て了つたんです」（『国民新聞』明39・8・31「『坊っちゃん』の著者」＝大屋幸世氏発見の談話）ということらしい。
（4）高木文雄氏前掲論文
（5）詳細については参照されたいが、杉森久英氏「漱石・芥川の書きちがえ」（『食後の雑談』昭52・12　筑摩書房）井上ひさし氏「百年の日本人　夏目漱石①」（『読売新聞』夕刊　昭59・1・10）等で指摘されている。その他、筆者も二箇所ほど発見。また、原稿から活字にする際に間違えた箇所もあるという高木文雄氏の指摘がある（前掲論文）。
（6）『坊っちゃん――夏目漱石自筆全原稿――』（昭45・4　番町書房）を見ると原稿の32枚目が三章の終わりにあたっている。
（7）明38・12・11付高浜清宛葉書のなかで「実はもつとかゝんといけないが時が出ないからあとを省略しました」と言っている。

（8）前掲『坊っちゃん――夏目漱石自筆全原稿』

（9）三好行雄氏『鑑賞日本現代文学』第五巻「夏目漱石」（昭59・3　角川書店）

（10）相原和邦氏（「「坊っちゃん」論」『日本文学』昭48・2）は「あらためて結末をとりあげても、実のところ、あの行為は山嵐に引きずられてやっただけのもの」「すべてを山嵐一人の身の上のことにして、傍観的な第三者の位置に退いてしまっている」のが坊っちゃんであると指摘している。片岡豊氏（「〈没主体〉の悲劇――『坊っちゃん』論」『立教大学日本文学』昭52・12）も、相原氏の論を受けてこの点を指摘しているが、氏はこうした坊っちゃんの主体性の無さは第一章の幼年時代の挿話の中にすでに見られるとしている。

（11）「『坊つちやん』試論」（『漱石序説』所収　昭51・10　塙書房）初出「『坊つちやん』試論――小日向の養源寺」（『文学』昭46・1）を一部改稿して単行本に収めている。

（12）こうした見方は研究者だけではない。たとえば、井上ひさし氏（前掲新聞掲載文）は「坊っちゃん」を「悲しくて、深い小説」としている。また漫画「『坊っちゃん』の時代」（関川夏央・谷口ジロー　昭62・7　双葉社）も「所詮坊っちゃんは勝てんのだ。時代というものに敗北するのだ」と漱石につぶやかせている。

（13）竹盛天雄氏「坊っちゃんの受難」（『文学』昭46・12）では、坊っちゃんの「変化」は、既に、兄からもらった六百円を学資にあてた時点から見られるとした。相原氏（前掲文）も坊っちゃんの「変化」「堕落」について触れている。こうした論議は他にも見られるが、主として〈変化〉の中味と、〈変化〉の時点の推定というところに議論が集中している。

（14）小森陽一氏「裏表のある言葉――『坊っちゃん』における〈語り〉の構造」（上）（下）（『日本文学』昭58・3、4、のち『夏目漱石III・日本文学研究資料叢書』昭60・7　有精堂、『構造としての語り』昭63・4　新曜社所収）。小森氏は、「おれ」（坊っちゃん）の「変節」が無意識のうちになされていく過程が、決定的に「変質」してしまった後の「おれ」によって語られているとしている。

（15）有光隆司氏「『坊つちやん』の構造――悲劇の方法について」（『国語と国文学』昭57・8、のち前掲『夏目漱石III・日本文学研究資料叢書』所収）は、坊っちゃんを、「終始一貫して」「明るい喜劇の世界に生きつゞける」「男」とし、「堀田や古賀らが演じる悲劇の世界」を映すための「方法」に過ぎないと見ている。石原千秋氏「『坊つちやん』の山の手」（『文学』昭61・8、のち『反転する漱石』所収　一九九七・一一　青土社）は、「坊つちやん」という作品を「清の物語」として意味づけようとする試みであるが、その発想の背後に、これまでの読者が、「無責任な男」坊っちゃんに寄せた大いなる共感に対する異議申し立てがある。前掲の小森陽一氏の論にも、多少こうした発想がある。

(16) 浅野洋氏は、「笑われた男――『坊つちやん』管見」(『立教大学日本文学』昭61・12)で、坊っちゃん以外の登場人物の物語として読み換えられる「近年の議論の趨勢」を批判しつつ「語り手の語りにくい内面」「より深く《おれ》自身の問題」である「悲劇」の内実を極めるべきだとしている。そして、「作品に刻印された」こうした世界が「見えてこない」としたら、「それはたぶん七〇年代以後、作品をみつめる読者の視線の何かが風化したしるしだ」と指摘している。

(17) 前掲論文(注14参照)

(18) 注15有光論文。有光氏は真の挫折は山嵐にあると指摘しているが。

(19) 前掲相原論文が多少この問題に触れている。(注10参照)

(20) 最近の「坊つちやん」論では、〈坊っちゃん〉と呼ばずに、〈おれ〉あるいは〈男〉と呼ぶことが多い。確かにこの小説の読み方としては、〈おれ〉とするのが良いかとも思うが、本稿では、これまでの習慣と、なによりも漱石自身が〈坊つちやん〉と呼んでいる(「文学談」、書簡等)ところからこう呼ぶことにする。筆者の主人公への思い入れが多少はあることは認める。

(21) 内田道雄氏(「夏目漱石集II」『日本近代文学大系25』昭44・10 角川書店「坊つちやん」補注31)は、「主人公が「この土地」に滞在するのは、九月から一〇月にかけての一ヵ月に過ぎない」のに、「一年も居ると」と「仮定にせよ」繰り返すのは「やや不自然」であると指摘、そこに漱石の実体験の一年を「無意識に投影している」としている。筆者は、坊っちゃんの〈敗北〉を隠すための、一つのカモフラージュと見る。

(22) 「おれが椽鼻で清の手紙をひらつかせながら、考へ込んで居ると」(七)「早く切り上げて東京へ帰るのが一番よかろう。抔と夫から夫へ考へて」(同)「帰つてうんと考へ込んだ」(八)というように、「無鉄砲」な性格とは裏腹に、坊っちゃんはしばしばこうした姿を見せている。

(23) 小森氏前掲論文中の発言。しかし、坊っちゃんが「世間体」や「外聞」を気にするのは、ここに至ってというよりも当初からともいえる。「元は旗本」(四)の坊っちゃんらしく「おれの顔にかゝはる」ことは結構気にしている。ただ、短期間に「無鉄砲」さが失われていることは確かで、八章で山嵐が、かんじん綯りを二本合せて力瘤に巻きつけて切るというのを「出来るならやつてみろ」と言うと、坊っちゃんは「切れないと外聞がわるいから」と見合わせている。冒頭の二階から云々やナイフやの話との相異は明らかでこの辺りの叙述はかなり意識的だと読める。しかし、坊っちゃん像に一貫性がないという指摘も先行の論の中に多くあるように、それほど漱石が坊っちゃん像に対して責任を持たずに筆を走らせたという側面も無視できない。この点を考慮に入れずに、坊っちゃんの変身云々の議論をしても意味がないような気もする。

(24) 有光隆司氏前掲論文（注15参照）

(25) 相原氏（前掲文）は、うらなり君に対する山嵐と坊っちゃんの「反応の相違」に注目して、「山嵐とも生き方を分かたねばならなかった坊っちゃんの位置」を指摘、彼を「どちらへも徹底できぬディレンマの人」とする興味深い指摘をしている。

(26) 坊っちゃんの父親について論じたものに山田晃氏「『坊つちやん』論」（『作品論夏目漱石』所収　昭51・9　双文社）、高木文雄氏「坊っちゃんとおっさん──『坊つちやん』第一章──」（『漱石の命根』所収　昭52・9　桜楓社）がある。山田論文は、主人公の父に対する「愛」を認めていく。高木氏は、父親を、「俗了した主人公をそのまま年寄りにしたような男」と見、「親譲りの無鉄砲」というにふさわしい父像としては、「依怙贔負」を嫌うという点がわずかに今に残る「正義漢」の面目として挙げられるか、としている。

(27) 漱石の談話（「文学談」『文芸界』明39・9）

(28) 前掲有光隆司氏論文

(29) 三好行雄氏前掲書

(30) 前掲小森陽一氏論文

(31) 同右

(32) 江藤淳氏『夏目漱石』（昭31・11　東京ライフ社）

(33) 三好行雄氏の「対談＝漱石図書館からの展望」（『解釈と鑑賞』昭59・10）における発言。

(34) 平岡敏夫氏（前掲）の「佐幕派」グループ（坊っちゃん、清、山嵐、うらなり）の指摘は、この作品の中で一つの価値の体系を示し得るものだと思われる。筆者は今その問題を検証する用意はないが、大久保利謙氏は『佐幕派論議』（昭61・5　吉川弘文館）において、明治の文明開化ことに文化的方面においては旧幕臣、旧幕府系の人材による功績が大きかったことを指摘している。

(35) 前掲「文学談」

（36）前掲『鑑賞日本現代文学⑤夏目漱石』
（37）「『坊っちゃん』雑談」（『別冊国文学』No.14「夏目漱石必携II」昭57・5）
（38）明治三十八年・九年頃の断片に「文明の道具は皆己れを節する器械ぢや。自らを抑へる道具ぢや、我を縮める工夫ぢや。人を傷けぬ為自己の体に油を塗りつける〔の〕ぢや。凡て消極的ぢや。此文明的な消極な道によつては人に勝てる訳はない。——夫だから善人は必ず負ける。君子は必ず負ける。徳義心のあるものは必ず負ける。清廉の士は必ず負ける。醜を忌み悪を避ける者は必ず負ける。礼儀作法、人倫五常を重んずるものは必ず負ける。」とある。真の「文明」人とは、自らを律していく人間であることを示している。
（39）髙木文雄氏（前掲「坊っちゃんとおっさん——『坊つちゃん』第一章」）は、「この物語を語っている」「今」とは、「主人公が最早青春の「坊っちゃん」ではなくなってしまった時点」「生活年齢に関係なく、精神年齢では「おっさん」になってしまった時点」とし、「この物語のもっとも相応しい聞き手は、自からを「おっさん」になってしまったと悲しみとともに自覚している中年層」ではないかとしている。確かに一章の回想の仕方は、随分前のことをふりかえっているような印象を与える。
（40）「評釈・『坊つちゃん』」（『国文学』昭54・5）
（41）坊っちゃんが「四国辺のある中学校」に赴任していたのは、「九月から一〇月にかけての、一か月そこそこ」（内田道雄氏　前掲『日本近代文学大系25』補注31）である。従って明治三十八年九月から十月にかけて日露戦争の「祝勝会」が各地で行われたという状況を背景に設定したということが一応言えよう。現実の時代状況としては、九月五日、日露講和条約（ポーツマス条約）が調印され、以後この条約を不服として反対する市民大会が各地で開かれ、東京市では戒厳令がしかれ騒然としていた。
（42）「僕は教育者として適任と見傚さるゝ狸や赤シャツよりも不適任なる山嵐や坊つちゃんを愛し候。」（明39・4・4付　大谷正信宛書簡）

付記　十年以上前に書いたこの論文を今読み返すと、漱石を実体化している点が、さすがに気になる。本稿の目論見が、小説当初の「設定」が、展開につれダイナミックに変容せざるを得ない、その動態を追うことにあったための、稚拙な言いまわしの結果として読んでいただきたい。

清はなぜ〈坊っちゃん〉に肩入れするのか？

——「坊っちゃん」の読み方に触れて——

「青い空　青い空／あなたの町までつづく／青い空　青い空／あなたの笑顔が浮かぶ」

音楽座のヒットミュージカル「アイ・ラブ・坊っちゃん」の劇中で清が歌う歌「坊っちゃんへの手紙」の一節。腰のまがった清婆さんがやおら背筋を伸ばし、ソプラノでこの部分を歌いあげると、東京から四国まで続く青い空が観客の心のうちに広がっていく。清が想う笑顔の坊っちゃんは、まるで恋人である。このミュージカルの原作、漱石の小説「坊つちやん」のなかで、下女の清は坊っちゃんが無条件の信頼と敬愛を捧げる唯一の人である。そして、清もまた、終始坊っちゃんに肩入れし、全幅の愛を注いでいる。

　坊っちやんの手紙を頂いてから、すぐ返事をかゝうと思つたが、生憎風邪を引いて一週間許り寝て居たものだから、つい遅くなつて済まない。其上今時の御嬢さんの様に読み書きが達者でないものだから、こんなまづい字でも、かくのに余っ程骨が折れる。甥に代筆を頼まうと思つたが、折角あげるのに自分でかゝなくつちや、坊っちやんに済まないと思つて、わざ〳〵下《し》たがきを一返して、それから清書をした。清書をするには二日で済んだが、下たがきをするには四日かゝつた。読みにくいかも知れないが、是でも一生懸命にかいたのだから、

どうぞ仕舞迄読んでくれ。(七)

清が、着任早々の四国の坊っちゃんに送った「四尺あまりの」「非常に長い」手紙の「冒頭」である。ここからだけでも、清の坊っちゃんへの〈愛〉の深さは窺える。しかし、「坊つちやん」において、〈清はなぜ坊っちゃんに肩入れするのか?〉と問うてみると、答えはそれほど簡単には得られない。まず何より、この小説が「おれ」と自称する男、即ち坊っちゃんの後日の回顧談という〈かたち〉を持つために、基本的には坊っちゃんの語った清しか読者は読み取れないからである。清の生《なま》なことばは、「回顧談」のなかで強いて探せば、引用した清の手紙の部分だけか。読者は坊っちゃんの〈語り〉を通して生身の清の心に迫るしかない。

坊っちゃんの〈語り〉

実際、坊っちゃん自身も「世の中」に出るまで、清がなぜ自分を「珍重」するのか全く不明だった。そればかりか、自分にとっての清の大切さも自覚していなかった。「四国辺のある中学校」での職を辞して帰京した後、街鉄の技手となって清との生活を始めたのもつかの間、肺炎で清を失ってしまった坊っちゃんは、「今」自分の半生、風のように駆け抜けた「世の中」での体験を語りだす。そして、自分の子供時代を振り返るなかで、こんなふうに清を語るのである。

「此婆さんがどう云ふ因縁か、おれを非常に可愛がつて呉れた。不思議なものである」「此おれを無暗に珍重してくれた」「此清の様にちやほやしてくれるのを不審に考へた」「台所で人の居ない時に「あなたは真つ直でよい御気性だ」と賞める事が時々あつた。然しおれには清の云ふ意味が分からなかつた」「婆さんは夫だから好い御気性ですと云つては、嬉しさうにおれの顔を眺めて居る。自分の力でおれを製造して誇つてる様に見える。少々気味がわるかつた」「母が死んでから清は愈《いよいよ》おれを可愛がつた。時々は小供心になぜあんなに可愛がるのかと不審に思つた」等々と。

こうして繰り返されるのは、実のところ坊っちゃんが「今」も、清がなぜ自分を「あんなに」可愛がったのか、その理由が定かではないことを物語っているのだろう。「世の中」を知った後の「今」の坊っちゃんは、清言うところの「真っ直でよい御気性」、つまり坊っちゃんにとって最も大事な「正直」であること、を心底愛でてくれたことは理解できる。清が自分を全的に受け入れてくれた人、あるいは人生の価値観を同じくする同志だったということも。しかし、それで「不思議」「不審」の全てが氷解するわけではない。

回顧すれば「気味がわるかつた」と異和すら感じるように、そこに何らかの懐疑すら抱くのだ。なにしろ清は、両親・兄初め町内の者も「愛想をつかし」「持て余し」「乱暴者の悪太郎と爪弾き」するなかで、ただ一人褒め続けていたのだから。清の死んだ「今」となっては確かめる術もないことであり、坊っちゃんはそれ以上問い詰めたりはしない。いや「四国辺」の中学で自分の節《せつ》を曲げ（清を裏切り）、山嵐の赤シャツ退治の「策略」に、腕力という一点で荷担することによってついに「堕落」(注)してしまった坊っちゃんは、清の自分への〈愛〉の動機を詮索する資格などないと密かに思っているのかも知れない。けれども読者は、坊っちゃんのぶっきらぼうに投げ出された〈語り〉の背後に何らかの秘密の存在さえ嗅ぎ取ってしまう。清固有の理由をどうしても透かし見ようとする。その時、この小説において読者の「想像力」はどこまで発揮できるのだろうか。確かな根拠を探りつつ自分なりの想像力を働かせること。小説を読むことの面白さの一つが、ここにある。

坊っちゃんは清の「傑作」である

坊っちゃんの〈語り〉から、清の経歴や人生の詳細は窺えない。「此下女はもと由緒のあるものだつたさうだが、瓦解のときに零落して、つい奉公する様になつたのだと聞いて居る」という程度。係累は「裁判所の書記」の甥がいるくらいで、奉公する以前に結婚していたのか、子供を持ったことがあるのかについてもテクストは空白である。清の年齢も不詳であるが、坊っちゃんの家には、屋敷が売られるまで「十何年」（換算すると十六、七年余り）、「胡魔塩の鬢《びん》」となるまでいた。坊っちゃんの小学校時分、十四歳ごろと推定できるが、坊っちゃんの母親が亡くなる。このころ既に「十年来召し使つて」いたという清が、初めて奉公に来たのは、坊っちゃんがまだもの心つくかつかない幼児のころである。「おやぢは些ともおれを可愛がつて呉れなかつた。母は兄許り贔負《ひいき》にして居た」というように、両親の愛情から疎外され続けたこの次男坊を養育するのは必然的に清だったようである。そして、何らかの事情で子を失ったのか、あるいは子を持つ機会を得られなかったのか、この孤独な女性は、坊っちゃんを密かにわが子として自分の思い通りに育てたのではないだろうか。清が「真つ直でよい御気性」と折あるごとに褒める坊っちゃんは、いわば清の「傑作」として成長したのだった。「おれの顔」を「嬉しさう」に眺め、「自分の力でおれを製造して誇つてる様」に、坊っちゃんの眼に映ったのも当然であったか。

清の坊っちゃんへの献身ぶりは破格である。坊っちゃんの父親が「勘当する」と言った時、「泣きながら」「詫《あや》まつて」「おやぢの怒り」を解いたのは清である。そして「折々は自分の小遣で金鍔《きんつば》や紅梅焼を買つてくれる。寒い夜などはひそかに蕎麦粉を仕入れて置いて、いつの間にか寝て居る枕元へ蕎麦湯を持つて来てくれる。時には鍋焼饂飩《うどん》さへ買つてくれた」「靴足袋ももらつた、鉛筆も貰つた。帳面も貰つた」、「是はずつと後の事であるが金を三円許り借《か》してくれた事さへある。（略）御小遣がなくて御困りでせう、御使ひなさいと云つて呉れた」「実は大変嬉しかつた」というように、この間坊っちゃんの成長に合わせて、清は坊っちゃんの喜ぶものまた必要なものを、恐らく自分の給金のすべてをはたいて整え、惜しみなく与えていたのである。「親身の甥よりも他人のおれの方が好きなのだらう」と坊っちゃんが感じたとおりである。そのころの坊っちゃんは「清は昔風の女だから、自分とおれの関係を封建時代の主従の様に考へて居た」とも推測したが、こうした関係は「主従」を超えている。滅私ではなく無私の献身である。あえて探せば、実の子に対する母親のそれである。

「清が物を呉れる時には必ずおやぢも兄も居ない時に限」っていたという。坊っちゃんは、「人に隠れて自分丈得をする」とこの点をひどく嫌ったが、清は「澄まし」て「御兄様は御父様が買つて御上げなさる」と言い、「不公平」だ「おやぢは」「そんな依怙贔負《えこひいき》はせぬ男だ」と抗議する坊っちゃんの言にも耳を貸さなかった。事実、坊っちゃんは「おやぢが小使を呉れないには閉口し」ていたのであり、明治社会の〈家〉制度のなかで、長男である兄との格差・差別は清の言う通りあったのだろう。

また清は「何かにつけて」坊っちゃんに、「あなたは御可哀想だ、不仕合《ふしあわせ》だと無暗に云」ったという。清は、この家で坊っちゃんが受けた酷薄な待遇（平岡敏夫氏に「妾腹の子」という推定もある）に、独り心を痛めていたのではないだろうか。

「小使を呉れない」以外「苦になる事は少しもなかつた」と語られる、少年時代の坊っちゃんの大らかな眼には必ずしも映らなかったものを傍らで清は見詰めていた。そして、不憫な思いをさせないよう心を配り、〈坊っちゃんらしさ〉をゆがめることなく守り続けたのである。その意味では、清はむろん、そのころの坊っちゃんとは異なり、世の中の裏も表も知りぬいた大人であった。清は、世（?）の荒波の防波堤となって、ひたすら正直な坊っちゃんの気性を純粋培養したのである。

こう見てくると、少なくとも、清は成長した後の坊っちゃんに肩入れしていたのではなく、坊っちゃんの成長そのものに、つまり坊っちゃんが〈坊っちゃん〉になる過程にこそ、清が何らかの形でかかわっていたことだけは確認できそうである。坊っちゃんは清の分身・「片破《かたわ》れ」だった。ただ、「今」でも自分の性格を「親譲りの無鉄砲」と規定する坊っちゃんがこのことを、つまり清こそ「親」であることを、どこまで自覚していたかは疑問であるが。

清の願い

こうした清が思い描いた少年・坊っちゃんの「将来」はあまりにも紋切り型かつ即物的であった。「山の手志向」（石原千秋氏）との指摘もされた「今に学校を卒業すると麹町辺へ屋敷を買つて役所へ通ふ」「手車へ乗つて、立派な玄関のある家をこしらへる」というイメージは、明治の立身出世の一典型である。しかし、清にそれ以上の「別段の考もなかつた様」に、清は愛する坊っちゃんが「立派なもの」「えらい人物」になるのは当然として単純に信じているだけで、この「出世」の中身自体が問題だったようには思われない。

「清はおれがうちでも持つて独立したら、一所になる気でいた。どうか置いて下さいと何遍も繰り返して頼んだ」「夫にしても早くうちを持ての、妻を貰への、来て世話をするのと云ふ」「おれの来たのを見て、起き直るが早いか、坊つちやん何時家を御持ちなさいますと聞いた」というように、清が望んだことはただ一つ、坊っちゃんの〈家〉で一所に暮らすことであった。だから、四国から戻った坊っちゃんと暮らした清は「玄関付きの家でなくつても至極満足の様子であつた」のであり、死ぬ前の最後の言葉が「坊っちやん後生だから清が死んだら、坊っちゃんの御寺へ埋めて下さい。御墓のなかで坊っちやんの来るのを楽しみに待つて居ります」というものだったのである。願いの通りに、小日向の養源寺のお墓の中で眠る清は、永遠に坊っちゃんを待つ人となって、「今」も一所に暮らすことをひたすら望んで（待って）いるのである。坊っちゃん的世界、即ち清の世界が既にこの「世の中」で消滅しているとされる所以でもある。

ところで、先行研究の中でも、清と坊っちゃんの関係は多く「母と子」のそれとして捉えられてきた。恋人・異性愛（大岡信氏）の顕現としたものもある。また、この濃密な二人の関係の紐帯として、「佐幕派」（平岡敏夫氏）、「江戸っ子」（小谷野敦氏等）といったカテゴリーが想定されてその内実が探られ、〈近代化〉の進む明治社会への前近代的反骨精神として措定されたりもしてきた。しかし、対〈赤シャツ〉の根拠の基盤を問うことにも通じる、こうした角度からのアプローチに対して、「坊つちやん」は十全に応えられるほどには、よく書き込まれたテクストとは言えない。ただ、この小説からは、清と坊っちゃんとが、お互いの敬愛の念によって一点の曇りもない信頼で結ばれた理想的人間関係の形を示していることだけは、羨望の念とともに読者に受けとめられるのであり、実のところ、そうした人間関係に対して〈なぜ〉と問うこと自体が二人に対する冒瀆のようにも思われてくる。

（注）坊っちゃんの「堕落」については、拙論「「坊っちゃん」論――「大尾」への疑問」（本書に収録）を参照していただきたい。

＊「坊つちやん」本文の引用は『漱石全集』第二巻（一九九四・一　岩波書店）による。

「我中心に満足を与へん」ものを問うて

――太田豊太郎の葛藤――

はじめに――「小説を読む」ということ

数年前話題になった、斎藤美奈子『妊娠小説』（一九九四・六　筑摩書房）で、鷗外の「舞姫」は「妊娠小説の父」と呼ばれ、その後いくつも生み出され形成されていった、「望まない妊娠」を描いた、日本近代小説の一つの系譜の原型のように言われた。「フェミニズム」の観点から見ると、「舞姫」は一見きわめて旗色が悪い小説となる。また、高等学校の国語教材としての意味も、様変わりしつつあるかのよう。新たな観点から見直した時、「あぶないテクスト[1]」として迫ってくるというのである。

かく言う私も、女性読者のひとり。正直言って、「舞姫」をどう評価してよいのか、長いこと不明のままできたと、告白せざるを得ない。主人公の太田豊太郎に共感していたか、と問われれば、やはり「ノー」と答えた。豊太郎が、エリスを「捨てた」ことは事実で、その事実を許容することは、女性読者ならずともかなり難しい。しかし、この一点だけに嫌悪を覚え心理的倫理的に受けつけない人は、実のところ「舞姫」を読む必要はないだろう。また、小説という読み物は、そんな表層だけを読む読者などは、最初から求めてはいないのだ。小説の多くは、そう簡単には答えの出せない、やっかいな、人間の問題を、不可避的に扱っている。人生上の多様な〈問い〉を、共に考えようとする読者にとってのみ、意味が生まれてくる読み物なのである。大げさに言えば、小説は、生きることを問う、〈思考の場〉としてある。

「舞姫」という小説は、発狂した身重の恋人エリスを捨てて帰国した豊太郎の、後日の「手記」[2]という〈かたち〉をもっている。そんな男が手記で何を書いているのか、その言葉にひとまず耳を傾けてみたい、という読者を求めている。「罪」を犯した者の事後的言葉として読むほかない。私だったら、捨てられたエリスが手記を読んだとしたら、という想像力を働かせる。エリスこそ、もっともこの手記を読みたい人だろう。確かに太田豊太郎は、「弱性」を抱えた欠陥だらけの人間である。私も含めて多くの人間がそうである程度に。取り返しのつかない仕打ちの矢を、異国の一女性に対して、結果的に放ってしまった。その男が、後日の手記で何を書き記したのか、その言説自体によって、「今」の豊太郎の「人間」性は読者に問われてくる。「舞姫」を読むとは、そうした営為としてある。

「舞姫」が好きですとは必ずしも言えなかった、かつての私は、いわば読むことを強いられた読者だった。単にプロットを追っていただけの。今の私は「舞姫」という小説に心惹かれる。豊太郎にそれなりのシンパシーを寄せる私が、確実にいる。文学教材として採用すべき作品の一つに迷わず数える。日本の近代小説の中でも、他に類のないかたちで成立した、「カノン」だと思う。そんな変更が私のなかで起こったことを確認しつつ、「舞姫」再評価の読みを、いくつかのトピックによって、示してみたい。

今、更に踏み込んで、この小説の〈かたち〉を考えると、豊太郎の手記は、必ずしも読み手（聴き手）を想定して書かれたものではなく、自分の過去を整理する目的で執筆された、きわめて私的なエクリチュールであることが見えてくる。その告白的記述の緊密さは比類がない。強いて思い浮かべてみると、漱石『こゝろ』の先生の遺書に匹敵するか。豊太郎は、一つ一つの出来事を記憶のなかから、引き出しては、意味づけていく。あの時、その時の、自分の心の内、あの人の言葉、かの人の言葉、かつては見えなかったこと、「今」だからわかること。時に立ち止まり、嗟嘆のため息を漏らしては、過ぎ去った出来事を凝視する。過去は、言葉化することによって初めて意味をもってくる。ひとつの「物語」として把握されてくる。

この手記を書くことによって、豊太郎には何がもたらされたのだろうか。エリスのことを「今」の豊太郎はどのように考えているのか。果して、なんらかの変容や自己発見やが現象したのだろうか、等々。読後、そんな想像力を働かせることを、小説「舞姫」は読者に要請してくる。本稿では、この豊太郎の「手記」としての言葉という点に徹して「舞姫」を読み直し、自分自身の読みの「変更」を迫られた経緯を明らかにしてみたい。それは、言い換えると、現在の「解釈共同体」「研究者共同体」の読み方に従って「舞姫」に向かった時、私の中で起こった読みの変化の報告でもある。個々の小説を読む上で、その小説の〈かたち〉・仕組みを把握することは、今や読みを開始するための入り口である。現代の「作品論」を指向する「解釈共同体」の了解は、ここにこそ置かれるべきだと考える。

なお、「舞姫」本文は岩波版『鷗外全集』第一巻（昭和46・11刊）所収のもの、即ち『塵泥』所収の最晩年の本文(3)に、ひとまず拠る。

1　「舞姫」の冒頭――〈危機意識〉を抱えた豊太郎

「石炭をば早や積み果てつ」から「いで、その概略を文に綴りて見む」まで、「舞姫」の冒頭三段落は、豊太郎のモノローグである。この部分は、以下に置かれる「手記」を考える上で非常に重要である。「手記」を書く直前の豊太郎の意識を測る上で、「手記」を書く動機を確かめる上で、また、「手記」を書き終えた豊太郎に思いを馳せる上で。ここを起点とすることで初めて読者は、さまざまな想像力を発揮することができるのである。

説明するまでもなく、冒頭の豊太郎は、五年にわたる洋行を終え、祖国へ帰る船上にいる。船はサイゴンの港に停泊、明日出港すれば、二週間ほどで日本の土を踏むのである。ここでまず豊太郎（語り手の「余」）は、日記が「白紙のまま」「成らぬ」と、日記が書けない理由（自分）に何よりもこだわっている。この「日記」の表象するものは、よく読むとかなり限定されていることがわかる。「筆に任せて書き記しつる紀行文」「尋常の動植金石、さては風俗などをさへ珍しげにしるしし」といった、かつて嬉々として「放言」を重ねた、いわば見聞した「貴重」な事物を報告するルポルタージュといった性格の文章をまず想定していることがわかる。また、「きのふの是はけふの非なるわが感触を、筆に写して誰にか見せむ」（傍点は筆者　以下特にことわらない限り同様）というように、「日記」は公開することが前提されている。「洋行の官命を蒙」った者の責務としての日録的文章が、立場上当然書くべき文章として、豊太郎のなかにある。と同時にそうした文章を書くための〈主体〉を持たない自分が意識されていることも伝わってくるのである。

鷗外は、ドイツ留学の際、多くの日記記述を残した。「航西日記」「独逸日記」「隊務日記」「還東日乗」などである。そして、そのほとんどは当時発表された。鷗外に限らず、他の多くの明治の留学者・海外渡航者もさまざまな見聞を記録し、その異文化体験を逐一伝達するよう努めた。豊太郎が半ば強迫観念のように、「日記の成らぬ」と繰り返すのは、こうした「公人」としての責務を果たせない自分、復帰した国家の役人としての務めに必ずしもまい進できない自分を、強く意識してしまうからではないか。「げに東に還る今の我は、西に航せし昔の我ならず」という自己認識がここにはある。豊太郎にとっての、アイデンティティの帰属に関する危機意識が垣間見えてくるのである。

豊太郎は、やがて「日記」の書けない原因としての、「人知らぬ恨」なるものに思い当たる。いやここで初めて思い至ったわけではなく、ドイツを離れてから、絶えず豊太郎を苦しめてきた感情の正体が「恨」なのである。「此恨は初め一抹の雲の如く我心を掠めて、瑞西の山色をも見せず、伊太利の古蹟にも心を留めさせず、中頃は世を厭ひ、身をはかなみて、腸日ごとに九廻すともいふべき惨痛をわれに負はせ、今は心の奥に凝り固まりて、一点の翳とのみなりたれど、」というように、時間的な経過のなかで、形を変えて「幾度となく」豊太郎の心を苦しめ続けてきたものである。この時間的経過と、その間の豊太郎への想像力は、書かれてはいなくても読者は充分働かせておくべきだろう。この間、豊太郎が何をしていたかといえば、天方伯の「随行員」として精力的に働いていたのである。

この夜、豊太郎は、「いかにしてか此恨を銷せむ」として、「その概略を文に綴りて見む」とする。この「恨」が、単に豊太郎の私的な感情、エリスを放擲した自分に対する罪意識とか、悔恨の情とか、悲痛感・寂寥感とかいった、己れ自身へ向けて発露する感情に帰着するものであるならば、「詩に詠じ歌によめ」ばなにがしかのカタルシスは得られる。「心地すがすがしく」なるやも知れない。しかし、豊太郎の抱え込んだ「一点の翳」となった「恨」は、たとえ「今」整理したところで、「さはあらじと思へど」とカタルシスへの期待感は薄い。「文」に綴ったところで容易に合理化できそうもないことなのである。ただ、やっと同行する人々から離れ、孤独の時間を得た「今」という千載一遇の機会を捕らえて、豊太郎は筆を執るのである。「恨」の因ってくる起源をたどるために。

従来の「舞姫」論では、官吏に復帰した豊太郎の社会的現在は当然のように認め、問題にしなかった傾向がある。その上で、エリスとの関係という、多分に、豊太郎の私的領域に傾斜したなかでの、心的苦悩に力点を置いて、一種のヒロイズムを潜在させて読んできたのではないか。無論エリスとの関係が、重要でないなどと言いたいのではない。が、冒頭に示された、いわば「公人」としての豊太郎の危機意識を念頭に置くと、手記の記述は、これまでとは微妙に異なる相貌を現わし、更に複雑なエクリチュールの様相を呈してくるようである。国家にアイデンティティを帰属させることが、「今」の豊太郎にとっては必ずしも自明ではない。[4] そんなつぶやきから「舞姫」は確実に始まるのである。

2　手記の開始——豊太郎の「勇気」

「余は幼き比より厳しき庭の訓を受けし甲斐に、」とその少年時から書き始めていることからも、この手記が、エリスとのことに限定されない、まず豊太郎個人の閲歴として綴ることが企図されていることがわかる。しかし、手記は、順調な人生の行程は概略で済まし、一気に「かくて三年ばかりは夢の如くにたちし」と、洋行三年経た、豊太郎「今二十五歳にな」った時点から詳述されていく。この時、豊太郎の身には、内的に外的に、さまざまな変化が起こり始めていた。かつての解釈共同体は、この時点の豊太郎を「近代的自我の覚醒」という一点で捉えてきたが、豊太郎の「手記」・エクリチュールという観点から見た時、豊太郎の「変容」はそう単純に把握できるようなものではないことがわかる。いや、当の本人すら明確には捉えていなかった。書いている「今」でも、豊太郎の心は揺れる。こうした記述の位相は確実に押さえておく必要がある。

「時来たれば包みても包みがたきは人の好尚なるらむ」と、「今」の豊太郎は総括的に「好尚」という私的領域で何らかの変化が起ったことを、まず語る。それまで「ただ所動的、器械的の人物」として生きてきただけの自分を意識し、政治家・法律家になるために進んできた軌道への疑問を抱き、「奥深く潜みたりしまことの我」に気づき始める。この頃は、大学での学問も「歴史文学に心を寄せ」ていた。そして、仕事の方面でも、大胆に〈自分〉を発揮するようになっていた。これが、ひとまず洋行三年の間に培われた豊太郎であった。

この頃より官長に寄する書には連りに法制の細目に拘ふべきにあらぬを論じて、一たび法の精神をだに得たらんには、紛々たる万事は破竹の如くなるべしなどゝ広言しつ。

この進言は、いわば政府の方針それ自体を批判するような危険なことばであった。憲法制定を図り、近代国家としての法制化を急ぐ明治政府は、豊太郎のような、多くの役人を西欧に派遣し、憲法のみならず、細かな条例に至るまで調査し、参考とした。「法の精神」即ち憲法こそが大事とする豊太郎には、洋行三年にして「法制の細目に拘ふ」ことが無駄な作業に見えてきたのである。手記を書いていく「今」の豊太郎には、この「広言」こそが免官の主たる理由となったことが見えている。「官長はもと心のまゝに用ゐるべき器械をこそ作らんとしたりけめ。独立の思想を懐きて、人なみならぬ面もちしたる男をいかでか喜ぶべき。危きは余が当時の地位なりけり」と納得したかのような言を漏らす。

無論当時の豊太郎には、そのことが見えていたわけではない。免官となった直接的原因を「伯林の留学生」仲間の「讒誣」と捉え、「冤罪」と考えていた。すなわち、仲間との交流を持とうとしない豊太郎を、「猜疑」し「嫉」ましく眺めていた留学生仲間が、エリスとの関係をスキャンダル（即ち「免官の理由」となったもの）として告げたのだと。しかし、「今」の豊太郎の認識はそこには留まらない。その「余が冤罪を身に負ひて、暫時の間に無量の艱難を閲し尽す媒なりける」とするものは、他ならない自身の「勇気」のなさであったと断言して憚らない。

「ああ、この故よしは、我身だに知らざりしを、怎でか人に知らるべき。わが心はかの合歓といふ木の葉に似て、物触れば縮みて避けんとす。我心は処女に似たり」と、「我が本性」を自覚する「今」の豊太郎は詠嘆する。「かたくなる心と慾を制する力」「耐忍勉強の力」を発揮する豊太郎という、自分自身も信じ他者の眼にも映っていた、優等生としての自己像は錯覚・誤解で、ただ単に「人のたどらせたる道」を言われるままに「たど」るしかなかった自分の姿の幻像・虚像だったのだ。「皆な勇気ありて能くしたるにあらず」「よそに心の乱れざりしは、外物を棄てゝ顧みぬほどの勇気ありしにあらず」と、「勇気」という言葉を記述のなかで繰り返し使う豊太郎は、単に己れの「弱性」を嘆くに留まらない。「勇気」を発揮することなく過してきた、かつての自分の行動への批判をこめているようである。

また「勇気」という言葉は次のような文脈の中でも使われる。「珈琲店に坐して客を延く女を見ては、往きてこれに就かん勇気なく」「「レエベマン」を見ては、往きてこれと遊ばん勇気なし」と。いわくありげな現地の人々との「遊び」に加わるという、一見不道徳的な行いをも「勇気」という観点から捉え返していくのが、「今」の豊太郎である。「これらの勇気なければ、彼活発なる同郷の人々と交らんやうもなし」と、私的領域を活発に生きることのできなかった、自らの「勇気」のなさを振り返る豊太郎には、新たな価値観が生まれているようである。自分を「冤罪」に陥れた「他の凡庸なる諸生輩」を単純に「罵」ることはできない。閲歴をたどり始めるなかで、開口一番使われていく、「好尚」「独立の思想」「勇気」という個的領域を示す言葉は、「手記」を書く豊太郎の中で重い意味を発光している。そして、それは、舞姫という「耻づかしき業」に就くエリスを新たに捉え返す視線でもあった。

3 〈免官〉という事態――あるいは「手記」の中のエリスを追って

エリスとの出会いの時を豊太郎は臨場的にこう説明する。「この青く清らにて物問ひたげに愁を含める目の、半ば露を宿せる長き睫毛に掩はれたるは、何故に一顧したるのみにて、用心深き我心の底までは徹したるか」「わが臆病なる心は憐憫の情に打ち勝たれて、余は覚えず側に倚り、（中略）といひ掛けたるが、我ながらわが大胆なるに呆れたり」。豊太郎は、大胆な振る舞いに及んだ、いつもとは違う自分の行動を「今」も合理化できないでいる。エリスに「惹かれた自分」を説明できない。恋に理由などいらないことを、豊太郎は知らないのである。

実のところ、手記を書いている「今」も、豊太郎の想像力がエリスとの〈関係〉に至っているかといえば疑問である。豊太郎は「愛」を知らない人間であると喝破したのは他ならない鷗外（正確には、「舞姫」論争の「相澤謙吉」）[5]であり、その言を受けて論じた山崎正和[6]であるが、明治も初年代を生きる日本男児にロマンティック「ラヴ」の自覚を強いても無理だろう。しかし、この手記からは、確実に個の領域へと踏み込んだところで揺れている豊太郎が窺える。エリスとの〈関係〉に関しても。その奥深いところから響いてくる、生身の豊太郎の〈声〉を追うことが、本稿の目的である。

エリスとの「痴験なる歓楽」のみだった交際は同郷人の知れるところとなり、官長に報じられ、豊太郎は免官・

解職を命じられる。帰国か留まるか、豊太郎は迷い「思ひ煩ふうち」、追い討ちを掛けるように「母の死」[7]が知らされる。まさに「我一身の大事は前に横りて、洵に危急存亡の秋《とき》」に直面する。この時である、「余が彼を愛づる心の俄に強くなりて、遂に離れがたき中となりし」は。豊太郎は、ここで「常ならずなりたる」折の自分の眼に映った、エリスの「美しき、いぢらしき姿」をことさらに思い浮かべていくのだが、この段の記述は、「嗚呼、委くこゝに写さんも要なけれど」という断りの言と共になされていく。このことは、豊太郎の当面の記述が必ずしも、エリスとの〈関係〉それ自体に向かっていく、という性格のものではないことを如実に物語っており、見極めようとするのは、やはり己れの閲歴（免職以後、豊太郎は、「轗軻数奇なる」「我身の上」・「不幸なる閲歴」を嘆いていた。）だったことを明示する。エリスとの〈関係〉という局面へは、手記を書いていく豊太郎の想像力はなかなかに向かわない。しかし、「今」あえて必要ないとしつつ、記憶の底から引き出して記述する、このエリスを語る言葉を通して逆に、エリスの心情は筆を運ぶ豊太郎の眼前に浮かび上がってくる。豊太郎が、このエリスとの深い交わりを得たのが、未だ帰国するとも、ベルリンに留まるとも決定しかねている最中のことであったことは、確認しておくべきだろう。エリスは、自分のもとを明日にも去る異国の人と意識しつつ、豊太郎を受け入れたのである。

> いま我数奇を憐み、又別離を悲みて伏し沈みたる面に、鬢の毛の解けてかゝりたる、その美しき、いぢらしき姿は、余が悲痛感慨の刺激によりて常ならずなりたる脳髄を射て、恍惚の間にこゝに及びしを奈何にせむ。

ここには、あたかも「今」目の前にエリスを幻視しつつ叙述を進める豊太郎がいる。「限りなき懐旧の情を喚び起」される豊太郎がいる。

さて、当時、豊太郎は、自身の免官となった「理由」[8]をエリスとの関係を曲解されたためだと思っていた。

> その名を斥さんは憚りあれど、同郷人の中に事を好む人ありて、余が屢々芝居に出入して、女優と交るといふ

ことを、官長の許に報じつ。さらぬだに余が頗る学問の岐路に走るを知りて憎み思ひし官長は、遂に旨を公使館に伝へて、我官を免じ、我職を解いたり

「余が頗る学問の岐路に走る」ことに対して、官長は「憎み思ひし」という背景はあった。しかし、この点は仕事の合間になされる時間外の私的領域でのことであり、きちんと仕事をこなす豊太郎に、なんら責められる理由はない。まして既に公の許可を得ての行為である。「免官の理由」は、舞姫という「耻づかしき業」に就くエリスとの醜聞。少なくとも、当時の豊太郎はそう信じて疑わなかった。そして、以後この「理由」(観念・偏見)を超克することは、容易ではなかった。それまでの豊太郎の倫理性を根底から揺さぶるくらいの困難なハードルとなって迫っていった。

即ち、豊太郎は、免官後この「冤罪」を、事実とした。豊太郎自身「我失行」と呼ぶ事態に陥ったのである。加えるに、「余は彼が身の事に関りしを包み隠し」と、舞姫であるエリスが免官の「理由」であることを、エリスには隠した。エリスは最後まで、自分の身分こそが免官の「理由」であることを(正確には豊太郎がそう認識していたことを)知らされなかった。そのことがどういう結果を招くかと言えば、後に豊太郎の前に復職帰国の道が開かれた時に、豊太郎のなかでは、帰国かエリスか、という二者択一の、いや二律背反する問題として迫ってくるしかなく、しかも、そのアンビヴァレンツを抱え込んだ豊太郎の懊悩をエリスが関知し得ない、ということである。この事実は些細なことではなかった。エリスにとってのみならず、豊太郎にとっても。

免官後、豊太郎は、ベルリンに留まり、学問を続けることを望んだ。免官それ自体は、実のところ当時の豊太郎にとってそれほど問題ではなかったはずである。「歴史文学」への興味が深まり、進路をめぐっての岐路に立ち、官長に疎まれていたのもその頃だから。重なった「母の死」が、むしろ進路変更に拍車をかけたとの推測も容易で

ある。「活きたる辞書」たれという母の遺志を受けて、豊太郎は汚名をすすぎ、起死回生を図るためにも、ベルリンでの「学問」を継続する必要があったのである。「このまゝにて郷にかへらば、学成らずして汚名を負ひたる身の浮かぶ瀬あらじ」と考えたのが、当時の豊太郎である。

実際に、ベルリンに留まることを可能にさせたのは、日本に居た友人相澤謙吉のささやかな職の斡旋と、エリスによる住まいの提供であった。とりわけ、エリスの家へ同居することこそが、滞留を具体化したと思われる（エリスは、母には豊太郎の失職を隠した）。日本の新聞社へ記事を送る特派員的な仕事で生計が立つとは思えない。以後の、大学へも通えなくなる豊太郎の生活ぶりを見れば明らかである。記事を送っては収入を得るといった形の不安定な歩合給だったのではないだろうか。（手記の中には、「例の新聞社の報酬」について一喜一憂する二人の姿が出てくる。）

豊太郎とエリスとの生活は一年半ほどであろうか。この間に、再び進路をめぐって豊太郎に変更を促す事態は起こっていた。それは再度、「学問」の世界から「政治・社会」の世界へという転換ではなかったか。そして、こうした意識の転換が、豊太郎自身の個的欲望のなかで起こっていた、ということが重要である。手記の中で、「我学問は荒みぬ」と豊太郎は繰り返す。しかし、そう言いつつも、豊太郎は、「されど」と思い直す。日本の新聞社の「政治学芸の事などを報道」する仕事に追われるなかで、ヨーロッパ事情に、いや世界の政治・社会の情勢に精通していった自分を誇らしげに見出していく。

「されど余は別に一種の見識を長じき。（中略）幾百種の新聞雑誌に散見する議論には頗る高尚なるもの多きを（中略）一隻の眼孔もて、読みてはまた読み、写してはまた写すほどに、今まで一筋の道をのみ走りし知識は、自ら綜括的になりて、同郷の留学生などの大かたは、夢にも知らぬ境地に到りぬ」と、結果的に到達した「境地」を確認する。この時再び世に出たいという「功名の念」は、豊太郎の個的領域でむくむくと沸き起こっていたはずである。豊太郎の眼には、ヨーロッパいや世界の動向が、広い視野のなかで見えていた。天方伯が日本に連れて帰ろうとしたのは、この豊太郎であった。おそらく、本人さえよく自覚しないところで独立した自由人として生きていた男であった。免官以前の豊太郎では既になかったはずである。

4　〈我中心に満足を与へんもの〉とは？

「明治廿一年の冬は来にけり」。時の大臣天方伯の欧州視察の一行が突然ベルリンに到着する。「伯の汝を見まほしとのたまふに疾く来よ、汝が名誉を恢復するも此時にあるべきぞ」という、同行してきた友人・相澤謙吉の誘いの手紙によって、豊太郎は早速宿舎のホテルへ出向くことになる。この機会は、不遇をかこつ豊太郎にとっての好機到来と考え勝ちだが、実は天方伯一行にとってこそ、豊太郎の存在が心強いサポーターとして期待されていたのではないだろうか。免官になった男に、到着直後いきなり伯は「汝を見まほし」と言ってよこすのである。滞欧四年余り、語学に堪能な上、ヨーロッパ事情に精通する豊太郎の助けを必要としたのはむしろ大臣の一行であった。大臣は、日本に送られて来る豊太郎の書く記事を新聞紙上で読んでいた、とも十分考えられる。

「同郷の留学生などの大かた」の学識・知見の浅さを、「彼らの仲間には独逸新聞の社説をだに善くは読まぬ」という語学力のなさを、揶揄的に指摘する豊太郎の能力の高さは、自負するに価するくらい、突出していたのである。事実、豊太郎は天方伯からの翻訳の依頼に敏速に応える。同行した露西亜旅行においても、「この間仏蘭西語を最も円滑に使」い、「賓主の間に周旋して事を弁ずるものも」「多くは」豊太郎であった。外交面で豊太郎が果した役割を想うと、いかに有能な逸材であったか、想像するに余りあるものがある。そして、この豊太郎の有能さ・実力を実感として理解できる者は、おそらく同時代の読者のなかでもそう多くはなかったと思われる。天方伯や相澤や、他ならぬ鷗外や、実際に洋行を経験した者の眼にこそ明らかだったはずである。

しかし、その後の展開は、表面的には豊太郎が天方伯の助けの綱につかまるような形で事が進んだように見える。いや、「余」の一人称回想である「舞姫」の記述は、当時の豊太郎の受けとめ方に従い進められるだけである。豊太郎の前には次々と、思いもかけない〈光栄〉な機会が与えられるのだ。そして豊太郎もその機会を積極的に拒むことはなかった。いや、豊太郎が熟慮する暇もなく、あれよあれよという間に事態は進んだ。そこに一役かったのは言うまでもなく、「良友」相澤謙吉であった、と豊太郎は信じている。しかし、実際のところ、「手記」で漏らされていく言葉は、即ち、この間の豊太郎の対応を示す本心の言葉は、常に逡巡し、悩み続けていたというものではないのか。豊太郎の「決断」の言葉は一度も現われない。まして、自分の意思に促されて手を伸ばしたことなど全くない。

そして、こうした、前途が見えないままに「低回蜘蹰の思」を抱いて佇んでいた豊太郎とは無縁のところで、豊太郎復帰の段取りは整えられ強引に運ばれていったのではないか。そこでは個人的意志の問題以前に、国家の論理が優先された、と想像することは容易い。豊太郎の復職に際して、当然諮られるべき「免官の理由」は不問に付される。熟考の期間も与えぬ即答を強い、逆に人事不省になった豊太郎の回復は「数週」間も待ち続ける。「相澤と議」ったという、エリス母娘に「微」ながら、生涯を支える資金を、旅先で捻出したのは誰か、など。相澤、いや天方伯一行の一連の行動にはかなり不可解なものも透けて見え、豊太郎の意思とは異なるかたちで、有無も言わさぬ手際でことが進められた様相が背後に窺える。「舞姫」の外に広がる同時代の文脈を考えた時、「今」の豊太郎がどこまで把握したかは置くとしても、天方伯らの「豊太郎囲い込み作戦」は透かし見えるのではないか。が、少なくとも当時の豊太郎には到底思い至らなかったことであった。

相澤は、ベルリンで再会した当座、豊太郎から「胸臆を開いて物語りし不幸なる閲歴」を聞いた後、次のようにアドバイスした。

今は天方伯も唯だ独逸語を利用せんの心のみなり。おのれも亦伯が当時の免官の理由を知れるが故に、強て其の成心を動かさんとはせず、伯が心中にて曲庇者なりなんど思はれんは、朋友に利なく、おのれに損あればなり。人を薦むるは先づ其の能を示すに若かず。これを示して伯の信用を求めよ。又彼少女との関係は、縦令彼に誠ありとも、縦令情交は深くなりぬとも、人材を知りてのこひにあらず、慣習といふ一種の惰性より生じたる交なり。意を決して断て。

要するに、相澤は好機を待て、能力主義で伯に訴えろと言っているわけで、決して豊太郎の才能を称えたり力づけたりしているわけではない。まして、豊太郎の語学力を「利用」するだけという伯の、殊更の必要性を説いているわけでもない。むしろ、免官の理由がもはや事実になったことには悲観的で、「伯が当時の免官の理由を知る」ことを伝え、道理を曲げてまで推薦することはできないと、当分静観する構えを堅持したかのようである。従って、エリスとは「意を決して断て」、それが先決だと諫めるのである。この相澤の言が間接話法で記されていることの意味は、先行論文で多様に説かれてきたが、少なくとも、この相澤の言葉が、その後の豊太郎の意識を改めて形成したことだけは確かであろう。「エリスと別れろ、それが先決条件だ」という、相澤の豊太郎の置かれた状況への認識（打開策）は、豊太郎がそれ以前から持っていたものと一致する。しかし、である。豊太郎は、この友人の言を「前途の方鍼」とひとまず受け止めつつも、それは余りにも「重霧の間」にあって茫漠としており、また必ずしも自分自身の心に響くものではなかったと記すのである。

「されどこの山（方鍼＝筆者注）はなほ重霧の間にありて、いつ往きつかんも、否、果して往きつきぬとも、我中心に満足を与へんも定かならず」とその時の心境を思い起こしていく。その時の豊太郎は、「わが弱き心」から「姑く友の言に従ひて、この情縁を断たん」と約束してしまうのである。そして、「余は守る所を失はじと思ひて、おのれに敵するものには抗抵すれども、友に対して否とはえ対へぬが常なり」と、その時の自分を正当化するような言をここに漏らす。しかし、この記述の回りくどい仮定の言い方は、何を意味するのか。相澤は「今」でも「良友」には違いない。しかしまた「一点の彼を憎むこゝろ」を表明していく豊太郎には、時に相澤こそが「敵するもの」であり、排除しようとしたエリスこそが「守る所」のものであったことが、ようやく見えてきたのではないだろうか。そんな風に私には読める箇所である。

この箇所は、書いている「今」の豊太郎との微妙な齟齬を感じさせる記述となって響いてくる。当時の豊太郎には、「我中心に満足を与へ」るものが何か、また失いたくない「守る所」のものとは何か、見えていなかったと言うのである。もしその時見えていれば、それに「敵するもの」に抵抗するだけの意志を持つ自分であったことを確認していくのである。ホテルから帰る豊太郎が「余は心の中に一種の寒さを覚え」たのは、「情縁を断たん」と言った自分の言葉を起源とすることだけは確かである。私には、必ずしも自分の意思で発したわけではない言葉の一人歩きの予感、それゆえの怖れだったのではないか、と思われる。少なくとも、たった今同意した相澤の言葉への、心の奥底からの違和の表れであっただろう。豊太郎の心の奥深くひそんでいる何かが、やがて現実に起こるやも知れない事態に対して何らかの拒絶反応を示したのである。

5 「帰国」と「愛」と――〈選択〉の機会を前にして

豊太郎の「手記」は、後半に至って次第に臨場感を増してくる。それだけ、事の子細を捕らえ難く思っていること、書いている「今」もなお、注意深く見究めようとしていること、が窺える。語っている「今」と、語られている過去の「今」との境界は、必ずしも明瞭ではなくなって来るのである。しかし、「手記」という観点に留意して読む時、その事後的言葉の示す方向はそれほど曖昧ではない。その時その時の、「軽卒な」自分の態度を対象化する視線は確実にある。この「手記」を「懺悔録」(9)とするほどの個的営みが当時の豊太郎のなかにあったとは思われない。しかし、「今」の豊太郎は、ようやく見えてきたものを確認しつつ記述を慎重に進めていく。

天方伯がベルリンに滞在した期間は、露西亜行も含めて、結局二ヶ月半ほどであるが、到着して「一月ばかり過ぎ」た「或る日」、伯は「随ひて来べきか」と露西亜への随行を訊ねる。いつも相澤を介しての命令であったため、この直接の問いは豊太郎を驚かす。「いかで命に従はざらむ」と咄嗟に応えた豊太郎であったが、手記を書く「今」の豊太郎は当時の自分の心の「虚」であったことを告白する。かつての天方伯が「おのれが信じて頼む心を生じた人」であったがゆえに、その人に対しては、ひとまず肯定的言辞を漏らしてしまう八方美人の自分であったことを振り返る。「余は我耻を表はさん。此答はいち早く決断して言ひしにあらず。余はおのれが信じて頼む心を生じたる人に、卒然ものを問はれたるときは、咄嗟の間、その答の範囲を善くも量らず、直ちにうべなふことあり。さてうべなひし上にて、その為し難きに心づきても、強て当時の心虚なりしを掩ひ隠し、耐忍してこれを実行すること屢なり」と。

しかし、こうした自己の心を子細に覗き、過去を振り返る言葉からは、逆に、「為し難き」と気づいても、「心虚」なままに実行してしまった自分に対して、否定的な豊太郎が浮かび上がってくる。「今」の豊太郎は、「虚」という言葉で、かつての自分を批判する。それは、自ら為すべき仕事、あるいは真にやりたいこと、を問うゆえに発する言葉ではないだろうか。「我中心に満足を与へん」ものを豊太郎は「今」も問い続けているのである。

露西亜旅行に随行した期間は「二十日ばかり」を超える。豊太郎のもとにはエリスから「日毎に」手紙が届く。手記に引用されているのは、二通だけ。この二通目の手紙を読むことによって、豊太郎の前には、エリスか復職か、という二者択一の難問が現実のものとして立ちふさがったことがわかる。「書きおくり玉ひし如く、大臣の君に重く用ゐられ玉はゞ」とエリスの書簡にあるように、豊太郎はエリスに宛てて「大臣は既に我に厚し」という事実を伝えていたのである。エリスは、その事実が以後どのような事態を生むか明確に察知した。その上で、豊太郎との〈関係〉という一点での想像力をさまざまに働かせていた。

嗚呼、余は此書を見て始めて我地位を明視し得たり。耻かしきはわが鈍き心なり。余は我身一つの進退につきても、また我身に係らぬ他人の事につきても、決断ありと自ら心に誇りしが、此決断は順境にのみありて、逆境にはあらず。我と人との関係を照さんとするときは、頼みし胸中の鏡は曇りたり。

ここでいう「我と人との関係」とは、対エリスとの〈関係〉を指していることは間違いない。決断できない心を「鈍き」と批判し、「人との関係」を照らす「胸中の鏡」は「曇りたり」と嘆くのは「今」の豊太郎としても。いかに当時の迂闊な豊太郎にしても、エリスの書簡にこめられた具体的な〈想像力〉の前には、エリスとの〈関係〉を断つ自分という立場を意識しないわけにはいかなかった。何故なら、豊太郎が、エリスが想像する通りに、「東に還」り「我地位」を得るためには、他ならないエリスを捨てることこそが第一の〈条件〉だったのだから。「大臣の信用」を得ることは、「エリスと別れること」と同義であった。少なくとも当時の豊太郎の意識の中では。だからこそ、豊太郎は「大臣の信用」に「未来の望を繋ぐことには、神も知るらむ、絶えて想到らざりき」と、自分の心の奥を覗き、そこまでの自分に疚しさはなかったことを確認する。そして、いまや現実となったかのように見える「大臣の信用」を得たことは、相澤が、そのための〈条件〉（豊太郎が「失行」を清算すること）を「早く大臣に告げ」たからだろうか、と推測するのである。

「相澤がこの頃の言葉の端に、本国に帰りて後も倶にかくてあらば云々といひしは、大臣のかく宣ひしを、友ながらも公事なれば明には告げざりし歟。今更おもへば、余が軽卒にも彼に向ひてエリスとの関係を絶たんといひしを、早く大臣に告げやしけん」と、「この頃」の相澤の思わせぶりな言動をいぶかしく思い起こしつつ、エリスとの関係を「断て」という彼の言葉に同意した自分自身を「軽卒にも」という言葉で批判していく。そして、決断が下せないままにこうした局面を迎えた自分の現実を見詰めた時、かつてと同様いつのまにか「器械的人物」となっている自分を発見する。天方伯の手中の糸に縋るしか「我地位」への、「未来の望」への道は、開かれないのか、と嗟嘆のため息を漏らすのである。「嗚呼」という豊太郎の嘆きの声は、書いている「今」とも、書かれている「過去」の声とも境界は定かではないままに、何度も繰り返されるのである。

6　豊太郎の〈葛藤〉の中身——個的領域のなかで

明治二十二年の一月、露西亜行から帰った元旦の朝から数日後のことである。豊太郎は天方大臣の招きに応じて宿舎のホテルへ往く。「待遇殊にめでた」く、そして、大臣の口から直接「われと共に東へかへる心なきか」という言葉が飛び出す。続けて大臣は「君が学問こそわが測り知る所ならね、語学のみにて世の用には足りなむ、滞留の余りに久しければ、様々の係累もやあらんと、相澤に問ひしに、さることなしと聞きて落居たり」と有無も言わさず畳み掛けるように説いてくる。その言葉の意外性に驚きつつも、豊太郎はここで結局「承はり侍り」と応えてしまう。その理由は、「流石に相澤の言を偽なりともいひ難き」と友の面子に対する配慮をしたこともあるが、もうひとつ、突き上げてくる自分の未来への不安感からだった。「若しこの手にしも縋らずば、本国をも失ひ、名誉を挽きかへさん道をも絶ち、身はこの広漠たる欧州大都の人の海に葬られんかと思ふ念」が、胸のうちを衝いて湧き上がってきたのだという。

　これまでの豊太郎には、「大臣の信用を得る」ためには、エリスとの関係を絶つことという条件がついてまわっていた。目の前に置かれた〈未来〉を開くためには、エリスを捨てるという大きなハードルが立ち塞がり、そのハードルを前に、どちらを取るか、決断できないでいた。しかし、豊太郎は、少くともその選択は自らに委ねられていると信じて疑わなかった。今あたかも、その免官の〈理由〉が無かったかのように大臣に了解されていることを知り、〈未来〉への道が確実に見えたと同時に、エリスの問題を白日の下にさらす機会を失ってしまったのである。天方伯の前では、エリスは闇に葬られてしまった。あとは、つまり発したこの返答を現実のものとするためには、自分の責任においてエリスを捨てるしか道は残されていない。一歩も退く余地のない、ぎりぎりの個人的選択をする場所に置かれてしまったのが、この時の豊太郎であった。

　豊太郎のなかでのアンビヴァレンツは、天方伯の一言という外的要因によって、一挙に局面を一転させられてしまった。豊太郎のなかで、本当の意味での葛藤は、これ以後だったのではないだろうか。それは、この夜「ホテル」を出てからの「我心の錯乱」の凄まじさから言うのではない。エリスを捨てると暗に言った自分を、「免すべからぬ罪人」と身も世もあらぬ状態で責めていることを指すのでもない。そう思えるのは、手記を書いている「今」もなお、容易に答の出せない問いを抱え込んでいることが、ここまで読んできた、この手記全体から伝わって来るからである。

実のところ、この豊太郎の葛藤は、純粋に個的領域においてなされて来たのではないか。豊太郎は、国家（公）と私との間で揺れていたのではない。エリスと自分との関係と、自分の未来としての「復職」と、この二つの両立不可能な事態の前で逡巡し続けていた明治近代の男が、太田豊太郎であった。この両極に引き裂かれた問いの前には、豊太郎ならずとも、誰がそう簡単に答えが出せるのか。相澤の前で、天方伯の前で、そしてエリスの前で、豊太郎は心ならずも「未決定」(10)を隠したままの返答を余儀なくしてきた。しかし、この手記の記述を読めば、いや何よりも手記を書こうとしたことから、豊太郎の自己は常に「空白」でも、「虚無」でもなかったことがわかる。それどころか、豊太郎は、「今」もなお自分の心に向けて、「まことの我」を問い続けているのである。自分はどう生きたいのか、何がしたいのか、と。私が豊太郎に共感するのは、奥底から響いてくる、こうした〈声〉を聴くからである。

この〈声〉は、「舞姫」が発表された年より二十年以上も経って、夏目漱石が若い人々に向けての講演（演題「私の個人主義」大正三年）のなかで熱っぽく説いた「徳義心の高い個人主義」に通底し、また『こゝろ』の先生が説くように、「自由と独立と己れとに充ちた現代」を生きる必然へ、と向かう他ない近代的個人が発する〈声〉の響きに通うものを持っている。真の「個」を生きることを問い続ける者の苦闘の〈声〉である。

何うしても、一つ自分の鶴嘴で掘り当てる所迄進んで行かなくつては行けないでせう。行けないといふのは、もし掘り中てる事が出来なかつたなら、その人は生涯不愉快で、始終中腰になつて世の中にまごまごしていなければならないからです。(中略) 私のやうな詰らないものでも、自分で自分が道をつけつゝ進み得たといふ自覚があれば、あなた方から見て其道が如何に下らないにせよ、それは貴方がたの批評と観察で、私には寸毫の損害がないのです。私自身はそれで満足する積りであります。(「私の個人主義」)

明治を生きた漱石が到達した、こうした心境への道は、豊太郎にはなお遠い道のりであった。しかし、五年の洋行から「今」帰国する豊太郎は、「自由と独立と己れ」を生きる一歩を確実に歩き始めている。

7　手記の収斂する所——「一点の彼を憎むこゝろ」へ

さて、こうした豊太郎の葛藤の中身を追ってきた時、一方で、「公事」とは?、即ち国家とは?、という懐疑が「今」の豊太郎の心底に沈んでいるだろうことも確実に見えてくる。免職となった経緯、そして復職となった経緯を改めてたどった時、「公」の倫理とはなんと恣意的且つ暴力的に発揮されるのか、が見えてくる。舞姫・エリスを退けた「官」の倫理いや論理(豊太郎自身この論理に縛られていたわけだが)、「公事」にそもそも道理や正義などあったのか、そんな懐疑が豊太郎のなかで、ゆっくりと且つありありと浮かび上がってきたのではないだろうか。「免官の理由」を、事後的に事実としてしまった豊太郎は、それ以後この「公」の倫理性にこだわり続けた。「公」職に復帰するためには、エリスと別れることが大前提と考えていた。しかし、こうして「随行員」に復帰し得たのは果たして何故なのか。エリスを闇に葬ったためなのか。豊太郎の懐疑は深まるばかりである。

豊太郎の「人事不省」の問題を、設定として不自然である、などと指摘する、外在する小説手法の問題として考えることはここではしない。この「人事不省」の「数週」という期間に、エリスの身に起こったことは、豊太郎の語る手記の一人称の言葉からどれだけの「事実」が浮かび上がるのか心もとない。豊太郎の知らない出来事は数々起こったやもしれず、ましてエリスの発狂の原因など、豊太郎さえどこまで真実を了解しているのか疑問である。読者は、「後に聞けば」という限定のなかで語る、豊太郎の理解の仕方しか読み取れない。

エリスの妊娠を知った後も、相澤は、「大臣には病の事のみ告げ、よきやうに繕ひ置」いたという。そして、エリスには、事実のみを告げたという。即ちエリスは「余が相澤に与へし約束を聞き、またかの夕べ大臣に聞え上げし一諾を知」って発狂した。「我豊太郎ぬし、かくまでに我をば欺き玉ひしか」と叫んで。エリスには、相澤の告げた事実はまさしく豊太郎の意志による選択即ち裏切りとして受け止められたに違いない。この受け止めは当然だろう。近代的個人主義を生きる国の娘として。こうして「精神的に殺」されたエリスは、豊太郎の葛藤の片鱗をも知ることはなかった。

「嗚呼、相澤謙吉が如き良友は世にまた得がたかるべし。されど我脳裡に一点の彼を憎むこゝろ今日までも残れりけり」と手記の末尾に豊太郎は記す。しかし、それは「今日までも残れりけり」というように、手記を書くことによって初めて意識されたというものではないだろう。ベルリンを発ってからのこの間、豊太郎が考え考えし続けてきたなかで生まれ、持ち続けてきた感情である。「良友」として、相澤が果たした友情ゆえの配慮に感謝しつつ、なお許容できない「一点」として「憎むこゝろ」を抱かずにはいられない、そのことの表明である。それは一見すると、手記を執筆する前、「一点の翳」となった「人知らぬ恨」の所懐を漏らし、「いかにしてか此恨を銷せぬ」と企図されたものが、手記を書いたことによって相澤を「憎むこゝろ」に変化したかのように見える。しかし、自分の前にいる相澤と、天方伯の前にいる相澤との齟齬をひそかに、手記を書き綴るなかで感知してきた豊太郎の眼には、相澤の背後に控える「公」の影が揺曳する。その影への憎悪が、より一層明瞭になってきざしてきたはずである。それを表面的には出さず、ひとまず相澤個人への感情として収束させ、ここに封印したまでではないか。相澤という固有名をあえてここに出した理由である。

しかし、未だ見えない、自身の個的欲望をまがりなりにも追ってきた豊太郎が、この後どのような自己を生きるのか。ここまで手記を読んできた私には、やがてエリスと我が子の許へ向かう豊太郎を想像することも難しいことではない。谷川恵一氏[11]は、エリスの病を初出の「ブリヨートジン」から、やがて「パラノイア」に変えたことを、またその病の内実について詳細に考察している。それによれば医学的には「生ける屍」と化す「ブリヨートジン」から、「治癒への可能性を閉ざしてはいない」「パラノイア」へと変えたことになる。そこに、エリス回復への一縷の望みを読みたい衝動に捕らえられるのは、私だけであろうか。

注記

（1）高橋修「『舞姫』から『ダディ』へ／『ダディ』から『舞姫』へ」（『日本文学』平11・4）

（2）「舞姫」を手記として読む論は近年多くなって来たが、その中で宗像和重氏「「時と紙筆とを費やす者」―太田豊太郎の手記をめぐって」（『国文学研究』平11・3）は、豊太郎の「書く」行為自体に光を当てている。また、高田知波氏「バイリンガルの手記―『舞姫』論への一視点」（『駒沢国文』平12・2）は、バイリンガルとして言語の二重空間をきわどく生きる、豊太郎の生の構図を読んでいく。他に松沢和宏氏「忘却のメモワール―『舞姫』の生成論的読解の試み」（『季刊文学』一九九七・夏）は、一人称テクストの空白から、エリスや相澤を読む試みを行なっている。

（3）小説の本文とは、その時その時の〈作家〉を現象する。周知のように、鷗外は明治二十三年一月三日発行の『国民之友』に「舞姫」を発表して以後、終生この小説に手を入れ続けた。筆者はかつて、共同で初出「舞姫」冒頭部分の注釈を行なった（ロバート・キャンベル、宗像和重、戸松泉「「舞姫」注釈」（『季刊文学』一九九七・夏）。「舞姫」を明治二十二年前後という、同時代の「政治の季節」のなかに置いて読むことは刺激的な作業であったが、それと同時に改稿というダイナミズムのなかで読むこともまた興味深い。本稿では、その点を意識しつつ、晩年の本文に拠った。

（4）初出『国民之友』掲載本文には、後に『水沫集』（明25・7刊）収録の際、削除された段落がある。「我がかへる故郷は外交のいとぐち乱れて」で始まる冒頭のモノローグ部分の一節である。この段落は同時代の時事性を鮮明にするものであるが、同時に豊太郎の国家への精神的帰属が明瞭に示されており、豊太郎の鬱屈した内面との齟齬が感じられる所でもある。私の「舞姫」読解に即して考えると、削除は必然だったと思われる。

（5）「舞姫に就きて気取半之丞に与ふる書」（『柵草紙』明23・4）

（6）『鷗外　闘う家長』「第三章　Ｉ愛情のような雰囲気」（昭47・11　河出書房新社）

（7）この豊太郎の「母の死」については、従来「諫死」説が有力なものとして唱えられたりもした。しかし、その説に対する説得力ある反論として、宗像和重氏「「舞姫」の一問題—母の「諫死」をめぐって」（『国語科通信』一九九三・六）があることを忘れてはならない。

（8）「舞姫」を読む上で、豊太郎のなかで「免官の理由」と、原因とが別のものとして意識されていることは注意しておくべきである。ここで辞書的意味を確認するまでもないが、「理由」とは「物事がそのようになったわけ。すじみち。また、それをそう判断した、よりどころになる、またはする事柄」（『岩波国語辞典第六版』）である。免官という「公事」には、「理由」がなければならない。いうまでもなく、エリスとの交際がそれに当たる。しかし、豊太郎は、この点に関しては「冤罪」だったとする（後に事実としたのだが）。それ故に一方で豊太郎は、自分を免官へと導いた「原因」をあれこれ考えたのである。「原因」とは「ある物事や、状態をひき起こすもと（として働くこと）」である。この間の因果の「物語」を豊太郎は様々に紡いでいた。

（9）大石直記氏「『舞姫』試論・〈隠微〉を拓く言葉たち—〈近代小説〉史の古層へ向けて」（共立女子大学『文学芸術』平12・7）は、一人称回想形式の「舞姫」を、近代小説史のなかで位置づけるという試みを行い、「舞姫」執筆当時、鷗外がルソー『告白』への関心を強めていたことに言及している。

（10）三好行雄氏「「舞姫」のモチーフ」（『鷗外と漱石—明治のエートス』一九八三・五　力富書房）に、「豊太郎はまだいかなる決定もくだしていない」という指摘がある。但し、三好氏は豊太郎に潜在する「国家との関係」の強さを強調し、エリスとの同棲生活は所詮国家への帰属を喪失した豊太郎の空虚を埋めるものではなかった、と読む。

（11）「病いのありか—「舞姫」における「ブリヨートジン」と「パラノイア」」（『日本文学史を読む　近代Ｉ』所収一九九二・六　有精堂）

国木田独歩「春の鳥」再考

――語り手「私」の認識の劇《ドラマ》を追って――

はじめに――「春の鳥」の〈読み方〉

本稿は、かつて発表した拙論「国木田独歩「春の鳥」考」(『高校通信』第13巻第3号　昭54・3)をふまえつつ、独歩の「春の鳥」を読み直す試みである。この間二十年余り、近代文学研究も大きく様変わりした。その「変化」――ここでは主に〈読み方〉における「変化」なのだが――を、自分の論文を鏡にしつつ考えてみたい。前掲の拙論は、私にとっては、活字化された二本目の論文で、今読み返すまでもなく、発表当時から折り紙付きの拙いものである。しかし、そこには、やはり当時の研究の「制度」がなにがしか張り付いている。その「制度」を相対化しつつ、今現在の私なりの「春の鳥」の〈読み方〉を、ここで考えてみたい。

独歩の「春の鳥」(『女学世界』明37・3)は、従来、ワーズワースとの影響関係という視点に立って、浪漫的な詩情溢れる小品として読まれていた作品である。この作中でも、作者はワーズワースの詩『童なりけり』を引き、主人公の少年・六蔵の死に一つの意味を与えている。即ち「自然の児」（三）である少年は死んで鳥に化身し「其霊は自然の懐へ返へつた」（四）というように。結末近く、六蔵が墜ちた城山の石垣の上に立った「私」は、春の鳥が自在に飛んでいるのを見て、「其一は六蔵ではありますまいか」（四）との想念を抱く。「空を自由に飛ぶ鳥」（三）を愛した少年が、その「鳥のやうに空を翔け廻る積りで石垣の角から身を躍らせ墜落死してしまう。けれども、少年の肉体は亡骸となっても、その魂は、今、眼の前を飛んでいる春の鳥となって自由に、自然の中ではばたいているのだと想像するのである。

引用が長きに亘ったが、拙論の冒頭、先行する論のなかで言われ続けてきた「春の鳥」の「詩情」の中身を自分なりに説明していく部分である。ここだけ見ても拙文は、「作者」と語り手の「私」との明確な分離意識がなく、用語やことばの使い方にも安直さが窺えるが、以下論の全体を通して見ても、「独歩」と「作者」と、語り手の「私」との無自覚といってもいいほどの短絡・接合は、恥ずかしいくらいに自明のこととなっている。むしろ、独歩自身の体験に照らして、両者の接合を「論証」・補強すらしていくのである。拙論では続いて次のように説明する。

この作品の素材が、独歩の佐伯時代の実際の体験に基づいていること、つまり、小説の語り手である「私」、「白痴の六蔵」の教育に当たる「都から来た年若い」（一）教師が独歩自身であり、作者がこの「私」の視点に立って、ものを見、解釈していることは、遺稿である「憐れなる児」（『独歩小品』明45・5刊、執筆は明26・11・29か?）や、「余が作品と事実」（明40・9『文章世界』）、「病牀録」（明41・7刊）の記述を見ることによって明らかである。従って、前述のような「私」の想像は、実際に少年の教育に当たった独歩自身の体験の中から生まれたものとも言えるのであり、少年が死んで鳥になったと想うことによって、少年を永遠に〈自然の児〉としておきたいという作者の強い願望が現れたものであったと思われる。

このような一定の〈事実〉に基づき、語り手「私」の思い方に「独歩」をストレートに重ねれば、必然的に、白痴の少年・「六蔵」を中心化して読むという現象が起きてくる。六蔵を〈物語〉の〈主人公〉として、その人物に解釈を施していく語り手「私」の言葉を、あたかも小説内の事実として特権化して読んでいくのである。「作者」の独自な人間解釈による人物造形を読むことこそが当面する課題であるかのように。かつての拙論でも「六蔵」像を追うことに論の主眼を置き、「一方で作者が主人公に与えたもう一つの側面」としての、「白痴」性「設定の意味を」「問う」ことを主な論点としている。

現在の文学研究では、〈作家〉を読むことと、〈作品〉を読むこととを、そう簡単に接合することはできないし、しない。〈読む〉ことが一人の読者のなかで現象するものに過ぎないものである以上、読みは本来「恣意」にしかすぎない。〈作家〉を読むと、〈作品〉を読むと、二つの「恣意」を重ねることにはとりあえず留保が必要なことくらいは誰しも気づいている。従って、〈作品〉を論じるとは、ひとまず〈作者〉から切り離された、自立した言葉の世界として読むことから出発する他ない、とは今日の文学研究の初歩的常識である。今の私ならば、まず、一人称回想形式という「春の鳥」の小説の〈かたち〉に着目するところから読み始める。そこに現在の「解釈共同体」が存在するし、一旦はそうした読みが徹底されるべきだと考えるから。しかし、この一人称の〈語り〉による小説を読む方法は、なかなかに難しい問題を孕んでいることも事実である。なぜなら、そこに「小説を読む」（実のところ「小説を書く」ということも）ということに関わる「制度」のようなものが、もう一つ介在しているから。

一人称の〈語り〉によって成る小説[1]は、日本の近代小説の中でも数多い。しかし、多くの一人称小説を読む時に、私たち読者のなかには〈小説を読む〉〈小説として読む〉という「制度」のようなものが、暗黙のうちにかなり強固に形成されてしまっているようである。〈小説として読む〉とはどういうことか。一つには、語り手「私」によって語られた人物を〈登場人物〉として実体化して、それ自体客観的に自立する存在として読んでしまうことである。本来を言えば、語り手である「私」や「僕」や「自分」やのフィルターを通して捉えた人物に過ぎないはずなのに。夏目漱石「坊つちやん」・太宰治「ヴィヨンの妻」・川端康成「伊豆の踊子」・三島由紀夫「金閣寺」等々、傑作として読み継がれている一人称小説を読む時の読者としての自分を考えてもらいたい。これら一人称小説には、明確な〈回想〉という枠を示したものとそうでないものとあるが、いずれにしろ語られている出来事があたかも今現在眼前で起こっているかのごとく「再現する文体」が採用されていることでは共通する。三人称小説でいう「地の文」に当たる部分は、無論、全て「私」の視点による叙述であるが、その間に登場人物同士の会話の現前（再現）や、「描写」的叙述など、いわゆる〈小説〉文体の顕現がなされているわけで、小説を読む楽しみは、あたかも映像を見るごとく、言葉による場面の再現を頭のなかで再構築（想像・創造）していくところにある。無味乾燥な説明的叙述では味わえない生き生きとした言葉の世界がそこにある。山嵐や赤シャツ、踊子の薫、無頼詩人の大谷、柏木や鶴川や有為子やを、あたかも語り手「私」（「おれ」）に拮抗する実体的存在として私たち読者は把握していないだろうか。けれども、そうした顕現を無視することはできないにしても、これらの小説が一人称の〈語り〉によって成るという構造は動かない。基本的な「小説の仕組み」のなかでこそ、内在することばは〈意味〉をもってくるはずである。こうした〈小説〉文体の抱えた問題は個別の小説に即して、様々なレヴェルで精密に判断する他ない問題ではあるが、一見明快な回想形式と見える「春の鳥」に関してもなにがしか付着している問題ではある。「二」章から「四」章まで、起承転結も鮮やかに構成された場面展開の仕方を見ても、書き手のなかにも「制度」としての「小説」意識がある、とは窺えるところである。

さて、こうした「春の鳥」を読む時に、そこに働いてくると思われる、いくつかの「読みの制度（力学）」を顕在化させた上で、ひとまず私なりの読みに入っていこうと思う。言葉によって成る虚構世界として「春の鳥」を読むことに徹することがここでの主要な試みである。しかし、その前に先走っての問題提起をしておきたい。こうして作品に内在する言葉の分析、自立した言葉の世界としての〈読み〉を実践しただけで、果たしてこの作品を充分理解したという充足感を得たり、感動したりできるのだろうか？　という疑問が私のなかにある。言い換えると、「春の鳥」はどこまで作家・国木田独歩から自立した作品なのか、という疑問でもある。近代日本の作家のなかには、一作品から感動を覚えるというよりも、一連の作品の連なりに見るその作家固有の文学的営み（あるいは思想的なダイナミズム）に対して感動するということが私にはよくある（誰とはここであえて言わないが）。それは小説家としては二流だとの評価も一方で出てくるだろうが、独歩はこうした類の作家の一人のように思われる。むしろ、認識者（批評家）として捉えたい。独歩研究者の中島礼子氏は最新の「春の鳥」論で「『春の鳥』は独歩の『欺かざるの記』時代の思索の中心課題を小説化したテクスト」（「独歩『春の鳥』」『国士舘短期大学紀要』第23号　平成10・3）という指摘をし、この作品の周縁を丹念に掘り起こす作業を行なっている。時代の研究状況に逆行するかのような指摘をあえてしていく背景には、近代小説のことばの自立性を問うという課題が隠れているようである。

これまで、「春の鳥」をめぐっては、読者の感動を呼ぶ「名作」「傑作」との評価が高かった。自分以外の読者の「感動」に水を差すことは愚劣きわまりない行為だが、率直に言って、今この作品を「少年が鳥になった話」・一種のメルヘンと読み感動を覚えるという読み方は通用しないだろう。それは、語り手「私」の思い方の表層をなぞっているに過ぎず、作品の実質と余りにかけ離れた安直な読みと言う他ないものだから。一方、作品の末尾、我が子を失った母が、その悲痛のきわみの中で、自由に大空を翔ける鳥の世界に、不羈の人生を生きた我が子六蔵の世界を重ね、自分自身も一体化することによって救われるとする「物語」。小説末尾、「傍観者」の語り手の「私」には到底了解できない、親子の愛の世界が拡がり読者はそこにこそ感動するのだ、という意見(2)はまだわからないではない。しかし、その「感動」を、誰もが共有できる「感動」と強いることはできないし、後述するようにその場面の読み取り方もさまざまで、「我々〈読者〉は（中略）小説末尾の場面から、〈春の鳥〉に化した六蔵が今〈読者〉の眼前で、大空を飛翔して幸福であることを目にすることができるし、イメージすることができる(3)」というレトリックで共有できるものとも思われない。また、もしそう言っていく根底に、「不羈《ママ》の人生」をそれなりに生きた「白痴」の少年が、死んで「鳥になって」永遠に自由の世界へと解き放たれるのだ、といった理解があるならば、それは読者自身のなかに潜在する「白痴」に対する偏見の裏返しであり、その偏見を野放しにすることにもなりかねない。六蔵を〈死〉へと追いやることによってしか〈自由〉を見られない読者の心性こそ、この小説を読む時に問題にしていくべきなのかも知れない。いやなによりも、単純に母親の実体化を図るような、こうした読みの飛躍によっては、語り手の「私」の問題を結局は置き去りにしてしまうのではないだろうか。

　ここでは、あくまでも小説の仕組みに固執することによって、新たな読み直しを試み、「春の鳥」の現代における評価へと向かってみたい。

1　「私」の〈回想〉の意味

「今より六七年前、私は或る地方に英語と数学の教師を為て居たことが御座います(4)」と冒頭にいうように、「春の鳥」は「私」の回想として語られた世界である。こうしたこの小説の〈かたち〉を押さえた時、まず問題になってくるのは、では「私」は何のために回想していくのか、聞き手は誰か、その聞き手に何を伝えようとして語っていくのか、ということである。単なる回顧的思い出話なのか、「今」語ることの目的や意図や、が明確に存在しているのか、また語ることによって「私」に何らかの変化なりがもたらされることを期待しての行為か、等々読み取るべきさまざまな課題が浮上してくる。一人称の〈語り〉を読むとは、まずこの語り方自体を対象化し、読者一人一人がその答えを得ようとする〈読み〉でなければならないだろう。

ここで「私」が語っている内容は、かつて出会い、少なからず関わりをもった一人の「白痴」の少年・六蔵のことである。この点は誰でも明確に読み取れる。だが、語っている「今」の「私」については、「春の鳥」ではほとんど現れてこないこともあって、「私」が「今」六蔵について語る理由はすぐにはわからない（ここで「小説」を読んでいる読者になり、「『私』が語っている」ということを単純に自明視してメタ言語化し、その「理由」を問うことを失念してしまっては、これまでの「読みの制度」に足をすくわれてしまうことになる）。「私」は、過去の出来事を、あたかも現在のあたりにしているかのように語りつつ、そして「その時」の自分の思い方を再現しつつ、きわめて自己検証的態度で語っていく。そうした〈語り〉が何のためになされ、何を「私」にもたらしたのかは、その語られたものそれ自体によって測られなければならない。こうした視線を持つことが「春の鳥」を読む時にはとりあえず必要なのではないだろうか。いや、「春の鳥」に限らず、一人称の小説を読むためには、まず〈語り〉それ自体を対象化する作業が不可欠なのではないだろうか。語り手の「自意識」の問題もそのなかで問われるべきだろう。

さて、語り手の「私」は、従来、独歩自身の経歴と重なることもあり、「独歩の詩魂」の体現者のように、即ち「自然に対する強い憧憬」と浪漫的性情を持つ「感傷詩人」として、自明のように捉える傾向があるが、この冒頭にいう「英語と数学の教師」という自己規定は、この教師の思考を考える上で見過ごすことのできない設定ではないか。回想のなかに出てくる「英国の有名な詩人」はワーズワースに他ならないが、その著作『童なりけり』といった浪漫的書を好む「英語」の教師「私」の性情と、「数学」の教師としての側面、「遺伝」の知識に重きを置いたり、合理的・科学的に解釈を押し進めていく「私」の性情と、このいわば方向を異にする二つの性情を内包していることを、開口一番、端的に物語っているのである。天上に思いを馳せる視線と、地上に眼を落とす視線(5)と、この両極を生きることに引き裂かれていたのが当時の「私」であった。「英語」と「数学」と、単純に二項対立的に捉えることはおかしいが、「私」の引き裂かれた内奥を象徴する言葉として注目することはできよう。

よく散歩に出掛けたという城山の頂上から遠く「近郊の田園を望んで」「楽んだことも幾度か」と言い、城址の「昔を偲ばす哀れな様」に「得も言はれぬ趣」を感じたというように、「私」は自然を愛し、その風景のなかでロマンティックな空想に遊ぶ感傷詩人の風貌を垣間見せる。しかし、その一方で、沈着冷静な観察を行なう現実家・合理主義者の姿勢も持ち合わせていることは、この回想のなかで終始一貫して現れており、その「語り方」自体を見れば明らかである。たとえば、六蔵少年と初めて出会った場面を「私」はこう語る。

可怪なこと〻私は其近処を注意して見下して居ると、薄暗い森の奥から下草を分けながら道もない処を此方へやつて来る者があります。初は何物とも知れませんでしたが、森を出て石垣の下に現はれた処を見ると十一か十二歳と思はる〻男の児です。紺の筒袖を着て白木綿の兵児帯をしめて居る様子は農家の児でも町家の者でもなさ〻うでした。（中略）子供は熟と私の顔を見つめて居ましたが、やがてニヤリと笑ひました。其笑が尋常でないのです。生白い丸顔の、眼のぎよろりとした様子までが唯の子供でないと私は直ぐ見て取りました。

「私」は、自分の眼で観察したところを根拠に、合理的判断を積み上げていくのである。そして、それによれば、六蔵の初見の印象は「唯の子供でない」というものだった。石垣を「猿のやうに登」る動物的・野性的印象も六蔵はなにがしか与えたと思われるが、「私」がこの時の印象を繰り返し語って強調するのは、六蔵の、ある〈異常〉性であった。「そしてニヤ〳〵と笑つて居ます」「児童は点頭いたまゝ例の怪しい笑を洩して口を少し開けたまゝ私の顔を気味の悪いほど熟視て居る」「妙な口つきをして唇を動かして居ました」「顔をあげて真面目に『十一だ。』といふ様子は漸と五歳位の児の、やう〳〵数を覚えたのと少しも変らない」「児童は頭を傾げて向を見て居ますから考へて居るのだと私は思つて待つて居ました。すると突然児童はワア〳〵と唖のやうな声を出して駈出しました」と、その時の六蔵の表情や態度を具体的に克明に語っていく。このように、六蔵の〈異常〉性を語るところから「私」の回想が始まることに着目すれば、「今」回想することの一つの意味は見えてくる。即ち「私」にとっての六蔵の他者性はその〈異常〉性によって立ち上がってきたということである。後に「白痴」という語で表現される事態にこそ、当面する「私」の問題が隠されていた。

2 「私」の「白痴」理解

「私」の下宿先の田口家は、六蔵の母の実家であり、六蔵と姉おしげと母と、父を亡くして後の家族三人の寄寓先であった。従って、「私」はその後六蔵と日常を共にするなかで、六蔵のみならずその母や姉のおしげの「白痴」性にも直面していくことになる。「児童は名を六蔵と呼びまして（中略）生まれついての白痴であつた」「姉はおしげと呼び其時十七歳、私の見る処ではこれも亦た白痴と言ってよいほど哀れな女でした」「母親といふも普通から見ると余程抜けて居る人で、二人の小供の白痴の源因は父の大酒にもよるでしやうが、母の遺伝にも因る」と「看破し」たという。「日の経つ中に此怪しい児童の身の上が次第に解かつて来ました、といふのは畢竟私が気をつけて見たり聞いたりしたからでしやう」、「成程詳しく聞いて見ると」「全くの白痴であることが愈々明白になりました」というように、「私」はその日常のなかで見聞し、つぶさに観察することによって、「白痴」であるとの確信を強めていくのである。

「私」にとって、「白痴」は必ずしも自明なことではなかった。その判断はこうした冷静な観察によって下されたものであった。そして、その行きついた理解の仕方は次のようなものである。

不具の中にもこれほど哀れなものはない（中略）白痴となると、心の唖、聾、盲ですから殆ど禽獣に類して居るのです。兎も角、人の形をして居るのですから全く感じがない訳ではないが普通の人と比べては十の一にも及びません。又た不完全ながらも心の調子が整ふて居ればまだしもですが、更に歪になつて出来て居るのですから、様子が余程変です、泣くも笑ふも喜ぶも悲も皆な普通の人から見ると調子が狂つて居るのだから猶ほ哀れです。

ここには、「心」の破綻者としての「白痴」の存在を、「普通の人」との差異において見ることから、「哀れ」という言葉を発していく「私」がいる。「思ふて感ずること」のできないゆえに、「白痴」を「禽獣」としていく「私」のなかには、明らかに「白痴」を人間外の生物として差別化していく視線があるように見える。自分と同じ次元で対象を見ることができないのだ。しかし、この「差別」の発生から、「私」のこれまでの人間観が揺さぶられてくるのも事実であった。ここでは「私」は「白痴」という存在を、あくまでも「人」一般から逸脱した存在として捉えていくのである。「哀れ」とする「私」の感情には、単なる同情ではなく、対象から距離を取らざるを得ない、覚めた認識が感じられる。「白痴」は、まさに「私」にとっての〈異者〉であった。到底既有の「人」のカテゴリーのなかに許容できない存在にぶつかっているわけで、逆に言えば、その分、「私」のなかに、固有の〈あるべき人間像〉が根強く潜在していることが見えてくる。当面した「白痴」とは、まずなによりも「私」の内部の問題であった。まさしく以後、「白痴」の六蔵は、「私」の人間観や世界観や、といった形而上的思惟のレヴェルで問題化されていくのである。

ところで、六蔵の母親の実兄にあたる「田口の主人」の家は、「昔の家老職、城山の下に立派な屋敷を昔のまゝに構へて有福に暮して居」た家である。「私」が初めて六蔵に出会った時、その服装から「農家の児でも町家の者でもなさゝう」と感じたように、また田口の主人が、「他の生徒」への配慮から小学校を仕方なく退学させた六蔵のために、「私」に対して個人教育を依頼できるのも、旧家として蓄積された財力があったゆえだろう。六蔵の家族は、肩身の狭い田口の家の居候とはいうものの、田口の庇護の下、この町で特権的位置を占めていくことができたのである。回想する「私」が、六蔵の「白痴」性を問題化していきながらも、終始自分自身の人間観・自然観にひきつけ、ある意味で形而上的抽象的ともいえる思考の展開をしていくのも、六蔵における社会的・経済的といった現実問題はあらかじめこうした〈設定〉のなかで切り捨てられ、配慮する必要を迫られなかったためのようにも思えてくる。六蔵は、「源叔父」(『文芸倶楽部』明治30・8)の「白痴」の乞食・紀州とは社会的には全く違う存在であった。六蔵に「不慮の災難」がもたらされず、そのまま大人になっても、おそらく自由気儘に野山を駆け回る生き方は変わらなかったであろう。その程度の読者の想像は十分可能だろう。そうした六蔵に対しての「哀れ」の連発は、「私」の問題に過ぎないのであり、〈少年〉のままに六蔵を死なせたかったのは、「私」の観念に過ぎなかったのである。この小説からは必ずしも読み取れない六蔵自身の思いは、また別のところにあったのかも知れない、と思われる。そのことに「今」の「私」がどこまで気づいているのであろうか。いずれにしろ、「春の鳥」の世界は、まずもって、「私」の認識の劇《ドラマ》としてあったのであり、一旦はそれ自体を対象化してみる必要があろう。

田口の主人や、六蔵の母親に請われて、「私」は躊躇しながらも「白痴教育」即ち六蔵の教育に手を染める。しかし、そこにも「私」なりの動機は働いていた。

おしげは兎も角、六蔵の方は児童だけに無邪気なところが有りますから、私は一倍哀れに感じ、人の力で出来ることならば如何にかして少しでも其智能の働きを増してやりたいと思ふやうになりました。

「無邪気な」「児童」である六蔵へのシンパシーから、「私」は「其智能の働き」を「如何にかして」「増してやりたい」と自ら考えるわけで、外部から依頼されるまでもなく「白痴教育」を促される「私」がここに居る。ここには、〈少年〉へのこだわりを見せ、さりげなく姉のおしげを排除していく「私」の問題があるが、一方でまた「人の力」の可能性に対する楽観的とも言うべき信頼の大きさが窺える。「私」という人間のなかには、自分なりの人間存在への期待や理想を追う、浪漫的人間観が根深く横たわっていたのである。

「六蔵の教育に骨を折って見る約束」をした「私」は、「其夜は遅くまで、いろ〳〵と工夫を凝ら」し、翌日からは、「機に応じて幾分かづゝ智能の働きを加へる」ことにする。「幾度も繰り返して教へれば」と思い、「苦心に苦心を積み、根気よく務めて」みた。しかし、その成果は一向に現れず、「私も或時は泣きたい程に思ひ、児童の顔を見つめたまゝ涙が自然に落ちたことも」という経験をしていくのである。その結果として、「人の力で出来ることならば如何にかして」みようとしても、どうにもならない現実を前に、即ち「白痴の痛し」さの前に、「私」は深々とした思いを抱いて佇む他なかったのである。「私」に潜在する浪漫的人間観はここへ来て大きく揺らぎ始めることになる。

そんな日常のなかで、ある時「私」は、天主台の石垣の角に馬乗りに跨がって、遠く大空を見つめながら「優しい声」で俗歌を歌う六蔵の姿にぶつかったのである。

空の色、日の光、古い城趾、そして少年、まるで画です。少年は天使です。此時私の眼には六蔵が白痴とは如何しても見えませんでした。白痴と天使、何といふ哀れな対照でしやう。しかし、私は此時、白痴ながらも少年はやはり自然の児であるかと、つく〴〵感じました。

風景のなかの六蔵に「天使」の姿を見て、「私」が感動した場面である。この部分の文脈の読み取りについては、「春の鳥」の研究史の中でも、さまざまな解釈が加えられてきた経緯[6]がある。あたかも「春の鳥」という小説の「主題」に関わる「理解図式」が示された箇所であるかのように、特権化されて読まれてきたところでもある。確かに多くの議論を呼んできたように、その文脈上の意味はわかりにくい。しかし、そのわかりにくさの原因は、「白痴ながらも少年はやはり自然の児であるか」という箇所に見る「自然の児」という言葉の中身に帰着する。こうした「私」の感じ方・納得の仕方それ自体の具体的な解明へと促される。「やはり自然の児であるか」と新たな発見をして了解し、「白痴」の六蔵を評価し救済していく「私」が、ここで自明のごとく漏らす「自然の児」という言葉の意味は、この文脈の中で必ずしも明瞭ではない。この「自然の児」が、単に純粋無垢や天然自然や野生やといった、自然という語から一般的に流通する概念で了解できるものならば、「やはり」と「私」が〈新たな発見〉として六蔵少年を捉え返していく視点として機能するわけではないだろう。ここまでに「私」が語った六蔵のなかに見る、一般的な〈自然〉性といえるような要素としては、まずその野生児のような「腕白」さ、動物のような敏捷な身のこなし方、少年ゆえの無邪気さなどを指摘できる。そして、そうした特徴は、それ以前のところで既に

「私」は十分「観察」済みのことであったはずで、新たに「天使」として見出す要素として機能するものではなかったはずである。さりげなく持ち出されている言葉でありながら、実のところ、作中内在する言葉としては、十全に意味を発揮しているようには思えないのが、「自然の児」という言葉であった。ただ、それが「私」固有の評価軸として特別な意味を喚起していることだけは、読み手に十分伝わってくるのである。文脈の中で多様な意味を内包しつつ、なお限定のできない言葉、それがこの「自然の児」ではないだろうか。そして、この点に「春の鳥」を読む上での、ある濁りを生み出す原因があるようである。

　ところで、独歩文学の愛読者にとっては、「自然の児」は馴染みの言葉である。文壇に登場する以前に書かれた「欺かざるの記」（明治26・2・4から明治30・5・18まで、断続的に書かれた独歩の日記。独歩の死後刊行）や、中期の小説「牛肉と馬鈴薯」（『小天地』明治34・11）や、後期の「岡本の手帳」（『中央公論』明治39・6、但し明治29・8頃に執筆された旧稿を発表したものとの推定がある）などに頻出する言葉[7]である。「天地の児」「宇宙の児」と言い換えられたりもするが、しばしば「世間の児」の対立概念として使われる。天地・自然を生の基盤として生きる人間の本来が、「世間」の「習慣《カストム》」に浸食されざるを得ないという現実（自己認識）。この「現実」を憂い、常に「自然の児たらん」と念じていたのが独歩だった。独歩は、人間が、この天地・自然に存在しているという〈事実〉、この宇宙に存在しているという〈大事実〉に常に「驚きたい」と願った。こうした独歩固有の「驚異の哲学」から言えば、「自然の児」とは、まさに本来「あるべき人間像」の謂であることがわかるだろう。天地・自然を〈価値〉として生きる人間（いわゆる独歩の「小民」）へのシンパシーもそこから生まれる。独歩の〈少年〉評価が生まれる背景もここ[8]にある。「世間」のなかで生きることによって、人は〈自然〉を忘れ、「習慣」の奴隷となる。「自然の児」として生きることは難しい、それが人間（自己）の「現実」でもあった。次第に独歩のなかでは「願い」となっていった経緯が窺

そして、「死骸を葬つた翌々日」独り天主台に登った「私」は深々とした感慨に浸ったのである。

六蔵のことを思ふと、いろ〳〵と人生不思議の思に堪えなかつたのです。人類と他の動物との相違。人類と自然との関係。生命と死、などいふ問題が年若い私の心に深い〳〵哀を起しました。

図式的と言ってもよいくらい単純明快に、「私」はこれまで展開してきた自分自身の思惟（観念）の構図を語っている。「白痴」の少年に出会って以後引き起こされた、「私」の人間観の動揺を率直に漏らしている。そして、また、これまで愛読してきた「英国の有名な詩人の詩」『童なりけり』を紹介した上で次のように言う。

私はこの詩が嗜きで常に読んで居ましたが、六蔵の死を見て、其生涯を思ふて、其白痴を思ふ時は、この詩よりも六蔵のことは、更に意味あるやうに私は感じました。

自然との交感を喜びとした「一人の児童」が死んで、「其霊は自然の懐に返つた」という「意を詠じた」詩よりも、「六蔵のこと」は「更に意味あるやうに」感じたと、ワーズワース的世界を何かしら超えるものを六蔵から受けとめた体験を語っていく。しかし、ここに当時を語る「私」の思惟の抽象性・観念性は覆うべくもなく、「人生不思議の思」等々の大仰な形而上的命題の裏側で起こったことが、逐次具体的に提示されていくわけではない。「年若い私の心に」とか「意味あるやうに」といった言い方に、「今」の「私」との差異や、当時の自分の思い方を相対化する視線がわずかに感じられるに過ぎない。二極に引き裂かれていた「私」の緊張も失われてしまったかのような、曖昧なままの総括の仕方である。そして続く、天主台で大空を眺めての詠嘆的言葉へと、「私」の感情は高揚していくことになる。六蔵の死にそれなりの重い悲劇的な意味を見つつ、なお感傷の世界に佇んでいる「私」がここにいる。

石垣の上に立つて見て居ると、春の鳥は自在に飛んで居ます。其一は六蔵ではありますまいか。よし六蔵でないにせよ。六蔵は其鳥とどれだけ異つて居ましたらう。

かつて「白痴ながらも少年はやはり自然の児」としたように、六蔵を「自然の児」として永遠に釘付けにしておきたい「私」の願いが、詠嘆となって結晶している。

ここに、「春の鳥」を「私」の回想として読んできた読者は、「私」のなかで美事に一つの〈物語〉として完結したかのような世界を受けとめるのではないか。ここまでの回想に、「私」の引き裂かれ、揺らぐ心を感じながらも、読者は結局「私」の感傷に塗り込められ、封じ込められてしまった六蔵の「生命と死」の〈物語〉を受けとめる。しかし、「私」の回想は、ここで終わらない。この後に、六蔵の墓前で交わした母親との会話を、直接話法でそのままに再現するのである。こうした手法をあえて使っていく、この末尾の部分に、それまでの回想〈物語〉を相対化する「私」自身の〈自意識〉が窺える。ここには、「私」の感傷とは無縁の世界を生きる、「白痴」の母親の姿がくっきりと顕現している。

六蔵の母は、『何だつてお前は鳥の真似なんぞ為た、え、何だつて石垣から飛んだの?』『いくら白痴でも鳥の真似をする人がありますかね』と独り言を繰り返す。母親は子供の〈死〉を受け入れていない。『先生がさう言った』『六さんは空を飛ぶ積りで天主台の上から飛んだのだつて』『お前は死んだはうが幸福だよ……』と「私」の語った〈物語〉を口にしつつも、その〈物語〉を受け入れてなどいない。やがて「私」が傍らに来ていることを知るや、『ね、先生。六は死んだはうが幸福で御座いますよ。』とすがるように言っては、堪えられないかのように、涙を「ハラ〳〵とこぼ」す。そしてまた、『けれど何故鳥の真似なんぞ為たので御座いましよう。』と了解できない疑問をぶつけては、詮無い繰り言を繰り返す。ここには、我が子の〈死〉は不条理、としか思えない母の姿が明瞭に顕現している。この母にとって、我が子が「死んで鳥になった」という、「私」の感傷的な〈物語〉などどうでもよかったのである。「私」も『それは私の想像ですよ。』『六さんは大変烏が嗜であつたから、さうかも知れないと私が思つただけですよ。』と思わず自己弁護の言葉を洩らして、前言を後退させる。と、その言葉から触発された母親は、『ハイ、六は烏が嗜好でしたよ。』『ハイ、さうして烏《からす》の啼真似が上手でした』と言って、「烏の搏翼の真似をして」「眼の色を変へて話す」のであった。生前の我が子の姿を再現するように夢中になって両手を動かす「白痴」の母の姿を、「私」は正視できない。「思はず眼をふさ」ぐのであった。

その時である、二人の眼に、遠く城山の森から飛んでいく烏《からす》が映ったのは。

城山の森から一羽の烏《からす》が翼をゆるやかに、二声三声鳴きながら飛んで、浜の方へゆくや、白痴の親は急に話を止めて、茫然と我をも忘れて見送つて居ました。

この一羽の烏《からす》を六蔵の母親が何と見たでしょう。

この〈回想〉の大尾は多様な解釈を呼ぶ、とは思われる。「私」自身も「何と見たでしょう」と推測する、いいいいい、六蔵の母親の眼に映った「一羽の烏」は、「六蔵」であったかも知れない。この一瞬時の母の「思い」へは読者の多様な想像力が参入できそうである。しかし少なくとも、「何と見たでしょう」というところにとどまる、そう（六蔵）と断言しない（できない？）「私」のなかで、この母に語った「烏になった少年の物語」は崩壊せざるを得なかったのではないだろうか。天主台から見上げた「自在に飛んで居」る「春の鳥」（おそらく烏《からす》ではなかったろう）の群れの中の「一羽」と、この真っ黒い「一羽の烏」とは、「私」の眼には余りにも落差があるものとして映ったであろうことは確かだから。「私」のなかの、「自然の児」への憧憬という浪漫的人間観は、この時確実に崩壊していったはずである。

「都から来た年若い」教師である「私」が、地方の「極く小さな城下」町をその後いつ立ち去ったのかは不明であるが、六蔵との短い邂逅と別れも、もう「六七年前」のことになるという。「今」おそらく「私」は都で暮す人だろうか。「私」にとって、〈あるべき人間像〉としての「自然の児」を生きることはますます遠くなり、また六蔵のなかに瞬時発見した「自然の児」の顕現すらもその日常のなかで稀に、いや皆無となっているのではないだろうか。なぜなら、こうして当時を振り返るなかで、「私」は、六蔵のみならずその母親へも思いを馳せ、それまでの自身の浪漫的人間観から逸脱する存在としての「白痴」の問題を改めて考え考えしているのだから。回想の末尾、「白痴」もまた人間に他ならないのであり、そうした〈人間〉の抱えた過酷な〈運命〉を前に、「私」は深々とした〈問い〉を抱いて佇んでいる。直視することを迫られている。おそらく回想していく第一の理由も、この〈問い〉のなかにあったと思われる。

＊

「私」は、ここまで回想してくることによって、自分のなかにかつて強固に根づいていた、〈自然〉を価値として生きる人間への憧憬という形で現れていた、浪漫的人間観の崩壊と挫折という体験を確認していたはずである。こうして、「「私」の回想」として、一個の虚構世界としての「春の鳥」を読み切った時、初めて作家・国木田独歩の「問題」も、明確な意味を帯びてくる。独歩のこの時期の作品群の連なりを知る読者は、独歩の思惟の延長のなかでの「春の鳥」の占める位置を、改めて確認するのではないか。

独歩は後年「春の鳥」の六蔵のモデルとなった少年について、次のように語っている。

当時の余は甚しき空想家なりしを以て、慥に教育し得るものと信じて疑ふ所なかりき。脳組織中の或一部に障害ありて全機関の作用に障害を及ぼすものなるを以て、其れを除き去らば、自然の霊知は閃光の如く湧立つに相違なかる可しと信じて、亦疑ふ所なかりき。故にあらゆる方法を試みて教へつ嘛しつ、時には叱りつけてまで、泣くが如き思にて教育せり。然れども遂に教育の効果も見ること能はざりし時は、余と雖も自然を疑はざるを得ざりき。（『病牀録』「第四　芸術観」明41・7　新潮社）

ここに、独歩と「春の鳥」の教師「私」とのアナロジーを見たいのではない。ただ独歩独特の〈自然〉観と、その〈自然〉観の微妙な変容の告白を、端的に確認したいがための引用である。「自然の霊知」への信奉から、「自然」そのものへの懐疑へと、この間独歩の自然観はなしくずし的に変容を余儀なくされていったようである。独歩のなかを支配していた、人間のあるべき存在の仕方を規定する価値としての〈自然〉、不断に憧憬の対象であった、人間存在の基盤・故郷としての〈自然〉が懐疑され、絶対的隔たりをもって眺められている。〈自然〉は厳然として在る、しかし〈自然〉は人間を救わない。こうした認識を抱いた独歩の前には、〈自然〉は超越的・絶対的な存在としての相貌をもって迫ってきたはずである。それと同時に、新たに、人間の〈運命〉とでも言うしかない問題も見えてきたと思われる。

「春の鳥」に内在する文脈を追っていった時、読者に解釈上の保留を促す言葉として、「自然の児」という言葉があったのではないか。この言葉は、多義と曖昧さとをもって読み手の前に立ちふさがる。しかし、この言葉の背後に、こうした独歩の認識上のダイナミズムが投影していることを知った時、「春の鳥」の厚みと、明治という時代を生きる独歩という作家の「誠実」とを、知るのではないだろうか。論証抜きの粗雑な物言いを承知の上で、この点だけはひとまず語っておきたいのである。

＊「春の鳥」本文の引用は『定本　国木田独歩全集（増補版）』第三巻（学習研究社）による。なお、本論中の傍点は全て筆者による。

注記

（1）高橋広満氏は、「「球の行方」論」（田中実・須貝千里編著『〈新しい作品論〉へ、〈新しい教材論〉へ――文学研究と国語教育研究の交差』5　平11・7　右文書院）のなかで、回想という形式における、随筆と小説との差異を検証し、「より強い臨場性を獲得」し、「自身の内なる連続性を真に確認する方法」としての小説というジャンルの性格を見ていく、興味深い考察を行っている。

（2）田中実氏「〈語り手〉を超えて語られるもの――『春の鳥』国木田独歩」（『読みのアナーキーを超えて・いのちと文学』平9・8　右文書院）。初出は「『春の鳥』の感動――〈語り手〉を超えるものと〈他者〉」（日本文学協会近代部会『近代文学研究』昭62・8）で、単行本収録にあたって全面改稿されている。この論で田中氏は、一人称小説を読む上での「方法」化を図り、「〈語り手〉を超えて語られるもの」を読む試みを実践している。気持ちとしては理解できるものの、こうした読みはやはり読み手個人の個性（恣意）のなかにあり、普遍化（理論化）していくことは難しい、と感じた。筆者は、小説の〈かたち〉をふまえること、小説内の〈事実〉からの「想像力」の発揮という二点に、読みの入り口（方法）を設定してみたいと考えている。

（3）注2に同じ。

（4）須田喜代次氏「物語の「今」――『春の鳥』の時と場」（『日本文学』昭62・10）は、早くに「回想」に着目し「「私」にとっての自由な〝場〟としての「或る地方」の意味を考えている。また、江頭太助氏「『春の鳥』を読む――六蔵の実像と「私」の語りと」（『解釈と鑑賞』平3・2）は、「私」の語りのあわいから、「私」には必ずしも見えない、六蔵の実像を読もうとする興味深い試みをしている。

（5）こうした二極に分裂する思考は、同時代を生きる他の作家のなかにも見出せる。例えば、独歩の生涯の友人であった田山花袋は、「天と地と」（『太平洋』明35・3・31）で、かつて天上の星や月や、天然の美に包まれて、もっぱら空想や「あくがれ」のなかで生きていた自身の感傷的性情を捨てて、「獣のごとく地上を跋つて浅ましく世を送る」人間の「本色」を見詰めて生きるという、自身の「地上の子」宣言ともいうべき文章を発表している。そこに至るには、ゾラやモーパッサンの作品のなかに見る「科学的」人間解釈からの影響があったと思われる。時代のなかで、「科学的」思考がいかに新しい観念として強固に働いたか、という側面も窺えるところである。

（6）「春の鳥」をめぐっては、「白痴讃美」か「少年讃美」かといった議論がなされた。たとえば北野昭彦氏「白痴讃美のロマンチシズムと国木田独歩の『春の鳥』」（『論究日本文学』昭44・4）は、「春の鳥」は「少年讃美」にはなりえても「白痴讃美」にはなり得ないとし、江種満子氏「『春の鳥』の読みをめぐって」（『近代文学論』昭61・3）はこれを批判「白痴讃美ではあり得ても少年讃美ではないだろう」とした。なお、北野氏は、近年の論、「国木田独歩『春の鳥』――天翔る少年の夢に託した深層の真実」（『国文学』平6・6）のなかでも、基本的に同様の読みを踏襲している。

（7）たとえば、『欺かざるの記』には「シンセリティなる自然の児とならん」（明27・10・2）「自然の児たらしめ給へ。山林の児たらしめ給へ。」（明28・6・27）「山林自由の生活、高き感情、質素の生活、自由の家」「願くは吾を今一度、自由の児、自然の児とならしめよ」（明30・1・22）などの記述が見られる。また、「岡本の手帳」のなかでは、岡本誠夫の「願い」として、次のように語られている。

「この宇宙ほど不思議なるはあらず、はてしなきの時間と、はてしなきの空間、凡百の運動、凡百の法則、生死、しかして小さき星の一なるこの地球に於ける人類、その歴史、げにこのわれの生命ほど不思議なるはなかるべし。（中略）友人の死したる時など、独り蒼天の星を仰ぎたる時など、時には驚異の念に打たるる事あるは人々の経験するところなり。されどこはしばしの感情にして永続せず。わが願いは絶えずこの強き深き感情のうちにあらんことなり。」「それ世間ありて天地あるに非ず、天地ありて世間あるなり。この吾は先ず天地の児ならざる可からず。世間に立つの前、先ず天地に立たざる可からず。」

（8）滝藤満義氏は、「独歩と自然」（『近代文学3』有斐閣双書　昭52・6）のなかで、「自然の児としての少年を愛し、自然児として生きることに自らの理想を託する」ゆえんを、独歩固有の、天地自然を「価値」として倫理的に体得する〈自然〉観に見ている。

（9）前掲（注2）田中氏論文

芥川龍之介「蜜柑」の「私」

芥川龍之介の「蜜柑」は、大正八年『新潮』五月号に、「私の出遇つた事」という総題の下、「一、蜜柑」「二、沼地」と構成配置され「創作」欄に掲載された。こうした初出の発表形態の「特異」さに着目し検討した論[1]も既に出されているが、改めて「蜜柑」を読み直した時、あえて、この文章の帰属するジャンルを「小説」と決めつける必要もないように思われる。というより、自明のように「小説」と了解することによって、どれだけ読みの方向性が固定され、ゆがめられた歴史[2]があったことか、と問いたい。この小品は、「小説教材」として高校教科書に採用されたこともあって、優れた短編小説として読まれてきた経緯もある。そこでは、「登場人物」である弟思いの「田舎者の小娘」のヒューマニズムの内実や、汽車の移動に伴う空間「描写」や、「場面」設定の変化、知識人である「主人公」・「私」の心理の推移が、読解の要として検討されてきた。[3]こうした事態は、無論「蜜柑」研究史をたどることによっても、浮かび上がってくる。しかし、小説の読み方も様変わりしてきた今日、これまでの「読み方」自体にこそ自覚的になってみたい。そこには、近代日本の小説読者のなかに暗黙のうちに形成された「読みの制度」が働いていたようである。

作者の体験をありのままに描くことによって成り立つ「私小説」として読む。小説を読む時、殊に「私」の語る一人称の小説を読む時に、私たち読者は、一定の読みの方向性を自明のごとく強いられ、それに馴らされてきたのではないか。そこでは、語り手「私」の言葉を即作者の言葉として、特権的・絶対的な説明（小説の「地の文」）として了解し、語られている人物を「登場人物」として実体化していく。一人称の〈語り〉ゆえに生まれる空白部をも、「私」が語った言葉によって埋め、あたかも虚構内の〈事実〉として受けとめる。「小娘」の行為の意味を、「私」の了解の仕方のままに実体化する「蜜柑」の読み方は、まさにそれであった。しかし、「蜜柑」は、小説と読もうが、芥川のエッセイと読もうが、語り手「私」が、過去の体験を語った一人称の回想であるということでは変わらない。読む上で、あえて「私」イコール芥川とする必要も当面はない。こうした表現の形態を押さえた時に、そこで読むべきものはまず、「出遇つた事」を語る「私」自身である。語り手の「私」の〈語り〉自体を対象化しながら読むことが、求められているのではないか。

＊

ところで、人が日々の自動化された日常生活のなかでふと出会った出来事、「私の出遇つた事」をあえて記憶の底から浮上させて語る（記述する）という行為を考えると、そこになんらかの自動化を壊す、日常性を切断する事態が存在したゆえではなかっただろうか、と想像される。この「蜜柑」の語り手・「私」という人物に即して考えると、この疑問は一層興味深く思われてくる。なぜなら、「私」は、世の中の全てを自己の表象のなかで優に了解してしまえるとの自負を容易に手放せない人物であるから。そして、その表象のなかに閉ざされ、始終鬱屈を抱えている、ある意味で病んだ知識人(4)であると思われるから。

私はこの時始めて、云ひやうのない疲労と倦怠とを、さうして又不可解な、下等な、退屈な人生を僅に忘れる事が出来たのである。

末尾この一文で締めくくられるように、おそらく語っている「今」も、「私」にとっての「人生」は「不可解」で「下等」で「退屈」なものなのであり、「私」はやはり、どこにぶつけてよいのか、説明のつかない「疲労と倦怠とを」恒常的に覚えずにはいられない毎日を送っているのだろう。ここで言う「不可解」とは、了解不可能ということではなく、「私」のなかの在るべき世界と、認識される現実との落差ゆえに漏らされた言葉である。自己の認識に絶対性を置くところから発せられる、批評の言に他ならない。

こうした「私」にとって、「田舎者の小娘」との寸時の出会いの何が語るに足るだけの記憶として残ったのか。まして、お互い一言も言葉を交わすこともなく終了している、いわば「私」の思惟の世界のこととして終始した出来事が、今もなお特筆すべきものとして記憶に残るとすれば、その出来事の何が語ることを促したのかは、「私」の記述(記憶の再構成)の在り方自体を子細に検討することによってしか読み取れない問題なのではないか。終始一貫グルーミーな気分に閉ざされた「私」の〈語り〉の様態は、貧しい姉弟のヒューマニズム溢れる行為への、あるいは乱落する蜜柑の絵画的美への感動といった、過去の出来事に対する自身の「表象」への瞬間的な感動の記憶に起因するとは到底思えない印象を与える。時々刻々現前されるドラマ(場面)として読むのではなく、「私」の思惟の世界の記述、回想文として読み直すならば、この「蜜柑」というエクリチュールからは、従来言われてきたような類いの問いとは異なる疑問を抱かされる。また、〈書くこと〉によって新たにもたらされたものも、書き手とともに確認される、そういう事態をも読者に呼び寄せているのではないだろうか。ここには、複数の「私」が遍在しているのである。

たとえば、「蜜柑」をエクリチュールとして読んだ時、次のような文脈の中の「…………」の符号の意味が改めて問われてこないだろうか。

が、私の心の上には、切ない程はつきりと、この光景が焼きつけられた。さうしてそこから、或得体の知れない朗な心もちが湧き上つて来るのを意識した。私は昂然と頭を挙げて、まるで別人を見るやうにあの小娘を注視した。小娘は何時かもう私の前の席に返つて、相不変皹だらけの頬を萌黄色の毛糸の襟巻に埋めながら、大きな風呂敷包みを抱へた手に、しつかりと三等切符を握つてゐる。…………

引用箇所は先に掲げた大尾の、直前の段落の後半部である。この後改行されて「私はこの時始めて」云々と続いていく。「…………」の解釈は、「この時」とはいつか、という問いと関わって、看過できない。しかし、この点線(リーダー)の意味を読んだ「蜜柑」論[5]は管見の限り見当たらない。芥川は他の作品のなかでもリーダーを多用する作家である。並んで発表された「沼地」にも出現している。それらを、単なる余情・余韻を示す記号として一律に読み過ごしてきたのが、これまでの読み方ではないか。「蜜柑」の「クライマックス」場面として読まれてきたこの末尾の部分を、「…………」の意味も含めて、ここで改めて考えてみたい。

言うまでもなく、「私」の「心の上」に瞬時に「切ない程はつきりと」焼き付けられた「光景」とは、「暮色を帯びた町はづれの踏切りと、小鳥のやうに声を挙げた三人の子供たちと、さうしてその上に乱落する鮮な蜜柑の色と」と説明される「光景」である。「さうしてそこから、或得体の知れない朗な心もちが湧き上つて来るのを意識した」と「私」は続ける。この「意識」された「朗な心もち」には、「或得体の知れない」という限定がついている。そう表現したのは、おそらく、その瞬時も、また後に考えても、「私」には「朗な心もち」の湧き上がってくる起源が必ずしも明らかではない(なかった)ということである。ヒューマニスティックな姉弟愛に対する感動とも、灰色の風景と鮮やかな蜜柑の色との対比という絵画的光景への芸術的な感動とも、その相乗作用の結果とも、実のところ、「私」にとっても、その「朗な心もち」の正体など今なお見極められないのである。

先行の論文のなかで多様に議論された箇所ではあるが、そのことは逆にこの部分が本来的に意味不確定な記述であることを物語っているのであり、第一、「私」自身が「得体の知れない」と語っている以上当然のことであった。ただ、その晴れやかな「心もち」に導かれるかのように、「私」は「昂然と頭を挙げて、まるで別人を見るやうにあの小娘を注視した」のは確かである。即ち、この時「私」は自分の「刹那」の「了解」の正しさを確認するかのように、ある確信を抱いて、改めて小娘に視線を走らせ「注視」したのである。自分の「了解」こそが、世界を捉え得る、自分の表象こそが世界だ、と信じて疑わない「私」のありよう、昂然たるいや傲然たる「私」の態度が、ここに窺える。そして、そう促した「私」の「朗な心もち」に、次のような「了解」が荷担したことは否めない。

　さうして刹那に一切を了解した。小娘は、恐らくはこれから奉公先へ赴かうとしてゐる小娘は、その懐に蔵してゐた幾顆の蜜柑を窓から投げて、わざわざ踏切りまで見送りに来た弟たちの労に報いたのである。

貧しい家に生まれたけなげな姉娘が、奉公へ出るという辛い運命を前にしつつ、残していく弟たちへささやかな優しさを示す、という小さな〈物語〉を構築した「私」は、先程までの不愉快きわまりない愚かな田舎娘として捉えていた自分の見方を変え、あたかも「別人」となった小娘に出会えるという錯覚（確信）を抱いたのである。しかし、実際には、その時の「私」の眼に映った小娘は、「何時かもう私の前の席に返つて、相不変皹だらけの頬を萌黄色の毛糸の襟巻に埋めながら、大きな風呂敷包みを抱へた手に、しつかりと三等切符を握つてゐ」たのであり、この姿は、ついさっき「懶い瞼をあげて」「私」の「一瞥」がとらえた姿、「前の席に腰を下してゐた小娘」の姿となんら変わらなかったのである。

　それは油気のない髪をひつつめの銀杏返しに結つて、横なでの痕のある皹だらけの両頬を気持の悪い程赤く火照らせた、如何にも田舎者らしい娘だつた。しかも垢じみた萌黄色の毛糸の襟巻がだらりと垂れ下つた膝の上には、大きな風呂敷包みがあつた。その又包みを抱いた霜焼けの手の中には、三等の赤切符が大事さうにしつかり握られてゐた。

この最前の記述のそれと新たな「私」の視線がとらえたものが、全く同じであったことが、確認できよう。省かれた嫌悪に満ちた形容の言葉は、「相不変」の一語で伝わる。小娘は「別人」[6]どころか、依然たる姿でそこに居た。だからこそ、「私」は、この後言葉を失い沈黙したのである。自分のなかで構築した「物語」の消滅である。「………」という長いリーダーが何を意味しているかは、明らかだろう。従って、続く「私はこの時始めて」という「この時」とは、「私」のなかの表象に亀裂の走ったこの時をこそ指していると考えられよう。眼に映るものの全てが「不可解な、下等な、退屈な人生」の「象徴」として映り、その表象のなかで「云ひやうのない疲労と倦怠」を覚えていた「私」は、新たな表象を獲得したことによって、その「人生」を「僅に」忘れたのではない。そのことは、「或得体の知れない朗な心もち」を誘発したに過ぎなかった。ここには、それ以前とは異なるレヴェルのことが「私」のなかで起こっていた。自己の表象それ自体のズレ・瓦解こそが、「私」にとって稀有な出来事として現象し、自分自身の「人生」を瞬時相対化させたのだった。言い換えると、改めて注視した小娘の姿は、「私」に初めて〈他者〉としての相貌を顕現したのであり、容易に了解できない対象として迫ってきたのである。

このように「私」を捉えた時に、再度「蜜柑」の記述を振り返るならば、その記述のなんと自己検閲的言説に満ちていることか。「私」は、末尾の齟齬・亀裂を意識しつつ、それまでの〈表象〉を自己検証している。亀裂を意識した「私」には、自己の表象を対象化する視線が自ずと発動されたのであり、表象を生み出す自己そのものへの検証へと促されたのである。そのことは、過去の振り返り方に自ずと現象してくる。たとえば、「私」は終始一貫

「小娘」と侮蔑的呼称で呼び続けているのは何故か。その一方で、車室で繰り広げられた「小娘」の「気まぐれ」、周囲への配慮を欠いた行為に対して、「険しい感情を蓄へ」ざるを得なかった、その時々の自分を見つめ、あたかも自己擁護していくかのような自己点検の言説を執拗なまでに連ねるのは何故か。「………」と絶句せざるを得なかった体験、自己の表象の絶対化を揺るがした体験が、そこに根差していたからではないだろうか。「蜜柑」は、こうした〈言説〉という新たな観点からの再考を確実に促すのである。

＊

「蜜柑」の「私」は、自己の表象（虚構の構築、世界の解釈へと通じる）の裂け目から、再検証へと向かう。そこからは、自己の表象に自負を持ちつつもそこに安住できず、表象の循環構造を生きるほかない「私」の姿が彷彿してくる。(7) そして、こうした「私」の言説の様態は、たとえば「蜜柑」に先行する同様の小説構造を持つ志賀直哉「網走まで」（『白樺』明43・4）の「自分」のそれと対比すると、より一層きわだって見えてくる。この初期の習作は、志賀が、自分の体験をもとに「勝手に想像して小説に書いた」（「創作余談」『改造』昭3・7）と語っているように、想像力による〈虚構〉世界構築への楽観的意思に支えられて生まれた〈小説〉である。そして、この一人称小説の語り手の「自分」も、まさに自身の構築した虚構（想像）を、ある意味で楽天的に生きる人物として登場してくる。(8)

回想という、この小説の〈かたち〉を踏まえた上で、語り手の「自分」という人物を読み、「現実よりも自己の想像の方に手ごたえを感じてゆく男の誕生」を論じたのは、小林幸夫氏「『網走まで』論――〈生きられる時間〉の破綻と隠蔽」（『作新学院女子短期大学紀要』昭60・12）である。本稿も小林氏の分析に負うところ大であるが、この「手ごたえ」とは、自己の〈想像〉への信頼・安住と言い換えることもできよう。今、私がここで問題にしたいのも、この「自分」の構築した〈想像（物語）〉への対し方という一点においてである。ここには、「蜜柑」の「私」

とは異なる様相を見せる「自分」がいる。

「網走まで」の「自分」も、汽車の車室で偶然乗り合わせた、二児を連れた若い母親との間で起こった出来事を回想し語っていく。「自分」は、上野発青森行きの列車で宇都宮まで向かう数時間のなかで、対面して座る「かなり密室性の高い」車室で、この母子を観察し、言葉を交わし、なにがしかの情報を得つつ、これまでの自身の体験を織り交ぜて、〈想像〉を膨らませていく。そのプロセスが、あたかも現前されているかのように、語られていくのが、「網走まで」である。「自分」は汽車の進行にともない、やがて構築した〈物語〉を前景化させていく。その〈物語〉とは、「女の人」(「母」という呼称とともに使われる)が「今の夫に、いぢめられ尽くして死ぬか」「此児に何時か殺され」るという、悲しい母の行く末だった。この悲劇のヒロインに対して、「自分」は同情的視線を投げかけ、つかの間の救済者としての自分を生きる。母子との別れの間際には、瞬時「女の人」との交感を果したりもする。

小説末尾、「女の人」は車室で書いた二通のはがきの投函を「自分」に頼む。しかし、「女の人」の人生の断片を垣間見ることを許された(託された)、この機会を「自分」はあえて放棄する。「女の人」との現実的関わりを封印し、自らの〈物語〉を温存する。こうした「自分」が、いわば恣意によって構築した「自分」だけの〈物語〉と、「女の人」の〈現実〉との間の、なにがしかの軋みや齟齬を自覚しないわけはないだろう。が、それをあえて隠蔽するかのように、表面には決して浮上させない。そればかりか、改めて「自分」の回想として振り返った時、この〈物語〉を補強するかのように配置された言説の様態を見ることができる。「静かに云つた」「静かに顔を寄せて」「悲しい顔に笑を浮べて」「寂しく笑つた」等々、「自分」は乗り合わせた当初から、「女の人」の物静かで淋しげな様子を繰り返し語る。またその一方で、この母を困らせる「男の子」を、「子供は恐ろしい顔をして」「厭な眼で自分を見た」「妙な眼つきで」「さも不平らしい顔をして」等々と語り、終始一貫嫌悪もあからさまに、その子の普通ではない表情をとらえていく。「男の子」にその父（「女の人」の夫）を重ね、不幸な母（妻）をいじめ殺す邪悪な存在として、必要以上に強調していくのである。こうした言説自体に、自らの観察を特権化し〈物語〉化する創作者「自分」の意識の様相を見ることができよう。

「蜜柑」の「私」と「網走まで」の「自分」と、本稿では自らの〈想像〉への処し方という一点においての、二人の差異を指摘するにとどまるしかない。その差異を芥川と志賀とのそれに敷衍していくつもりも、今はない。ただ、私のなかでは、こうした言説分析の積み重ねが、フーコー言うところの「機能としての作者」(9)の問題を考える端緒につながるのでは？　という思いがある。作者の消滅が日常となった今、「肝心なのはその消滅を改めてもう一度確認することではない。作者の機能が作用する位置を、空虚な——関心を惹かぬものではあるが同時にまた拘束的な——場として標定しなければならないのである」。

＊「蜜柑」本文の引用は、『芥川龍之介全集』第四巻（一九九六・二　岩波書店）による。なお、本稿中の傍点は全て筆者による。

注記

（1）芹澤光興氏「『蜜柑』論への一視角——〈或得体の知れない朗な心もち〉をめぐって」（『立教大学日本文学』昭58・12）

（2）松沢和宏氏「芥川龍之介『蜜柑』を解釈に抗して読む——本文・解釈・エクリチュール」（『〈新しい作品論〉へ、〈新しい教材論〉へ』第2巻所収　平11・2　右文書院）が、これまでの解釈を整理・検証している。

（3）桑名靖治氏「教材として見た『蜜柑』」（注(2)と同じ書に所収）は、最新の教材論であるが、ここでもこうした読み方は踏襲されている。この論の「教材として検討」「作家論、作品論ではない」とするコンセプトが、文学として読む（文学を読む）こととどのように関わるのか多大な疑問を抱かされた。

（4）菅野昭正氏「芥川龍之介の文体——『蜜柑』についての覚書」（『国文学』昭50・2）は、何の説明もなく「私」の心境が前景化している『蜜柑』の「説述」の成り立ちに疑問を抱いたフランスの学生達の感想を紹介しつつ、ここに描かれた事物は「私」

の心象風景に過ぎないと的確に捉え、そこに芥川自身の病理を重ねている。

（5）前掲（注(3)）桑名氏論文の中に「長い点線《リーダー》の働き」への言及があるが、結局のところ、単なる段落分けの符号と見ているのと変わらないようである。

（6）ここは、この小娘が相変わらず同じ姿なのに「別人」に見えたとする読みと、「別人」を見るように視線を向けたが、小娘は変わっては見えなかったとする読みと二様の解釈ができよう。多くの先行論は前者であるが、筆者同様後者の読みをしているものに、三好行雄氏「『蜜柑』論のための素描」（『国語通信』昭62・10）がある。

（7）前掲（注(2)）論文で、松沢氏は、「解釈に幽閉されている「私」の姿」、いわば自己の解釈に拘泥する「私」の姿を読み取っており、そこからアナロジーとして浮かび上がってくる〈読み手〉の解釈行為の問題へと、論を展開させている。

（8）先行する同類の他の小説としては、森鷗外「電車の窓」（『東亜之光』明43・1）志賀直哉「出来事」（『白樺』大2・9）などがある。「出来事」との類似については、前掲（注(1)）芹澤氏論文が言及している。なお、「蜜柑」と「網走まで」を並べて考察を加えた小文に、菊地弘氏「『蜜柑』と志賀直哉『網走まで』」（『対照読解芥川龍之介』所収　平7・2　蒼丘書林）がある。

（9）ミシェル・フーコー「作者とは何か?」（清水徹・豊崎光一訳『ミシェル・フーコー文学論集I　作者とは何か?』所収　平2・9　哲学書房）。一九六九年二月哲学会における講演。この前年のロラン・バルト「作者の死」を意識・批評していることは明らかである。最初の邦訳は『エピステーメー』（一九七五・一〇　創刊号）に掲載された。

小説を読むためのレッスン

1　小説を〈わかろう〉とする心の働きを大切に

「一体小説はこういうものをこういう風に書くべきであるというのは、ひどく囚われた思想ではあるまいか。僕は僕の夜の思想を以て、小説というものは何をどんな風に書いても好いものだという断案を下す」とは、森鷗外「追儺(ついな)」(『東亜之光』明42・5)にでてくる言ですが、これを読者の側に立って、「小説というものは何をどんな風に読んでも好いものだ」と「断案を下」してよいのでしょうか。基本的には全く構わないのですが、私はちょっと待って、考えてみて、と皆には言いたいのです。

小説は、それもいわゆる「純文学」なんて呼ばれる小説は、一読してわかったという気持ちになる読み物ではないですよね。でも読むことによって何かしらの感動や感慨に浸ったり、そこから投げかけられた問いや疑問を抱きつつ、考えたり、また再読を促されたりする。そして、その小説を〈わかろう〉とする。「小説を読む」とは、そんな体験なのではないでしょうか。ですから、皆も、一つの小説を読んだ時、自分のなかで簡単に折り合いをつけて、わかりもしないのにわかった気になってしまう必要はないのです。むしろ、自分のなかに生じた〈問い〉〈疑問〉こそを大事にしてほしい。この〈問い〉は、誰もが抱くものとは限らない、あなただけのものである可能性もあるのですから。大袈裟なことをいえば、あなた自身の人生を拓く鍵となるかも知れないのです。何故なら、多くの小説には人生そのものが描かれているのだから。そして、人生の歩き方はひとりひとり違うのだから。

2　〈作品〉として読む

さて、このように、読者が小説を読む時、〈わかろう〉とする心性を抱くのは何故なのでしょう。小説の個々の言葉の意味を求め、読み進めてその小説世界の統一的意味を求めようとする心性、こうした心性を、意識するしないに関わらず、一般の小説読者は働かせて、〈読む〉という行為を行なっているのではないでしょうか。〈わかろう〉とすることは、既に心の中で〈何か〉を前提しているということですが、この心の働きが小説を読む時に多くの読者のなかに起こってくるのは何故なのでしょうか。私が思うに、まず言葉には意味があるから、そしてやはり、その言葉を綴っている書き手(作者)がその小説(作品)の背後にいることは厳然たる事実として意識されるからではないでしょうか。自分（読者）とは異なる書き手（他者）の存在を、言葉の背後にいやおうなく意識するからです。

〈作品〉として捉えることは、ひとりの「創作者」（芸術家）を既に自明とすることなのです。しかし、私たち読者は、創作者の実像を知らなくても小説を読みますし、読めます。ベートーベンやモーツァルトがどういう生い立ちでどういう人生を送ったかを知らなくても、その音楽を鑑賞することができるように、多くの読者は、小説の言葉を通してのみ、その創作者の「世界」を享受します。村上春樹を知らなくても「スプートニクの恋人」は楽しめます。この普通の読者の〈読み〉が、「文学研究」といえども基本（それ以上のものではありませんが）であると私は思います。小説が過去の文化遺産として、単なる研究対象・研究資料と化すのではなく、私たちの生活のなかで生き続ける芸術であるためにも、読者が自分の頭と心と魂とで言葉に対峙するしかない、「普通の読者の読み」、一個の〈作品〉として読むこと、を大切にしたいと私は思います。

3 〈読む〉ということ

では、この〈読む〉ということのメカニズム自体をちょっと考えてみましょう。私たちは、言葉を読むことによって書かれた世界を自分のなかに現象させなければなりません。「読むとは結局自分を読むこと」としばしば言われるように、自分の背丈でしか言葉は読み取れないのです。今ここで生きているあなたが身につけた言葉で、ひとまずは読んでいくしかないのです。こうした〈読む〉ことにまつわる宿命を自覚しておくことは大切なことです。「言葉は文化」というように、言葉は使われているその場所その時代の制度や文化を反映しています。また逆に言葉が制度として私たちを拘束してもいます。小説はこの言葉という厄介なものによって成り立っている世界なのです。ですから、「言葉」というものによって書き手と読み手とが、あたかも対等に共有するかのような「場」が生れてくることになるのです。読者はそこで〈読む〉という行為を通して、まさに自分なりの「物語」を造り出していくことになるのです。小説を読んで「物語」化していく営為、この営為こそが作品をわかろうとする道ではないでしょうか。そして、〈作品〉として読もうとすることは、書き手の紡ぎ出した世界に対する畏敬の心の現れではないでしょうか。それは小説という芸術の一つのジャンルを認め、生かそうとする心のあり方を示しているのです。

少々横道に逸れました。話を元にもどします。ここまでは、いわば「小説を読む」ということを、少しだけ意識化してみただけのことです。ちょっと心に留めてもらえばよいことです。おそらく、皆が無意識に実践していることです。ここからが「レッスン」になるのです。小説世界に入っていくよりよい道、少しだけ意識的に読むための方法を具体化することが必要なのですが、既にだいぶ頁がオーバーしてしまいましたので、一つだけ提示します。それは、小説の〈かたち〉をまず捉えることです。授業でもこの点は強調してきたつもりですが、これが小説世界に入っていく出発点だということを忘れないでください。三人称の客観小説なのか、一人称の回想なのか、誰かに宛てた手紙なのか、小説は様々な〈かたち〉を持っています。それをしっかり押さえて読んだ時、小説の言葉はきっと皆の眼前で立体的に立ち上がってくるはずです。これからも小説を読むことを楽しんでいって下さい。

（ゼミ生レポート集『論集樋口一葉』一九九八・二・三発行）

「隣室」から「一兵卒」へ
——脚気衝心をめぐる物語言説——

明治四十年前後、即ち日本自然主義が時代をリードするひとつの文学運動として認知されつつあった時期の田山花袋の小説群のなかで、濃厚に見られるひとつの傾向は、人間を生理的・本能的な側面から捉えようとする観点の提示であった。「隣室」（明40・1『新古文林』）「少女病」（明40・5『太陽』）「ネギ一束」（明40・6『中央公論』）「蒲団」（明40・9『新小説』）「一兵卒」（明41・1『早稲田文学』）等[1]、この時期の注目すべき作品に共通するのは、物質的自然としての人間が抱えた生理的問題が扱われていることである。病気による肉体的苦痛・性的欲望・飢餓感等々。明治三十年代に花袋が獲得した新しい人間把握の観点である。このうち「隣室」と「一兵卒」とは発表時期に一年ほどの隔たりがあるが、どちらも脚気衝心によって死んでいく人間の姿が印象的に描かれている。

この脚気は当時「江戸煩い」と通称されたように、元禄・享保から宝暦年代にかけて、江戸という都会に人口集中することによって多くの発病者を生んでいったという、前時代から引き継ぐ原因不明の死病であった。この病気が明治という時代に入って俄然問題化してくるのは軍隊において多発したためである。殊に海軍の何十倍もの兵士を擁する陸軍は深刻であった。早くから兵食の改良に努め洋風食の採用を試み脚気の激減に成功した海軍に対して、日本食（白米食）に固執した陸軍が脚気予防のために米麦混合食奨励の訓令を出したのは、日露戦争末期の明治三十八年三月二十九日だった。この戦時に「総病者の2分の1に近い脚気患者を出した[2]」ためである。言うまでもなく「一兵卒」はこうした現象を背景にもつ作品である。しかし脚気の原因解明に本格的に乗り出すのは明治四十一年七月陸軍省臨時脚気病調査会が発足してからであり、以後も解明は難航していったのである。「殆ど本邦特有の病」「風土病」である脚気は、西洋医学においても治療法は確立していなかった。羅病者は衝心によって〈死〉という〈絶対〉から逃れられない、恐ろしい病とするのが社会の通念であった。こうした現実状況のなかで花袋は脚気という「時代の病」を作品化していった。即ち〈死〉を前提に病気と対面していったのである。そして「隣室」は「私」による一人称の〈語り〉によって、「一兵卒」は基本的には三人称の客観小説として、というように異なる文体を採用している。この時期の花袋が様々な小説文体を模索していたのは一方の事実であり、そのなかでこの共通する題材を繰り返し作品化するという試みを行なったのである。本稿では、この二度の試みを検討することによって自然主義「成立」期の花袋の〈文学的虚構〉の一断面を明らかにしてみたい。また、二作品を比較検討する作業のなかで、この間に挟まれた「蒲団」という歴史的「転倒」を生みだしたとされる小説の内実に迫ってみたい。

近年「蒲団」という作品をめぐって〈虚構〉としての読み替えが盛んになされている。「自己告白」「私小説の濫觴」という一種のリアリズム信仰に呪縛されていたこの作品の捉え方に対して、そこには文学史という歴史認識において、ひとつの「転倒」現象[3]があったとする見方も提出されて久しい。またこの時期の花袋の理論と実作との相関が計られ、本格的客観小説・フィクションを志向していたとする、実作における表現構造の解明[4]も鋭意なされている。こうした研究動向を垣間見た時、「蒲団」をめぐる「転倒」は実のところ「蒲団」発表以後の花袋のなかでこそ体現させられてしまったのではないかと思えてくる。明治三十年代、最も精力的に外国文学を受容し日本における新しい文学の実現を図ったモダニスト花袋。その花袋にとっての「自然主義」とは何を意味していたのか。十九世紀後半の絶大なる科学信仰のイデオロギーを背景に生み出された西欧の自然主義《ナチュラリズム》(5)、その洗礼を花袋は、あるいは日本近代文学はいかなる形で受けとめたのか。この繰り返し問われて来た問題の一端を、結果として読者の前に顕現された作品の検討を通して考えてみたい。また〈描写〉という表現技法論の次元にのみ還元させられた感のあるこの時期の花袋を、人間認識という別の観点から把握してみたい。

1　「隣室」の「私」

「隣室」に対する従来の理解は吉田精一氏の次のような言葉に代表されるだろう。

『隣室』は旅先で、偶然となりあった旅人の脚気衝心による死とその前後を、傍観者として書いた作品で、できるだけ冷淡に、「死」といういかんともしがたい絶対の事実や、その直前の苦悩をうつし出している。突然とびこんで来て、突然死んで行く人間をとりまく宿屋の主人、代診等の迷惑げな表情が、それを隙見する傍観者の「私」を通して観察されている。（傍点は筆者による。以下同様。）

（『明治文学全集67　田山花袋集』解題　昭43・3　筑摩書房）

隣室で「私」（=作者）が出来事を冷静に客観的に、傍観・観察し、描写していくという捉え方である。しかしこの小説は、既に宮内俊介氏「『隣室』の人々―明治四十年の田山花袋」（『熊本商大論集』平4・3）に指摘があるように「私」による一人称の〈語り〉という構造をもっている。宮内氏は、語り手である「私」はこの出来事を傍観していただけではなく少なからず関わりをもった体験者でもあった、そして当事者としての自分の行為を照らしながら、脚気の客の死という出来事に関わった人物一人一人（宿の主人、下女、代診、老婆）を批評し聞き手に向かって「報告」していく主体であったと指摘する。「隣室」はまさしくこうした「私」の主観的感慨が全編を覆っている作品なのである。しかし「見聞の要所々々で」挟まれる「「私」の感想」が「自ずから主題となっている」のか。「語り手の意図を読み違えようがない」という時の「意図」とは何か。果たして宮内氏の言うように「読み違えようがない」「明快」な作品なのだろうか。むしろ、この作品の構造を「私」の「報告」と読んだ時、読者にとって問題になるのは「私」の捉えた登場人物一人一人の姿、そのありようではなく、「私」の「報告」それ自体なのではないか。「私」の思惟全体が前景化され読者の検証の眼に晒されてしまうという仕組みになっている。ちょうど『重右衛門の最後』（明35・5　新声社）の末尾で展開された語り手富山（「自分」）の〈自然〉論[6]のように読者は受けとめるのである。即ち語り手をメタテクストとして読むのではなくテクストとして読むことがこの一人称小説では要請されてくる。この小説の語り手を「神の位置に置かれた」（前掲宮内氏論文）視点の持ち主と捉えることは難しい。

今一度「隣室」という小説の〈かたち〉を捉えてみよう。冒頭「ふと眼を覚ましますと、隣の室に人の声――笑ふやうな唸るやうな私語くやうな声が聞えるでは御座いませんか」というように、「私」は旅の途次に宿泊した旅籠屋で体験した出来事を語り出す。です・ます調の丁寧な口調[7]で話を進め、時折「私はこれを何うお話したら好いでせう」「この叫喚を聞かされた私は何うであつたと想像しますか」「一場の物凄い光景を想像し給へ」と聞き手を想定した言説を挿入しながら、語り手「私」が過去の体験を取捨選択しつつ明確な構成意識のもとに聞き手に向かって語るという形式がとられている。基本的にはそう捉えることができよう。しかし、「今、声のした隣の室は」「確かに先程給仕に出た鼻の扁平い女の声です」とか「十二時五分前でした」「よう彼是三十分になるのに」「昨夜」

とかいうように、「私」はあたかも今事態が進行しているかのように、克明に時刻の経過を示しながら語っていく。その場を再現する（現前させる）かのような文体を採用していくのである。そしてその時その時「私」がどこに居たのかその位置が読者には明確に窺える仕組みになっている。たとえば、

　医師は鞄を下に置いて、座に就いた様子。主人の話し懸けるのを軽く会釈して聞いて居りましたが、病人の時々刻々に苦しむのを見て、やがて診察に取懸つたらしい。（中略）夜はしんとして、人の話声も聞えないので、病人の呼吸づかひの暴いのや、医師の胸を叩く音などが分明と手に取るやうに聞える。

というように、「私」は隣室に居て物音や声を聞くことによって「様子」「気勢《けはひ》」を窺い、その場を想像し思いを巡らすのである。基本的には聴覚によって得た情報による再現がこの小説叙述の大部分を占めている。しかし、

　不意に、

『あゝつらい、つらい、誰か……誰か居ないかナア、……あゝ苦しい、足が……足が……誰か来て……誰か来て、』

　叫喚と共に大きな身体が蒲団の上をのたうち廻るのでした。

　私は見兼ねて二階を下りました。


という叙述によって、「叫喚」と同時に「私」が思わず室をとびだし唐紙を開けて病人を見たことがわかる。「私」の眼に映ったその場の光景を描くことによって「私」のとっさの行動を暗示している。また「私」は「唐紙の隙間から」という限定された視野から観察しもする。その時その時の「私」の五感（主として「視」「聴」）によって感受されたものが特権化されて示されていくという表現方法がとられている。こうした時間と空間の現前性が強く意識されている文体を考慮した時、「私」が何を語ろうとしていたのかは明らかだろう。読者はまず何よりもこの間の

「私」の身体と心のドラマとして「隣室」一編を受けとめるのである。

そして、「私」は脚気衝心で間断なく苦しみ続ける隣室の客に遭遇することによって様々な思惟に捕らえられていくのであるが、この時の「私」が既にその時以前から囚われていた主観が二つあった。一つはこの旅籠屋に対する不愉快な感情であり、もう一つは友人から聞いていた脚気の恐ろしさである。この既成の観念がどれくらい「私」のものごとの受けとめ方を左右したことか。前者は投宿した直後から抱き始め、結局この宿を出るまで終始一貫していた。冒頭で「私」は、思い起こせばこの宿に着いてから「不快」なことばかりであったと訴える。主人から客としてはぞんざいにあしらわれたこと、案内された部屋の薄汚さや眺めの悪さ、便所の不潔さ、給仕の女の顔への不満から料理一品一品に至るまで気に染まなかったことを綿々と述べていく。この不快感は最後まで尾をひく。病人の死後「旅客の鞄」を探る宿の主人の行為を「不徳」として「暗い心」になったのも、こうした「私」ゆえであり、その主観的感慨が前景化して読者に示される。宿の主人の内側からの視点はこの小説では何一つ現れない。田舎の小さな旅籠屋の主人にとっては実のところ宿賃を取れないことを心配してのやむにやまれぬ行為であったのかも知れない。しかし「隣室」の登場人物はすべてこの「私」の眼に映る姿として顕現されているのであり、極端なことを言えば、「私」の偏見によって捉えられた対象以外の何ものでもない。

また後者は、「此時不図恐ろしい脚気衝心のことを思ひ出しました。私の友人で、其病に襲はれて、一夜苦み通しに苦んで死んだといふ話、其苦悶は非常なもので、傍の見る眼も堪へられない。死んでも好いから此苦をなくして遣り度いと思ふほどであつたとのこと」「恐ろしい脚気衝心、いかな名医の力も黒い死の影を防ぐことの出来ないのは此病です」というように、脚気衝心が即〈死〉につながる恐ろしい病気であるという認識である。「私」は友人から聞いてそれ以前から知識として持っていた人間であった。旅人の病を脚気衝心と判断し、すぐに〈死〉という結末を思ったからこそ「私」は様々な感慨に囚われていく。（それに引き替え宿の人間は「私共はそんなに重いとは思ひませんでしたで」というように「私」とは病に対する認識に差があった。）

旅人のことをいろ〳〵と頭に描いて、もう眠るどころではなくなつて了ひました。唸声の一刻毎に、恐ろしい死の影は軒端に近く迫つて来るやうで、もし死神と謂ふものが人間の視聴以外にあるならば、もうこの漆のやうな暗黒の闇の中に居るのだと思ひました。と、非常に不気味に陰気になつて、行灯のかげに茫と白いものがあるやうな心地、ぞツと肌膚が粟立つて参りました。更に悪いことには、メーテルリンクの戯曲『侵入者』『盲人』などの記憶が折から明かに頭脳に描かれたので、隣室の軒端の青簾を透しての洋灯の影、雨に湿れたる芭蕉葉の光、音もせぬほどの雨のおとづれ、しんとした闇の夜は、私の神秘の霊をそゝるのに充分でした。

近代的知識人である「私」は、旅人の〈死〉を前にメーテルリンクの戯曲を思い起こし、神秘的霊的な力の顕現を感じ戦慄する。〈死〉は人をして厳粛な思いにさせる。形而上的・哲学的な思惟を促す。日常性を忘れさせ一種の荘厳へと人を誘う。そうであるからこそ「私」は、なす術もなく帰った医師を「人の情の薄い」として責め、「悲哀」を感じるのである。しかし、脚気の旅人はそんな「私」の感傷を嘲笑するかのように、〈死〉への恐怖をも超えたかの如く肉体的苦痛への呪詛を叫び続けたのである。

『あゝつらい、つらい。打断つて、打断つて、足を』・『あゝ其所に刀、刀が無いかナア、短銃《ピストル》でもあつたら、打貫いて、打貫いて呉れ、』・『あゝつらい、つらい、もう好加減に死ねないかナ。早く、早く殺して呉れよう——』

この「恐るべき死をも恐れざるほどの烈しい苦痛」の「叫喚」の前に、「私」は「霊だの精神だの、理想だのと人間は平生申して居りましても、此の生理的圧迫の苦痛に対してはまことに儚ない意味のない無価値のものではありませんか」と慄然とするのであった。出稼ぎに行った九州の若松(8)で病に倒れ故郷の滑川へ「五里手前まで来て」死を迎えた旅人。両親・妻子などもいるかも知れない（この点は客が死んだあとで知る。）二十八歳の青年が、社会的存在としての責任も理性も感情も何もかもを喪失して、ただ現在の生理的苦痛から逃れることしか念頭にない様子なのである。物質的自然としての人間、自然の法則の前に無力な人間の姿がここにある、と「私」は深々とした思いに浸るのであった。おそらく「隣室」という作品で提示したかったものは、即ち「私」の報告の目的はここに集約されよう。前述の、時折挿入される聞き手を想定した呼び掛け、「私はこれを何うお話したら好いでせう」「この叫喚を聞かされた私は何うであつたと想像しますか」等と発する時に、「私」が最も伝えたかったのはこの点である。そして旅人だけではなく「私」もまたこうした人間の〈自然〉に陥っていく。この間の「私」の葛藤は実は生理と精神とのそれでもあった。まさに眼の前で繰り広げられた脚気の客と同じ経験を「私」もしたというのである。「人間と言ふものは、何うしても生理的圧迫には敵し得ぬもので、そして又、遂に個人《エゴー》の境を脱することが出来ないものだといふことを此時つく〴〵覚りました」というのは、他ならない自分自身の心と身体で体験したことであった。

▼私の頭脳は先程からの刺激に乱れて、殆ど全く常規《ママ》を失ひ、幾度かせめては自分でも看護してと思ひながら、しかもそれを敢てするに忍びませんでした。

▼三時間に近い頭脳の動揺、余り烈しく神経を労《つか》らしたのと長い間眼を覚して居つたのとで、いつか身体が疲労したと見え、果ては其断末魔の苦痛の声も何だかかう遠く隔つて了つたやうな気になつて、続いて精神上の同情の念が次第に薄くなると共に、（中略）死ぬといふことが別段大して悲しいことでもないといふやうな恍惚とした心になつて、（中略）平生同情の何のと立派なことを言つて置きながら、疲れたからと言つて、それに支

配されるとは情けないことだなどと自から自分を責めて居たが、それもいつか微かになつて、やがて重苦しい
　鉛のやうな昏睡が私を襲ひました。

「精神上の同情の念」が次第に肉体的な疲労による睡魔に抵抗できなくなっていく様子がその時間的経過のなかで提示されるのである。人間に関する「生理的圧迫には敵し得ぬ」という捉え方と、「遂に個人《エゴー》の境を脱することが出来ない」とする認識は、そのままには直結してこない。物質的自然としての人間が「生理的圧迫」を免れない存在であるという一種の科学的人間観（決定論）と、人間はあくまでもエゴイズムの脱却が難しいとしつつ、あるべき〈自我〉追求のロマンチシズムを背後に抱えもつ認識とが、混交され同居しているのが「私」であった。

ところで「隣室」は、こうした物質的自然としての人間の普遍的ありようを、病人と自分とをアナロジカルに語ったところで終わるのではない。かなりの分量を割いて病人の死後の旅籠屋の様子が語られている。翌朝の「私」の眼に映ったものが、即ちその時の「私」の主観によって捕らえられた光景が示される。それは宿の主人の「不徳なる行為」であり、「戸外」の「灰色の侘しい色」の風景であり、宿の洗面所周辺の「不愉快な光景」であった。「私」の感情を支配しているのは「悲哀」と「不愉快の念」であった。末尾の部分の叙述には、こうした主観的な言葉が頻出する。「私」は冷静になろうとしてもそうはなれなかった自分を語っていく。「けれど人間が死其者と相対してよく平生の静かな胸を保つことが出来るでせうか」と問いかけながら、翌朝の「泣き度くな」るほどの「悲哀」と「寂寞」を吐露し、主人の行為や不潔な洗面所や、宿屋全体に対する生理的な嫌悪を露わにしていくのであった。

一見、体験から導き出された真理・事実を淡々と語っているようでいて、一人称の〈語り〉という文体の選択は、語られた全てが「私」固有の主観的感慨として読者に対象化されてしまうという結果を確実に招いている。読まれ

るべきは他ならない「私」自身であった。宿の者たち・医師、そして自分をも含む「薄情なる他人」の行為のなかに「人間の最も暗い処」を見て「暗い心」になる「私」は、エゴイズムの当然の発露として観念的には理解を示しつつも、一方で一夜旅籠屋に居合わせた人々が共同体意識を喚起し、相互扶助の精神を発揮することを期待していたのである。しかし「私は其町に用事があつて、朝飯が済むとすぐ出懸けましたので、其後の事はよく知りません」というように、次第に自分の日常性・「平生」に帰っていくことによって冷静さを取り戻したかの如く、何ごともなかったかの如く、この宿を後にしたのである。まさに近代的個人主義を生きてしまう「私」がいたわけで、観念と精神との間でさまざまに引き裂かれた生の様態を示す、〈近代人〉「私」を顕在化させてこの小説は終わる。「隣室」末尾に漂う「私」の「不愉快」という感情は、生理的な嫌悪感と隣り合わせであるのだが、むしろ自分をも含めた人間のエゴイズムをやむを得ぬこととして肯定せざるを得ない、自身の近代主義的観念自体に向けられているようでもある。

2　一兵卒の〈死〉と語り手

「隣室」発表の一年後、花袋は再び、戦場を舞台に脚気衝心の病人を描いた「一兵卒」を発表していく。日露戦争時の明治三十七年八月二十九日、日本帝国陸軍第一・二・四軍は遼陽に向かい前進を開始、世にいう「遼陽の会戦」は九月四日まで激しく戦われた。この戦いで日本軍は勝利したとは言うものの死傷者二万三千五百三十三人は露西亜軍のそれを大きく上回った。「一兵卒」の背景にはこの厳しい会戦が置かれている。明治三十七年八月三十一日の夕方から九月一日の未明まで、この歴史的時間の一部が流れている。日本軍が激烈な戦局を迎え慌ただしい動きを見せる最中、「流行腸胃熱」のため聯隊から離れることを余儀なくされ大石橋の病院に二十日間入院していた一人の兵卒・「渠」（「かれ」「彼」とも）が、病院の劣悪な環境に耐えられず軍医の留めるのも聞かずに独り聯隊に戻るため「満洲の野」へと歩き出したところからこの小説は始まる。聯隊はこの間、大石橋から海城、東煙台、甘泉堡、新台子、鞍山站そして遼陽へと進攻していった。後を追って「渠」は歩く。持病の脚気を昂進させながら広漠とした満州の野をひたすら歩く。

この小説において主人公といえる「渠」についての具体的な情報は当初何も読者に与えられない。ただ一兵卒であるということだけが示される。小説半ばに至って「田舎の豪家の若旦那」であること、母・妻・弟といった家族や女（恋人）のいることなどが漏らされる。そして末尾「渠」が脚気衝心で死んでいく時、その場に来合わせた兵士によって「隠袋《ポケット》を探」られ軍隊手帳に記された住所と名前「三河国渥美郡福江村加藤平作」が読み上げられ、初めて個としての顔が窺える。このことから「一兵卒」においては加藤某という個人の問題は追われていないことがわかる。また兵卒の問題が、即ち〈戦争〉の問題が正面から追究されているわけでもない。無論「渠」に過酷な状況を強いるのは他ならない〈戦争〉である。階級の低い兵卒ゆえに堪え難い苦痛を味わうのである。〈戦争〉という大義の前には一歩兵の病などは瑣末なことであり救済措置もないがしろになる。しかしそもそも病院を出て歩き出した動機が当面の「渠」の生理的不快感にあったとされるように、ここでは〈戦争〉時の異常な状況自体が問題にされているのでもない。いわば〈戦争〉は「渠」にとって一種の「真空状態」[10]を与えるための、即ち〈死〉へと向かっていく人間の生理そのものを追うための実験装置であった。ただ、病に冒された「渠」がその置かれた状況（「牢獄」とされる）のなかで刻一刻と確実に〈死〉という肉体の終焉に向き合っていく過程が、当の病人に焦点化して語られる。いわば〈死〉そのものを身体的に言説化しようとする大胆な試みであった。実のところ、「隣室」との違いはこの一点にこそある。花袋は「隣室」で自らの抱くテーゼが、「私」の解釈という形で前景化してしまったことを悔やむかの如く、再度作品化に挑戦したようである。

冒頭「渠は歩き出した。」といきなり始まる。この一文からは三人称の客観小説という〈かたち〉を認めることができる。しかし続いて次のような「渠」の内言が現れ、身体に感じる荷物の重量感や神経に障る音やが当人が感受するかたちで示される。

銃が重い、背嚢が重い、脚が重い、アルミニューム製の金椀が腰の剣に当つてカタ〳〵と鳴る。其音が興奮した神経を夥しく刺戟するので、幾度かそれを直して見たが、何うしても鳴る。カタ〳〵と鳴る。もう厭になつて了つた。

語り手は時折「渠」の行動を外側から語る言説を挟みつつ、「渠」が死んでいく瞬間まで基本的には「渠」の身体と一体化して即ち「渠」の眼に映る辺りの光景や耳に聞こえるものや肉体に感じる苦痛やを現前させていく。人間における自然的生理的側面の重さを強調している点は「隣室」と同じである。当初「渠」の頭を占めていた意識や精神やが、次第に肉体的苦痛が昂進してくることによって稀薄になっていく過程がここでも追われている。それゆえに全体を通して「渠」のモノローグ的印象を読者は受ける。そして小林修氏(11)が「「一兵卒」は単なる内面描写ではなく、病気の主人公の生理的苦痛と、その切れ間に浮び上がってくる断片的な妄想と、死に至る迄の深層心理を一つの意識の流れとして描出し、しかも、時間的距離的脈絡が極めて精緻に計算されている」と指摘するように、「一兵卒」はきわめて意図的・技巧的な構成によって成り立っている。この点をまず叙述に即して見ていくことによって、それが何を描くために駆使されているのかを捉えて見たい。

冒頭の「渠は歩き出した。」とは、「渠」がこの少し前に汽車に便乗することを拒まれ、仕方なしに歩くことを再開した直後であったことが読み進めていくとわかる。この時既に「渠」は堪え難い肉体的苦痛を抱えている。大石橋から「十里、二日の路」を歩き続けてのちの現在であった。しかしこの時点の「渠」の意識は未だ平常のそれを保っている。ただ次第に故郷・幼少時への回帰願望が兆して来る。汽車や路や、「渠」の眼に映る外界の風物によって刺激された連想は常に故郷の追懐へと誘われる。「渠」の所属する十八聯隊は「豊橋」地区出身者で占められていた。当時の徴兵及び聯隊の編成は地区（郡）ごとであった。[12] 病院を逃げ出した「渠」は聯隊に戻るしかないのだが、そこには故郷の仲間や郷里への回帰願望が潜在していたとも思われる。

a ふと汽車――豊橋を発つて来た時の汽車が眼の前を通り過ぎる。（略）と忽然最愛の妻の顔が眼に浮ぶ。（略）母親がお前もうお起きよ、学校が遅くなるよと揺起す。かれの頭はいつか子供の時代に飛返つて居る。裏の入江の船の船頭が（略）呶鳴つて居る。

b 故郷のいさご路、雨上りの湿つた海岸の砂路、あの滑かな心地の好い路が懐かしい。

c 其兵士は善い男だつた。（略）新城町のもので、若い嬶があつた筈だ。

d 故郷の野で聞く虫の声とは似もつかぬ。（略）一時途絶えた追懐の情が流るゝやうに漲つて来た。／母の顔、若い妻の顔、弟の顔、女の顔が走馬燈のごとく旋回する。

このように、小説前半は外界（汽車・路・虫の音等）によって、さまざまな反応を示す「渠」の意識が主として追われているのだが、そこに色濃く見られるのは、故郷・家族共同体への回帰願望であった。時を追って変容する「渠」の意識のなかで最後まで残存するのはこの望郷・追懐の念であった。作品末尾で「故郷のさまが今一度其眼前に浮ぶ。母の顔、妻の顔、欅で囲んだ大きな家屋、裏から続いた滑かな磯、碧い海、馴染の漁夫の顔……。」というように、当初（引用a）浮かんだ故郷の映像が「今一度」末期の「渠」の眼に浮かぶのであり、一貫して底流する意識として繰り返されていることは明らかである。

野を歩く「渠」の「意識の流れ」のなかで、もう一つ顕著なのは、〈死〉をめぐっての心理的変容である。束の間支那人の荷車に便乗した「渠」は、肉体的苦痛が激しくなって来るなかで漠然とした「不安」を感じる。「天にも地にも身の置き処が無いやうな気がする」と漏らすように、存在の不安とでもいった輪郭の曖昧なものである。この心の「動揺」はやがて「孤独」感を募らせる。下士官によって荷車から引き下ろされ、再び野の行路へ立った「渠」は、遠くに砲声を聞き「修羅の巷」での戦友の働きを想像して、今自分のいる広漠たる野との対照のなかで隔絶された世界にいる孤立感に捕らえられる。「渠」の眼に映る自然が悲哀を帯びて来るのはこの頃からである。作中時折挿入される〈風景〉も「渠」の心の変容を明示して、意図的構成が窺える。これらは「渠」のなかで〈死〉が現実のものになっていく徴憑でもあった。

「軍隊生活の束縛」「戦場は大なる牢獄」という、一見戦争批判を思わせる認識も〈死〉という現実を前にして見えてきたものであった。「かれの胸には此迄幾度も祖国を思ふ念が燃えた」と語り手も説明するように、「渠」も出征当初は「此の身は国に捧げ君に捧げて遺憾が無いと誓つた。再びは帰つて来る気は無いと、村の学校で雄々しい演説を為た」のであり、戦場でも「戦友の血に塗れた姿に胸を撲つたこともないではないが、これも国の為めだ、名誉だと思つた」りもした。ナショナリズムの高揚する体験もした。しかし、国家への忠誠心は自身の〈死〉という現実の前に容易に雲散霧消する。「死と相面しては、いかなる勇者も戦慄する」。人間は〈死〉を実感した時、国家も名誉も何ほどのものでもない。〈死〉という絶対が全ての意識を超越し疎外していくのである。「渠」は次第に〈死〉への恐れと不安に捕らえられていく。このように「渠」の千変万化する意識が次第に肉体的な終焉としての〈死〉一点へと収斂していくさまが、時間的経過とともにきわめて精緻に追われている。

「一兵卒」の後半は、脚気の昂進を身体的に自覚した「渠」が、いよいよ〈死〉という現実と対面していく、否〈死〉という現実を生きていく姿が描かれる。場面は広漠たる野から新台子の兵站部へと移る。こうした場面転換の前には、「渠」と行きずりの二人の上等兵との歩きながらの会話が挟まれる。辛い行進を続けていた「渠」は、間近の新台子には軍医がいるという同胞の言葉に励まされ、瞬時「蘇生したやうな気がする」のである。と同時に「遼陽の今日の戦争」を興奮して語る上等兵二人の会話は、「渠」がまさに〈戦争〉という時空（「牢獄」）にあることを前景化する。案の定ようやく着いた新台子の兵站部はまさに戦争の雑踏の最中だったのであり、一兵卒の病などは無視されてしまう。倒れるようにしてたどり着き確保した休息の場、酒保のある洋館の一室は「渠」の臨終の場となる。ここで脚気衝心が、ついに始まってしまうのである。以後「渠」の疼痛との闘いの様子を、〈死〉に立ち向かいついに敗北していく過程を語り手は実に克明に語っていく。そしてその時これまで「渠」の生理的な苦痛を内側から身体的に現前するかのように語ろうとしていた語り手は、次第に（それを語ることの困難さからか）、「渠」の身体から遊離し距離をとっていくことになる。「渠」のモノローグ的言説は減少し、語り手の説明的叙述によって、「渠」が苦しむ姿が顕現されるという現象が起こって来る。

語り手は間断なく襲う「疼痛」を、できる限り「渠」の身に即して表現しようと努めるかのようである。

▼自然と身体を藻掻かずには居られなくなつた。綿のやうに疲れ果てた身でも、この圧迫には敵はない。無意識に輾転反側した。

▼疼痛、疼痛、その絶大な力と戦はねばならぬ。

▼潮のやうに押寄せる。暴風のやうに荒れわたる。（略）体を右に左に蜿《もが》いた。『苦しい……』と思はず叫んだ。

▼疼痛は波のやうに押寄せては引き、引ては押寄せる。

▼疼痛、疼痛、かれは更に輾転反側した。

「渠」を襲う生理的苦痛の大きさを「潮」「暴風」「波」という自然の力に譬えて説明しているように、語り手がここで物質的自然としての人間の側面を強調していることは明らかである。自然の力としての肉体的苦痛に圧倒されていく人間の姿が繰り返し提示される。そして、作品の全てのベクトルは〈意識は生理に及ばない〉というテーゼを実証するかの方向性を示して、

> 彼は既に死を明かに自覚して居た。けれどそれが別段苦しくも悲しくも感じない。（略）唯、此の苦痛、堪へ難い此の苦痛から脱れ度いと思つた。

という「渠」の死の直前の思いを説明する語り手の言葉へと収束していく。生理的痛みは人間から「悲嘆」「追憶」「空想」そして〈死〉への恐怖といった形而上的領域を喪失させていく。人間における生理的苦痛は絶大な力を顕示する。しかしその苦痛から逃れようと輾転反側する「渠」の行為が、「自然と」「無意識に」[13]「思はず」なされるものと語り手に説明されればされるほど、読者は語られる「渠」と語る語り手との距離を感じていく。「渠」のその時の無意識裡に働く想念や行為やを語っていくことによってむしろ語る語り手をこそ顕在化させてしまう。疼痛に襲われた「渠」の身体的・内的ありようを言葉によって現前させることの難しさを読者は感知していくのである。

> けれど実際はまださう苦しいとは感じて居なかつた。苦しいには違ひないが更に大きな苦痛に耐へなければならぬと思ふ努力が少くとも其苦痛を軽くした。一種の力は波のやうに全身に漲つた。／死ぬのは悲しいといふ念よりもこの苦痛に打克たうといふ念の方が強烈であつた。（略）一方には人間の生存に対する権利といふやうな積極的の力が強く横はつた。

死を免れたいという生命力が、この時の「渠」をして苦痛と戦わせる。語り手は生存の戦いを行っている「渠」

を饒舌なくらい説明していく。しかしやがて、

『苦しい！　苦しい！　苦しい！』／続けざまにけたゝましく叫んだ。／『苦しい、誰か……誰か居らんか』／と暫くしてまた叫んだ。／強烈なる生存の力ももう余程衰へて了つた。意識的に救助を求めると言ふよりは、今は殆ど夢中である。自然力に襲はれた木の葉のそよぎ、浪の叫び、人間の悲鳴！

というように語り手は完全に「渠」と遊離して、「木の葉」「浪」「人間」という並列のなかで「渠」という存在を見ていく。物質的自然としての人間の姿に傍観者として感嘆しているのである。続いて現れる「此室」についての叙述では、既に渡邉正彦氏[14]も指摘しているように、これまで兵卒に密着してきた視点とは異質な、全知の神のような位置に語り手は立って、見ていることがわかる。

其の声がしんとした室に凄じく漂ひ渡る。此室には一月前まで露国の鉄道援護の士官が起臥して居た。日本兵が始めて入つた時、壁には黒く煤けた基督の像が懸けてあつた。昨年の冬は、満洲の野に降頻る風雪をこの硝子窓から眺めて、其士官はウオツカを飲んだ。毛皮の防寒服を着て、戸外に兵士が立つて居た。日本兵の為すに足らざるを言つて、虹のごとき気焔を吐いた。其の室に、今、垂死の兵士の叫喚が響き渡る。

「一月前」「昨年の冬」と時間を遡りながら語り手は「此室」の経てきた歴史に思いを馳せる。露西亜軍が使用していた室が日本軍の進軍によって様態を異にしていったことを語る。それは「渠」（ここでは「兵士」という呼称になる）の知らない出来事であり、ここには語り手独自の感慨が浮上しているとしか読めない。その感慨とはこれまで追って来た「垂死の兵士」の問題とは必ずしも直結しない〈戦争〉への思いである。語り手は「虹のごとき気焔」として日本兵を侮ったロシア兵を揶揄し、日本軍の勝利への感慨を深めている。これまで殆ど存在を主張していなかった語り手は、もはや独自の論理のなかに「渠」の死を位置づけようとしているかのようである。大きな歴史的時間

のなかで出来事を見ようとしている語り手がいる。

「寂として居る。蟋蟀は同じやさしいさびしい調子で鳴いて居る。満洲の広漠たる野には、遅い月が昇つたと見えて、あたりが明るくなつて、硝子窓の外は既に其の光を受けて居た」という静的な情景は、少し前にある「苦痛に悶えながら、『あ、蟋蟀が鳴いて居る……』とかれは思つた。其の哀切な虫の調が何だか全身に染み入るやうに覚えた」という叙述と呼応して「渠」が感受したものと読むこともできる。しかし続く「叫喚、悲鳴、絶望、渠は室の中をのたうち廻つた」という説明や、繰り返し挿入される『苦しい！ 苦しい！』という叫喚によって現前される「渠」の苦痛の凄まじさに伴う動的なありようと、辺りの静的情景との落差は大きい。むしろ語り手が全知的視点によって、あえて対比的に語るその室の静的光景が現前しているとすべきであろう。語り手はここへ来て全てのものを等価に眺めつつ、一つの場面を意図的に構成する主体と化している。その構成意図とは自然の悠久と人間のはかなさとの対比である。悠久な時間・悠久な自然のなかに、回帰していく〈自然〉としての人間の、卑小な姿を位置づけようという構図である。

末尾の数行で「渠」の死後のことが語られる。

黎明に兵站部の軍医が来た。けれど其の一時間前に、渠は既に死んで居た。一番の汽車が開路々々の懸声と共に、鞍山站に向つて発車した頃は、その残月が薄く白けて、淋しく空に懸つて居た。／暫くして砲声が盛に聞え出した。九月一日の遼陽攻撃は始まつた。

「渠」の死後も依然として流れる時間がここに示されている。人間における形而下の問題、生理・欲望の重さを追って来た語り手は、「渠」の死を歴史的時間の流れのなかで形而上的な問題として意味づけようとしている。語り手が捉えた「淋しく空に懸」かる残月は、ここまで何度か挿入されて来た悲哀を帯びた自然の映像と重なってこの作品の基調を構成しているかのようである。「一兵卒」末尾に至って読者の前には実体的存在としての語り手の相貌が見えてくる。ここには一個の〈物体〉として死んでいった兵卒への語り手の主観的感慨こそが前景化しているのである。

＊

同時代批評[15]以来、その「技巧」「アート」が指摘され続けて来たように、「一兵卒」が緻密に構成された作品であることは言を俟たない。また〈描写〉という表現技法の上でもその実践は高く評価されている。[16]しかしその意図的な構成や手法やによって具体的に何が表現されているのか、という問題になると必ずしも捉え方は明確ではなかった。日露戦争に従軍記者として関わった花袋の体験を題材とした戦争文学[17]（リアリズム文学）とするのが一般的だったと言えよう。しかし「隣室」と並べた時、[18]「一兵卒」が顕現している世界は戦争の実態でもなければましてや反戦小説といった性格を示しているわけでもないことがわかる。この作品によって顕現されているのは、物質的自然としての生を免れない人間の卑小さ無力さである。結局大いなる自然のなかに飲み込まれていかざるを得ない、とする人間の生への慨嘆である。そして、その慨嘆を導き出してくるのは、人間の生理的側面の絶大な威力を動かし難い〈事実〉とする観念[19]である。この一点を通して、「一兵卒」の語り手が示した作品の構図と、「隣室」の「私」が示した主観と重なってくるのを読者は認める。「隣室」の「私」の解釈・報告が、一つの世界を現前させようとする「一兵卒」の語り手の構成意識とアナロジーをなしているのである。脚気衝心という病気を媒体として、田舎の旅籠屋と戦場と、シチュエーションを全く異にしながら、そこで追究されている人間を捉える観点は同一のテーゼのもとにあった。このことは、この時期花袋が強調していた〈事実〉というものの中身を改めて考えさせられる。

私の『蒲団』は、作者には何の考えもない。懺悔でもないし、わざとあゝした醜事実を選んで書いた訳でもない。唯、自己が人生の中から発見したある事実、それを読者の眼の前にひろげて見せただけのことである。（略）又読者があれを作者の経験に好奇心であてはめて見て、人格が何うの、責任が何うの、思想が何うのと評判しやうが何うが、そんなことは何でもない。作者は唯その発見した事実を何の位まで描き得たか、何の点まで実に迫つて書き得たか、唯々それを顧慮するばかりである。（『小説作法』明42・6　博文館「第一編小説と作法三懺悔録と小説」）

「蒲団」発表後、最も早い時期に花袋自身がそのモチーフについて語った文章である。この文章の中の「蒲団」を「一兵卒」に置き換えても何の違和感もなく読めるのではないか。ここでいう「人生の中から発見した事実」とは、科学者によって明らかにされた「人間の如何なるものであるかといふ真相」のことを指している。花袋は同じ文章で科学者の「其真相を明かにさへすればそれで好い」という「離れた態度と離れた研究とが、実に十九世紀の思潮を覆して、宗教者をして顔色なからしめた大きな事実となつた」とし、小説は「科学で明かにした説明を更に機能的に行こうとする処にまことの意義がある」と明快に定義する。こうした言説からは同時代の「蒲団」評価[20]の根拠となった、〈自己告白〉のモチーフは窺えない[21]。花袋が「蒲団」で描いたのはまずもって人間の〈事実〉（普遍的人間のありよう）であったということである。〈私〉を描くという道徳的に困難なハードルを躊躇なく超えられた理由はこの辺りにあったとも思われる。この無意識のうちに跨いだハードルを人々は評価した。それが以後の花袋を何がなし規定していくことになった。引用した「蒲団」発表時にもっとも近い花袋の発言と後年のそれ[22]とに落差の生まれる所以である。

「隣室」と「一兵卒」と二作品（いや、この時期の「蒲団」他の作品も）を検討していく時、若き日、花袋がゾラやモーパッサンやフローベールやに接することによって獲得した、〈人間もまた自然である〉という〈事実〉の発見の衝撃がいかに大きかったかが窺える。さしづめ現代の我々がビッグバンや遺伝子理論に遭遇した時に匹敵する経験であったろうか。その意味では花袋はフランスの自然主義の背景にある科学主義・実証主義の精神の一端を正当に受けとめたと言えるであろう。そして、この「科学的」人間観は〈新しい〉観念であったがゆえに、それ以降の花袋をいかに根深く捕らえていったことか。伝統的に身につけて来た教養やモラルやと近代主義的知識と、この花袋の認識上の葛藤のダイナミズムが、彼の小説や数多くの評論やを見ていく時にもっと捉えられてもよいのではないだろうか。「描写論」（『早稲田文学』明44・4）で一応のまとまりを見せる花袋の描写論に関しても、そこまでのプロセスを考えると認識論と表現技法論との間で大きく揺れていたことが窺える。しかし、この問題及び「蒲団」の実質的検討は別稿に譲るほかない。

＊作品本文の引用は『定本花袋全集』第一巻（「一兵卒」）、二十三巻（「隣室」）（平5・4、平7・3　臨川書店）による。

注記

（1）これらの作品は全て『花袋集』（明41・3　易風社）に収録された。冒頭に「蒲団」、末尾に「一兵卒」が置かれている。同様の観点の見られる他の収録作品に「家婢」「キス以前」が挙げられる。

（2）中川米造・丸山博編『日本科学技術史大系第24巻〈医学一〉』（昭40・10　第一法規出版）。脚気に関する知識は概ねこの書に拠る。なお、森林太郎（鷗外）「非日本食論ハ将ニ其根拠ヲ失ハントス」（明21）等に支えられて陸軍が白米食にこだわり続けた背景には、高価につく肉食・洋食の経済的負担に大所帯ゆえに耐え難いという点があったという推測がこの書でなされている。

（3）柄谷行人氏（『日本近代文学の起源』昭55・8　講談社）は「告白」という形式・制度が先にあって告白する内面が形作られたという、「蒲団」によって顕在化した日本近代文学における一つの「転倒」現象を指摘した。小森陽一氏は「自然主義の再評価」（『日本文学講座6』昭63・6　大修館書店）で「結果として最も「文学」的な擬制をつくり出し」た日本自然主義文学の実質の再検討を喚起している。

(4) 根岸泰子氏「田山花袋の「平面描写」論──明治文学における作中人物相対化の一様相」(『国文』昭60・1)「田山花袋「平面描写」再論──「印象描写」へ至る語り手の問題」(『岐阜大学国語国文学』昭62・3)、川上美那子氏「自然主義小説の表現構造──『重右衛門の最後』から『生』へ」(『人文学報』平元・3、のち『有島武郎と同時代文学』所収 平5・12 審美社)等でなされている。また山川篤氏は『花袋・フローベール・モーパッサン』正・続(平5・10、平7・3 駿河台出版社)で花袋の「ボヴァリ夫人」翻訳への軌跡を詳細に追っている。こうした一連の論考から、花袋がいかに西欧的客観小説の実現を指向していたかが窺える。なお、中山眞彦氏「日本語はフローベールをどこまで受容できるか──『蒲団』の仏語訳と『ボヴァリー夫人』の日本語訳」(『文学』昭63・12)に、「西洋流第三人称小説が少なくとも潜在的には意図されていた」「蒲団」が「主人公の独白という印象を与えてしまう」理由を、「主人公と語り手の自然な癒着という日本語の特性」に見ていく興味深い考察がある。

(5) 『フランス文学講座5 思想』(昭52・6 大修館書店)「科学主義」「科学主義への反動」の項参照。山川篤氏「フランスの自然主義と日本の自然主義」(『定本花袋全集』第26巻月報 平7・6)は、ゾラが初めて「ナチュラリスム」という言葉を使ったこと、その基になった「ナチュラリスト」とは生理学者の意味であったことを紹介している。

(6) 十川信介氏「「自然」の変貌──明治三十五年前後」(『文学』昭61・8)が「この小説は当時の花袋が抱いた自然に関する認識を描こうとした作品」とし、「作中における「自然」の転位」を論じている。また、松村友視氏「田山花袋『重右衛門の最後』論──その史的位置づけをめぐって」(岡保生氏編『近代文芸新攷』所収 平3・3 新典社)が、この語り手「自分」の「自然」論を、異郷訪問譚の枠組みを持つとするこの作品のなかで意味づけようとしている。筆者もかつて明治三十年代の花袋の〈自然〉について考えたことがある(「花袋と〈内なる自然〉──「重右衛門の最後」前後」『日本近代文学』28集 昭56・9)。基本的には花袋の〈自然〉観は四十年代も変わっていないと思われる。

(7) 五井信氏「花袋小説における〈人称〉の問題──明治40年前後の短編の分析」(『立教大学日本文学』66号 平3・7)は、「隣室」が「話し口調のテクストであること」への注意を促している。

(8) 福岡県遠賀郡若松町(現北九州市若松区)。筑豊炭の積み出し港として繁栄していた。脚気の客は、故郷の滑川(埼玉県比企郡滑川村)から出稼ぎに行っていた。この設定は脚気が、農村の生活から都市部の若松の生活へというなかで、食生活が変化したことから起こったことを窺わせる。

(9)『近代日本総合年表　第二版』（昭59・5　岩波書店）
(10)小林修氏「「一兵卒」試論」（『南日本短期大学紀要』昭46・12）に「言わば帰属性を失なった一時的な真空状態にある病兵」という指摘がある。
(11)注10の論文。
(12)飯塚一幸氏「日清・日露戦争と農村社会」（井口和起氏編『近代日本の軌跡3　日清・日露戦争』所収　平6・10　吉川弘文館）
(13)前掲五井氏論文に「しばしば指摘される「傍観者的態度」」というものは〈三人称〉の形式においては「「鳥度離れて見」ている「作者」＝語り手の存在を読者に強く意識させることになるのではないか」という指摘がある。
(14)「田山花袋『一兵卒』論II――戦争文学としての評価」（『群馬県立女子大学国文学研究』第8号　昭63・3）
(15)『新潮』（明41・1）『趣味』（明41・2）『中央公論』（明41・5）等の批評のなかで指摘されている。なお、「一兵卒」の同時代批評は前掲小林修氏論文に詳細に紹介されている。
(16)前掲川上美那子氏論文など。
(17)「一兵卒」を戦争文学として最も評価しているのは渡邉正彦氏であろう。氏には前掲論文の他、「田山花袋『一兵卒』論I――花袋の戦争観を中心に」（小林一郎氏編『日本文学の心情と理念』所収　平元・2　明治書院）がある。またこの作品のモデル等の事実調査が小林修氏（前掲論文）小林一郎氏（『田山花袋研究――博文館時代（二）』昭54・2　桜楓社）にある。
(18)この二作品の相似については既に和田謹吾氏（「「蒲団」前後」「花袋と日露戦争」『増補自然主義文学』昭58・11　文泉堂出版）平岡敏夫氏（「田山花袋『第二軍従征日記』の周辺」『日露戦後文学の研究下巻』昭60・7　有精堂）などに指摘がある。
(19)岩佐壮四郎氏「「自然」という思想――明治三十年代を中心に」（『日本文学史を読むV近代1』所収　平4・6　有精堂）も同時代の作家と共有した花袋の「自然」という「観念」・「思想」の展開に照明をあてている。
(20)多くの同時代の「蒲団」評のうち最も突出しているのは『早稲田文学』（明40・10）の合評であろう。「此作の力は自分の閲歴を真率に告白した処にある」（風葉）「此の一篇は肉の人、赤裸々の人間の大胆な懺悔録」（抱月）と「告白」というところで評価している。その他「全篇を貫く真の声、佯らざる告白が新文芸の生命」（無署名「九月の雑誌」『文庫』明40・9・15）「忌憚なき描写と率直なる自白とを試みたる」（一記者「『蒲団』を読む」『新声』明40・10・1）と「告白」という点で評価しているものは多い。

（21）「蒲団」執筆時の花袋に「告白」のモチーフはなかったのではないかとする指摘は、早くは和田謹吾氏（前掲書）にある。

（22）たとえば「私のアンナ・マアル」（『東京の三十年』大6・6　博文館）で「私も苦しい道を歩きたいと思つた。世間に対して戦ふと共に自己に対しても勇敢に戦はうと思つた。かくして置いたもの、壅蔽して置いたもの、それを打明けては自己の精神も破壊されるかと思はれるやうなもの、さういふものをも開いて出して見ようと思つた」と述べている。

III

〈語り手〉の顕現／〈語り手〉の変容——〈三人称〉小説の諸相

「三四郎」・叙述の視点

「三四郎」（『東京・大阪朝日新聞』明41・9・1――同12・29　百十七回連載）の叙述は、概ね主人公・三四郎の一元的視点によってなされていると言ってよいだろう。語り手は、多くの場合三四郎のものの観方・感じ方に即して叙述している。その意味では、一見非常にわかりやすい文体である。しかし、この語り手は、しばしば、批評する主体として登場し三四郎批判を展開しもするように、語り手の三四郎との関係（距離）のとり方は一定ではない。つまり、「三四郎」の叙述は、三四郎に寄り添いながらも、三四郎の行動や認識やの特徴をわざわざ読者に喚起していくかのように叙述を進めていく語り手即ち三四郎に対して一定の距離を持つ語り手の叙述と、その距離が全く無くなってしまう（三四郎と一体化する）語り手の叙述とが混在しているのである。そして、これまでの「三四郎」論では、この後者の叙述をかなり迂闊に読み過ごしてきたといえる。その要因は、松元季久代氏(1)が指摘したように「人称と視点のずれ」にあると思われる。「三四郎」の叙述は、三四郎による一人称的視点の部分でも「三四郎は」という語り手の三人称呼称によってなされているのである。しかし、松元氏がこうした叙述に対して「主人公の内言、いわゆる心中思惟の言葉なのか、あるいは語り手の描写なのか」「それを特定しようとしても絶対的な答えはない」

としていくのは早計なのではないだろうか。何故なら「三四郎」の叙述を検討した時、殊に第十二章までは、語り手は純粋な三四郎の内言的部分については明確にそれとわかるような目印を付すことを忘れていないからである。「三四郎」の叙述はわかりにくく見えてその実、用意周到なのである。それを進めていく語り手は、意識的且つアイロニカルに三四郎を見つめている。ここでは、そのいくつかの箇所を使いながら、以下叙述のありようを具体的に検討してみたい。

＊

たとえば、冒頭の汽車の場面を具体的に頭に想い描きながら読んでいく時、一つの素朴な疑問が湧いてくる。三四郎と例の〈汽車の女〉の座席の位置について、二人がどのような配置で車内にいたのかという疑問である。三四郎が乗っていたのは三等車。当時、神戸―新橋間の東海道線の三等車室の座席は乗客が対面して座るボックス型。「向かい合った椅子席で長時間、見知らぬ人たちと顔を合わせてい(2)」くことになる。三四郎は、京都で〈女〉が乗った時から眼を引きつけられ、「五分に一度位は眼を上げて女の方を見てゐた」「注意して出来る丈長い間、女の様子を見てゐた」のである。こうした叙述から、読者は三四郎と〈女〉は向かい合って座っているかのように錯覚する。しかし、よく読むとそうではない。「例の女はすうと立つて三四郎の横を通り越して車室の外へ出て行つた。此時女の帯の色が始めて三四郎の眼に這入つた。三四郎は鮎の煮浸しの頭を啣《くは》へた儘女の後姿を見送つてゐた」「女はやがて帰つて来た。今度は正面が見えた。(中略)ひよいと眼を挙て見ると矢張正面に立つてゐた。然し三四郎が眼を挙ると同時に女は動き出した。只三四郎の横を通つて、自分の座へ帰るべき所を、すぐと前へ来て」というように、車室から出る前まで〈女〉が座っていた席は、三四郎が座っていた席より更に汽車の進行方向へ進んだところ、つまり三四郎の背後に在ったことがわかる(「風に逆らつて抛げた折の蓋が白く舞戻つた」時、三四郎の眼の前に居た〈女〉が額を「拭き始めた」のを認めたように、三四郎は、進行方向と反対の向きに腰かけていた)。従って、実のところ三四郎の座席の位置から、〈女〉の入って来た入口を正面に見た態勢で、背後の〈女〉の腰掛けた席が自然に視野に入るわけはない。「五分に一度位は眼を上げて」〈女〉を見るためには、三四郎の身体が〈女〉の方を向いていなければならない。この一見相矛盾する叙述を合理的に解釈するためには三四郎が身体を動かしていたと考えるしかない。三四郎は無意識裡に身体の向きを移動して、席についた〈女〉の方を折あるごとに見ていたのである。ちょうど「髭の男」が話した挿話の中の豚のように。

読者には見えにくくても、こうした三四郎の態度に〈女〉が気がつかないはずはない。自分に異常に関心を寄せる男の視線を十分感じていたと思われる。だからこそ、終点の名古屋での宿への案内を頼んだのである。〈女〉が旅館で同室になるのを拒まなかったのも、一つの床を敷いた蚊帳の中へ先に入ったのも、三四郎という異性が自分に対して興味と関心と欲望とを抱いていることを承知していたからである。〈女〉は三四郎のなかの下心を見抜き、進んで、そしてさりげなくそれに応じた。この同衾事件は決して「偶然」[3]導き出された事態なのではない。翌朝、〈女〉が三四郎との別れ際に「あなたは余っ程度胸のない方ですね」と言うのも、三四郎の自分への関心を見抜いていたことから漏らされた言葉に他ならない。

「女の隣りに腰を懸けた迄よく注意して見てゐた」「乗つた時から(中略)眼に着いた」「顔立から云ふと、此女の方が余程上等である。口に締りがある。眼が判明してゐる」「五分に一度位は眼を上げて女の方を見てゐた。時々は女と自分の眼が行き中る事もあつた。(中略)尤も注意して、出来る丈長い間、女の様子を見てゐた。其時女はにこりと笑つて、さあ御掛と云つて爺さんに席を譲つてゐた」と、三四郎は〈女〉をよく観察している。また見ていただけではなく、〈女〉が爺さんと交わす会話にも熱心に耳を傾けていた。「黙つて二人の話を聞いて居た。女はこんな事を云ふ。――」。こうした叙述は、語り手が三四郎の眼や耳や認識やを通して、即ち三四郎の身体と一体となって対象を捉えていくという形でなされている。従って、当然その時の三四郎を客観的な位置から眺める視点は失われていく。前述した相矛盾した叙述が現れてくる所以である。そして、こうした叙述のなかに顕現する三四郎に対する、他者の反応が描かれることによって、一層、三四郎という人物の在りようが読者に捉えられていくことになる。

さて、「三四郎」には、「人称と視点のずれ」の間に、しばしば、こうした三四郎と全く一体化した語り手によって叙述されている場面が出現してくる。そうした場面をも語り手によって客観的視点から描かれた場面として読むと、思わぬ方向へと作品理解を導いていく。近年盛んに行われた、「美禰子の愛」をめぐっての読み取りも、その場の叙述の視点を検討した上で捉え直してみる必要がある。

よし子は余念なく眺めてゐる。広田先生と野々宮はしきりに話しを始めた。菊の培養法が違ふとか何とかいふ所で、三四郎は、外の見物に隔てられて、一間ばかり離れた。美禰子はもう三四郎より先にゐる。見物は概して町家のものである。教育のありさうなものは極めて少い。美禰子は其間に立つて、振り返つた。首を延ばして、野々宮のゐる方を見た。野々宮は右の手を竹の手欄から出して、菊の根を指しながら、何か熱心に説明してゐる。美禰子は又向をむいた。見物に押されて、さつさと出口の方へ行く。三四郎は群集を押し分けながら、三人を棄てゝ、美禰子の後を追つて行つた。

第五章、連れ立って団子坂の菊人形展を見に来たところである。先行論文(4)のいくつかはこの場面の「首を延ばして、野々宮のゐる方を見た」という「美禰子」の視線を捕らえて、野々宮に何らかのこだわりを持つ美禰子を説明する。しかし、この場面も、広田先生・野々宮兄妹のグループと、先へ行った美禰子との中間の位置に立っている三四郎の眼や耳やを通した所から捉えられているのだ。菊の培養法が云々という、広田先生と野々宮との会話を耳にしながら、三四郎は見物の群衆に隔てられて一間（約一・八メートル）ばかり仲間から離れる（語り手は明らかに、三四郎の耳に届く声でこの間の距離を示している）。三四郎の眼は、更に「先にゐる」美禰子を追っている。「見物は概して町家のものである。教育のありさうなものは極めて少い」という、唐突に挿入される、こうした認識も、語り手のものというより三四郎のものであろう。三四郎が、そうした「教育のありさう」もない群衆の「間に立つて」いる美禰子を心配してのことである。このしばらく後、二人だけになった時、三四郎は美禰子に言っている。「どうです具合は。頭痛でもしますか。あんまり人が大勢ゐた所為でせう。あの人形を見てゐる連中のうちには随分下等なのがゐた様だから――何か失礼でもしましたか」と。第一章の「髭の男」と出会った場面で、「教育を受けた自分」「学校教育を受けつゝある」自分への自負と優越感とに凝り固まっている三四郎が描き出されているように、教育の有る無しによって、あるいは自分の勝手な基準から人間を外観のみで上等・下等と判別するなどは、三四郎のなかにある、ものの見方の軽薄さ皮相性を示していると言えるだろう。語り手は、三四郎と一体化しつつも、その見方・捉え方が三四郎固有のものであることを明示しておくことを忘れない。

　この時の美禰子は、実際に、三四郎が判断したように「野々宮のゐる方を見た」のかもしれない。この小説の時間が始まる以前に美禰子と野々宮との間に何らかの劇《ドラマ》があったこと、その名残りが現在の美禰子の心象に時折投影してくることは否定できない。しかし、この文脈で見ておくべきなのは、美禰子の視線の方角に対して広田先生のいる方、ではなく「野々宮のゐる方」(5)と捉えた三四郎の受けとめ方である。「野々宮は右の手を竹の手欄から出して」云々という箇所は、美禰子の視線に誘われるようにして野々宮を見た時、三四郎が捉えた姿であり、「何か」説明をしているその声ははっきりと耳に届かなくても、「右の手」で菊の根元を指したという細かな動作を見ることができる位置に居たのは、更に先にいた美禰子ではなく、一間ばかりの距離にいた三四郎であろう。この後、「さつさと出口の方へ行く」美禰子を三四郎は追っていく。三四郎は常に美禰子から眼を離さずにいる。まさに美禰子に「囚はれて」（二）いる。それも、恋のライバルとして（?）の野々宮に対して異常に意識を働かせるという形で。「自分は美禰子に苦しんでゐる。美禰子の傍に野々宮さんを置くと猶苦しんで来る」（七）と、やがて三四郎は自分の意識が顕在化してくる様を見つめていくが、ここまでの三四郎は、それと意識せずに「囚はれ」ていく。

　第六章運動会の場面も、叙述の視点に留意しながら見ていくと、そうした三四郎の位相がよく窺える。会場に入った三四郎の眼はひたすら美禰子を追う。美禰子の居場所を発見した後は、眼はそこに吸いついて離れない。

> (野々宮さんは――筆者注) 丁度美禰子とよし子の坐つてゐる真前の所へ出た。低い柵の向側から首を婦人席の中へ延ばして、何か云つてゐる。美禰子は立つた。野々宮さんの所迄歩いて行く。柵の向ふと此方で話しを始めた様に見える。美禰子は急に振り返つた。嬉しさうな笑に充ちた顔である。三四郎は遠くから一生懸命に二人を見守つてゐた。

　こうした光景も、三四郎の視線によって捕らえられたものである。美禰子の表情を捕らえて「嬉しさうな笑に充ちた顔」と見たのは三四郎である。そして、その原因を野々宮に見たのも三四郎である。野々宮と「嬉しさう」に会話を交わしている美禰子の姿は三四郎の眼に映った美禰子と読むことができる。現に、この美禰子の「嬉しさうな笑」については、この後、「先刻あなたの所へ来て (野々宮が――筆者注) 何か話してゐましたね」という三四郎の問いに答える形で美禰子の口から理由が明かされる。「原口さんが、今日見に来て入らしつてね。みんなを写生してゐるから、私達も用心しないと、ポンチに画かれるからつて、野々宮さんがわざ〳〵注意して下すつたんです」と説明されるように、美禰子が「急に振り返つた」のはポンチに描くという原口を探すためであり、それがおかしくて笑ったのである。

偶然、病院の廊下で再会した時、美禰子の髪に飾ってあったリボンの「色も質も、慥に野々宮君が兼安で買つたものと同じであると考へ出した時」（三）から三四郎は、美禰子と野々宮の仲を疑い始めた。この二人を結びつけて考えてしまう三四郎の想念は、相当根深く彼の意識と無意識とを縛りあげていく。そして、そうした想念に「囚はれ」た三四郎の意識は自ずと彼の「外部の態度」（六）を決定していくのであり、「囚はれ」たゆえの不自然さを露呈していく。他方、作中美禰子の眼に映る三四郎はほとんど描かれていない。だが、これまで述べてきたような三四郎に、対応し反応する美禰子の様子はかなりの程度描かれており、読者はそこから美禰子の抱えていた問題の一端に、美禰子とは何者であるのかに、それなりに触れることができるのである。詳述は別稿を予定しているが、六章の崖の上での三四郎と美禰子の会話を見ると、話題を、二人に固有の所に持っていこうとする美禰子と、こだわりを消すことができない野々宮の件に持っていってしまう三四郎と、見事に嚙み合わない様子が描かれている。この後で突然美禰子が野々宮論をぶつのも、余りに三四郎が野々宮にこだわるからに他ならない。美禰子は、こうした三四郎を「索引の付いてゐる人の心さへ中て見様となさらない呑気な方」（八）と評し、内心「話しの出来ない馬鹿か、此方を相手にしない偉い男か」（同）と思う。三四郎は「囚はれ」ているゆえに、他者としての美禰子を捉えることができず、美禰子の「索引」を受けとめられないのである。しかし、自意識に捕らわれた美禰子もまた、こうした三四郎を捉えることができずに翻弄されていたのである。「三四郎」という小説は、この二人の気持ちの行き違いすれ違いを実に周到に描き出す。そして、三四郎に焦点化しながらも、彼の「囚はれ」たありようを読者に明示しつつ叙述を進めていく語り手の視線は、しばしば登場する三四郎の批評者（「田舎者だから」「年が若いから」「切実に生死の問題を考へた事のない」といった根拠で批評していく。）のそれと重なっているといえよう。十三章に至って、視点が転換されるのは、それ以前の三四郎的世界が相対化されるものとしてあることを意味している。

「三四郎」の叙述の視点について考えた時、三四郎の視点によるそれの他に、三四郎にとっての他者の（主として美禰子の）視点も出現する。語り手はかなり自在に叙述の視点を使い分けているのである。また、たとえば「三四郎は又見惚れてゐた」「矢つ張り見てゐた」（二）のように、「又」とか「矢つ張り」とか、三四郎の動作を説明していく際の語り手の判断が唐突に挿入されることが時折ある。これらの副詞は、前後の文脈から意味がわかる使われ方ではなく、かなり前の場面との対応を示している。(6) つまり、語り手は全体を把握しているかのような存在として居るのである。こうした小説に対して「わかりにくい」(7) とか、「単線的なストーリーさえまだ確定していない、いや、確定できない」(8) という形で放置しておくことは許されないのではないか。「三四郎」は、叙述していく視点を厳密に測定していく作業を通して、多くの部分読みが確定できる小説なのではないだろうか。叙述の位相を考えた時、読みの恣意性を許さないくらい語り手の目配りの利いた用意周到な様が浮かび上がってくる。

＊作品本文の引用は、『漱石文学全集五』（昭46・6　集英社）による。なお本文中の傍点・傍線は全て筆者による。

注記

（1）「『三四郎』の語り手と作者―アイロニーからの脱出―」（『日本近代文学』第45集　平3・10）

本稿執筆中に松元氏の論文に接して、本稿の主張と重なるものを見た。しかし、松元氏の、三四郎の「疑似直接話法」の「効果」をあげている部分に、三四郎と「透明な」「非人称的」語り手との「対話的関係」を見るという捉え方には、（『三四郎』からのデータが少ないために判断に苦しむが）多く違和を覚えた。氏が、「草子地的」「尾骶骨」といい『三四郎』以前の作品系列の「名残り」としていく語り手の生な声は、この小説世界を限なく見据えている重要な視点なのではないだろうか。

（2）清水勲編『ビゴー日本素描集』（岩波文庫　昭61・5）「解説」

（3）三好行雄氏「迷羊の群れ―『三四郎』―」（『鷗外と漱石―明治のエートス―』所収　昭58・5　力富書房）

（4）千種・キムラ・スティーブン氏「『三四郎』試論（続）―迷羊について―」（『解釈と鑑賞』昭58・5）、酒井英行氏「広田先生の夢―『三四郎』から『それから』へ―」（『文芸と批評』昭53・7）等。

（5）小池清治氏は「近代文体の創造」（『日本語はいかにつくられたか?』平元・5　筑摩書房）の中で、『三四郎』の「野々宮宗八の作中での呼称例とその用例数」を調査している。それによると、「野々宮」という呼称の使い方には二種あり、その一つは三四郎の主観即ち「野々宮宗八を一個の男、ライバルとして見るという意識が反映している用法」とする。ここは、それに当る。

（6）加藤逸毅氏（「『三四郎』論―判定不能の現実世界―」『国文学攷』昭61・9）は、この「又」は一章の汽車の女を「見てゐた」「といった描写と対応するものであろう」と指摘している。これに類する叙述は他にも見られる。

（7）三好行雄氏・平岡敏夫氏対談「漱石図書館からの展望」（『解釈と鑑賞』昭59・10）における平岡氏の発言。

（8）石原千秋氏「三四郎」（『近代小説研究必携―卒論・レポートを書くために―』第一巻　昭63・4　有精堂）

揺らめく「物語」——「たけくらべ」試解

1　問題設定——〈大黒屋・寮の門前での場面〉の意味するもの

「たけくらべ」で最も印象的な場面、何度読んでも切ない思いを抱かせられ好感を覚える場面は、十二・十三章の大黒屋の寮の門前での場面である。時雨の降る朝、使いに出た信如が美登利の住む寮の前を通り過ぎる時、下駄の鼻緒を切る。その人が信如とは知らず、美登利は助けの手を差し伸べるために中から駆け出して来る。そして格子門を挟んで、二人は各々の思いを巡らす静止した時間を過ごす。この場面は、「たけくらべ」のなかにくっきりと嵌め込まれている。千束神社の夏祭から初冬三の酉の祭りを経て、ある霜の朝へと、季節の推移に従って絵巻物のように流れる「たけくらべ」の日常的時間がここで停止している。そして、この場面にこそ「たけくらべ」のなかの唯一の劇《ドラマ》がゆるやかに繰り広げられる。その劇《ドラマ》とは、美登利のなかで、見えにくい形ではあるが信如のなかで、いや、ここまで饒舌なくらいこの「大音寺前」という土地の人々・子供たちを手に取るように明確に隈取って語ってきた、「たけくらべ」の語り手のなかでこそ、起こっているようである。この場面で語り手は美登利・信如の二人に焦点を合わせて微細にその心理を探ろうとしている。語り手にとってもここでの二人は他者と化しているのである。「たけくらべ」はここでようやく小説的なうねりを顕現し始め、ひとつのクライマックスを迎える。

しかし、この印象的な場面をどう読むのか、「たけくらべ」一篇のなかでどう位置付けるのかと問われると、途端に立ち止まらざるを得ない。ほとんどの論者がこの場面について言及するが、その解釈は千差万別である。一つ一つの叙述の意味は揺れ動き、様々な意味を喚起する言葉の前に読者の解釈は大きく分岐していく。あるいは、読者は各々の構築した既有の「たけくらべ」の「物語」(その多くは「信如と美登利の初恋物語」としてあるのだが)に従い強引にこの場面を解釈して通り過ぎていく。この場面の読みはあたかも各自の「たけくらべ」読解の行方を占う試金石として置かれているようである。この要所の読みを何らかの形で固めない限り、「たけくらべ」の「物語」(統一的世界としての把握)が成されない、また「たけくらべ」の感動の内実が左右されかねない、そんな風に思われる。

作品論を志向する者は、その作品を読むことによって自分のうちに何らかの「物語」を構築していこうとする。見果てぬ夢としての唯一の「物語」を求めて解釈を繰り返し、作品の言葉の究極の意味を見出そうとする。しかし、果たして「たけくらべ」はこうした読者のなかで、統一的像を結び得る本文《テクスト》としてあるのだろうか。また、〈読む〉という行為のなかで、本文は読み手のなかの一つの現象にしか過ぎないのだろうか。「たけくらべ」の本文自体を問うというもう一つの問いを抱えつつ、本稿でもこの場面の「たけくらべ」における意味を考える、という問題設定からひとまず出発してみたい。

2 「たけくらべ」本文の〈揺らぎ〉

ところで、野口碩氏の次のような指摘は、この問題を考える前提として捉えておく必要があるだろう。

『たけくらべ』の制作は、起稿より再掲のための改訂に到るまで、著者の制作の一般に関しても同様の特徴が認められるように、かなり流動性が著しい。それぞれの本文は常に、改訂の機会が与えられれば修訂が加えられ、形が変えられる可能性を含んでいる。(筑摩版『樋口一葉全集』第一巻「たけくらべ」補注)

指摘された「たけくらべ」本文の性格、その「流動性」については他の作品以上に考えさせられるのではないだろうか。周知のように、「たけくらべ」には、一年にわたって断続的に発表された初出『文学界』(明28・1・30〜明29・1・30、七回) 掲載本文と『文芸倶楽部』(明29・4) 一括再掲本文と二つの本文がある。それぞれの清書原稿は現存し、また第一章から十三章に関わる草稿も残されている。初出本文の清書原稿は部分的に残存し、現在その所在が確認されているに過ぎないのだが、再掲本文のそれはほぼ全文が存在し、近年公開され山梨県立文学館に保存されるようになったことは記憶に新しい。この再掲本文の清書原稿は先年三十数年ぶりに公開される以前に、影印本として何回か出版されてもきた。『たけくらべ』(大7・11・23 博文館、のち「新選名著復刻全集 近代文学館」『真筆版たけくらべ』として復刻 昭52・10 日本近代文学館刊行、ほるぷ出版発売)、『真筆版たけくらべ』(昭17・10 四方木書房)、『肉筆版選書 たけくらべ』(昭33・10 えくらん社) などであり、今日流通している本文の底本となってもいる。私たち読者は「たけくらべ」本文を活字化される以前の形、一葉の手跡によって読むという別の体験をすることもできる。これら「真筆版」を見ると、千蔭流による美しい筆使いに感動を覚えるが、またそこには加筆・削除というテクスト生成の痕跡も残されていることがわかる。殊に後半に至って顕著である。

この「真筆版」は、馬場孤蝶(1)によれば、『文学界』連載終了後、一葉が博文館に前借を申し込んだ際「大急ぎで『文学界』に出て居る『たけくらべ』を書き写して、乙羽氏に渡し」たものとのことであり、「野口碩氏の意見(2)」によれば「浄書原稿の際、一葉は『文学界』掲載のものを正しく筆写した、というよりは妹邦子の朗読を聞きながら一気呵成に書いたと思われる」とのことである。二つの本文を照合すると、表記の仕方にかなり差異が認められ、確かに書き写したというより「聞きながら」書いたと類推できそうである。更に野口氏は次のような興味深い推定をしている。

特に（十三）以下は、初掲稿本の下原稿の本文の上に『文学界』掲載本文を参照して改訂を加えており、掲載本文のいずれにも存在しない独自の文形が、初掲本文と同様のものに修訂されている部分が多い。（前掲全集「補注」　傍点は筆者による。以下特に断らない限り同様。）

「初掲稿本の下原稿」に直接修正を加えたにしては「下原稿」は余りに美しく、「掲載本文のいずれにも存在しない独自の文形」が果たして「初掲稿本の下原稿」（即ち「未定稿」）であったかどうか。野口氏の推定(3)の根拠は逆転しているような節も窺える。むしろ『文芸倶楽部』再掲時においても本文に揺れや迷いがあったと考えることもできよう。

どちらが先行したかはともかく、こうした揺れは、たとえば十三章の次のような改稿箇所に窺える。

余《あま》りな人とこみ上るほど思ひに迫れど、母親の呼声しば〳〵なるを侘しく、詮方なさに一ト足〔づゝ、飛石づたひ悄々《しほ〳〵》と入るを、〕〈二タ足ゑゝ何ぞいの未練くさい、思はく耻かしと身をかへして、かた〳〵と飛石を伝ひゆくに、〉(4)（〔　〕は削除、〈　〉は加筆を示す。）

この二通りの本文は、全く異質な内容を示している。ここで美登利が胸に迫る信如への思いに自覚的であることは共通するものの、削除した本文ではその思いは断ち難くあり、「悄々と」という形容には思いの届かぬ挫折感さえ感じられる。それに対し、加筆修正した本文は美登利の決心を主体的な選択とする。この場面の格子門を廓のメタファーと読む指摘(5)に従えば、美登利の信如への志向即ち格子門の外（廓の外）への志向は、「未練くさい、思はく恥かし」として自らの意志によって断たれたのが、現在私たちの眼にする本文である。この時の美登利の内面を推し量ってみた時、美登利は信如への自分の思いは勿論のこと信如の自分への何らかの視線を意識することすら「思はく恥かし」として放擲してしまっている。「悄々と入る」美登利の方に読者は、これ以降も信如への思いと期待を引き摺っていく彼女を想像させられるのではないか。いずれにしろ美登利の〈内面〉は、本文の〈語り手〉のなかで非常にデリケートな〈揺らぎ〉を示していたことが明らかである。

また、この美登利の断念、もっと正確に言えば信如との断絶を意識した美登利を置いた時、翻ってこの場面のいや作品全体のなかでの信如の美登利への思いをどう読むのかが読者のなかで俄然問題になって来る。美登利の差し出した「裂れ」を手にとりあげることのできなかった信如とは何者なのか。この信如に対する読み取り如何によって、これ以後の美登利の「憂き事」（15章以降（）の中の算用数字は章番号を示す。）、美登利の運命への読者の感情の働かせ方も大きく変わってくると思われる。しかし、「たけくらべ」本文の〈揺らぎ〉は、この信如の心の読み取りをなかなかに困難なものにしている。前半子供たち一人一人の個性を明確に限取って（解釈して）語ってきた語り手が、後半登場人物の内面へと踏み込みつつ、きわめて抽象的且つ曖昧な言葉を選んで、その文脈の意味が必ずしも決定できないような形で語っていくようになる。いや、「たけくらべ」の語り手はむしろ流動する子供たちの心を固定的なものとして読み取り、意味づけてしまうことを故意に回避しているようにすら見えてくる。読者の前で微妙に揺らぐ本文、この〈揺らぎ〉を子細に凝視すること、ここにこそ「たけくらべ」を読む面白さがある。

かつて、亀井秀雄氏（「口惜しさの構造」『群像』昭56・3　のち『感性の変革』所収　昭58・6　講談社）は「たけくらべ」の「表現の構造」を分析し、「この場面だけでなく、信如の内的なことばがどのように美登利を視向していたか、ついに描かれなかった」（傍点は原文）と指摘した。しかし、最近の論である藪禎子氏「非望の生の物語――樋口一葉『たけくらべ』」（『フェミニズム批評への招待――近代女性文学を読む』所収　平7・5　学芸書林）は、この場面の信如を末尾の水仙の花を「さし入れる」行為と重ねて、「信如は、美登利の思いを確かに受けとめたのだ。それが、この作品を、柔らかく染め上げている。遂に交じらうことなく、しかし確かに通う心情の劇が、ここで効果的に刻まれる」と読んでいく。こうした解釈の振幅が生じる必然については、前掲亀井論文で「作品に内在的な語り手の存在」による演劇とは異なる小説の「宿命」、という一つの説明原理の可能性が示されていたが、この点を「たけくらべ」の作品世界の問題として更に問い詰めることは、近年の「たけくらべ」論の一大論点となっている、三の酉の日に「美登利が体験したことの実体規定」(6)をめぐって「初潮」か「初店」かと議論する以上に重要なのではないだろうか。即ち「たけくらべ」の〈語り手〉の再検討こそが当面する課題である。更に、作家における〈書く〉という行為自体を対象化することの要請である。先に示した本文の「改稿」過程に見る〈揺らぎ〉も、この問題と関わってこよう。

3　美登利の〈恋〉／美登利の〈成長〉

「たけくらべ」本文の「流動性」は、作中、語り手の語る行為のなかでも起こってくる。実のところ十二・十三章では、時間を巻き戻して同じ場面を語り直す[7]ということがなされている。たとえばその中で、信如の美登利への気づき方を語った箇所は、「信如もふつと振返りて」(12)から「顧みねども其人と思ふに」(13)へと、前言との矛盾を冒してでも語り直していく、という事態が起こっている。二つの本文の間には、信如のなかの美登利に対する意識の働かせ方に差があることがわかる。語り手にとって、この場面での信如や美登利の心の奥は、既往の捉え方を大きく逸脱していくものであった。ここまでの「物語」の論理では到底解釈できない事態が語り手の目の前で起こっている。そうした現象に対して、語り手は語り直すという行為によってでも、誠実に対応しようとする。

さて、こうした語り手の動揺は、まず美登利によって引き起こされたようである。「それと見るより」「顔は赤う成りて、何のやうの大事にでも逢ひしやうに、胸の動悸の早くうつ」(12)と、門前のその人を信如と察知した時の美登利の動揺は、信如に比較してより内的なそれを想像させ、「何のやうの大事」かと語り手自身に疑問を抱かせたのだった。

平常の美登利ならば信如が難義の体を指さして、(中略)言ひたいまゝの悪まれ口、「よくもお祭りの夜は正太さんに仇をするとて私たちが遊びの邪魔をさせ、罪も無い三ちやんを擲かせて、お前は高見で采配を振つてお出なされたの、(中略)余計な女郎呼ばはり置いて貰ひましよ、言ふ事があらば陰のくす〳〵ならで此処でお言ひなされ、お相手には何時でも成つて見せまする、さあ何とで御座んす」、(「 」は筆者)

ここに見るように十二章末尾では、語り手は「平常の美登利ならば」という仮定のもとに、美登利が信如に投げ掛けるであろう、この間積もり積もった「言ひたいまゝの悪まれ口」を過剰なまでに書き記していった後、実際にはそうしなかった「平常の美登利のさまにては無」い姿を提示する。「物いはず格子のかげに小隠れて、さりとて立去るでも無しに唯うぢ〳〵と胸とゞろかす」美登利は、語り手の事前の判断を裏切る意外な姿を顕現していたのであった。

この章の冒頭の大黒屋の寮の説明は『源氏物語』「若紫」の巻との連想で、「中がらすの障子のうちには」「冠つ切りの若紫も立ち出るやと思はるゝ」と語られるように、中に住む美登利は語り手から見れば、まだまだ幼い少女に過ぎなかった。ここまで語り手は、潤沢な小遣いをばらまいては、「子供中間の女王様」(3)として勝手気ままに振る舞い君臨し続けてきた廓の少女の、身につけてしまった倨傲と、男女の関係にまつわる、廓の擬制をそれと知らずに模倣する「恥かし」さとを、「哀《あはれ》」(8)と同情的に眺めてきた。それと言うのも、「年はやうやう数への十四、人形抱いて頬ずりする心」「人事我事分別をいふはまだ早し、幼な心に」(同)と、年端のいかない「幼な心」ゆえと許容し納得してきたからであった。また「美登利の眼の中に男といふ者さつても怕からず恐ろしからず」(8)「これは顔をも赤らめざりき」(11)と呆れてもいたように、美登利のセクシュアリティにもたらされた歪みと、無意識に発露するコケットリィは、男女の関係に対する心と頭との乖離の不幸として、即ち心の未成熟さゆえとして語り手に危惧を抱かせてもいた。しかし、ここでの美登利は違っていた。年相応の「恋」の感情に捕らえられ、恥ずかしさ、いじらしさを抱えて佇む美登利であった。

十二章全体を眺めると、それでも語り手は、信如の内面は既述の情報によって視ているようである。先に引用した十二章末尾の、発することのなかった美登利の言葉は、この間信如が人知れず恐れていた言葉でもあったのである。とりあえず、この場の信如にとっての「大事」は、何よりも「運わるう大黒やの前まで来し時」「前鼻緒のずる〳〵と抜けて」「何としても甘《うま》くはすげ」られないという醜態を演じるはめに陥ったことである。そして、美登利とわかった瞬間「脇を流るゝ冷汗、跣足に成りて逃げ出したき思ひ」と急場しのぎの方策を探ろうと焦り、うろたえる。この困窮ぶりの原因をこれまでの「物語」の流れで探ると、千束神社の祭りの日の同胞長吉の引き起こした不始末を、「我が為したる事ならねど人々への気の毒を身一つに背負たるやうの思ひ」(10)として受けとめていたように、その日以降、美登利や三五郎に対して負い目を持っていたことからも来ていよう。十一章で筆やに買物に来た信如が、店に美登利や正太の気配を感じて黙って引き返したと同様、美登利たちとの摩擦を回避したかったと思われる。単に晩稲《おくて》で自意識の強い少年が、異性としての美登利を敬遠していたためだけではなさそうである。祭りの日の事件を契機とする美登利の激しい批判の言葉と、「袂を捉らへて捲しかくる勢ひ」を頭に描いたのは語り手だけではなく信如も同様だった。語り手が、「さこそは当り難うもあるべきを」と対応に苦慮する信如のその時を自明のように想定していることからも窺える。従って、語り手同様「平常の美登利のさまにては無」いことに、信如も何かしら気がついてもよさそうである。心の〈成長〉を垣間見せた美登利に対して、この場の信如は余りにも子供ではないか。次章で語り手は、この場面の時間を巻き戻して最初から語り直していく。そこで二人の内面を再度検証するかのように。初出では十三章は翌月の『文学界』(明28・12・30)に掲載された。

　こうして美登利の心の〈成長〉を認めた語り手は、再度時間を元に戻してその場を語り始める。心新たにして二人の心理を探るかのように。十三章冒頭で「此処は大黒屋のと思ふ時より信如は物の恐ろしく」「詮なき門下に紙縷を縷る心地、憂き事さま〴〵に何うも堪へられぬ思ひ」「顧みねども其人と思ふに、わな〳〵と慄へて」と、語り手は再度抽象的な表現ながら信如の内奥を語っていく。異性としての美登利に対する信如の感情はやはり全く働かなかったわけではなかったのだ、と改めて確認するかのように、こうした解釈の余地を残す曖昧な言葉を選んで語り直していく。先に述べた信如の美登利への気づき方の微妙な改変もこうしたなかで起こっている。振り返らないまま「其人と思ふ」信如は、それだけ美登利を強く意識していたことが、読者に改めて伝わる。信如は背中で美登利を意識している。ここで語り手は信如のうちにも何らかの〈変容〉〈成長〉を認めようとする。一方、美登利の方は一直線に信如を見詰めていく。

「庭なる美登利はさしのぞいて」「此裂《これ》でおすげなされと呼かくる事もせず、これも立尽して降雨袖に侘しきを、厭ひもあへず小隠れて覗《うかゞ》ひし」と、美登利は雨のなか立ち尽くす。格子門を挟んで二人だけの時間が流れる。お互いを意識し合う、非日常的な時間を持つ。この時だけ、二人の間に交流電気は流れたのである。お互いの思いを確認するわけではない、ただお互いを意識するだけの真っ白な（信如は「半ば夢中に」とある）交感の時である。そして、その時間は、美登利の母親の呼び声によって断たれ、すぐに日常に引き戻される。「何うでも明けられぬ門の際にさりとも見過ごしがたき難義をさま〴〵の思案尽して、格子の間より手に持つ裂れを物いはず投げ出せば」と、呼ばれて追い詰められた美登利は、祭りの日以来の信如との不愉快ないきさつ、心の葛藤を超えて、ようやく信如に向けて救いの手を差し出した。しかし、その時の信如は「見ぬやうに見て知らず顔を」「つくる」だけだった。少なくとも美登利の眼に映った信如は、美登利の心を無視する信如だった。「ゑゝ例《いつも》の通りの心根」「何を憎んで其やうに無情《つれなき》そぶりは見せらるゝ、言ひたい事は此方にあるを、余りな人」と心のなかで信如を責める言葉を激しくぶつけながらも、それとは裏腹に「遣る瀬なき思ひを眼に集めて、少し涙の恨み顔」「こみ上るほど思ひに迫れど」と美登利は胸一杯に信如への思いを募らせていく。そしてやがて美登利は、前述のように自分の方からきっぱりと断念していく。信如との完璧な断絶を確認した美登利は「かた〴〵と飛石を伝ひゆく」。語り直したこの章では、語り手は美登利の示した感情に過剰に反応しつつ、この場面の二人を微細に見詰めていく。

4　取り残された信如

美登利が家に駆け込んだ後、その場に残された信如を語り手は次のように語る。

　信如は今ぞ淋しう見かへれば紅入り友仙の雨にぬれて紅葉の形のうるはしきが我が足ちかく散りぼひたる、そゞろに床しき思ひは有れども、手に取あぐる事をもせず空しう眺めて憂き思ひあり。(13)

「淋しう」「床しき思ひ」「空しう」「憂き思ひ」という感情を表す言葉が具体的にどのような内実を示しているのか、この文脈から必ずしも明確に伝わってくるわけではない。「淋しう」や「床しき思ひ」は信如の主観と読めても、「空しう」「憂き思ひ」は、美登利の思いに過剰に反応した語り手が、傍らに立って信如を観察したところを記したような叙述とも読める。この部分の解釈をめぐっては、亀井秀雄氏（前掲論文）に「一見、等価的に二人の感情を描いた表現のようであるが、実は、友仙と一緒に捨てられた美登利の感情が信如のなかに移し変えられる形の語り方であった」という理解があり、私もこの理解を否定する理由は何もない。しかし、あえて信如に即して、作品全体のなかで信如の空しさや「憂き思ひ」を考えると、信如が自己形成する間に抱え込んでいった根深い自閉性に因っているとしか読めない。

九章では、信如の家庭環境即ち「龍華寺の大和尚」一家について子細に語られる。信如の父親は僧侶にあるまじき、「経済」（金銭）への異常な執着を見せる「腥《なまぐさ》」坊主である。檀家の一人で未亡人だった母親も、生きるための手段が和尚の利害と一致して寺に居続けているうち花を「懐胎」し、和尚とは年の離れた「見ともなき事」と「心得ながら」正式の妻に納まった女性である。今やこの母も姉のお花も和尚の言いなり、金儲けの片棒を担ぐ。信如はこうした家族の「恥かし」さを一身にひきうけ、龍華寺の〈自意識〉として生きるようになっていた。「性来のおとなしき」性格に加えて、父親への批判・「我が言ふ事」が「用ひられ」ないという現実のなかで、自意識の殻を厚く厚くして自閉していったのである。「父が仕業も母の所作も姉の教育も、悉皆あやまりのやうに思はるれど言ふて聞かれぬものぞと諦めればうら悲しきやうに情なく」「我が蔭口を露ばかりもいふ者ありと聞けば、立出でゝ喧嘩口論の勇気もなく、部屋にとぢ籠つて」と、ひたすら「自ら沈み居る心の底の弱き事」「臆病至極の身」という自己意識をかみしめるばかり。外界との齟齬を〈自閉〉という形で処理してきた子供だった。けれども「勉強もの」(1)でもある信如は、周りの者の眼には「変屈《(ママ)》者の意地わる」「生煮えの餅のやうに真があつて気になる奴」と映り「憎がるものも有」ったのであり、信如の〈弱さ〉を「知る者」はなく、二重の意味で孤独な生をかこっていたのである。

語り手は無論こうした「弱虫」信如の「憂き思ひ」を知っていた。美登利も知らない信如の一面を知るゆえに、その〈弱さ〉を克服して美登利の思いに応える信如を、思春期の信如が美登利へのセクシュアリティを発揮することを期待して、眼を凝らして観察していたのではないか。[8] それが、再度語り手が語り直した一番の理由ではないだろうか。語り手は、いざ「立上」ってその場を立ち去ろうとした時の信如を、こう語る。

　小包みを横に二ヶ足ばかり此門をはなるるにも、友仙の紅葉目に残りて、捨てゝ過ぐるにしのび難く心残りして見返れば、

実のところ、ここで「見返」る信如に、作中唯一の美登利へのまなざしの顕現が認められるのである。しかしそれも長吉が来かかることによってかき消されてしまう。長吉は「いま廓内よりの帰り」、その粋な装いに「黒八の襟のかゝつた新しい半天」を加えて、今朝から降り出した雨に、娼妓の情けか「印の傘をさしかざし高足駄の爪皮

も今朝よりとはしるき漆の色」、「きわぐ〳〵しう見えて誇らし気」であったという。十六歳と信如より一つ年長の長吉は、いよいよ、廓に女を買いに行くという一種の「通過儀礼」(?)を果たして晴れ晴れとしているようである。「見ッとも無い」姿で、「意久地なき事」を訴える「弱虫」(9)信如のセクシュアリティと対比して、語り手は〈一人前の男〉となった長吉のそれに惚れ惚れしているようにも見えてくる。「さあ此れを履いてお出で、と揃へて出す親切さ、人には疫病神のやうに厭はれながらも毛虫眉毛を動かして優しき詞のもれ出るぞをかしき」と「暴れ者」の長吉が常と違って見せる「優し」さに、語り手も「をかしき」と感心して見せるのである(ここを信如が長吉の〈優しさ〉を感じると読むこともできるが、そうすると更に信如の美登利への思いは後退していくことになる)。語り手は、「不器用」な信如を殊更にきわだたせるかのように、いや批判するかのように、「大人」となった長吉にまぶしい視線を向けていく。それが多分にアイロニカルな視線であるにしろ。どうやらこの場面で信如は、美登利からも語り手[9]からもおいてけぼりをくってしまったようである。少なくとも、ここでの語り手が、二人の〈恋〉の未成の原因を、信如の〈弱さ〉に見ていることだけは確かである。

「思ひの止まる紅入の友仙は可憐《いぢら》しき姿を空しく格子門の外にと止めぬ。」と、ついに手に取られなかった、この「紅入の友仙」は、信如が立ち去った後も門前で雨のなか濡れ続け、おそらくやがて美登利は、自分の〈心尽くし〉が残されたままであったことを確認したはずである。この日、少なくとも美登利は信如にこだわることの無意味さを思い知った。かすかに自分のなかに芽生えた〈恋〉とも言えない感情を信如に向けた時、信如から返ってきたのは〈無視〉という完璧な拒絶であった。少なくとも美登利の眼にはそう映った。そして自分のなかの思いを断ち切ったのである。美登利の内面をこう読んできた時、小説末尾の「水仙の作り花」(16)の贈り主を、読者が信如と読む(読みたい)可能性は否定できないとしても、美登利が信如と考えることは有り得ない。語り手も言うように、美登利には「誰れの仕業と知るよし無」いことであった。そして、美登利が「何ゆゑとなく懐かしき思ひ」を感じて、「淋しく」その「水仙の作り花」の「清き姿をめで」たのは、かつての自分の姿をそこに重ねて見たからではないか。この時の美登利は、既に廓で働く娼妓として「汚された」後の美登利であった、と私には読める。

美登利の〈青春〉は余りにも短く寂しい。そのいじらしさ、切なさが胸を衝く。しかし、自身の信如への思いをかすかながらも伝えたことによって、少なくとも美登利のなかに悔いは残らなかったはずである。美登利と信如の〈断絶〉は思春期の心と心とのほんのわずかなすれ違いだったとも思われる。しかし、「たけくらべ」の語り手は、あたかも顕微鏡で見るかのように、子供たち一人一人の心の〈成長〉を眼を凝らして観察しているようである。そして、語り手は子供たちの心を決して確定的には語らない。ここにこそ「たけくらべ」の語り手の変容のかたちが現れている。

5 心を凝視する〈語り手〉へ

「たけくらべ」の語り手は、[10] 当初、「大音寺前」という吉原遊廓に隣接する地域の土地柄を読者に伝える、メッセンジャーとして自己限定していた。語り手自身はこの土地に違和感を覚え距離を自覚していたからこそ、それが語る動機となっていた。見聞したところをしきりに「をかし」がり、「よそと変」（1）る風俗を強調していればよかった。語り手のこの外部からの観察者というスタンスは、各章の語り始めに並々ならぬ工夫を凝らしていることからも窺える。たとえば次のような各章の最初の語り出しの言葉はどうだろう。「廻れば大門の見返り柳いと長けれど、」（1）「打つや鼓のしらべ、三味の音色に事かゝぬ場処も、祭りは別物」（4）「待つ身につらき夜半の置き炬燵、それは恋ぞかし」(5)「走れ飛ばせの夕べに引かへて、明けの別れに夢をのせ行く車の淋しさよ」(8)「如是我聞、仏説阿弥陀経、声は松風に和して」(9)等々。その場の状況を時間的に空間的に克明に提示したり、端唄や経文の一節を引用したり、この町の音や声や光景やを過剰なまでに観察し伝えようとする視線は、一言でいえば好奇心以外の何物でもない。語り手は、外部から来た教養人としての旺盛な好奇心を発揮しているに過ぎない。無論、登場人物たち、土地の子供たちは個性的な発話行為を繰り返し、語り手の語りを超えて生き生きとした姿を見せていく。しかし、語り手の視線は、「たけくらべ」の最初のプロットとしてある、夏祭りの日の喧嘩が収束していく頃まで、基本的には変わらない。いや、この喧嘩のプロットの収束の仕方は、見事に、ここまで語り手が捉えてきたこの土地の子供たちの在りようを映し出すものであった。大人社会の力学に拘束されざるを得ない子供社会の構図をあざといまでに顕現していた。語り手の言説は、既定の「物語」の方向から何ほども逸脱していかない。季節の推移という自然的な時間・循環する時間(11)が流れ、大音寺前の日常性が語られていく。身体を持つ存在としてのそれを読者に感じさせながら、この土地への同調や共感は極力示さないようにと、勿体をつけた慇懃な語り口は変えないのである。

ところが、後半に至って「たけくらべ」の語り手は次第に変貌していく。「正太は潜りを明けて、ばあと言ひながら顔を出すに、」(11)「此処は大黒屋のと思ふ時より信如は物の恐ろしく、」(13)「憂く耻かしくつゝましき事身にあれば」(15)と、各章の語り出しも、前半とは様変わりして、子供たちへの親近感とともに彼等の内面にいきなり入っていく。そして語り手は、前章で見て来たように、とりわけ美登利の心的変容を発見して過剰な反応を示していくのである。こうした変貌を語り手に(12)促した契機と思える出来事が、十章の夏から秋へと季節の変化を語った後に語られている。

茶屋が裏ゆく土手下の細道に落ちかゝるやうな三味の音を仰いで聞けば、仲之町芸者が冴えたる腕に、君が情の仮寝の床にと何ならぬ一ふし哀れも深く、此時節より通ひ初《そむ》るは浮かれ浮かるゝ遊客ならで、身にしみ〴〵と実のあるお方のよし、遊女あがりの去る女が申き、此ほどの事かゝんもくだ〳〵しや大音寺前にて珎《めづ》らしき事は盲目按摩の二十ばかりなる娘、かなはぬ恋に不自由なる身を恨みて水の谷の池に入水したるを新らしい事とて伝へる位なもの、

語り手は廓のなかから聞こえてくる歌沢節「香に迷ふ」の一節にしみじみと耳を傾けながら、娼妓と客との関係が、「情」によって結ばれる男女関係の擬制の下に成り立っていることを、そしてそれが擬制を容易に逸脱していく関係でもあることを、「遊女あがりの去る女」から聞いた言葉を浮かべつつ、改めて喚起されていく。そのことは、続いてこの土地では「珎らしき事」「新らしき事」として特筆した、「盲目」の娘の「恋」の話と重ねて見るとなお興味深い。語り手が何故この話を特筆したのか、このくだりからだけではわかりにくい。またこの娘の「恋」の「かなはぬ」理由としてある「不自由なる身を恨みて」ということが、相手に「盲目」を厭われたのか、恋人のために自らの「盲目」を厭うて身をひいたのかも不明である。が、いずれにしろ、この娘が〈個〉としての生を貫いているという印象は与えられる。「恋」というきわめて個的な感情に身をまかせていったがための不幸な選択ではあった。「大音寺前にて珎らしき事」として語り手がこの出来事にふと心を止めていくのは、語り手が、ここまでこの地域の人々を、廓内の表層的な論理に毒され、人間本来の感情や生き方を忘れている特別な世界の住民、と固定的に見ていたからでもあった。廓の内も外も、その境界もなく、どこにでも起こる〈恋〉という現象、人間にとって普遍の感情の存在に思い至った時、語り手の子供たち一人一人への視線の向け方もこれまでとは微妙に変わっていったのではないだろうか。次の十一章には、信如の「後かげ」を「何時までも、何時までも、何時までも見

送る」美登利の姿を殊更に書きとめていく語り手がいた。「此ほどの事かゝんもくだ〳〵しや」と言いつつ、後半に至って「たけくらべ」の語り手は〈書く〉ことによって引き起こされる葛藤のなかへと、自ら引き込まれていく様態を示し始めていたのである。

6　「大人に成るは……」――「たけくらべ」の彼方へ

霜月三の酉の日に美登利の身に起こった「事」で、確実に知られることは、髪を大島田に結い上げ、きらびやかな晴れ着を着せられて、廓の中に招き入れられたこと、である。この一事だけで、美登利にとっては「憂く耻かしく、つゝましき事身にあれば」と嘆き悲しむ出来事だったと想像される。いよいよ「その日」が、即ち「廓の女」になる日が、美登利に訪れたということで、「その日」その事実に美登利がどう反応（対応）したかが、十五章に語られているのである。「たけくらべ」本文を見ると、その事実の具体的な内容を、たとえば「初潮」[13]か「初店」か「水揚げ」かなどと探る必要も決定させる根拠もないように思われる（個々の読者が空想することは自由であるが）。この場面の語り手の語り方は、その日に美登利の身に起こったことを、美登利の内側から湧いてくる「憂き」思いや「耻かし」さのみを書きとめることによって、表現しようと努めているようである。[14]きわめて抽象的・主情的な言葉が並べられていくが、それらの言葉の発せられるシチュエーションを考えると、美登利のなかでこれからの自分の仕事の内実が具体的に想像されていることが、確かに窺える。

この日、廓をあとにした所で正太と出会った美登利は、後の短い時間のなかで何度も顔を赤らめ恥ずかしさに泣きそうな表情になる。連れ立って二人町並を歩いた時、頓馬の「お中が宜しう御座います」という掛け声を聞くなり、美登利は「泣きたいやうな顔つきして」逃げるように「足を早め」る。道行く人々の自分に向けられる視線に「我れを蔑む」として過剰に反応し、正太と並んで歩くことに対して殊更に嫌悪を覚える。家に戻るや、「小座敷に蒲団抱巻持出でゝ、帯と上着を脱ぎ捨てしばかり、うつ伏し臥して物をも言は」ない状態[15]になる。ひとしきり涙にくれ、傍らにいる正太の心配する声に我にかえっては、また「さまざま」な「思ひ」に囚われ「正太の此処にあるをも思はれず」という世界で、独り、身の震えるような想いに沈んでいく。そして身体全体で、想像したそれへの嫌悪感を示していく。自分の心に「まうけ」た「思ひ」に拒絶反応を示していくのだ。やがて、正太が枕もとにいることに恥ずかしさを覚え、思わず「後生だから帰つてお呉れ、お前が居ると私は死んで仕舞ふ」という過激な言葉をぶつけてしまう。美登利はその連想のなかで、遊女としての自分の傍らで、ふと正太が廓の客のような役回りを演じているように想像され、いたたまれなくなったのである。こうした反応の仕方を見れば、美登利がこれからの廓での仕事の内実を、自ずから頭のなかに思い浮かべていることは明らかであろう。これが既に「体験」したゆえのことと限定する必要もないと思われる[16]。

遊客を通わせる手練手管の数々を「唯おもしろく聞な」し、「廓ことばを町にいふまで」（8）になっていた美登利が、これまで、娼妓の仕事の中身について全く無知だったとは思われない。また「此界隈に若い衆とよばるゝ町並の息子」（8）は「生意気ざかりの十七八」にもなれば廓に出入りし、「素見《ひやかし》の格子先」に「串談」をいうようになる。「何屋の店の新妓を見たか、金杉の糸屋が娘に似て最う一倍鼻がひくい」などと、格子のなかの娼妓の値踏みを日常のこととしていく。無論「うかれうかれて入込む人の」「目当て」が何か、ほとんどの子供は知っていよう。「目当て」の娼妓、という〈商品〉としての〈性〉を男性客が選択する世界を目の当たりにしているのである。「今三年の後に見たしと廓がへりの若者は申き」（3）というように、実のところ、美登利はこれまでも、こうした

〈視線〉を身に受けて来たのであり、これからは更にその〈視線〉を自覚して生きていかなければならない。この日殊更に美登利が「人目」を厭うのは、自分が性的なまなざしによって選別される対象となった「耻かしさ」を実感しているからに他ならない。祭りの日に、長吉から「女郎」(5)とののしられ、「我まゝの本性」(7)を支えていた姉の「威光」の実体が「賤しき勤め」(8)であることに気づかされ、ひそかに心を痛めてきた美登利だったが、〈性〉を商品とするこの仕事の本当の辛さは、信如への〈恋〉を知った美登利ゆえに痛切に実感されたのではないだろうか。

「憂き事さまざま」「心細き思ひ」「昨日の美登利の身に覚えなかりし思ひ」「此様の憂き事」と、語り手は何一つ具体的にその「憂き」「思ひ」の引き起こされる理由を明かさない。語り手にとっては、美登利のなかで様々に浮かぶ「思ひ」や感情、その葛藤自体を微細に見詰め続けることだけが重要だったのである。信如への〈恋〉を経た美登利の「その日」の心こそが、気がかりだった。

「ゑゝ厭や〳〵、大人に成るは厭やな事、何故このやうに年をば取る、最う七月十月、一年も以前へ帰りたいに」と、老人《としより》じみた考へをして、(15)(「 」は筆者)

この美登利の述懐は悲痛である。「大人に成る」ことを否定するというのは、「大人に成る」ことを外側から強いられた者の言葉である。そして、その強いられた〈成熟〉を宿命として受けとめている者の言葉でもある。こうした美登利の内的言葉に対して、語り手は「老人じみた考へ」と批評する。語り手は美登利のこの日の「思ひ」に分け入って、ここで始めて主観を漏らす。美登利の捉え方を若者らしくないと、語り手ははがゆく思っているのであろう。そして、この言葉に、語り手の、美登利に対する単なる同情ではなく運命を切り拓くことへの励ましが窺える、――と読むのは私だけであろうか。

三の酉の日、この美登利の愁嘆場に立ち会うことになった正太、この正太のなかにも語り手はそれまでの幼さを脱却していくような常と異なる姿を、何らかの「気づき」[17]を、発見していく。正太は当初、常と異なる美登利を前に戸惑うばかりであったが、いつもの遊びの場である筆やへと「飛込み」(16)、「火ともし頃」になっても「店に転が」って居続けるなかで、「美登利が素振のくり返されて」「例の歌も出ず」「心淋し」い思いに捕らわれていく。この過程のなかに、美登利の運命へと思い至っていく正太の心の軌跡が窺える。そして「今日の酉の市目茶〳〵に此処も彼処も怪しき事成りき」と正太の述懐とも、語り手のそれとも受け取れる形で、この日の出来事は終息していく。子供たち一人ひとりのなかに起こった「怪しき事」、常と異なる何らかの〈変容〉を語り手は子供たちとともに見詰めているようである。この「物語」の初め、「大音寺前」の子供たちを、特殊な地域の子供として固定的に見ていた「たけくらべ」の語り手は、やがて子供たちの心の琴線に触れることによって、子供たちの未来と可能性とを流動的に見るようになっていったようである。後半、信如や美登利や正太やの内面を殊更に主情的・不安定な言葉で、多様な解釈が生成する場として暗示的に表現していくのは、そのためだったように思われる。そして、「たけくらべ」が、心と身体との成長途上にある子供たちを描いた動的「物語」としてある、と読んだ時、「たけくらべ」の彼方にはあらゆる可能性が潜んでいるように思えてくる。「たけくらべ」の本文が、揺らめく「物語」として在り、そこから読者によって沢山の「物語」を生成させていく豊かなテクストであるように——。

信如にも〈弱さ〉を克服する時が来る。美登利にも親を乗り越える時、運命を切り拓く時が来る。子供たち一人ひとりの心の成長を、目を凝らして見詰めようとした語り手の視線に着目して読むと、私にはそんな風に「たけくらべ」の彼方が見えてくるのである。

＊「たけくらべ」本文の引用は、『樋口一葉全集』第一巻(昭49・3 筑摩書房)によった。また『文学界』掲載時の清書原稿の

閲覧・複写に関しては、天理大学附属天理図書館のお世話になった。記して感謝の意を表したい。

注記

（1）前掲、大正7年博文館刊『たけくらべ』「抜として」のなかの発言。

（2）紅野敏郎氏「大橋本（再掲本）『たけくらべ』原稿の出現と特質」（『日本古書通信』第七四六号　平3・9月号）のなかで紹介されている。

（3）野口氏は「現存資料所在案内」（『樋口一葉事典』平8・11　おうふう）では「FG（全集収録「未定稿」の記号—筆者注）は殆ど現存しないが、『文芸倶楽部』に再掲された際の元原稿に『文学界』本文作製時の下書き原稿が活用された。従って既述の小林日文氏所蔵の元原稿の（十三）以下の書き込みを除き、修正部分を最初の形態に戻して見ると、未定稿の姿が浮かびあがって来る」と同様の指摘をしているが、ここでも「下書き原稿が活用された」とする判断の根拠や、あるいは「活用された」という「下書き原稿」と「未定稿」との関係やについては具体的には何も示されていない。

（4）参考までに、天理大学附属天理図書館所蔵の『文学界』掲載時の自筆清書原稿のこの部分を掲げると、「余《あん》まりの人とこみ上るほど思ひに迫れど、母親の呼声しば〳〵なる侘しさ、詮方なしに一《ト》足二《タ》足ゑゝ何ぞいの未練くさい、思はく恥かしと身をかへして、かた〳〵と飛石を伝ひゆくに」となっており、この本文は『文学界』掲載本文も同じである。再掲時に、これらの本文以前の「下書き原稿」即ち「未定稿」を「活用」したとするならば、この時にはあえて『文学界』本文通りには修正しなかった箇所が、この部分に限っても三箇所（筆者による傍点部）あることになる。

（5）関良一氏「たけくらべの世界」（『樋口一葉　考証と試論』所収　昭45・10　有精堂）など。

（6）高田知波氏「〈女・子ども〉の視座から——『たけくらべ』を素材として」（『日本文学』平元・3）からの引用。なお、この論のなかで高田氏は、美登利の変貌の「実体をあえて特定させない」「不安定な状態のまま」で終わらせることによって、「美登利の内面への読者の想像力をくりかえし喚起し続け」るという「作者のねらい」が、今日ようやく顕在化してきたのだ、という興味深い指摘をしており、本論の「たけくらべ」テクストの捉え方と重なるものがある。

（7）関礼子氏（「少女を語ることば—樋口一葉『たけくらべ』の美登利の変貌をめぐって」「解釈と鑑賞」平6・4）に、「同一場面の重複も厭わないという語り方は、あたかも稀有の時間をいとおしみ、ビデオ映像を低速操作して、繰り返しその場をみるような印象を与えている」という指摘がある。この部分に関しては他に、青木稔弥氏の「一つの出来事を、信如、美登利の双方から描くための工夫」（山本洋編「近代文学初出復刻1」『樋口一葉集』「たけくらべ」頭注　昭59・5　和泉書院）とする指摘、橋本威氏（「『たけくらべ』制作過程考」『樋口一葉作品研究』所収　平2・1　和泉書院）の、「方向を正し」「表現不足を補った」跡とする見方などがある。両者とも作家一葉の表現技法の問題に帰結させている。

（8）山田有策氏「『たけくらべ』論」（「解釈と鑑賞」昭61・3　他に山田氏には近年の論として「〈子供〉と〈大人〉の間―『たけくらべ』論」『「たけくらべ」アルバム』所収　平7・10　芳賀書店　がある）には、「子供たちがそれぞれ大人へと変貌する中にあってただ一人信如のみは不変のまま「水仙の造り花」に結晶した」、そこには「たけくらべ」のなかで一貫して「信如が読者によって自由に読まれることを拒否している」語り手の「強い意志が感じられる」という理解が示されている。こうした論を読む時、「たけくらべ」の〈語り手〉の読み方は常に反転する可能性を孕んでいることを実感する。信如の方こそ、語り手にとって最終的には〈他者〉としてあり、美登利の心情に荷担する語り手は、あえて様々な解釈の可能性を読者に喚起するように信如の内面を曖昧な表現で語っていこうとしている、と捉える本稿とは対極に位置する意見であろう。

（9）二人の「恋」が、僧侶／遊女・聖／俗という二項対立の構図のなか「御法度」「禁忌」として、当初から置かれていた路線のままに終わる、二人は既定の世界を逸脱しえない者とする論は多い。たとえば前掲藪禎子氏、重松恵子氏「『たけくらべ』の哀感―語りの手法」（梅光女学院大学「日本文学研究」27　平3・11）など。しかし「たけくらべ」の後半は、こうした二項対立（大人／子供、娼婦／少女のそれも）の枠組みは基本的に語り手のなかで倒壊されてくる過程だったのではないか。ここには一葉における〈小説〉を考える鍵があるように思う。「たけくらべ」以降の一葉小説の検討課題である。

（10）「たけくらべ」の〈語り手〉が或る実体的存在として登場して来る様態についての分析は、山田有策氏「一葉文学の方法―『たけくらべ』の語り手」、新見公康氏「語りの変容―『たけくらべ』論」（二論とも『現代文研究シリーズ17「樋口一葉」』所収　昭62・5　尚学図書）などでなされている。なお、新見氏は、「たけくらべ」後半に顕著な語りの手法の変容と「語られる内容とを対応させ」た時に、「『たけくらべ』の特質が様々なうねりとして見えてくる」こと、この「様々なうねりを総体として捉える」ことによって「『たけくらべ』の魅力が明らかになる」だろうこと、を指摘している。

（11）「たけくらべ」には〈近代〉の時間という直線的に流れるもう一つの時間が背後に流れている。前田愛氏「子どもたちの時間――『たけくらべ』試論」（『樋口一葉の世界』所収　昭53・12　平凡社）は〈都市〉化への時間を、高田知波氏（前掲論文）はいと考えている。

〈学校〉という近代的制度の問題を、考察している。いずれこの問題と〈語り〉の構造とのダイナミズムを捉えなければならな

(12) 山本和明氏「『たけくらべ』における〈語り手〉の位相」(「城南国文」11 平3・2)は、〈噂〉から〈内面描写〉へと語りの位相が変化していくのは、当初〈よそ〉者であった〈語り手〉が、土地に根づく〈語り手〉となることによって、当地の独特の制度やシステムを自明のこととしてあえて語らなくなったことに起因するという理解を示していく。語りの変容の位相の説明はともかく、〈語り手〉変貌の根拠をどこに求めるのかは、なかなかに難しい問題である。

(13) これは余談になるが、美登利と同性の筆者には「この日初潮を迎えた」とする理解には即物的次元で違和感を感じる。「その当日」にきらびやかな衣装を着て廓へ出入りし、町を歩くのはなかなかに辛いことだなと想像する。この時代の月経処置の現実を調べれば調べるほど違和感は増す。小野清美氏『アンネナプキンの社会史』(平4・8 JICC出版局)によれば「脱脂綿以外の月経用品の一つである月経帯は明治三十八年に初めて実用新案で登録されている」とのことである。明治の月経処置の歴史は、未だ個人の工夫のなかにあったものに過ぎず、今日とは比較にならないくらい不備・非衛生的なものが多かった。身近な明治生れの女性に聞くと、「その日」はなるべく黒っぽい着物を着て静かに家で過ごすことが多かったとのこと。

(14) 出原隆俊氏「《典拠》と《借用》――水揚げ・出奔・《孤児》物語」(樋口一葉研究会編『論集樋口一葉』平8・11 おうふう)は、「たけくらべ」における「嵯峨の尼物語」(「都の花」掲載)からの引用を前提としつつ、「《語り手》は水揚げという直接的な事実を《秘匿》しつつ、美登利の衝撃の大きさを述べることに終始するのである」と指摘する。

(15) 和田芳恵氏注(「樋口一葉集」『日本近代文学大系8』昭45・9 角川書店)に、「寝間着に着替えない長襦袢姿は、遊女のなりに似ていたことだろう」とある。

(16) いわゆる「たけくらべ」論争が起こった頃、一般読者として発言したコラム担当記者(昭60・6・20付『朝日新聞』「今日の問題」欄)の、「恐らく、その夜にも初店が「行われる」と知らされた少女の、やり場のない不安や恥ずかしさではないか、と一シロウトは感じたのだった」という読み取りが、この場面のもっとも素直な理解なのではないだろうか。

(17) 小浜逸郎氏『大人への条件』(平9・7 筑摩書房)「3章 成長の自覚――気づくということ」参照。

「鼻」の〈語り手〉

…単なる歴史小説の仲間入をさせられてはたまらない。
（「編輯後に」芥川）

芥川龍之介の初期の小説「鼻」（第四次『新思潮』大5・2）は多くの人に親しまれてきた。しかし、この小説は一読しただけでは、それほどわかりやすいものではない。小説としての〈かたち〉は確かに整っている。長鼻の僧侶の滑稽な印象も鮮明である。ユーモア小説という評価もあながち否定できない。「なる可く愉快な小説を書きたかった」（「あの頃の自分の事」大7・12）という芥川自身のことばも、「羅生門」については疑問を抱いても、この「鼻」について述べているということには誰もクレームはつけない。なのに小説「鼻」は、この端正な語り口の裏に隠された何かが時折顔を出しながら読者を不安にさせる。他ならないこの話の語り手の影がそうさせるのである。「鼻」とは一体いかなる世界を語ったものなのだろうか、と読後しばし立ちどまらされてしまうのである。

「鼻」研究史をたどると、読みの上では末尾に描きだされた内供をどう捉えるかに議論が集中してきたようである。けれども、多くの論考が問題にしている内供の変貌云々ということは、実のところ論じるまでもないことで、この小説の冒頭に示されている語りの現在を見れば明らかなように、何ほども内供は変わってはいないのである。

なのに何故そういう議論へと誘われてしまうのかといえば、一つにはこの小説が語り手によって、それも或る意味で自意識を持った語り手によって、語られた話であるという小説の〈かたち〉を論者が無視してきたためである。従って、末尾に関しての論じ方自体が、少し角度がずれていびつになってなされているのである。しかし、その上でなお問題になるのは、末尾の内供を語っていく語り手の語り方からは、「錯覚」(1)と言うにしても一読内供の内面のなんらかの「変貌」や、新しい局面やを暗示させるような印象を与えられることである。これは何故なのか。この問題を語り手に即して考えてみることが「鼻」論においては必要なのではないだろうか。議論の焦点を語り手の問題(2)を介在させることによって軌道修正することが求められている。

1 「鼻」の冒頭

「禅智内供の鼻と云へば、池の尾で知らない者はない」と語り手は断定的に事態を語り出す。「長さは五六寸」「形は」「云はゞ、細長い腸詰めのやうな物」と続けて、その鼻について即物的に明解に語る語り手はその冒頭から語る主体を顕示していく。「細長い腸詰め」が内供の時代にあったとは思われないが、近代の読者には「赤茄子」や「烏瓜」(3)やよりは的確になまなましくその肉体の一部である鼻を想像できる形容である。そして語り手は内供の「現在」を次のように語る。

　五十歳を越えた内供は、沙彌の昔から内道場供奉の職に陞つた今日まで、内心では始終この鼻を苦に病んで来た。勿論表面では、今でもさほど気にならないやうな顔をしてすましてゐる。

この部分は「始終」「鼻を苦に病んで来た」内供の「今日まで」の「内心」が示され、これから語られる話の前提として何気なく読み過ごしていくところである。しかし、一か所だけ或る屈折というかコンテクストの飛躍を感じさせる箇所がある。(4)「今でも」という言葉である。読者は何に対して「今でも」なのであろうかと、この言葉の前にしばし立ちどまらざるを得ない。そして、この小説を最後まで読んだ時に、この「今でも」が明確な意味を持っていることがわかる。やがて語り手は「所が或年の秋……」と、過去にあった、内供が「鼻を苦に病んで」いる〈内実〉即ち「さほど気にならない」ふりをしているにすぎなかった実態を露呈してしまったできごと（鼻が短くなった事件）を語り出すのだが、ここではそのできごとがもたらした結果を暗に指して、その上で語り手は「今でも」といったのである。内供の〈内実〉を人々が知ってしまった「今」では「表面」上「さほど気にならないやうな顔をしてすましてゐ」ても仕方ないのに……、というアイロニカルな視線を語り手は向けている。そして、続けて読んでいくと、これから語られるこの話の輪郭がこの冒頭で既に明瞭に示されていることがわかる。

これ（「さほど気にならない」様子をしていること――筆者注）は専念に当来の浄土を渇仰すべき僧侶の身で、鼻の心配をするのが悪いと思つたからばかりではない。それより寧、自分で鼻を気にしてゐると云ふ事を、人に知られるのが嫌だつたからである。内供は日常の談話の中に、鼻と云ふ語が出て来るのを何よりも惧れてゐた。

語り手はまず内供が「鼻を苦に病」む・「鼻を持てあました」理由について具体的に述べていく前にこう断言する。「専念に当来の浄土を渇仰すべき」という強い口調からは、内供自身の内心の思いというより語り手の判断が強く感じられるが、先にその理由の一つに挙げた「僧侶の身で、鼻の心配をするのが悪いと思つたから」という説明は、「ばかりではない」として確かに理由の一部に数えあげられてはいるものの、それが殆ど機能して来ないくらいに「それより寧」以下の説明によってくつがえされてしまう。「自分で鼻を気にしてゐると云ふ事を、人に知られるのが嫌だつたから」というように、「表面」は平気なふりをしていても内供が「鼻を気にしてゐる」のは紛れもない事実であったのだから。そのこと自体を恥じるような僧侶としての自意識が内供に少しでもあったならば、この後語られる例の体験は内供に「今」とは違った日常をもたらしたはずであった。

内供の「自尊心」は、この鼻によって極度に傷つけられていた。「余りにデリケイトに出来てゐた」「内供の自尊心」はこの我が身の鼻一点に集約されていたのである。それゆえに内供に己れを見詰める眼は到底期待できなかった。先走って言えば、小説「鼻」とは、この「愛すべき内供」がひとつのできごとを契機に愚かな人間性を暴露してしまったという、取り返しのつかない結果を語ったものなのである。そして、内供がそのことに「今でも」気づいていないということを前提に、語り手は語り始めるのである。実のところ「鼻」の語り手は、表面的には内供に同情し、かばっているようでいても、実際は、きわめて残酷な語り手であった。

内供が、鼻のために自尊心が傷つけられることを独り「惧れて」い、自分の殻のなかに閉じ籠っていただけならば、今でも「愛すべき内供」であったというだけで済む。実際この小説の語り手は巧妙に内供をかばい、強いて滑稽味を加えて明るい印象を読者に与えようとしている。しかしよく読むと過去の或るできごとは、内供に〈僧侶失格〉のレッテルを貼ってしまったことを暗示しているのであり、語り手もそれに対してひそかに「遺憾」の意を表明している。その上でなお、内供は「今でも」なのである。既に指摘したように、このような小説全体の輪郭が冒頭には明瞭に示されていた。そして当初から語り手は表面的には内供に焦点化し、内供の内面をそれなりに限どりつつ叙述を進めていく。しかし、やがて語り手はこの内供をひそかに見放していく。内供に対して明確に距離を持っていくのである。以下この点を叙述に即して見ていくことにする。

2　「或年の秋」のできごと

語り手は「第一に」「それから又」「最後に」と、いかに内供が長鼻から受ける「自尊心の毀損の回復」を計ろうと努めたか、そのエピソードを次々に語っていく。それらはいずれも空しく失敗した例であった。そして、「所が」と語り手はそれまでとは異なる、意外なできごとについて語り出す。それはどんなに試みても成功しなかった〈鼻を短くする法〉が、ただ一度成功した特殊な例であった。

　所が或年の秋、内供の用を兼ねて、京へ上つた弟子の僧が、知己の医者から長い鼻を短くする法を教はつてゐた。その医者と云ふのは、もと震旦から渡つて来た男で、当時は長楽寺の供僧になつてゐたのである。

内供は、いつものやうに、鼻などは気にかけないと云ふ風をして、わざとその法もすぐにやつて見ようとは云はずにゐた。さうして一方では、気軽な口調で、食事の度毎に、弟子の手数をかけるのが、心苦しいと云ふやうな事を云つた。内心では勿論弟子の僧が、自分を説伏せて、この法を試みさせるのを待つてゐたのである。弟子の僧にも、内供のこの策略がわからない筈はない。しかしそれに対する反感よりは、内供のさう云ふ策略をとる心もちの方が、より強くこの弟子の僧の同情を動かしたのであらう。弟子の僧は、内供の予期通り、口を極めて、この法を試みる事を勧め出した。さうして、内供自身も亦、その予期通り、結局この熱心な勧告に聴従する事になつた。

この部分の語り方を見てもわかるように、語り手は終始内供に焦点化する形で語っている。内供の側からものごとを見ようとしている。従って内供の内面は語り手に一応捉えられていると言ってよいだろう。だが内供を見る他者の内面は、語り手によって推し測られているに過ぎない。弟子の僧が「口を極めて、この法を試みる事を勧め出した」理由を、語り手は、内供の浅はかな「策略」を見抜いた上で「同情」したのだろうと、「わからない筈はない」「のであらう」という言い方で類推しているのである。「鼻」の語りの特徴の一つはここにある。内供にとっての他者の内面については語り手は決して断定した言い方をしていない。「傍観者の利己主義」は本来どのような形で現れるか、余人には推測し難いものだから。語り手は、こうした或る意味で不定形な周囲の思惑に、一喜一憂する内供の内面を語ることに中心を置いているのである。

鼻が短くなった後の周囲の反応も内供の眼を通してのものであることを忘れてはならない。「前にはあのやうにつけつけとは哂はなんだて」と内供は感じた。侍が「前よりも一層可笑しさうな顔をして」「ぢろぢろ」「鼻ばかり眺めていた事」・中童子が「とうとうこらへ兼ねたと見えて、一度にふつと吹き出してしまつた」こと・下法師たちが何度も内供が後を向きさえすれば「すぐにくすくす笑ひ出した」ことなどは確かなできごとであり、内供を以前にも増して傷つけ「ふさぎこ」ませるものであった。だが、その「哂」い方を「つけつけと」とある種の悪意を持つものとして捉えたのは内供である。それと同時にこの内供が発見した「事実」は、また内供にとって「意外」なことでもあったのである。笑われていた長鼻が短くなったのに笑われる。それゆえに内供はその理由がわからずに「ぼんやり」「ふさぎこんでしまふ」のでもあった。

こうした内供は単に「愛すべき」存在というだけであった。しかし「——内供には、遺憾ながらこの問に答を与える明が欠けてゐた」とし、語り手はただ「ふさぎこんで」いただけではなかったばかりか「明」を欠いたままに「答」を求めようと「解釈」を繰り返した内供を語っていく（詳述は後にするが、残存する「鼻」の草稿を見ると、この内供の解釈の仕方自体に芥川がいかに腐心していたかがわかる）。そして「この傍観者の利己主義をそれとなく感づいた」即ち「明」を「欠」いた「答」しか得られなかった内供に「遺憾」の意を表明していく。語り手の「突出」(5)した認識を示す言葉として引用される次の箇所は、実のところ「明が欠けてゐた」内供が「それとなく感づいた」捉え方に過ぎないのである。

――人間の心には互に矛盾したふたつの感情がある。勿論、誰でも他人の不幸に同情しない者はない。所がその人がその不幸を、どうにかして切りぬける事が出来ると、今度はこつちで何となく物足りないやうな心もちがする。少し誇張して云へば、もう一度その人を、同じ不幸に陥れて見たいやうな気にさへなる。さうして何時の間にか、消極的ではあるが、或敵意をその人に対して抱くやうな事になる。

――内供が、理由を知らないながらも、何となく不快に思つたのは、池の尾の僧俗の態度に、この傍観者の利己主義をそれとなく感づいたからに外ならない。

内供が「この傍観者の利己主義」を、語り手が一般論的に語ったように意識できたかどうかはわからない。しかし語り手は浅はかな内供の掬い取ったひとつの「解釈」を明確に限どってみせた。「不幸を、どうにかして切り抜け」たはずの自分に対する羨望の現れとして、人々の中に「敵意」を感じとってしまった内供の不明を語り手は示したのである。「そこで内供は日毎に機嫌が悪くなつた」。それだけではなく、「二言目には、誰でも意地悪く叱りつける」というような攻撃的な行動に出てしまった。高位の僧という権威を背景にしているだけに弟子から見れば余計内供の態度は冷酷に高飛車に映ったはずである。「自尊心の毀損」を極度に「惧れ」、独り「ふさぎこんで」いた「愛すべき内供」が、鼻が短くなったために(人並みになったために)豹変してしまったのである。「そこで」という言葉のなかには、「明」を欠いた内供の「解釈」が、愚かな行為を招いてしまった要因であったことを示していく語り手がいる。内供の他者を捉える眼がいかに不分明であったか。本来不定形で摑みどころのない「傍観者」の利己的な視線を自分勝手に絶対化し、それによっていかに振り回されていったか。語り手はそのことを内供の内面に寄り添う形で語っていく。

結果は最悪であった。「しまひには鼻の療治をしたあの弟子の僧でさへ、「内供は法慳貪の罪を受けられるぞ」と陰口をきく程になつた」。語り手はこの「弟子の僧」に対して終始好意的であった。内供の「策略」を見抜き、その上で「同情」を寄せていた人と捉えていた。語り手から見ればこの「弟子の僧」は「傍観者」のなかでも内供にとって得難い「親切」を示した存在であった。その「弟子の僧でさへ」内供の行為にあきれ、〈僧侶失格〉という言葉を吐いたのである。人々の内供批判は密かに噴出した。身分の高い内供に対してあからさまな批判を口にすることはできなかったであろうが、「陰口」のなかで人々は内供の人間性に関わる批判を始めたのである。しかし、そうした人々の反応の中身に内供が気づいたわけではなかった。内供は自身の「不快」という感情から「忿《おこ》」り続けたようである。

「例の悪戯な中童子」の行為を偶然みつけた内供は「忿」り、「したゝかその顔を打つた」のである。語り手が「例の悪戯な」というように、中童子は以前からかなり露骨に（おおらかにとも言えるか）内供をからかい揶揄する「悪戯」者であった。いつもは弟子がする内供の食事の際の介添え役を「一度」「代」って務めた時、「嚔をした拍子に手がふるへて、鼻を粥の中へ落した」ことがあった。中童子の故意の「悪戯」か、偶然の所為か定かではないが、この話が「当時京都まで喧伝された」という後日譚があったことによって、中童子が先ずおもしろおかしく吹聴したことが窺える。そういえば、内供の鼻が短くなった時、「一度にふつと吹き出してしま」うという最も率直自然で無礼な笑いを投げ掛けたのも中童子であった。しかし、「鼻持上げの木」片で「痩せた尨犬を逐ひまはしてゐる」たという、この時の中童子の行為は鬱屈している。「意地悪く叱りつけ」た内供への意趣返しを表立ってできないための所為であろう。しかし、こうした中童子の内面には語り手は触れず、「殊に」「内供を忿らせたのは」と、周囲の関係のなかで相変わらず機嫌を悪くし、不快を募らせ「忿」りをあらわにしていった内供の側から語っていく。「殊に」は前文とのつながりの上では飛躍を感じさせることばであり、その省筆・屈折した表現のなかに、語り手があえて語らないことによって、内供には見えなかったものとして周囲の人々の反応を読者に強く意識させていく意図があるように思われる。それは「傍観者の利己主義」の実態といってもよかった。人々は内供が考えているほど他者(内供)のことを考えているわけではない。〈他者〉として、本当の意味で相手が問題になってくるのは直接的に自分の利害と絡んで来たときだけである。

周囲の弟子たちと内供の関係は悪化していく一方であった。それゆえに内供は「なまじひに、鼻の短くなつた」ことを「反て恨めしく」思うのであった。それまでの苦しみの元凶であった〈長鼻〉から解放されたことを悔やむことばを吐く内供は、周囲の者との関係性そのものに気づいていくかのようである。もしこのまま内供の鼻が人並みのままであったなら、いかに不分明の内供も、弟子たちとの日常的な関係のなかで、ことの本質を見詰めることができたかも知れない。しかし、幸か不幸か鼻は再び元に戻ってしまうのである。そして内供の自意識は相変わらず鼻一点に集中し自閉していくのである。鼻によって傷つけられる「自尊心」に囚われ、他者の向けるまなざしの意味を一方的に(ひたすら自分の鼻ゆえと)捉え過剰に反応していたのが高僧・禅智内供だったのである。だからこそ、再び鼻が長くなった時「——かうなれば、もう誰も哂ふものはないにちがひない」などと愚かにも表層的な、他者の鼻への反応だけを顧慮することばを漏らすのである。このことばは自分の長鼻への囚われから解放されたことばなどでは決してない。ましてや内供の内面のなんらかの成熟による変貌などでは全くない。内供に僧侶としてのいや人間としての己れを見詰める眼は到底期待できなかった。その意味では、決定的に自意識を欠いた愚か者であった。しかし、こうした結論に入る前にもう少しこの肝心な部分（そして「鼻」のなかで最もわかりにくいとされる部分でもある）の語り方を次章で見ていこう。

3　末尾の語り方

「内供はなまじひに、鼻の短くなつたのが、反て恨めしくなつた」と言い、続けて語り手は「或夜の事」を語っていく。この夜、内供はなかなか眠られぬ夜を過ごす。一読内供の上に何らかの心理的変化がもたらされたかのような印象を与えられる。しかし「床の中でまじまじしてゐる」内供の胸中はここでは一切語られてはいない。そして語り手はこの部分を次のように説明する。

　すると或夜の事である。日が暮れてから急に風が出たと見えて、塔の風鐸の鳴る音が、うるさい程枕に通つて来た。その上、寒さもめつきり加はつたので、老年の内供は寝つかうとしても寝つかれない。そこで床の中でまじまじしてゐると、ふと鼻が何時になく、むづ痒いのに気がついた。手をあてて見ると少し水気が来たやうにむくんでゐる。どうやらそこだけ、熱さへもあるらしい。
　——無理に短うしたで、病が起つたのかも知れぬ。
　内供は、仏前に香花を供へるやうな恭しい手つきで、鼻を抑へながら、かう呟いた。

「風が出たと見えて」「音がうるさい」・「寒さも」「加はつたので」・「老年の内供」と、語り手は内供が寝つかれない生理的理由を説明していく。「恭しい手つきで、鼻を抑へ」るというような、内供が自身の鼻への対応の変化を示すのも、まず生理的な異常として意識されたからであった。確かに「無理に短うしたで」ということばには、自尊心の回復のため「積極的に」「方法を試みた事」を恥じる気持ちが、内供のなかに生じ始めていることを感じさせる。内供にとって、所期の目的を達したにもかかわらず周囲の者は「哂」うことをやめない、現実的な状況があった。それどころか、弟子たちから総好かんを食った内供の事態はもっと深刻であったはずである。実のところ、このできごとは内供が僧侶にあるまじき浅ましい自分を顧みる契機となったはずであろう。「哂」われる〈原因〉がないのに自尊心を傷つけられる。その時周囲を冷静に見渡せばいかに不分明の内供といえども己れの愚かさに気づいたと思われる。しかし「翌朝」起こったことはその機会を内供から一挙に奪ってしまったのである。

翌朝、内供が何時ものやうに早く眼をさまして見ると、寺内の銀杏や橡が、一晩の中に葉を落したので、庭は黄金を敷いたやうに明い。塔の屋根には霜が下りてゐるせいであらう。まだうすい朝日に、九輪がまばゆく光つてゐる。禅智内供は、蔀を上げた椽に立つて、深く息をすひこんだ。

殆、忘れようとしてゐた或感覚が、再内供に帰つて来たのはこの時である。

（中略）

内供は鼻が一夜の中に、又元の通り長くなつたのを知つた。さうしてそれと同時に、鼻が短くなつた時と同じやうな、はればれした心もちが、どこからともなく帰つて来るのを感じた。

引用前半の寺の境内の情景を語った部分と後半の内供の「はればれした心もち」とを重ねて捉えるのが通例であろう。しかし「一晩の中に葉を落したので」「霜が下りてゐるせいであらう」と語り手は「明い」「まばゆく光」る情景が現象する根拠を記すことを忘れない。内供の眼にそう映ったと彼の主観が捉えた光景として語るのではなく、あくまで物理的な現象として語っていくのである。そして内供が「はればれ」とするのは次の瞬間、他ならない鼻が「又元の通り長くなつた」時であった。

――かうなれば、もう誰も哂ふものはないにちがひない。

内供は心の中でかう自分に囁いた。長い鼻をあけ方の秋風にぶらつかせながら。

語り手はここで語ることを止める。確かにこの時の内供は解放された気分が湧きあがってくるのを感じ晴れ晴れしている。しかし、この「或年の秋」のできごとの直後の内供の内面を明るく語れば語るほど、冒頭の語りの「現在」との落差が際立ってくる。内供の「はればれした心もち」がいかに一時的なもの、〈錯覚〉であったか。それは「鼻が短くなつた時と同じやうな」ものにすぎなかったと語り手もいうように、内供の〈内実〉は何ほども変わっていない。貴重な体験となり得るできごとに遭遇しながら、内供は結局もとの不明なままに終わってしまったのである。しかし周囲の人々の内供を見る眼は、この出来事以後確実に変わったはずである。たとえ内道場供奉（内供）という高職に「陞」りつめたとしても(6)、周囲の弟子たちはおそらくこの「高僧」を敬愛することはなかったであろう。語り手は内供にもたらされたこの不幸な結果を背後に隠しつつ、語ることを止めたのである。

こうしてこの小説を語り手に即して見て来ると(7)、芥川の初期の小説「鼻」はわかりにくいどころか冒頭から末尾まで見事に計算され尽くした完成度の高い作品であったことがわかる。

ところで「鼻ノート」（『芥川龍之介資料集』「図版2」収載　平5・11　山梨県立文学館）のなかには次のような芥川の発言が見られる。

「僕はあれを書くのに可成な誇張を施した　さうしてその誇張が作全体の自然さに与へる影響を惧れて事件と内供の性格とに各一つの要約を与へて置いた　前者は内供の鼻が短くなつてから長くなつて迄の時間が至極短ひと云ふ事である　後者は内供が神経質(8)（殊に鼻に対して）な人間だと云ふ事である」

この文章中の「誇張」とは、既に笠井秋生氏に指摘があるように内供の「錯覚」を指していると言ってよいだろう。「数十年間、畸型な長鼻を人々に哂われ、自尊心を傷つけられ続けて来たのである。だから、わずか十日ほど後に、〈鼻が短くなつた時と同じやうな、はればれした心もち〉になったり、〈かうなれば、もう誰も哂ふものはないにちがひない〉などと錯覚したりすることは現実にはありえない」（笠井氏）と言える。このことは言い換えると実際に内供が余りにも〈不明〉〈暗愚〉な人間であるということに他ならない。その「誇張」を読者に無理なく納得させるための配慮として（いや表面的には隠蔽するためにか）芥川はあえて「要約」を与えたというのである。つまり、「鼻」の物語は、当初から、「その誇張」即ち内供の人間としての愚かさを暗に想定しつつ語り始めたということを、芥川はここで明確に述べているのである。芥川は「鼻」という小説を完成させるにあたって高僧・内供の人間性にひとつの結論（「誇張」）を出した。そこから或る意味で批評的に語り始められたのが「鼻」である。語り手が語るためには当初から語る内容が決定されていなければ語り始められない。だとしたら、「鼻」の語り手は表面この長鼻の高僧に寄り添い同情を示しつつも、背後では一貫してアイロニカルな視線を向けていたきわめて残酷な語り手としてひそかに置かれたことが窺える。「作全体の自然さ」とは一面においてこの小説が語り手によって語られた話として成り立っているのだという、方法的な側面を示唆しているようにも思われる。

「鼻ノート」がどのような経緯で誰に宛てて書かれたものかはよくわからない。既に漱石から賞賛の言葉を連ねた手紙を貰い、「君」（この友人と想われる人物へ宛てた手紙の下書きか、という指摘が中村友氏にある(9)）からも長くて「切実（僕にとって）」な批評を貰ったことが如何に嬉しかったかが記されている。これから小説家として自立していこうとする緊張感とともに、ここで作品の仕組みを披瀝した芥川にはその〈完成度〉に対してそれなりの自負があったように思われる。しかし後述するが、その背後で、この愚かな内供を誰が笑えるかという思いが切実に芥川にあったことも同時に語られている。そのことは、先の「誇張」ということばからも窺えるのではないか。むしろ「作全体」を「自然」たらしめる「要約」（ことに「後者」）を描くことこそが当初からの中心ではなかったか。「鼻」の〈語り手〉はこうした芥川自身の思いを韜晦するための手段であったようにも思われてくる。「決定稿」に至るまでには様々な模索が繰り返されたことが、残された「草稿」を見ることによってひしひしと伝わってくる。草稿から「決定稿」までの何がしかの〈動き〉を通して、芥川における〈書く〉という行為について、もうしばらく考えてみたい。

4　「鼻」草稿から——内供を突き放した語り手

先頃山梨県立文学館から刊行された『芥川龍之介資料集』（前掲注3）には、かなりの量の「鼻」の草稿が収載されている。その執筆のプロセスは必ずしも明らかではない。「解説」（石割透氏）には、「「1」から「4・4」までの十二枚は、途中三ヶ所で不連続になっているが、現行「鼻」のストーリーを追ってほぼそれに重なる内容で、完成稿に極めて近い」「「5」以下の十七枚は「断片」であり」、「完成稿の話柄の展開に従って配列した」とある。これを図示してみると次のようになる。

	1	12枚
	2・1	
	2・2	
	2・3	
	2・4	
	2・5	
	3・1	
	3・2	
○	4・1	
○	4・2	
	4・3	
	4・4	
	5	↓以下断片17枚
○	6	
	7・a	
	7・b	
○	8・a	
	8・b	
○	9・a	
○	9・b	
	10・a	
○	10・b	
	10・c	
	11・a	
○	11・b	
○	12・a	
○	12・b	
○	13	
○	14	

この残された草稿群を見て注目すべきことは、前掲の解説で石割氏が「「3・1」以下では、鼻が短くなった後の内供の心理と僧俗の反応、それに対する解釈の表現に、神経を遣っている芥川の姿が窺える」と指摘している点である。もっと正確に言えば、鼻が短くなってから以後の周囲の反応の微妙な変化を感知し、その理由を知ろうと苦しむ内供の心理が繰り返し書かれているということである。図のなかに「〇」をつけた箇所がそれである。ここでは「僧俗の反応」は「内供の心理」のうちにしかない。

草稿では語り手は内供の心理の動きを熟知したかのように語っていく。特に「神経質」な内供が周囲の反応に過敏に神経を働かせる様子は何度も改稿され、語り手はそんな内供の性格を殊更に確認していくようである。

愛す可き内供にとつて　之は全然予想外な結果であつた　何故と云へば造次にも顚沛にも鼻の長いのを苦にしてゐた内供はその鼻が急に短くなつた時に彼自身の顔が如何に滑稽に見えるかと云ふ事実を商量する暇に乏しかつたからである――内供は鼻が短くなつてから前よりも一層その鼻の為に煩されるやうになつた　しかし内供を苦しめたものは　単に周囲の人々の顔に現れた可笑しさうな容子だけではない　神経質な内供にとつて何よりも苦になつたものは実にその可笑しさうな容子の下に潜んでゐる或種類の敵意であつた――（草稿4・1、2）

「草稿4」のこの部分の語り方を見てみよう。内供にとって鼻が短くなった後の人々の反応は「予想外」のことであった。その理由を語り手は、余りに鼻の長いことを気にしていたため「その鼻が急に短くなつた時に彼自身の顔が如何に滑稽に見えるかと云ふ事実を商量する暇に乏しかつたから」と相対化する視点を欠いたゆえとして明確に断定する。そして内供が自分への人々の笑いの奥に「敵意」すら感じとってしまうのは「神経質」であったためとする。鼻に対して余りに神経質であるがゆえに、内供が自分のなかだけで一方的に思い込み、空回りして苦しむ状態を、語り手は間隙なくくっきりと隈どっていく。

このように草稿の段階では、内供を捉えていく第一のポイントは「神経質」ということにあった。「神経質な内供はすぐにこの事実に気がついた」(11a)「神経質な内供の心を苦しめたものは」(11b)「神経質な内供はすぐにこの事実に気がついた」(12ab)「内供の神経には(中略)朧気ながら感じられてゐたから」(13)という説明が頻出するように、内供の内面に動揺を呼び起こす因子は彼の過敏な「神経」であった。自分を取り巻く外部に対して余りに過剰に反応する「神経質な」内供に焦点化しつつ、語り手は周囲の人々の反応を「解釈」していくのである。

「完成稿」で語り手は、内供の「それとなく」感づいた「傍観者の利己主義」について代わって説明要約を加えた頃から、つまり「明」を欠いた内供の解釈を読者に提示した時から、ひそかに内供離れを果していく。「愛すべき内供」として寄り添い同情しつつ語って来たかのような語り手は、以降外側から距離[10]をもって内供を語っていくようになる。草稿に明瞭に見られたような、悩む内供に焦点化して語る語り手ではなく、内供を「批評する」[11]語り手としての本来の立場を明確化していったと言うこともできる。不分明な内供を顕在化させたがゆえの必然であった。そのことによって、冒頭の「語りの現在」と完璧に対応するひとつの完結した世界が水面下で過不足なく形づくられた。

草稿に見るように、神経質ゆえに悩む内供とともに語り手が解釈し続けていくことは、小説世界を大きくひらいていく可能性を示していた。「唯実際身体的欠陥に(如何に微細なものでも)悩んだ事のある人は幾分でも内供の心もちに同感してくれるだらうと思ふ　僕はあの中に書きたくもない僕の弱点を書いてゐる点でそれだけの貧弱な自信はある」(前掲「鼻ノート」)と一方で漏らしたように芥川にとって内供は血肉を分けた人物であった。草稿の語り手はこうした内供に焦点化し、切実な思いで内供の煩悶を生きていた。ただその先に何が現れるのかと言えば、おそらく内供はどこまでいっても悩み続けるしかなかったかもしれない。現「鼻」はこうした内供を不分明として厳しく批評・断罪する語り手を置くところから書き始められた。作家・芥川の決断、ある意味で辛い決断である。芥川にとって〈書く〉ということは、ひとつの完成した世界を形づくるという方向へと促されるもの以外ではありえなかったのか。生身の芥川の分身である内供の抱えた煩悶とその対処への行方は、小説の完成と引き替えに宙に浮いたままになったのである。芥川の〈芸術家としての自意識〉の不幸は初期の小説において既に胚胎していたのである。

＊「鼻」本文の引用は『芥川龍之介全集』第一巻（一九七七・七　岩波書店）による。なお本稿中の傍点は全て筆者による。

注記

（1）　三好行雄氏「負け犬―「芋粥」の構造―」（『芥川龍之介論』昭51・9　筑摩書房）

（2）　田中実氏「『鼻』と『龍』」（『都留文科大学研究紀要』40　平6・3）に同様の指摘が見られる。また同氏「批評する〈語り手〉――『羅生門』――」（『国語と国文学』平6・3）も芥川小説における語り手の問題の検討を喚起している。「語られた世界」として読んだものに拙稿「「蜘蛛の糸」の語り手」（『芥川龍之介』第3号　平6・2　洋々社）がある。

（3）　『芥川龍之介資料集』「図版1」（平5・11　山梨県立文学館）所収の「鼻」の草稿を見ると、当初は「赤茄子」「烏瓜」だったことがわかる。

（4）　引用部分及び以下続いていく箇所について福本彰氏「『鼻』論への視点（上）―特殊な〈鼻〉を内心「苦に病んで来た」事は皮相なこだわりか―」（『就実国文』平5・11）はいくつかの読解上の疑義を提出しつつ、「芥川が創作した語り手は二つの特殊設定（長鼻と高僧と―筆者注）に引き裂かれている」としている。

（5）　多くの「鼻」論はこの部分を「突出した語り手」（前掲田中論文）のことばとか、「作者の説明」（前掲三好論文）とか捉え、内供には見えにくかった周囲の者の実体的反応であるかの如く解釈している。こうした観点から「鼻」を読むと、内供と周囲の人々との関係性を測る読みが生まれてくる。しかし「鼻」では双方向の具体的な葛藤や混迷やを追うことは初めから回避されているのではないか。管見の限りでは山崎甲一氏「芥川龍之介『鼻』の文体について」(『鶴見大学紀要』23　昭61・3)が「傍観者の利己主義という視点は、内供の「感づ」かない、新たな作者の視点として出されている訳ではなく、内供本人が「何となく」思い、「それとなく感づい」ていたところを一歩踏み込んで、明瞭化したに過ぎない」と的確に指摘している。なお近年の「鼻」論である友田悦生氏「「鼻」のアレゴリー——超越論的主観の出自とゆくえ」(『日本近代文学』51　平6・10)は、「超越的な語り手」によって実現されている寓話的世界として「鼻」を捉えた上で、「意味的な非完結性と話型の完結性との不適合という事態」を招いているという興味深い指摘をしている。そして、その「アレゴリー」の「限界」は「普遍のないところに普遍を前提しようとしているところに起因」するとして、この「傍観者の利己主義」という内供と池の尾の僧俗との間の「心理的図式」を普遍化していったことの非を見ていく。しかし、「鼻」の語り手は他ならないこの「傍観者の利己主義」を普遍化することの不当性こそを暗に前提していると見なければならないのではないか。

(6)「或年の秋」のできごとは、「五十歳を越えた」内供の「現在」とそれほど遠い過去ではない。「老年」といわれる時期のことであった。「内供」という呼称の意味は大きい。

(7)「『鼻』くらいはっきりしている作品はない」「牽強《こじつけ》ればどう云う意味でもつくでしょうが、最後のものまで表現していて、実に手際よく或る意味では刻苦精励して、一言一句無駄なく、過不足なく表現した最もいゝ例」「あれは芥川の処女作であると同時に、また最後の作品だ」「文学的には一番完成されたものであるかも知れない」と後年久米正雄は断言したが、けだし卓見であった(「『鼻』と芥川龍之介」『微苦笑随筆』昭28・3　文芸春秋新社)。「久米さんの鑑賞力には、芥川さんも敬服していたことを思ひ出す」と本書の「抜」で小島政二郎は回想している。

(8)「「鼻」——漱石書簡の意味」『芥川龍之介作品研究』(平5・5　双文社出版)

(9)「『鼻』私考—シングの戯曲『聖者の泉』を起点として—」(『学苑』昭58・1)

(10)前掲三好行雄氏に「『鼻』の終章にただよう笑いとペーソスは、明らかに〈距離〉の感覚なしに不可能であった。被害者としての内供をあわれみながら、作者は見るものの遠い距離をあえてちぢめない」という指摘がある。この「距離」の取り方及びその中味を語り手に即して検証することが「鼻」論の中心になると思われる。

(11)前掲田中実氏「批評する〈語り手〉—『羅生門』—」。なお、嶌田明子氏「『鼻』における語り手の意味」(『上智近代文学研究』平元・3)にも「批判」する語り手の指摘がある。

「蜘蛛の糸」の〈語り手〉

「蜘蛛の糸」（『赤い鳥』大7・7）の世界は、ある意味で実体的な語り手によって語られた世界である。構成は、極楽の様子を語った（一）（三）と、地獄の犍陀多に照明をあてた（二）と、全三章から成っている。この極楽と地獄と二つの世界を語っていく語り手は、一見別人のようである。それぞれの世界で起こっていることは没交渉、との印象を読者は受ける。「「三」に描かれた「極楽」の景は、「一」に呼応して作品世界の枠組みをなすだけのもの」[1]という評もでてくる所以である。この小説の研究史を振り返ると、長らく材源考がなされてきたが、その問題を踏まえつつ（二）の部分に芥川に内在する問題・独創性を見る見方が定着してきたようである。[2]しかし、そうであればなおのこと前述の二つの世界の、作品内での意味づけ、相関についてを等閑に付してよいとは思われない。芥川は完璧な小説世界を目指す作家であったはずである。[3]小稿では語り手の問題を考えつつ、この問題を捉えてみたい。

1　犍陀多という男

「こちらは地獄の底の血の池で、外の罪人と一しよに、浮いたり沈んだりしてゐた犍陀多でございます。」と「蜘蛛の糸」の（二）は語り始められる。（一）において丁寧語による語り口調と同時に、釈迦への尊敬語によって慇懃に語っていた語り手は、一転地獄へと視線を移して語りだす。極楽から地獄へ蜘蛛の糸を垂らした釈迦の行為を語った（一）の末尾とはひとまず断絶したかのように、語り手は地獄にいる犍陀多というひとりの男について語りだす。その男の側に立って、「地獄の底の血の池」で溺れているなかで感じる恐怖や不安やを、即ち彼の地獄での日常性を見つめていく。

何しろどちらを見ても、まつ暗で、たまにそのくら暗からぼんやり浮き上つてゐるものがあると思ひますと、それは恐しい針の山の針が光るのでございますから、その心細さと云つたらございません。その上あたりは墓の中のやうにしんと静まり返つて、たまに聞えるものと云つては、唯罪人がつく微な嘆息ばかりでございます。

語り手の眼や耳に映る地獄の暗黒と静寂。時折「微な嘆息」だけが漏らされる、罪人たちの日常的世界が語られている。その理由を語り手は「これはこゝへ落ちて来る程の人間は、もうさまざまな地獄の責苦に疲れはてて、泣声を出す力さへなくなつてゐるのでございませう」と言い、その「地獄の責苦」の激しさゆえと想像していく。この地獄の苛酷な状況にあっては「さすが大泥坊の犍陀多」も、「やはり血の池の血に咽びながら、まるで死にかゝつた蛙のやうに、唯もがいてばかり居」るしかなかったのである。

ここでの語り手は（一）での釈迦の救済の行為を何も知らないかのように、あくまで犍陀多に寄り添って叙述を進めていく主体であった。犍陀多の絶望を代弁するかのように地獄の様を語っていく。また、それゆえに「遠い遠い天上から」垂れてくる細い糸を発見した後の犍陀多の意識を、生き生きと捉えていくことになる。その時、犍陀多は「思はず手を拍つて喜」ぶ。「死にかかつた蛙」に希望が湧き前向きの姿勢が生まれるのである。以下、地獄から抜け出し中空をたどりはじめた犍陀多を、語り手は彼と一体化したかのように語っていく。

この糸に縋りついて、どこまでものぼつて行けば、きつと地獄からぬけ出せるのに相違ございません。いや、うまく行くと、極楽へはいる事さへも出来ませう。さうすれば、もう針の山へ追ひ上げられる事もなくなれば、血の池に沈められる事もある筈はございません。

語り手は、犍陀多の気持ちに寄り添い「きつと」「ぬけ出せる」「うまく行くと、極楽へはいる事さへ」と、強い調子で、次々に期待していく彼の内面を語っていく。犍陀多は「早速」行動を開始し「蜘蛛の糸を両手でしつかりとつかみ」「一生懸命に上へ上へとたぐりのぼり始め」る。辛い現在の状況から一縷の望みに縋って這い出ようとする力強い犍陀多の姿が浮かんでくる。「大泥坊」犍陀多は、地獄の血の池で死ぬほどの苦しみを受けながらも、なおその現実から抜け出ようとする強烈な生への指向を示す人間として読者の前に現れるのである。語り手も糸をたぐって器用に昇る犍陀多を応援するかのように「元より大泥坊の事でございますから、かう云ふ事には昔から、慣れ切つてゐるのでございます」と断言する。

やがて、さすがの犍陀多もその無限に続く天上への道の前に疲れ果てる。「糸の中途」でぶら下がり、ほっと一息ついて見下ろす。すると「一生懸命にのぼつた甲斐」があって血の池も針の山も遥か下の「暗の底」になっていた。犍陀多は「この分でのぼつて行けば、地獄からぬけ出すのも、存外わけがないかも知れ」ないと思い、「ここへ来てから何年にも出した事のない声で「しめた。しめた。」と笑」ったのである。この〈笑い〉からは己れの力を頼りにして、精一杯現実から脱出しようと努める犍陀多の生命力と解放感とが感じられる。しかし、その直後に犍陀多は、蜘蛛の糸の下方に数限りない罪人たちが同じように上へ上へと一心に攀登って来るのに気がつく。考えてみれば当然のことであった。最初に犍陀多が一筋の糸をみつけたものの、彼と同様地獄から脱出したいと思っていた人間たちは無数にいたのである。誰もが地獄から這い上がることを願っていた。細い糸に何百何千という人間が「一列に」「蟻の行列のやうに」、「一心に」「せつせと」昇ってくる光景は、現実の苦から逃れよう、必死に生きようとする裸形の人間の姿を想わせる。地獄と極楽との間の一本のか細い糸そのものが現実の人生行路を象徴しているようである。

　この情景を見た犍陀多は驚き恐怖さえ感じて呆然自失する。「自分一人でさへ断《き》れさうな、この細い蜘蛛の糸が、どうしてあれだけの人数の重みに堪へる事が出来ませう」「今の中にどうかしなければ、糸はまん中から二つに断れて、落ちてしまふのに違ひありません」と思案する。この時、犍陀多は「この肝腎な自分」の生が脅かされていることを感じ、「今の中にどうかしなければ」と考え、「そこで」「大きな声を出して」「こら、罪人ども。この蜘蛛の糸は己のものだぞ。お前たちは一体誰に尋《き》いて、のぼって来た。下りろ。下りろ。」とわめいたのである。犍陀多にしてみれば、こうわめいたのは自分を守るためのとっさのそして必死の行為だったと思われる。しかし、この瞬間糸はぷつりと断れて、犍陀多以下ぶらさがっていた者たちは、再び「暗の底」へ落ちて行ってしまうのである。

　「血の池の底へ石のやうに沈んで」行った犍陀多が、その後どうしたかは読者は知ることができない。おそらくまた血の池でもがき苦しんでいるのだろう。しかし、彼はやはり今でも自分が罰せられたなどとは夢にも思っていないだろう。「ここへ来てから何年にも」なるという犍陀多は、この間「針の山へ追ひ上げられ」たり「血の池に沈められ」たりという地獄の責め苦を受けながら、そこから「ぬけ出」すことしか考えていなかった。いや、抜け出すことだけではなく、運がよければ自分の力で「極楽へはいる事さへも」と考える男であった。犍陀多にとっての〈極楽〉とは善行を働いた後に得られる僥倖といった、精神的に内面化されたものとしてはなかった。たかだか今よりは好い所という相対的な世界として意識されていた。数々の悪行を働いた犍陀多が、自分の罪を悔い改めたり、自分を罰したりといった契機はこの間何一つとしてなかったようである（それは糸にとりすがった地獄にいる他の多くの罪人たちも、同様であったと思われる）。

犍陀多には、現実の苦しい状況から何とか逃れようと、必死に努力する以外なかった。そのためには他を押し退けることでもなんでもやる男であった。己れの力にそれなり信を置いている彼にとっては「肝腎な自分」が全てであった。こう見てくると、(一)で語られたたった一つの「善い事」である、小さな生命を救った犍陀多なりの理由もよく理解できる。「いや、いや、これも小さいながら、命のあるものに違ひない。その命を無暗にとると云ふ事は、いくら何でも可哀さうだ[4]」と言ったように、「命」あるものに対して、己れが損なわれない限りにおいて闇雲に害を与えることはしなかったのであろう。犍陀多はことさらに「命」に執着する男であった。今、犍陀多はあの細い蜘蛛の糸が切れた理由も、自分の後から這い上がって来た人々の重みに耐えられなかったせいだと思い、口惜しがっているに違いない。そして、再び来るチャンスをまた探しているはずである。「蜘蛛の糸」の(二)では、こうした犍陀多という男の、ある意味でたくましい自我の形が提示されているのである。語り手はこうした犍陀多を生き生きと現前するかのように、ともすれば一体化すらして語っていくのであった[5]。それゆえに読者はこの犍陀多に親しみすら感じ、地獄からの脱出の成功を願ったりもするのである。

2 「蜘蛛の糸」の語り手——相対的世界の提示

(二)での語り手は、蜘蛛の糸が極楽の釈迦によって垂らされたものであることを明かさない。というよりも、ここでの語り手は(一)や(三)の語り手とはまるで別人のような顔をして語っていく。この小説の構造上の特質は、この(二)の部分に描かれた世界と、前後の(一)(三)の世界とが完全に没交渉のまま置かれているというところにある。表現された内容からいえば「救済者としての仏陀と人間の業を負う犍陀多とは、可逆関係の断たれた対立のままに放置(6)」されているのである。しかし、「蜘蛛の糸」という小説の全体を統合する語り手も本当に不在なのであろうか。

実のところ(二)の語り手は、「しかし、地獄と極楽との間は、何萬里となくございますから」と糸の到達点が「極楽」であることを知っている。また「今まで何ともなかつた蜘蛛の糸」の〈不思議〉が「極楽の蜘蛛の糸」のためであることを知っている。全てを知ったうえで語り手は、自分の力だけを頼みに、「肝腎の自分」のために生きる犍陀多の姿を生き生きと語っていく。ここでの語り手は犍陀多に寄り添い、時には一体化する。語りのなかに「 」で括った犍陀多の生《なま》の言葉を挟み、「自分」という呼称を使っていくことによって語り手のことばと犍陀多のそれとの距離がなくなっていく。必死でもがきつつ生きようとする人間の姿の顕現として、語り手は犍陀多を語っていくのである。これに引き替え、釈迦を語っていく語り手は、終始一貫慇懃丁寧な敬語によって距離を持って語っていく。

(一)で語り手は「或日」の「御釈迦様」の行動を、「極楽の蓮池のふちを、独りでぶらぶら御歩きになつて」、

「やがて」「その池のふちに御佇みになつて」、「ふと下の容子を御覧になりました」と外側から観察するように語っていく。「ぶらぶら」「ふと」といった気ままな様子をうかがう語り手のことばは、慇懃な釈迦への尊敬語とそぐわない。また蓮池の底を「御覧にな」る「御釈迦様」の視線の先には地獄の様が「丁度覗き眼鏡を見るやう」に見えるという。そして、「するとその地獄の底に、犍陀多と云ふ男が一人、外の罪人と一しよに蠢いてゐる姿が、御眼に止りました」と語るように、数多くの罪人の中で釈迦の眼に止まったのは「犍陀多と云ふ男が一人」であった。その選ばれた理由を語り手は「それでもたつた一つ、善い事を致した覚えがございます」と、ようやく思い当たる「善い事」として蜘蛛を踏み殺さずに助けた事実を思い起こし、聞き手（読者）に向かってひとまず伝えていく。このことを釈迦も「御思ひ出しになり」、「それだけの善い事をした報」として側にあった蜘蛛の糸を「御下しなさ」ったという。こうした語り手の語る言説を追っていくと、釈迦が地獄の犍陀多に眼をとめ救ってやろうとしたのは偶然の行為、朝の散歩の途中の気紛れ、いわば退屈しのぎにしたこととの印象を与えられる。

釈迦の「善い事」への判断もきわめて恣意的なものとして、語り手自身の判断とのきわどい一致を表明しているかのようである。ここでの語り手は釈迦の内面には一切入っていかない。釈迦の一見慈悲深い行為のなかにあるものを語り手がそれなりに推測して説明しているに過ぎない。その実その恭しい釈迦への敬語表現による語り口の背後には、アイロニカルな語り手の視線が強く感じられるのである。語り手は釈迦を信頼していない。釈迦の行為の内実はともかく、ここには超越的・絶対的なものの力を信じていない語り手の存在が浮かび上がってくるのである。

（三）での釈迦も語り手によって外側から観察された姿が示されているに過ぎない。ある意味でこの小説の「テーマ」を謳っているかのような箇所も、釈迦の内的な問題としてと言うより、語り手による説明としてしか読者は了解することができないのである。語り手は、犍陀多が再び「血の池の底へ石のやうに沈ん」だ時見せた釈迦の

「悲しさうな御顔」の理由をこう解釈し、説明する。

　自分ばかり地獄からぬけ出さうとする、犍陀多の無慈悲な心が、さうしてその心相当な罰をうけて、元の地獄へ落ちてしまつたのが、御釈迦様の御目から見ると、浅間しく思召されたのでございませう。

「自分ばかり」と考える「無慈悲な心」が「罰をうけ」る。それに対して「浅間し」さを感じて「悲しさう」な表情を見せる釈迦は語り手が捉えた姿に過ぎない。語り手が一応こう推し量って意味づけているに過ぎないのである。やがて釈迦は「悲しさうな」表情を見せながらも「又ぶらぶら御歩きになり始め」る。ことの「一部始終をぢつと見てい」たという釈迦は、結局何ごとか手を下す素振りも見せなかった。蜘蛛の糸がなぜ切れたのか、その真の意味を犍陀多は勿論のこと「御釈迦様」も関知しないかのようである。このことは極楽の〈無為〉〈絶対〉の世界の在りようを示しているのかもしれない。しかし、「少しもそんな事には頓着致しません」という「極楽の蓮池の蓮」と釈迦とは、少しも違わないといわんばかりに、語り手は「御釈迦様の御足のまはり」でゆれる蓮の花へと眼を移していく。極楽では何ごともなかったかのように時間だけが経ったのである。ここには、極楽をも一つの相対世界と見る語り手の眼が現れている。

　一見没交渉のような両世界も、語り手に即して見ていくと根のところでは通底していることがわかる。というよりも、語り手が（一）で起こったことに対して期待も信頼も持っていなかった通りのことが、まさに（二）で顕現されていくという形になっている。「御釈迦様」の力を信頼しない語り手はひたすら犍陀多の身になって生への衝動を強めていく。しかし、結果犍陀多は空しく挫折するほかない。何者の力をもってしても救いがたい人間の「浅間し」さゆえにである。語り手は誰よりもそのことの必然を知っていた。知っていながらも、人間自身による己れの超克に望みをつながないではいられなかった。極楽の世界をも相対化せざるを得ない語り手だからである。（二）

の末尾で、語り手は切れた糸を見つめてこう言う。

後には唯極楽の蜘蛛の糸が、きらきらと細く光りながら、月も星もない空の中途に、短く垂れてゐるばかりでございます。

この広大無辺の暗闇のなかで細く短く光っている切断された糸、という情景のなかにこめたものこそが語り手が捉えた人間世界の真のありようであった。か細い糸の背後にどこまでも続く広漠とした暗やみをじっと見つめている語り手の虚無的な視線だけが、この小説のなかで前景化してくるのである。

「蜘蛛の糸」が童話として成功しているか否かを議論するのは不毛な気がする。それは「童話とは？」という果てしない議論へと帰着するほかないから。しかし、この「童話」も、その成立の〈事情〉(7)を孕みながら、間違いなく芥川のものだったことは確かである。

＊「蜘蛛の糸」の本文は、「原稿通り素へ戻し」（小島政二郎）た本文を底本とする『芥川龍之介全集』第二巻（一九七七・九　岩波書店）によった。なお、本文中の傍点は全て筆者による。

注記

（1）海老井英次氏『鑑賞日本現代文学11　芥川龍之介』「蜘蛛の糸」（昭56・7　角川書店）

（2）原典とされる『因果の小車』（釈宗演校閲、鈴木大拙訳述　明31・9　長谷川商店）に見る宗教性を完全に払拭し、「人間」の問題を描いたとする意見が多く出されている。早く佐藤泰正氏（「芥川龍之介の児童文学――『蜘蛛の糸』小論――」『国文学』昭46・11）は「虚空に」「垂れさがる一条の糸のイメージ」に「作者の胸中を吹き流れる虚無」が象徴されているとした。

（3）芥川は「芸術その他」（大8・11『新潮』）で、「芸術家は何よりも作品の完成を期せねばならぬ」とし「芸術的完成の途へ向はう」とする意志を示した。

（4）犍陀多の言葉として「　」で括り直接話法にしていることに注目する必要があろう。
（5）野村美穂子氏「物語文のテクストにおける内容と述語形態とのかかわり――『蜘蛛の糸』――」（筑波大学『日本語と日本文学』平3・2）では物語文と述語の関係を検討し、第二章では「語り手が積極的に関与しており、単なる事実描写ではなくできごとをより生き生きと鮮やかに再構成しようとしている」と指摘している。
（6）三好行雄氏「〈御伽噺〉の世界で」（『鷗外と漱石　明治のエートス』所収　昭58・5　力富書房）
（7）周知のように、「蜘蛛の糸」は鈴木三重吉の依頼に応えて『赤い鳥』の創刊号に掲載された。その時、三重吉の手が入ったのだが、その本文は、本稿で見てきたような〈語り手〉の存在を、極力後退させるような語り方のものであった。

川端康成「夏の靴」の世界へ

川端康成の「夏の靴」（『文章往来』大15・3　原題は「白い靴」、同年6月金星堂刊の第一創作集『感情装飾』に改題されて収録）は、馬を愛し子供を愛する心優しい馭者・勘三と感化院の少女とのつかの間の交感を描いた、ごく短い掌編小説である。一見、「現実世界のリアリズムを超えた詩的空間」「抒情的散文詩」(1)（田中実氏）というに近い印象を与える。しかし、この小説は詩的ではあっても、決して「現実世界のリアリズムを超えた」といった表現方法は取られていないし、「作品の解釈は多様に」（同）といっても、それほど曖昧なところを持っているわけではない。この小説の世界はかなり明確な輪郭を持っている。むしろ、読みの方向を定めつつ、「多様」な解釈を生むところこそを、見極めたい。

ところで、「夏の靴」から、自由を希求する少女を読み取り、そのイメージを具体的に提示した論文に、奥出健氏「『掌の小説』鑑賞」(2)がある。氏はこう言う。

> 読者は結末部で、少女が裸足だったのは桃色の服とおそらくペアであったろう白い靴、つまりは夏の靴しか持っていなかったためであること、そして、感化院から小時脱出したためであったことを知る。また、感化院

とは少女にとって狭い息苦しい世界でしかなく、それ故に馬車という狭い空間を少女が嫌ったいきさつもここで納得できるのである。（中略）少女は感化院と直接繋がる白い靴を脱ぎ捨てたとき、つまり保護色となったとき、はじめて世間（外敵）を気にせず、自由に飛びまわれるのであり、（中略）白い靴をつけたとき、再び少女はそれ相応の〈地〉の場所へと帰っていかねばならなかったのである。自由に飛びまわるその空間が、山から海に向って無限に開けた空間であったことは、少女の自由のありようを倍加して読者に印象づける。（中略）冬の暖かな日に、夏服と裸足という、まるで妖精のような少女が海に向って走り去っていくという。そういう少年少女の夢のような瑞々しい世界を心に描いて満喫すればよいのである。

引用が長くなった。奥出氏は、「夏の靴」の結末部に示される「感化院」の少女という一点から振り返り、事後的にそれ以前の少女にまつわる事象を解釈し、そのことから少女への想像力を働かせていく。そして、感化院という閉ざされた空間を象徴する「白い靴」から、束の間解放され、山から海へ、開かれた空間へと向かう少女の時間に「自由」を見る、という「物語」を再構成していく。一見読み難い少女の像が、結末部に至って一挙に具体化されていくことを解き明かした如くである。しかし、こうした少女の〈実像〉が、「夏の靴」という小説からどこまで読み取れるのか。私がここで問題にしたいのは、あたかも少女の〈実像〉へと想像力が導かれる、氏の読みのプロセス自体である。

まず、この小説の〈かたち〉を確認してみよう。小説中「お婆さん」「勘三」「少女」という呼称で呼ぶのは、この小説の局外にいて語る、非人称の〈語り手〉である。従って、この小説は、一応三人称〈客観〉小説と言えようか。三人称の小説の場合、登場人物を語る〈語り手〉の言説（「メタ言説」「地の文」）が、それぞれの人物を読んでいくための情報として、読者にインプットされていく。しかし、「夏の靴」の場合、〈語り手〉は、勘三についての説明や勘三の思い方やの提示はしても、少女についての客観的な説明はほとんど行なっていない。少女の〈実像〉は、勘三の眼に映るかたちでしか、読者は追うことができない。

「夏の靴」に限らず、小説の読者は、〈語り手〉を、小説内に内在することばとして読む。そして、その語り口に導かれて、小説世界へ入って行く。誰かが語らなければ、小説は成り立たない。従って、語りの仕組み自体を捉えるところから、読みを始めるのが大事だろう。「夏の靴」の冒頭、次のような、かなり丁寧な、馭者の勘三についての客観的説明は、〈語り手〉によるものである。読者は、勘三とともに、小説世界へと導かれていく。

> 馭者の勘三は馬を大変愛してゐる。その上、八人乗りの馬車を持つてゐるのは、この街道で勘三一人だ。また彼はいつも自分の馬車を街道の馬車のうちで一番綺麗にしておく程の神経質だ。（後略）

〈語り手〉は、勘三を熟知して語っている。そのことは、たとえば、次のような叙述を見てもわかる。

> 勘三は舌打ちして馭者台に帰つた。つひぞ見慣れない高貴に美しい少女は海岸の別荘にでも来てゐるのだらうと思つて勘三は少し遠慮してゐたのだが、三度も飛び下りてもつかまらないから腹が立つたのだ。もう一里もこの少女は馬車にぶら下つて来てゐるのだつた。それがいまいましいばかりに勘三は大変愛する馬を鞭打つてさへ走つたのだつた。

〈語り手〉が、勘三に焦点化していく箇所である。〈語り手〉は、勘三の心理をくっきりと隈取りながら、彼の少女へのまなざしを追う。勘三が少女に「遠慮し」た理由、「腹が立」った理由、例になく「大変愛する馬を鞭打」って「走つた」理由を示しながら、勘三が少女に囚われていく様子を把握していく。この小説では「しかし」「ところが」といった接続詞が頻繁に出てくるのであるが、この引用部分を見ても、接続言を多用しながら、勘三の行為と行為とをつなぐもの、つまり彼の心理的要因を浮かび上がらせていることがわかる。言い換えると、〈語り手〉

は勘三に焦点化しながら、勘三の視点で少女を眺めているのである。それは、終始一貫していると読むことができる。逆に、少女の内面に焦点化した箇所は、作中一か所もない。この終始勘三の視点から少女が捉えられていくという、この小説の仕組みを、見落としてはならない。三人称の小説ながら、一人称ともいってよい形式を備えており、少女の〈実像〉も、こうした〈かたち〉を通して把握していくほかはない。

＊

この小説の舞台は海岸沿いの鄙びた村。蜜柑がなっているところから暖かい地方とわかる。この村には別荘や港や感化院やがあり、それなりに近代社会というものが構成されていることがわかる。しかし、街道を馬車が走り、その馬車に乗り合わせた客の「お婆さんが五人居眠りしながら、この冬は蜜柑が豊年だといふ話をしてゐた」とか、「馬は海の鷗を追ふかのやうに尻尾を振り振り走つた」という冒頭の情景からは、都会から隔絶したのんびりとした寒村の日常性が浮かんでくる。こうした村で日々街道を往来する乗り合い馬車の馭者を生業とするのが勘三である。勘三は「馬を大変愛してゐる」。「坂道へさしかかると」「馬のために馭者台からひらりと下りてやる」ほどである。街道でたった一人八人乗りの馬車を持っていることを自負しているが、かといって客を沢山取ろうとか思う気はなさそうで、「いつも自分の馬車を街道の馬車のうちで一番綺麗にしておく程の神経質」である。それというのも皆愛する馬のためなのであろう。また勘三は子供を愛する男でもある。「馭者台に坐つてゐても」、「揺れ具合でいたずらな子供が馬車にぶら下がったことを察知する。そして「ひらりと身軽に飛び下りて子供の頭へこつんと拳骨を食らはせる」。このいかにも軽快な「身振り」と、その時得意気に子供にかける「間抜けめ」ということばからは、子供たちとのゲームを真剣に楽しむかのような勘三の無邪気さが感じられる。馬と子供を相手に日々を生きる純朴な勘三の世界がここにある。

「ところが今日は」この身軽な勘三にも「どうしても子供が捕まらない」。「ぶら下つている現行犯」が「取り押へ」られないのである。もう三度も飛び降りてみるがその都度失敗している。勘三以上に身軽に振る舞う、「猿のやうに」敏捷な少女に手を焼いている。勘三は次第に本気になり、「腹を立」て「いまいまし」くなり「大変愛する馬」のことを忘れて「鞭打つ」て走るようになる。ようやくと、馬車から降りて、見た、その時の少女は次のように描かれる。

　十二三の少女が頬を真赤に上気させてすたすた歩いてゐる。肩で刻むやうに息をしながら眼がきらきら光つてゐる。しかし彼女は桃色の洋服を着てゐる。靴下が足首のあたりまでずり落ちてしまつてゐる。そして靴を履いてゐない。

〈語り手〉は勘三とともに、少女の上気した頬・肩で息する様子・きらきら光る眼といった生き生きとした活発な表情を捉えながら、「しかし」以下そうした表情を裏切るような少女の身なりや足元の様子に視線を移していく。「つひぞ見慣れない高貴に美しい少女」と眼に映った勘三は、当初「海岸の別荘にでも来てゐる」と思い、少女に対して「少し遠慮してゐた」のである。今や容易に「つかまらない」と知った勘三は「ますます」馬車を走らせる。少女も必死で走っては、馬車に「吸ひ附」く。勘三が飛び降りると少女も「馬車から身を離れて歩いてゐる」。こうしたいたちごっこの後、根負けして勘三は少女に声をかけ、港まで馬車に乗せてやることになる。「おらあ間抜けにはなりたくねえ」と言う、プライドの高い勘三も、裸足の足から血を出して走る少女に「剛気な小女郎《こめろ》」「凄い、小女郎だなあ」と感嘆のことばを漏らしてしまう。この少女の強い意志と勝ち気な気性を確実に受けとめ敬服してもいる。自分以上に性根の座った、年のいかない少女に対して、勘三は真剣に対応せざるを得なかった。だからこそ少女も勘三に心を開いていくのである。

ところで勘三はこうした「剛気な小女郎」というだけではない、少女の別の側面も捉えていく。勘三が馭車台から振り向いて見ると、少女は馬車の扉に挟まれた洋服の裾を取らうともせず、さつきの勝気な顔色は消えてしまつて、静かに恥かしがつてうなだれてゐた。

馬車のなかに乗せてもらった少女は身の置き場がないといったように「静かに恥かしがつてうなだれてゐた」のであり、勘三はその姿に或る痛々しさを見てとったはずである。続く一文が「ところが」という接続詞で始まることからそのことが窺える。

ところが、そこから一里の港に行つての帰り道に、どこからともなくまた同じ少女が馬車を追つかけて来るのだつた。もう勘三は素直に馬車の扉を開いてやつた。

「ところが」という接続詞には意外性がこめられている。もう来ないと思っていた少女がまた姿を見せたのを意外なことと思ったのは、馬車のなかで「うなだれてゐた」姿に痛ましさを感じたからに他ならない。少女が、馬車に乗ることは、二度とないと思ったのである。しかし、少女は率直に勘三に対してその理由を告げる。「をぢさん、中へ乗るのは厭なんだもの。中へ乗りたくはないんだもの」と。少女が馬車のなかに乗ることを拒んだのは、奥出氏も言うように、狭い箱のなかに閉じ込められることを嫌悪したからであろうか。このことは、「感化院」の少女と判明する、小説末尾まで読むことによって、読者は勘三とともに了解するのだろう。しかし、「白い靴」を脱ぐという少女の行為は、果たして、奥出氏が指摘するように、自由になるための「保護色」を求めたためだろうか。「保護色」のなかでの自由とは？　そこで、真の自由が味わえるとは、私には思えない。

おそらく、感化院の外に出た時、少女は、そこが「世間」であることを初めて自覚したのではないだろうか。靴を脱いだのはそのためだ。しかし、そうすることで、即少女が自由を獲得したわけではない。むしろそうする（靴を脱ぐ）ことで、少女は痛々しく傷ついたはずである。五人の乗客（お婆さん）が座る、馬車のなかへ入ることを忌避したのも、乗ってから小さくなっていたのも、閉ざされた空間を嫌悪したというだけではなく、まさにそこが「世間」だからだろう。感化院という、社会から隔離された「世界」を強いられた少女は、「世間」に飛び出すことによって、逆に「世間」から疎外された自分を意識する。傷ついて血を流す裸足の足は、その象徴でもある。しかし、勘三は、傷つき血を流しながらも、港へと向かう少女の意志の強さに感動するのである。「剛気な小女郎」「凄い、小女郎」と。

小説末尾、少女は、この自分へ尊敬の眼を向けた、心優しい馭者に心を開く。「冬でも白い靴を履くのか」という勘三がふと投げかけた疑問に対して、「だつてあたし、夏にここへ来たんだもの」と率直にかつ素直に自分の〈過去〉〈秘密〉を告白する。勘三はこの時少女が、感化院の少女であることを知った。しかし、「小山の上の感化院へ」「帰つ」ていく少女の姿は、勘三の眼には「白鷺」が「飛んで」いくように映るのであった。ここに「高貴に美しい少女」と、閉ざされることを嫌いひたすら自由を希求する少女のイメージは、「白鷺」として結晶していく。勘三にとっては、「感化院」など問題にはなっていないのだ。最後の一文は、勘三のものとも〈語り手〉のものとも読むことができる。

＊

白い夏の靴は、この土地に突然舞い降りたままに自由のない世界に閉じ込められた少女の、停止した日常的時間の象徴であった。少女は、自分に刻みつけられた忌まわしい印としての「夏の靴」からしばし解き放たれようとして、ひたすら自由を希求して港へと向かったのだ。束縛を嫌い、社会の規律や秩序やの〈牢獄〉のなかでは、生き生きと自分を生きることのできなかった少女の、束の間の解放への執念は、痛ましくも血を流さずにはいない。しかし、その執念・意志を、「凄い」として、読者は勘三とともに感嘆し共感する。馬と子供を愛するだけの日常性に自足している素朴な勘三だからこそ、感化院に帰る少女を「白鷺」として捉えることができたのである。冒頭に見る、勘三の日常性への丁寧な言及が再び読者に響いてくる。小説「夏の靴」は、こうした、「勘三の眼に映る少女」という、一つの統辞的世界として読むことが可能である。

しかし、この掌編小説を読んで、読者が個々の想像力を働かせるところは、これ以後の少女に対してではないだろうか。少女にとって、勘三との出会いこそが、これから意味を持ってくるのではないか。自分を認めてくれた人、素直に自分の心を開くことのできた人との出会いであったのだから。感化院へ帰る少女は、運命を乗り越える力を馭者の勘三から与えられたように思われる。私には、そんな風に「夏の靴」の世界が見えてくる。

＊本文の引用は『川端康成全集』第一巻（昭56・10　新潮社）による。

注記

（1）『近代文学読本』「夏の靴」解説（一九八五・三　双文社出版）

（2）『横浜女子短期大学研究紀要』3号（昭58・6）のち『川端康成『雪国』を読む』（平元・5　三弥井書店）所収

「雨傘」の〈ジェンダー〉

今年度の日本文学演習では、テキストに『ジェンダーの日本近代文学』（中山和子他編）を使ってみました。このテキストの「はじめに」で編者が、「本書は日本近代文学をジェンダーの視点から文化史的に読み直す」「ことに近代における女性性の構築の問題に焦点をしぼり、日本近代のジェンダー構成の実態を問題化できるように」したという編集方針を語っています。つまり、収録された各文学テクストと並べて、同時代の様々なジェンダーをめぐる言説が布置されているように、文学テクストを歴史的文献の一つとしてジェンダーという観点から対象化してみようという目論見が示されています。

私は、このテキストを使いながらも、まず個々の作品を、文学的言語の読みという点に力点を置いて、皆と一緒に読んできたつもりです。小説を小説たらしめている〈語り〉や、登場人物の呼称やに注意を喚起し、作品の構造分析を読みの入り口としていくことを、特に意識化し、注意してきたつもりです。そして、私の考える文学研究における「ジェンダー」の問題は、実はここにこそ発生すると思っています。語り手・登場人物・読み手、そして書き手と、それぞれの〈関係〉のなかに生じる性差（ジェンダー、即ち歴史的社会的に作られてきた男女の性的差異のこと。時にそれは女性差別の表象として捉えられてきたことは言うまでもありません。）を文学的言語の読みを通して考えたいと思います。

この問題を少し具体的にお話ししましょう。川端康成の『掌の小説』のなかの一篇に「雨傘」（『婦人画報』昭7・3に、「恋の来どころ」という総題の下「喧嘩」とともに発表された）があります。私はこの夏に読んだ一つの論文（馬場重行氏「〈文学教育〉の深淵―問題の始点へ」『日本文学』平12・8）によって、「雨傘」が高校の文学教材として採られていることを知りました。そして、馬場氏がこの論文で、この作品の教材価値を「そこに現れた恋愛の一つの実相に撃たれること」にあるとして、従来の「淡い恋物語」という表層の読み取りに留まらず、作品の深層へと向かうよう提言していることに興味を覚えました。いいえ、疑問を持ちました。

何故なら、淡い初恋物語だろうと成長を見た男女の〈愛〉だろうと、その中身を読み取っていく読者自身の男女観・恋愛観を問題にせざるを得ないのが、今日的読みの課題だからです。なのに、そこを素通りしているのが、馬場氏の作品評価だったからです。馬場氏は、男性読者らしく、「傘」に象徴されるように、男性の「庇護」の下にすっぽり入ることによって幸せを感じるのが女性（の恋）なのだという、伝統的・通俗的「物語」（それを逆に男性の側から言えば、女性への恋即ち所有欲・征服欲の発現となります）を微塵も疑ってはいないようなのです。そのことに、私は疑問を抱いたのです。

「雨傘」を教材にする時は、むしろ読み手が潜在させているジェンダーギャップを明るみに出すためにこそ使ってもらいたい。私はそこに「雨傘」を教材にすることの意味を見ます。一人の読者（研究者）の絶対化した読み（「恋愛の一つの実相」とはこれ以外のものではありません）によって教材価値を決めつけるようなことはして欲しくない。少し話を急ぎ過ぎたようです。「雨傘」を読んでいない人にはわかりにくかったかも知れませんね。

まず「雨傘」という掌編小説の物語内容を説明しましょう。ある小雨降る日、官吏である父の転勤によってこの土地を離れる「少年」が、別れの思い出にと一人の「少女」と写真屋で記念撮影をします。「少女」と「少年」との関係は、同級生か、行きつけの店先に座る「少女」なのか、よくわかりません。ただ、「少年」が「少女」を迎えに店に寄り、小雨降る中、「少年」の傘を一つ差して連れ立って向かった写真屋で、二人は記念の写真を親しく撮って帰って来る。その経過が、非人称の語り手によって語られていきます。物語は一応、その時空を現前させる三人称の語りによって進行していきますが、語り手は多く「少年」に焦点化していきます。時折、「少女」の思いとも語り手の了解ともつかぬ言説が現れ、読者を戸惑わせたりもしますが。

この短い時間のなかで、二人の仲がより親密になり、それぞれの内面になにがしかの「変化」が徐々にもたらされたことは確かでしょう。また、その「変化」をもたらした原因（きっかけ）の読み取りは多様になされると思われます。しかし、問題は、物語末尾の次のような語り手の説明の仕方であり、それに対する読者それぞれの受けとめ方に現象します。

> 写真屋を出ようとして、少年は雨傘を捜した。ふと見ると、先きに出た少女がその傘を持って、表に立っていた。少年に見られてはじめて、少女は自分が少年の傘を持って出たことに気がついた。そして少女は驚いた。なにごころないしぐさのうちに、彼女が彼のものだと感じていることを現わしたではないか。／少年は傘を持とうと言えなかった。少女は傘を少年に手渡すことが出来なかった。けれども写真屋へ来る道とはちがって、二人は急に大人になり、夫婦のような気持で帰って行くのだった。（新潮文庫「掌の小説」）

ここまで読んできた多くの読者は、「雨傘」の「少年」・「少女」の関係のなかに漂う、あるエロス的なものを感じるのではないでしょうか。「彼女が彼のものだと感じ」る感じ方に、「急に大人になり、夫婦のような気持」になったという説明の言葉に、潜在するエロスの世界を感知するのではないでしょうか。そして、そう感じる自分のなかにも眠っている、男女の関係の在り方をめぐる自明性、即ちどう転んでも男性の従属物として生きる他ない女性と、庇護者・支配者として生きることを運命づけられて来た男性という、固定的且つ「伝統的」男女関係・「夫婦」関係の自明性を、改めて感受するのではないでしょうか。その〈関係〉を相対化していくものは「雨傘」にはありません。そうした〈関係〉を超えて生きる「少年」「少女」ではないし、また語り手もそうした視線を持ちません。男女の「愛」の一つの形として当然の如く読んでいく馬場氏にも、残念ながら見られません。

　この「愛」や「夫婦」の形を、二十一世紀を生きる少年・少女が自明のものとするはずがないし、してほしくないと私は思います。それが、女性蔑視だから言うのではありません。そうした生き方を強いられる男性だって結構辛いのではないでしょうか。ですから、少なくとも、教材化を図る教師は、「雨傘」に潜在する、あるいは読者のなかに眠るジェンダーギャップを問題化するためにこそ、この作品を使ってもらいたいと考えます。そして、「雨傘」に限らず、今や、日本の近代作家のあらゆるテクストは、こうした検討を、つまり文学言語の読みを深めるなかで、読み手自身をこそ読む過程として読まれることを、待っているように思います。書き手（作家）と読み手の交流は、こうした形でなされてほしいと考えます。そして、教材の価値を計るならば、もっと男女の関係を拓いていくものを探したいものです。

（『論集日本近代文学―3年Eゼミ・レポート集2000』
二〇〇〇・一・一五発行）

注　『ジェンダーの日本近代文学』中山和子・江種満子・藤森清編　一九九八・三　翰林書房

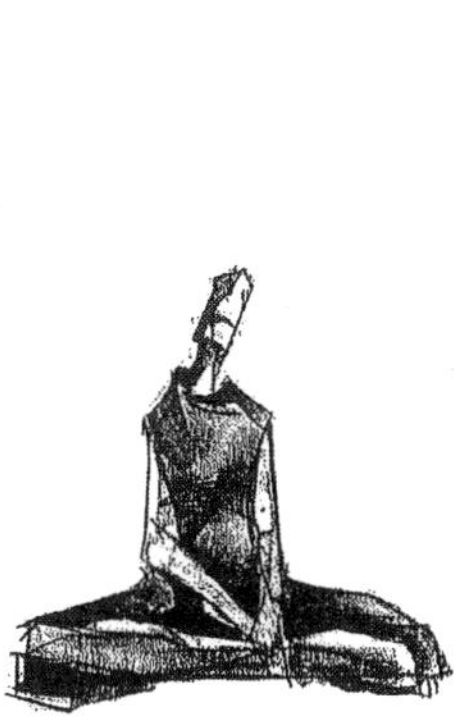

〈走る〉ことの意味

——太宰治「走れメロス」を読み直す——

太宰治の「走れメロス」（『新潮』昭15・5）は中学校・国語の「ビッグ教材」である。最近、この教材の〈読み〉をめぐって、あるいは教材価値をめぐって国語教育の分野で静かな議論が続いていることを知り、非常に興味を持った。(1) この作品が初めて教科書に登場したのは昭和三十年時枝誠記編『国語・総合編』（中教出版刊）だったとのことで、(2) それから今に至るまで、安定した教材として採用され続けて来た。「ビッグ教材」といわれる理由はここにある。因みに現在（一九九五年現在）は、教育出版・東京書籍・学校図書・三省堂のそれに採られているという。(3) これだけの長期にわたって、教材として学習され続けて来た（思えば私自身もその一人である）という事実自体の検討も必要なのではないかと、これまで部外者として見過ごして来た私などは、まず単純に考えさせられてしまう。太宰自身は無論このような事態を想像しなかったであろうが、考えてみれば作家冥利に尽きるというものであろう。多くの読者を獲得し、数多くの読者に何らかの感動を与え続けているのである。

ところが、最近知った議論はこの作品の感動の起源に対する懐疑が示され、作品評価に関わって教材価値が問い直されているというものである。いわく「駄作」か名作か。あるいはこの作品は物語（寓話）として読むのか、小説として読むのか。言い換えるとメロスは超人（英雄・勇者）かそれとも弱さを抱え持つ人間か、という問いでもある。[4]また現代の生徒たちがこの作品を素直に受け入れなくなっている情況を踏まえ、「友情と信頼の勝利」を謳いあげた作品とする制度化された〈読み〉への疑問が提出され、更にこれら〈読み〉の混乱を招くのは作品それ自体に原因があるのだという意見も出されている。[5]こうした議論を前に、「走れメロス」という作品の持つ力を自分自身で確かめたいと思った。かつて教室で感動した自分の記憶の中身を改めて探って見たいと思った。本論を書いた動機である。しかし、「走れメロス」は四百字詰め原稿用紙にしてわずか29枚ほどの短篇である。教材としての歴史も長く先行論文も数多く書かれているなかで、ここに示す私の〈読み〉がどれほどの意味を持つのか一抹の不安もある。殊に、どこか知らない中学校の教室で既に同じように読んでいた先生や生徒やは大勢いるのではないか……、という思いは強い。それを断った上で、多くの批評や議論が更に沸き上がることを期待して今愚直にこの「小説」を読んでみたい。久し振りに読み返した第一印象は、太宰という作家への再評価の思いだった。特にこの小説の結構を支えるいくつものプロットが見事に布置された冒頭部分（「初夏、満天の星である。」まで）の面白さを感じた。「走れメロス」は、少年・少女向きの「物語」的作品か、という私の先入観[6]を裏切る豊かな小説的世界の提示がそこにはあった。以下、この作品をあくまで「小説」として読み切ることのひとつの試みをしてみたい。

　ところで、この試みに入る前に考えておかなければならない問題がもう一つある。「走れメロス」は改めて言うまでもなく、「（古伝説と、シルレルの詩から。）」と作品末尾に記されているように、何らかの形で太宰が下敷きに使った「出典」を持つ作品である、ということである。この出典をめぐっての研究史への言及は山内祥史氏の『太宰治全集3』（一九八九・一〇　筑摩書房）の「解題」に詳しいが、「現段階では」角田旅人氏[7]が指摘した小栗孝則訳「人質　譚詩」（『新編シラー詩抄』所載　昭12・7　改造社）の可能性が高いとされている。[8]以後、両者の比較検討が多くの研究者によってなされている。それらは概ね両者の関係を太宰の「翻案」と押さえ、類似性をあたかも論の前提であるかのように捉えて、多かれ少なかれ英雄物語としての方向性を持つとしているものが多い。なかには全くの剽窃・盗作とする意見もある。(9)しかし寺山修司氏(10)や相馬正一氏(11)が的確に指摘したように、「走れメロス」はまず原詩の徹底したパロディとして書かれている。この点は両者の冒頭を比較しただけでも明らかである。シルレルの詩の「メロス」は正義のために命を投げ出すことを厭わない男であり、暴君を諌めるために友と連帯して戦うことを明確に自覚している勇者である。従って迅速に妹に夫を娶せた後はひたすら帰路を急ぐ姿しか描かれない。神への信仰を支えとして王城に帰るメロスに何の迷いもない。これに対して「走れメロス」の主人公は、実のところ正義や名誉のためには死ねない、しごく凡庸な男であった。死を思うと常に心はひるみ、時には歩いてしまう「メロス」であった。「走れメロス」は、表面的には「剽窃」(12)とみまごうようなまったく同じ表現をシルレルの詩の翻訳から借りながら、それとはまったく異質な世界を構築しているのである。表層的には同じようなプロットをたどりながら、太宰がどのような展開を計ったか、この点を読み取るところにも面白さがある。

このように「走れメロス」は、単に物語の内容（プロット）を読み取るのではなく、その物語がどのように語られているのかを、即ち〈語り手〉に着目しながら読み進めることが必要になってくる作品なのである。そして、予め結論を先走って言えば、「走れメロス」を語り手に注目して読むと、決して単なる物語（お話）とは読めなくなる。物語を語るためには語り手に結末が見えていなければ語り出せない。ところがこの小説の語り手は一見英雄メロスの冒険譚・お話を語る主体のようでいて、基本的には登場人物一人ひとりの心の行方を興味深く見守っていく傍観者でしかない。(13)この小説の末尾でメロスと語り手は確実に別の世界を生きている。結末の場面で、友と抱きあって嬉し泣きに泣くメロスと、そのメロスを「勇者」として称えようとする語り手の間には微妙な齟齬が生じている。

緋のマントのご褒美をもらったメロスが赤面する理由もここにある。この時、語り手はメロスの世界から確実にとり残されている。これは小説のダイナミズムが末尾に至って生じたためと見ることができる。さて叙述に即してこうした展開を追ってみよう。

1　メロスという男

この小説の〈読み〉を混迷させないためには、定法どおりきちんと冒頭部分を読んでいくことが大切である。冒頭語り手は「メロスは激怒した。必ず、かの邪智暴虐の王を除かなければならぬと決意した」と言い、以下メロスが「激怒」し、「決意した」理由を説明していく。「メロスには政治がわからぬ」「邪悪に対しては、人一倍に敏感」「メロスは、単純な男であつた」という説明が、いきなり王の暗殺というとんでもない「決意」をしていくメロスの人となりを語って十分ながら、なお語り手はメロスが置かれている現在の境遇も示していく。

メロスには父も、母も無い。女房も無い。十六の、内気な妹と二人暮しだ。この妹は、村の或る律気な一牧人を、近々、花婿として迎へる事になつてゐた。結婚式も間近かなのである。

つまりメロスにとって妹の問題が近々片づきさえすれば、他にその行動を縛る足枷は何一つないという、きわめて自由の身であるという現実的条件もあったのである。語り手は無謀な行為に走りうる人間・メロスを重ねて説明していく。「のんきなメロス」は妹の結婚のための買い物を済ませ、やがて自分の手から離れていった後の、ある種の解放感に思いを馳せていたのかも知れない（後に村を出て死地に赴く時、メロスは「私には、いま、なんの気がかりもない筈だ」と思う）。

老爺から国王の暴政を聞いたメロスは「呆れた王だ。生かして置けぬ」と「敏感」に反応して激怒し、王の暗殺を決意した。そして、「買ひ物を、背負つたままで、のそのそ王城にはひつて行つた」。何の準備もなくそのまま王城に入っていってしまう「単純」さである。たちまち警吏に捕らえられ「調べられて」、「懐中からは短剣が出て来たので[14]」大騒ぎになり、メロスは王の前に引き出される。語り手は王の側が、理由もなく民を捕縛し処罰しているのではないことを語っていく。王の前に引き出されたメロスは、「市を暴君の手から救ふのだ」「人の心を疑ふのは、最も恥づべき悪徳だ」、と王城にやって来た当の目的を高らかに宣言し老爺から聞いた王の「悪徳」を責める。ここまでのメロスは、その「決意」を実行するために、明確に自己の〈信念〉を語っているようである。しかし、王との会話のなかでメロスは自分の行為の目的を見失い、王の言葉に単純に反応するなかで、またまたとんでもない事態を引き起こすはめに陥っていく。

　王は「口では、どんな清らかな事でも言へる」と、メロスの吐いた正義の言葉を揶揄する。「わしには、人の腹綿の奥底が見え透いてならぬ。おまへだつて、いまに、磔になつてから、泣いて詫びたつて聞かぬぞ」と人は結局自分のことしか考えていないのだ、「おまへ」も同様だと、自らの人間観に照らして、正義漢ぶるメロスに警告する。王はメロスに〈正義〉のために自分の命を捨てられるのかという懐疑を突きつけている。メロスの方は、「ああ、王は悧巧だ。自惚れてゐるがよい」と皮肉を言いながらも、「私は、ちやんと死ぬる覚悟で居る」「命乞ひなど決してしない」と、王の眼に映る卑怯な自分の姿にこだわり、それを否定していくという仕方でその場の自己を決定していってしまう。〈正義〉のためには死をも恐れない自分を主張してしまう。王の言葉に「単純」に反駁することによって、メロスはそれまでの「決意」から微妙にずれていく。あんなに激怒した理由、民のために無謀にも暴君の暗殺を決意して乗り込んできた自分の決意を、王との会話にひきずられるなかで見失い、単に自己顕示しているだけの自分になっていることに気がつかない。メロスは、眼前のできごとに単純に反応するなかで自己像を決定してしまう、いわば真の自分を持たない男であった。従って、こう言った後メロスは「ただ、――」と「瞬時ためらひ」ながら、唯一の気がかりである妹のことを思い浮かべ、「処刑までに三日間の日限を与へて下さい」などと、「決してしない」といったすぐ後で「命乞ひ」に他ならないことを言ってしまう。自分で口にした言葉によって、次々と自分の首をしめてしまうという結果を生み出してしまうのである。無論、王は「ばかな」「とんでもない嘘を言ふ」と取る。王から見れば「嘘」と疑うのは当たり前である。そこで、メロスは「必死で言ひ張」り、その結果、無二の友人を人質に置いていくという更に恐ろしい約束を申し出てしまう。

ここまで読んでくると、「メロスには政治がわからぬ」「邪悪に対しては、人一倍に敏感」「単純な男」という語り手の説明の仕方が実によくメロスを物語っていることがわかる。「政治がわからぬ」という「政治」とは、眼前の王の既成の統治自体を指しているのではない。その時々の他者の動きを冷静に見詰めることから己れを決定していく、駆け引きとでもいうものを指す（その意味では王はまさに政治家であった）。そして、邪悪に対しては「人一倍に敏感」というように、邪悪それ自体を憎むとか否定するとかいう以前のところで、とりあえず敏感に反応するということを、語り手は的確に説明していたのであった。メロスは目の前の邪悪に対して、己れを顧みず皮相的なところで反応してしまう、ただそれだけの愛すべき「単純な男」であった。こうした断定の仕方をする語り手は、メタ言語（小説の地の文）に徹するかに見える語り手の領分を逸脱し、メロスに対してアイロニカルな視線すら向けているようである。そして、真に邪悪を憎む正義の勇者かどうか、その判断は未だ保留しているのである。

2　王の〈政治〉／王の孤独（揺れ動くディオニス）

メロスは王との会話のなかで〈親友を窮地に陥れる〉というとんでもない〈約束〉をしてしまう事態を自ら引き起こしてしまった。王は終始相手の心を疑いながら冷静に対応するなかで、この事態の政治的意味を考え心ひそかに「北叟笑」む。

　この嘘つきに騙された振りして、放してやるのも面白い。さうして身代りの男を、三日目に殺してやるのも気味がいい。人は、これだから信じられぬと、わしは悲しい顔して、その身代りの男を磔刑に処してやるのだ。世の中の、正直者とかいふ奴輩にうんと見せつけてやりたいものさ。

「願ひを、聞いた」と王は言う。そして、その願いのなかにはメロスの邪悪の心が潜んでいることを示唆する。「ちよつとおくれて来るがいい。おまへの[15]罪は、永遠にゆるしてやらうぞ」「いのちが大事だつたら、おくれて来い。おまへの心は、わかつてゐるぞ」と。王の世界観・人間観からすれば、当然メロスは友を犠牲に自分の命を救おうとした裏切り者になるとしか考えられない。それを承知の上で「願ひ」を聞くのは、単に政治家としての治世のためのひとつの戦略、この事態の政治的利用という判断のみであったのだろうか。言い換えると王は単なる悪意の暴君だったのか、という問いにもなる。王があえてメロスの耳もとで裏切りを囁いたのは、王もこの「願ひ」のなかに、口では〈正義〉を主張するメロスの心の葛藤を期待したからであった。「人の心は、あてにならない。人間は、もともと私慾のかたまりさ」という己れの信念を確信したかったからである。だとすれば無意識のうちに「人の心」の実験として了解されていたのではなかったか。もしそうだとすれば、王もまたその「信念」自体のなかでそれなり悩んでいたことになる。

　この王がメロスの前に登場した時、語り手はそのものごしを「静かに」「威厳を以て」と形容し、その表情を「王の顔は蒼白で、眉間の皺は、刻み込まれたやうに深かつた」と語った。人を「信じては、ならぬ」と「落着いて呟き、ほつと溜息をつ」く王は苦渋に満ちている。王が現在のような暴君になったのにはそれなりのプロセスがあったようである。それもこの一、二年の間のことらしい。メロスが「二年まへに此の市に来た」時は、「夜でも皆が歌をうたつて、まちは賑やかであつた」という。かつてシラクスの市は民にとって住みやすい楽しい市だったのである。今のように「ひつそりして」「寂しい」「暗い」市になったのは近年のことであった。「けふは、六人殺されました。」というものの、王は誰彼構わず闇雲に殺していたわけではなかった。「少しく派手な暮しをしてゐる者には、人質ひとりづつ差し出すことを命じ」「命令を拒めば」「殺され」るというように、王の治世・王の考える「平和」を脅かす者が殺されていた。「はじめは王様の妹婿さまを」ということから、この時、何ごとか反逆事件が起こったことを想像させるが、「それから、御自身のお世嗣」「妹さま」「妹さまの御子さま」「皇后さま」「賢臣のアレキス様」をという順で殺し、「このごろは、臣下の心」を疑い出したという。自分の身近のものから殺さざるを得なかったという過程は、王の人間不信が根の深い深刻なものであることを物語り、時として王自身を苦しめていたことが窺える。その結果、王は「おまへには、わしの孤独がわからぬ」「わしだつて、平和を望んでゐるのだが」といった苦悩を漏らすようになったのである。王は王なりに、〈政治〉と〈孤独〉の間で揺れ動いていた。

　メロスが市の変貌に気づき、その理由を最初に聞いた「若い衆」は何も答えなかった。次に聞いた老爺は「質問を重ねた」のち初めて口を開いたのだが、この老爺は王の以前の長き良き治世を知るゆえに、ひそかに王の今の暴虐非道に対して心を痛めていたのではなかったか。多くのシラクスの市民が「夜でも皆が歌をうたつて、まちは賑やかであつた」頃を思い、王の変貌に心を痛めていたのではなかったか。この小説の末尾で、王が自分の非を認め改心したことを表明した時、「どつと群衆の間に、歓声が起」こり、「万歳、王様万歳。」という声があがるのはそのためである。民の心からの願いが叶ったからであった。実のところ王自身、約束の三日の間心の葛藤を繰り返していたのであった。

3　セリヌンティウスの登場（さりげなく置かれた最初の山場）

ところで、メロスがこの自ら引き起こしてしまったとんでもない事態をしかと正確に認識していたかどうかは、大いに疑問である。王が、お前の「願ひ」は聞いたと言い、ちょっと遅れてこい、うまくやれと示唆した言葉に対してメロスはこう反応した。

メロスは口惜しく、地団駄踏んだ。ものも言ひたくなくなつた。

王の眼に映る自己像はまさに裏切り者の悪徳漢メロスであった。そう自分が思われていることに対して、メロスは限りなく「口惜しく」思ったのだ。メロスはここで初めて王に疑われている自分に気がつき「地団駄踏んだ」のである。今となっては弁解の言葉もない。しかし、だからこそ、それに反発し三日後に約束を守って帰ってくる自分を易々と想定し、過剰な自信を持って出発することができた。王の悪意（疑い）に当面反発して見せるしかないなかで、正義漢としての自分を形作ってしまうような愚かな人間だったのである。この時のメロスは、表面正義漢ぶっていても、実のところ、他者の眼に映る自分の姿に対して敏感に反応するだけの突拍子もない馬鹿な男でしかなかった。ことの本質に対しては迂闊な、恐ろしいほどの呑気者だった。くやしがるだけのメロスには自分が王の政治の罠にはまったこと、それが友にとって危険極まりないことになることすら認識できていなかったのではないか。しかし、この愚かなメロスに対して友人のセリヌンティウスは絶大なる信を置いた。

竹馬の友、セリヌンテイウスは、深夜、王城に召された。暴君デイオニスの面前で、佳き友と佳き友は、二年ぶりで相逢うた。メロスは、友に一切の事情を語つた。セリヌンテイウスは無言で首肯き、メロスをひしと抱きしめた。友と友の間は、それでよかつた。セリヌンテイウスは、縄打たれた。メロスは、すぐに出発した。初夏、満天の星である。

このセリヌンティウスが登場してくるところは、この数行でさりげなく語り手によって語られているに過ぎない場面であるが、「暴君デイオニスの面前」で繰り広げられた光景は、簡単に見過ごすことのできない意味を持っている。セリヌンティウスは、メロスの頼みを「無言で首肯き」ひきうけた。このことは王に対して最後のクライマックス場面と同じくらい大きな衝撃を与えたと思われる。何の抵抗の言葉もなく、王によって権柄ずくで押さえ込む必要もなく、セリヌンティウスは簡単に承諾したのである。「友と友の間は、それでよかつた」と、語り手がふたりの間に介入する余地もないほどの結束、信頼の形を見せた。この事実の前に「人間は、もともと私慾のかたまりさ。信じては、ならぬ。」という王の人間観は確実に揺らいだはずである。小説の半ば、王城に向けて走るメロスに山賊を放った張本人は王とする可能性もここに生まれる。(16)王は、自らの人間観・世界観が揺らぐことに対して、心穏やかではなかった。まして、政治家としての王は計算が狂うことに狼狽したと思われる。しかし、王が次第に識域下にせよ、真に「孤独」からの解放を念じ、人間の〈心の実験〉としてこの事態に重い意味を見ようとしていたとするなら、あえて山賊を放つ必要はなかったはずである。しかと人間の心を見極めたかったはずと思われる。いずれにしろ、この時、王の心が大きく揺らぎ始めたことだけは確かであろう。王は、この後の心の葛藤があったからこそ、衆人環視のなか「顔をあからめ」ながらも自ら改心することができるのである。

　さて、メロスは、このセリヌンティウスの友情を当然のごとく受けて出発する。二人の友情は、まずセリヌンティウスの側から示された。ここがこの小説の真のプロットが動き出す出発点である。語り手は、この示された友情に対して感動し、祝福するかのごとく「初夏、満天の星である。」と記す。決して、「勇者メロス」を称えているのではない。この小説に内在する真のプロットは、単純な男メロスが引き起こしたとんでもない事態を全幅の信頼を示してひきうけてくれた友人セリヌンティウスの大きな友情、この友情にどんなことがあっても報いなければならないメロスの使命と、人間不信に苦しむ王ディオニスが抱えた〈心の実験〉の問題とが、二つ並行して動きだしていくところにある。一見、王とメロスとの対決のように見えながら、（メロスと王とそれぞれの表層の意識の上では相手との対立の構図はあったと思われるが、各々が深層に抱えた心の問題の方が実は大きい。）ことの本質は全く違うところにあった。本人たちが明確に自覚しないところで、小説世界は動き出す。語り手は、そのことを知ってか、「満天の星」の下メロスを出発させた。ただメロスがセリヌンティウスとの友情を汚さないことを期待し、真の勇者として帰って来ることを願って。メロスが「すぐに出発した」ことに納得し、語り手はこの時点でひとまずメロスを信頼したと思われる。

4　走り出したメロス——他者の眼に映る自己像へ向けて

　村に帰ってからのメロスは敏速にやるべきことをかたづけ、妹の結婚式を執り行なった。そうしたなか、「しばらくは、王とのあの約束をさへ忘れてゐた」。また「メロスは、一生このままここにゐたい、と思つた。この佳い人たちと生涯暮して行きたいと願つた」。メロスは死地に赴くことを思っては、何度もひるむ。メロスは平凡な牧人に過ぎなかった。従って「わが身に鞭打ち」「出発を決意」しなければならなかった。しかし、メロスは更にひるむ。「あすの日没までには、まだ十分の時が在る。ちよつと一眠りして、それからすぐに出発しよう、と考へた」。自分で自分に理由をつけてメロスは出発を遅らせる。「少しでも永くこの家に愚図々々とどまつてゐたかつた」のである。こうしたメロスの姿に友への最大の裏切りを見る意見[17]があるが、城へ戻ることの意味を当初から取り違えていることを思い出せば容易に理解できる。メロスは王の眼に映る自分を否定するという形で自己を決定してしまったために、王との対決の中、正義の士として自己犠牲（処刑）を強いられているかのような錯覚に陥っている。また、この時のメロスのなかに間に合わないかもしれないという認識はない。通い慣れ、時間を確実に計れる道[18]として慢心していた。ただ死ぬために帰ることへの恐れが潜在していただけである。しかし、こうした逡巡のなかでもメロスは、城に戻ることは一度も否定していない。語り手は「メロスほどの男にも、やはり未練の情といふものは在る」と、決意を先延ばしにするメロスを許容し、あたかもひとりの〈勇者〉として信頼するかのように、「未練の情」は当然だとしてとりあえず納得していくかのようである。（その実、語り手はあくまで〈セリヌンティウスの友情〉にりっぱに応えることを期待している。メロスが自己規定した〈勇者〉であることを強いている。ここには語り手の示すアイロニーがあらわである。シニックな語り手は、単純なメロスが期待に応えられるか興味津々の思いで眺めている。）

出発に際して、メロスは妹とその婿にこう告げている。まず妹に「おまへの兄の、一ばんきらひなものは、人を疑ふ事と、それから、嘘をつく事だ。おまへも、それは、知つてゐるね」と正直者として生きて来た生活信条を、自らの〈信念〉として、〈正義〉であるかのように、語っていく。今のメロスにとっては最も重大なことであり、王との〈対決〉のなかで自分を規定してしまったところのものである。結果的にはそれに命をも賭けてしまったものである。続けてメロスは言う。「おまへの兄は、たぶん偉い男なのだから、おまへもその誇りを持つてゐろ」と。やがて人々の眼に映るであろう英雄の自分を想定してメロスは妹に語る。「たぶん」とつけるところに、メロスの自信のなさがのぞいている。婿にも「メロスの弟になつたことを誇つてくれ」と結果を先取りして告げる。こうして、他者によって捉えられるヒーローとしての自己像に向かってかろうじて行動するのがメロスであった。メロスは弱い男である。実のところ自らの行動を自らの意志や信念やによって決定していくということを欠いた自我の持ち主であった。ましてや信念や正義のために死ねる男ではなかった。メロスの妹はこうした兄の言葉に「夢見心地で首肯い」てしまう。結婚によって「今宵呆然、歓喜に酔つてゐるらしい」妹は、メロスの日常との差異には気がつかない。心弱いメロスは、自分を心して奮い立たせなければ走れなかった。

けふは是非とも、あの王に、人の信実の存するところを見せてやらう。さうして笑つて磔の台に上つてやる。メロスは、悠々と身支度をはじめた。(中略)身支度は出来た。さて、メロスは、ぶるんと両腕を大きく振つて、雨中、矢の如く走り出た。

ぐっすり眠って元気になったメロスは、他者の眼にやがて映るであろう自己像を達成しようと、身震いし、すっかり英雄きどりになっていく。

私は、今宵、殺される。殺される為に走るのだ。身代りの友を救ふ為に走るのだ。王の奸佞邪智を打ち破る為に走るのだ。走らなければならぬ。さうして、私は殺される。若い時から名誉を守れ。さらば、ふるさと。

心して自分を励まさなければならないにせよ、「殺される為に」戻るメロスは確かに勇気のある人間だと言えるかも知れない。しかし、メロスは、自分が城に戻らねばならないことの根本的な意味を見失っていた。メロスは〈走る〉ことの目的を完全にすり替えている。あたかも正義の味方・英雄であるかのごとく自己劇化していく。メロスがシラクスの市に戻らなければならないのは自分の申し出た約束を果たすという一事だけである。約束を守って友の信頼に応えるということだけである。本来、「友を救ふ」とか「王の奸佞邪智を打ち破る」とか「名誉」とか、大それたことを言えるメロスではなかった。そうした虚飾をつけ加える必要はなかった。しかし、そうせざるを得ないところにメロスの弱さ・愚かさがあった。「若いメロスは、つらかつた。幾度か、立ちどまりさうになつた。えい、えいと大声挙げて自身を叱りながら走」らなければ耐えられなかった。語り手はこの心弱さを「若い」ゆえとし、それでも「走」るメロスに暖かいまなざしを投げかけ見守っている。

やがて「持ちまへの呑気さを取り返」し歩き出したメロスの前に、川の氾濫という予期せぬ事態が現前する。道半ばでぶつかった思いもかけない出来事である。橋桁は流され、濁流をメロスは渡らねばならない。「前日からの大雨」は、祝宴に列席していた村人が「不吉なもの」を感じたくらい稀なできごとであった。この大雨がなければ計算どおり無事三日後の夕刻には王城に到着していた。語り手はメロスにとってこの城への十里の道のりが通い馴れたものであったことを繰り返し記していた。従って、メロスは、ここで初めてことの重大さに気づき、「男泣きに泣きながらゼウスに」「哀願」するのである。間に合わなかったら「あの佳い友達が、私のために死ぬのです」と、ことの核心に触れる認識を示す。そして、「濁流にも負けぬ愛と誠の偉大な力を、いまこそ発揮」するのだと、流れに飛び込み、泳ぎ切る。語り手も「必死の闘争」「満身の力」「獅子奮迅の人の子の姿」と、メロスの努力を最大級に評価する。この場面のメロスの働きは、それまでのともすれば迂闊なメロスとは違い人間離れした神業のような活躍ぶりである。メロスに潜在する力は自然の猛威という危機に直面するなかで引き出されて来たかのようである。（その意味ではメロスはただ者ではない風貌を見せる。語り手はここで「勇者」としてメロスを認めかかっている。）濁流を乗り切り、ほっとしたのも束の間、今度は「一隊の山賊」が、「いのちが欲しい」と躍りかかる。王の命令と察したメロスは、「正義のため」として「猛然一撃」「たちまち」山賊を退治する。しかし、ここまで来たメロスは、疲労困憊しついに倒れてしまう。

「ここまで突破して来たメロスよ。真の勇者、メロスよ。今、ここで、疲れ切つて動けなくなるとは情無い。愛する友は、おまへを信じたばかりに、やがて殺されなければならぬ。おまへは、稀代の不信の人間、まさしく王の思ふ壺だぞ」とメロスは自分を叱る。他者の眼に映る「稀代の不信の人間」としての自分を否定し、「真の勇者」としての自己像にこだわる形でメロスは自分を鼓舞しようとする。しかし、「身体疲労すれば、精神も共にやられる」。肉体の疲労が極限にまで達した時、メロスは「もう、どうでもいいといふ、勇者に不似合ひな不貞腐れた根性が、心の隅に巣喰つた」のである。語り手は、自分を「勇者」と思い込んでいるメロスに対して、また濁流を泳ぎ切った時に見せた勇者らしい働きに感動したゆえに、「不似合ひ」という言葉で批評し「真の勇者」になるよう喚起していく。ところが、メロスの心は、自己肯定と自己否定との間で大きく揺れ動きながら、自暴自棄になっていった。

「私は、これほど努力した」「私は精一ぱいに努めて来た」「私だから、出来たのだよ」。どんなに言い訳しても足りない借りを友から受けながら、メロスはやることはやったと、自己合理化の言葉を連ねていく。「ああ、できる事なら私の胸を截ち割つて、真紅の心臓をお目に掛けたい。愛と信実の血液だけで動いてゐるこの心臓を見せてやりたい」と自身の真実の姿が他者に伝わらないもどかしさを漏らしていく。その一方、「私は、よくよく不幸な男だ。私は、きつと笑はれる。私の一家も笑はれる」「永遠に裏切者だ。地上で最も、不名誉の人種だ」と他者の眼に裏切り者と映ることにこだわり、嘲笑されることを「死ぬよりつらい」ことだと嘆いていく。ここでのメロスの自己葛藤は常に他者の眼に映る自分を意識することによってなされていく。そして、「君だけは私を信じてくれるにちがい無い。いや、それも私の、ひとりよがりか？」とセリヌンテイウスの信頼自体も、疑っていく。メロスは他者の眼にこだわりながら、完全に他者を見失っていった。

「ああ、もういっそ、悪徳者として生き伸びてやらうか」と今やすっかり居直った形のメロスは、「正義だの、信実だの、愛だの、考へてみれば、くだらない」とこれまで表層的なところでにせよ自分の行動を決定する上での、理念や信念としていたはずのものが、根底から規定しているものではなかったことを露呈していく。繰り返すが、メロスは自らの信念によって行動できる人間ではなかった。好くも悪くも、メロスは常に他者の眼に映る自己像によって自分の行動を決定してしまう「単純な」人間であった。他者（セリヌンティウス）を見失った今、メロスは自分を「投げ出して」しまった。

5　〈走る〉ことの意味

自暴自棄になった挙句「うとうと、まどろんで」しまったメロスは、ふと耳に聞こえる泉の湧く音で眼がさめる。一口その水を飲み、「夢から覚めたやうな気」がする。メロスには「肉体の疲労恢復と共に、わづかながら希望が生れ」る。「義務遂行の希望」「わが身を殺して、名誉を守る希望」というメロスの捉え方は未だ事態をきちんと把握していないことを感じさせるが、「希望」という前向きの姿勢が出てきたところに一縷の救いが感じられる。メロスの心は生き生きと活性化してくる。この時、メロスの眼に映る周囲の光景は「斜陽は赤い光を、樹々の葉に投じ、葉も枝も燃えるばかりに輝いてゐる」と、彼の心を反映するかのようにあかあかと輝いている。メロスの想像力も次第に生き生きと働いてくる。時は既に夕方。しかし、「日没までにはまだ間がある」。

私を、待つてゐる人があるのだ。少しも疑はず、静かに期待してくれる人があるのだ。私は、信じられてゐる。私の命なぞは、問題ではない。（中略）私は、信頼に報いなければならぬ。いまはただその一事だ。走れ！　メロス。

　メロスに他者を見つめる視線が戻ってくる。「信頼に報いなければ」「ただその一事」と走ることの本当の意味を見出していく。しかし、「私は信頼されてゐる。私は信頼されてゐる」と繰り返していくうちに、再びメロスは自己劇化していくことになる。他者から「信頼されてゐる」ということ自体をバネにして立直っていく（本来のメロスらしさを取り戻して行く）といってもよい。「やはり、おまへは真の勇者だ」「私は、正義の士として死ぬ事が出来るぞ」「正直な男のままにして死なせて下さい」と他者の眼に映る英雄としての自己像を思い描きながら全力を振り絞って走るのである。メロスは愛すべき「単純な男」であった。メロスは「黒い風のやうに」「少しづつ沈んでゆく太陽の、十倍も早く」走った。ともすれば走ることの本当の意味を見失いがちのメロスであるのだが、いまや、濁流を泳ぎ切り、山賊を蹴散らしたパワーは完全に戻って来た。

　先行論文のなかには、このメロスの変貌に不自然さを見るものがある。(19) 確かにこの大事な部分の書き込みが足りないのはこの小説の弱点といえるかも知れない。しかしメロスの眼に映る周囲の光景の描写によってそれが示されることによって、メロスの内部で何ごとかが起こったことだけは読者に明瞭に感受される。(20) 語り手による説明によってではなくこの変貌を提示しようとする意図すら窺え、表現の豊かさが感じられるところでもある。

　メロスの眼に映る周囲の光景・自然描写によってしか語り手はメロスの変貌を語らない。いや語れないのである。メロスの内側だけのものとして描くしかないものであった。精神的な「自己変革」「自己克服」とか名づけるものではなく、メロスに潜在する〈信頼〉とは、こうした形でしか示されないという性格を顕示した表現なのではないか。つまり、「私は、信じられてゐる」という思いこそがメロスを再び走らせる力となったとしか読めないのだ。そして、ここにこそ、この小説の感動の起源があるように私には思われる。以後、後半の語り手はメロスと一体化していくように見えて、肝心のところではメロスの内面に入っていけないという様相を呈してくる。おそらく、語り手の捉えるメロス像とメロスの内的真実との乖離・齟齬がこのあたりから明確化してくる暗示でもあった。語り手による充分な説明がなされないままに、いやそれゆえにこそ、読者はメロスを内側から突き動かしていく力の顕現を受けとめていくのである。

走っていく途中、「颯つとすれちがつた」一団の旅人の会話のなかに「いまごろは、あの男も、磔にかかつてゐるよ」という不吉な声をきく。走るメロスは「ああ、その男、その男のために私は、いまこんなに走つてゐるのだ。その男を死なせてはならない」と更に正気に返る。これまでのメロスはどうしても自分の名誉のために走っていた。弱いメロスはそうしなければ走れなかったのである。今夢中で走るメロスは、セリヌンティウスのために走る自分を明確に意識する。語り手は走るメロスと一体化したようにメロスの言葉に続けて、「急げ、メロス。おくれてはならぬ。愛と誠の力を、いまこそ知らせてやるがよい。風態なんかは、どうでもいい」と語りかける。語り手は「愛と誠の偉大な力を、いまこそ発揮して見せる」といって濁流を泳ぎ切った時のメロスの言葉をここに思い起こし、「知らせてやるがよい」と言う。語り手はメロスのなかに「愛と誠の力」が潜在することを確認するかのように応援する。「風態」(即ち他者の眼に映る自己像へのこだわり)にかかずらわるなと、メロスが虚飾を克服し真の勇者・正義の士となるよう喚起していく。今やメロスに〈奇跡〉が起こることをひたすら期待するかのように。

「メロスは、いまは、ほとんど全裸体であった」と語り手は言う。メロスは無論そのことに気がついていない。しかし、その気がついていないということが重要であった。単に身体に何もまとっていないということだけではなく、この時メロスの心も裸だったのである。自分が裸体だということに自意識がいかないくらいにメロスは一心に走っていたことがわかる。メロスの眼に、はるか前方のシラクスの市の塔楼が入ってくる。「塔楼は、夕陽を受けてきらきら光つてゐる」。走るメロスに今や迷いはない。結果も問題ではない。〈走る〉ことの意味がようやくはっきりとメロスに見えてきた。

ひたすら走るメロスの傍らにセリヌンティウスの弟子・フィロストラトスが来て、声をかける。「その若い石工も、メロスの後について走りながら」ことばを交わしていく。ここからは二人の会話が始まり、語り手は伴走者として傍観しているに過ぎなくなる。フィロストラトスはもう無駄だ間に合わない、あなたは遅かった、師は「メロスは来ます」と強い信念を持っていたようだったと伝える。メロスは彼の言葉に「それだから、走るのだ。信じられてゐるから走るのだ」と応える。他者によって信じられていると確信すること、それはフィロストラトスが言った言葉によってメロスにもたらされたことではない。メロスがセリヌンティウスを信じているからこそ、こう言えたのである。信じられていることを微塵も疑わないこと、それが相手を信じることである。「間に合ふ、間に合はぬは問題でないのだ。人の命も問題でないのだ。私は、なんだか、もつと大きい大きいもの（『女の決闘』昭15・6刊では「もつと恐ろしく大きいもの」となる）の為に走つてゐるのだ」とメロスははっきり言い切ることができる。この「もつと大きい大きいもの」とは、メロスとセリヌンティウスの二人の間に結ばれた〈信頼〉を指していると考えるほかない。メロスのなかに実感として突きあげてくるものであったと思われる。それは、二人以外の人間には到底理解の及ばない領域の問題であった。この時のメロスにとっては「人の命」よりも重大なものとして実感されていたものであった。「ついて来い！」と自信に満ちて声をかけるメロスに対して、フィロストラトスは「ああ、あなたは気が狂つたか」としてついていくしかなかった。

言ふにや及ぶ。まだ陽は沈まぬ。最後の死力を尽して、メロスは走つた。メロスの頭は、からつぽだ。何一つ考へてゐない。ただ、何かしらの大きな力（『女の決闘』では「わけのわからぬ大きな力」と改稿）にひきずられて走つた。陽は、ゆらゆら地平線に没し、まさに最後の一片の残光も、消えようとした時、メロスは疾風の如く刑場に突入した。間に合つた。

語り手はメロスが何も考えず頭をからっぽにして「走つた」という。語り手はメロスを走らせる力をただ、「何かしらの大きな力」「わけのわからぬ大きな力」としか語れない。メロスが自信を持って言う「もつと大きい大きいものの為に」という捉え方とは明らかに差異がある。語り手はメロスと一体化するかのように見えても、メロスを突き動かしていく力をこれ以上に説明することができないようである。〈信頼〉感とは本来そういう性格のもの、メロスの内側からわきあがってくるものであったと思われる。遂にメロスは「間に合つた」。

6 〈勇者〉の誕生？

刑場に突入したメロスは、「最後の勇」をふるい磔台に昇り叫ぶ。「私だ、刑吏！ 殺されるのは、私だ。メロスだ。彼を人質にした私は、ここにゐる！」と。今や、メロスは正確に自分を捉えている。この事態を引き起こした自分を直視し人々に向かって明言していく。メロスは自分が〈走る〉ことの本当の意味を、走るなかで見出していったのである。友との間に結ばれた〈信頼〉を力として。ここには全ての虚飾を剝ぎ落とした裸のメロスがいる。

メロスはセリヌンティウスに向かって「眼に涙を浮べて」こう言う。

「私を殴れ。ちから一ぱいに頰を殴れ。私は、途中で一度、悪い夢を見た。君が若し私を殴つてくれなかったら、私は君と抱擁する資格さへ無いのだ。殴れ。」
メロスが途中で一度見た「悪い夢」とは、疲労困憊した時「君だけは私を信じてくれるにちがひ無い。いや、それも私の、ひとりよがりか？」とセリヌンティウスの自分への信頼を一瞬にせよ見失ったことを指す。ここまで見てきたように、メロスは心弱い男であった。というよりもただの村の牧人であった。そのメロスには、たったひとり心から信頼しあえる友がいた。「この世で一ばん誇るべき宝」としながら、メロスのなかでは余りに自動化し自然化していた。従って、自分のとんでもない依頼をセリヌンティウスが黙って引き受けてくれたことにも無自覚であった。しかし、無自覚にせよメロスもまた心から友を信頼していたからこそ、心の紆余曲折を経つつ、また偶然見舞われたいくつかの困難を乗り越えつつ、〈走る〉ことをやめなかったのである。この小説は「信実の勝利」とか言う前に、心弱き人間・メロスが〈信じる〉とは、〈信頼〉とは、どういうことかを身をもって体験しながら、本当の自分を、愚かな自分を発見していく話であったことがわかる。今のメロスはおそらく自分のことを「勇者」とも「正義の士」とも言わないであろう。ただセリヌンティウスとの友情を確認し、〈危機〉を免れたと、「嬉し泣きにおいおい声を放つて泣」ける幸せを嚙みしめるばかりであった。

王は、この「二人の様」を「まじまじと見つめてゐた」。そして、やがて「二人に近づき、顔をあからめて」、「おまへらは、わしの心に勝つたのだ」「わしも仲間に入れてくれ」と願い出る。王もまた「心」の葛藤を通して、率直にこう申し出ることができたのであった。民衆は平和がもどってくることを歓び、「万歳、王様万歳。」と心から叫んだ。

小説末尾、ひとりの少女がメロスに緋のマントを捧げる。まごつくメロスにセリヌンティウスが「気をきかせて教へてや」る。「この可愛い娘さんは、メロスの裸体を、皆に見られるのが、たまらなく口惜しいのだ」と。この可愛い娘さんは、「女房も無い」メロスに与えた語り手の贈物にほかならない。語り手は、この時「勇者は、ひどく赤面した」と言い、メロスをはじめて「勇者」として認めた。

さて読者として、「走れメロス」のメロスという人物を一言で表現するならば、〈愛すべき愚か者〉となるのではないか。しかし、愚かなメロスのなかで〈自分が信頼されている〉という事実は、大きな力を発揮させる源となった。命をも投げ出して自分を信頼してくれた友の行為の重さを真に発見した時、メロスは初めて王城に向けて走らなければならない自分の行為の意味を理解した。セリヌンティウスの〈信頼〉の重さを実感し戦慄したはずである。これ以後のメロスの頭のなかには、王との〈対決〉云々とか、〈名誉〉とか〈正義〉とかはなかったはずである。作品の末尾、メロスはセリヌンティウスと二人だけの友愛の世界を生きている。王も群衆も、緋のマントを捧げた少女も、実のところどうでもよいものであった。友の命が助かったという安堵だけである。しかし、ここまでメロスが無事に約束を果たし真の勇者となることを不安を抱きながらも見守って来た語り手は、この結果に対してメロスにご褒美を与えるかのように、緋のマントを捧げる少女を登場させた。(21) それに対してメロスが赤面するのは当然であった。なぜなら、この時のメロスは自分が勇者とも英雄とも称えられる資格者ではないことを知っているからである。ここにおいてメロスと語り手の齟齬はあらわである。この時の語り手は、小説世界のなかで完璧に宙に浮いてしまっている。

＊

ところで「走れメロス」読解の際に、常に問題にされるプロット上の具体的な〈問い〉がいくつか挙げられる。山賊の登場は単なる偶然か、あるいは王の差しがねか？　メロスが走る時語り手が説明する「何かしらの大きな力」とは何か、曰く〈自然〉の力、あるいは〈神〉の力、それとも……？　メロスが「途中で一度、悪い夢を見た」と告白する「悪い夢」とは？　ラストシーンの赤面するメロスをどう読むか？　こうした個々の〈問い〉に対する私なりの解釈はここまでの〈読み〉の展開のなかで一応示してきたつもりである。しかし、この「走れメロス」という小説が投げかけるもっとも大きな〈問い〉は、読者一人ひとりが抱えている〈信頼〉や〈愛〉やに対する捉え方の中身自体なのではないだろうか。私自身は末尾のメロスのように些か赤面しながらも彼の「変貌」を促したものを、内部から突き上げる信頼されていることの実感と読んだ。〈信頼〉は力になると考えるから。

信じられていることを強く実感することは、一見泰平な私たちの日常のなかでほとんど見えないままに各々のなかで見過ごされているのではないか。お互いの信頼関係も本当の意味で試される機会は稀である。そんななかでふと立ちどまってみた時、気がつく。自分が相手を信頼していると言うことはたやすいし、そう思い込むことも。けれどもその逆のこと、自分が信頼されていると言い切ることは難しい、と。人と人との関係のなかで自閉し、自分だけの思い込みのなかで孤立しているのが大半なのではないだろうか。しかし多くのひとは自分自身が困難にぶつかった時、他の信頼を得て生きていく力を与えられる。そんな口に出して言えば白々しい絵空事になってしまうような、〈信じられていることの実感〉とそれに応じる己れの心とが極限において試されたのがメロスという男だったのではないだろうか。私も含めて世の中の大抵のひとは〈名誉〉や〈正義〉のためには死ねない[22]。ただ家族や友や恋人や、自分にとって大切なひとのためには、時に神が宿ったかのごとく偉大な力を発揮することができる。そうせざるを得なくなる。〈信頼〉とはそんななかで確認されるものなのではないか。〈信頼〉は必ずしも倫理ではない。こう私が主張してみても、実のところ〈信頼〉が力になるか否か、またどのくらいの力になるかは、その人その人の内部でどのように捉えるかという、きわめて主観的な問題なのである。

末尾で「勇者」としたこの小説の語り手は、そんなメロスの世界をどこかで〈お話〉のなかだけのこととするほかなかったのだろうか。私自身はメロスは語り手を置き去りにしたまま別の小説的世界を顕現し読者に感動を与えた、私達の日常のなかでこれだけの〈信頼〉に結ばれた人間関係がどれだけあるかという〈問い〉を投げかけている、と読むのだが。また別の解釈も生まれるところでもあろう。

＊作品本文の引用は『太宰治全集3』（一九八九・一〇　筑摩書房）による。本文中の傍点は全て筆者による。

注記

（1）中学校国語教材としての「走れメロス」の抱えた問題の所在については、田中実氏「〈メタ・プロット〉へ――『走れメロス』――」（『都留文科大学研究紀要』第38集　平5・3、のち『小説の力―新しい作品論のために』所収　一九九六・二　大修館書店）に詳しい。

（2）須貝千里氏「太宰治『走れメロス』――隠蔽された物語あるいは心情主義批判」（『〈対話〉をひらく文学教育――境界認識の成立』所収　一九八九・一二　有精堂）による。

（3）小澤都氏「太宰治『走れメロス』の教材研究――教育実習をむかえる学生のために」（『昭和学院国語国文』第27号　平6・3）による。

（4）前掲論文において須貝氏が「リアリズム小説として読むことは作品の特質に即しているのだろうか」という疑義を提出し、寓話として読むために語り手に着目することを喚起している。どちらにせよ、語り手を読むことは大切だと思われるが。

（5）須貝氏の問題提起をうける形で、田中氏前掲論文は、神々に愛された男・勇者メロスの冒険譚と弱さを抱え持つ近代人メロスの苦悩の描写とが混在している事実を捉え、その要因はメロスを語っていく〈語り手〉の「迂闊」さにあるとし、物語としては破綻していると論じた。なお、田中氏は「教材価値論のために――読みのアナーキーを超える」（『日本文学』平6・8）において再度「〈語り〉の破綻」に触れ、「走れメロス」は「駄作」「ダメな文学作品」であると結論している。この発言に対しては、小野牧夫氏が「国語教育夏期研究集会の感想」（『日本文学』平6・12）のなかで「納得していない」と疑問を示している。

（6）「先入観」については、安野光雅氏が『ZEROより愛をこめて』（平元・5　暮しの手帖社）のなかで、これまで「感動的な友情の物語」としてきたこの作品に付着する「先入観」の中身を検証すべきだ、という興味深い指摘をしている。また、木下ひさし氏「メロスを教室で読む──読みの教材としての『走れメロス』」(『日本文学』一九八八・七)は、生徒たちの持つ「先入観」を確認した上で実際の作品を読む、という教室での実践を行ない、結果生徒たち一人一人がそれとは異なる感想を抱くようになったという報告をし、「走れメロス」の教材としての価値を確認している。

(7)「『走れメロス』材源考」(『香川大学一般教育研究24』昭58・10、のち『日本文学研究資料叢書　太宰治II』所収　昭60・9有精堂)

(8) 前掲山内祥史氏「解題」にも詳しいが、角田説に対して九頭見和夫氏「太宰治とシラー──太宰の作品におけるシラーの影響について」(『福島大学教育学部論集46』平元・11)は断定するには未だいくつか問題が残されているとしている。

(9) 高山裕行氏「『走れメロス』素材考」(『日本文学』昭60・12)

(10)「歩け、メロス──太宰治のための俳優術入門」(『ユリイカ』昭50・4)で「最初から一つの滑稽譚の様相を見せている」「メロスは(中略)その自己中心性とナルシズムは、シラーの壮大な叙事詩『担保』を、矮小化させてゆくばかり」という指摘をしている。この文章を受けて、鎌田広己氏は原詩との距離を、メロスの〈肉体〉と〈自意識〉との相剋に見ていく(「『走れメロス』試論──主人公の〈肉体〉と〈自意識〉を主題として──」『国文論叢』16号　平元・3)。

(11)『評伝太宰治』第三部(昭60・7　筑摩書房)。なお、磯貝英夫氏は太宰の本質をパロディ作家と押さえている。(「太宰治におけるパロディの問題」昭49・2『国文学』、のち『群像日本の作家17　太宰治』所収、一九九一・一　小学館)

(12) 玉置邦夫氏「『走れメロス』出典考」(『日本文芸研究』平4・1)は原詩とは「異質な作品」として検討することを促している。

(13) 筆者の勤務する大学の授業で「この作品を語り手に着目して読むこと」という課題を出したところ、語り手は「ナレーター」から「(TVのワイドショーの)リポーター」へと変貌しているという指摘をした学生がいた。面白い指摘だと思う。また、東郷克美氏「『走れメロス』の文体」(『月刊国語教育』昭56・11)は、メロスと語り手の「関係・境界は不分明」として、この作品の「主客の混交した主情的な文体」「生理的文体」を指摘しているが、そうした文体は中盤部分である。語り手を注意深く見ていくと、二度変化していることがわかる。

(14)「走れメロス」の材源とされている訳詩「人質」では、「暴君ディオニスのところに/メロスは短剣をふところにして忍びよつた」とあり、メロスは意識的に短剣を武器として王に向かっていったと書かれている。「走れメロス」では偶然ふところにあったとされている。このふたつの物語の始まりは、冒険譚と失敗譚と言ってよいほどの違いがある。

(15) 前掲訳詩「人質」では、「おまへの罰はゆるしてやらう」となっている。「走れメロス」では、王は未だメロスに対する「罰」は与えていない。ただ「罪」を犯していると言っているだけである。二人の王のメロスへの対処の仕方に大きな差異がある。

(16) 佐藤善也氏「走れメロス」(『国文学』昭42・11)に、セリヌンティウスの登場によって心の闘いを始めた王が山賊を放ったという指摘がある。

(17) 前掲田中実氏論文。氏は、語り手の「迂闊」さを指摘していく根拠としてこの部分の「裏切り」を見過ごし最後まで問題にしていないことを挙げる。しかし当初からのメロスの意識を「叙述に則して」追ってくればこの部分を「裏切り」と決めつけることは必ずしもできない。〈走る〉ことの本当の意味を発見した時、メロスはそれまでの全ての自分の行為の愚かさを恥じた。末尾はセリヌンティウスとの〈和解〉であった。語り手の「迂闊」さを指摘するならば、むしろメロスの走り切る力の源(信頼)に対して「迂闊」であったというべきではないか。

(18) この小説では、冒頭の部分に「きよう未明メロスは村を出発し、野を越え山越え、十里はなれたこのシラクスの市にやつて来た」とあるように、メロスの村とシラクスの市との距離が「十里」と具体的に明示されており、のんびり歩いても半日かからない距離であることが読者にわかるようにしてある。十里は約40km、マラソンの距離よりも短いわけで、一流ランナーが全力疾走すれば二時間十分弱であり、超人・スーパーマンでなければこなせないような絶望的に遠い距離ではない。メロスが出発を遅らせるのも、十分に間に合うという自信が片方にあったからである。こんな点にも、この小説がリアリズム小説としても読まれる方向性を保証していることがわかる。

(19) 前掲田中氏論文は再び疾走するようメロスに促したものは「肉体の生理上の変化」に過ぎず、その後は外からの超越的なものの力(神々の力)によって「駆け抜け」させられたとしか考えられないとする。

(20) 山田有策氏「『走れメロス』論」(田近洵一・足立悦男編『小説教材の作品論的研究』所収　昭58・5　教育出版)もメロスに力を与えたものは信頼という彼の内面の問題であったとしており、本論の観点と共通する。

(21) 丹藤博文氏は『教室の中の読者たち――文学教育における読書行為の成立』「四　テクストの〈空白〉とその読み――『走れメロス』(太宰治)」(一九九五・四　学芸図書株式会社)で、末尾に登場する少女は「小説の構造からしても、その場面にとっても、きわめて異質な存在」であるとし、メロスにとっての「他者」と捉え、「走れメロス」の新たな読みの可能性を探っている。

(22) この小説の発表された昭和十五年は日中戦争の最中、また太平洋戦争突入前夜であった。こうした〈時代〉の問題も、常に先行研究のなかで取り上げられてきた。その捉え方は多岐に亘るが、自分なりの作品の読解を詰めた上で問題にしていくべきだと思われる。戦争に駆り出されていく多くの青年たちは〈名誉〉のために死んでいったのだ。こうした時代背景のなかに走るメロスを置くと、それ自体が〈時代〉のアイロニーになっていることがわかるのではないか。人は〈名誉〉や〈正義〉のために死ねないと尖鋭に訴えているようである。

Ⅳ

私の「文学研究」・「文学教育」

【書評】

『小説の力——新しい作品論のために』（田中実著）を読む

小説をまず言語による虚構的世界として対象化することが〈読み〉の大前提となることは、今日ようやく多くの研究者の共通認識となって来た。言語観の転回や読者論の導入が文学研究にもたらした、当然の帰結である。しかし、問題はその先にあるとして、新たな〈作品論〉の可能性を探ろうという提言をしたのが田中実氏の『小説の力』である。何故、今〈作品論〉なのか。著者は、その道の先導者である三好行雄氏の遺志を継ぐかのように熱い思いで語っていく。——本書は、近代文学研究と国語教育と二つの分野の結接点を求めるという独自のスタンスで、精力的に論文を発表してきた田中実氏の最初の論文集である。先の提言を展開した「序章」と「終章」との間に、この十三年ほどに著者が書き続けてきた論文のなかから八本の〈作品論〉が選択され並べられている。「羅生門」「舞姫」「こゝろ」「走れメロス」「山月記」「ざくろ」「夏の葬列」「山椒魚」。いずれも近代日本を代表する作家の作品であり、また中学・高校の定番教材でもある。この一冊が単なる論文集でないことは、このことからも明らかである。通読することによって重い問いかけが、かたまりとなって迫ってくる。文学を、あるいは文学研究を、自明のものとして自足している人、また〈新しさ〉のみを求めて走り続けている人には、所詮無縁の問いかけである。

しかし、「文学の終焉」が絵空ごとではなくなり、大学における文学部の解体も一部で行なわれている昨今、多くの研究者は日々改めて「文学とは？」「文学研究とは？」という、古くて新しい根本的課題を突きつけられているのではないか。必ずしも自信や誇りを持って教育や研究に従事しているわけではないのが、現状ではないか。まさにその地点で佇んでいる私は、本書の問いかけに誠実に向き合いたいと思った。そして日本の近代小説の価値を問う「自前の」文学研究の可能性を、この書とともに考えてみたいと思った。私もまた、田中氏同様「研究の方法によって、作品表現のコンテクストを果敢に切断しようという誘惑を感じたことは一度もなかった」(「あとがき」)一人だから。そのことをまず率直に表明することからこの書評を始めたい。

「序章　〈読みのアナーキー〉＝「還元不可能な複数性」を超えて」「終章　新しい〈作品論〉のために」は、マニフェストとして書かれた章である。研究の現状分析に基づいて、進むべき文学研究の方向と独自の文学理論とを模索する、田中氏の熱い姿勢が読み取れる。

ここ十数年ほど「作品かテクストか」という問題が浮遊していたことは誰しも認めるところであろう。と同時に「作品論からテクスト論へ」という流れは、中身はかなり曖昧なままではあったにせよ確実にあった。本書を読むと、三好行雄氏が晩年までこの問題に固執し、頑強にバルトの提唱した「テクストの理論」を拒み通した足跡が生々しく記憶に蘇ってくる。自身の提唱した作品論に対して終生責任を取り続けた三好氏の姿勢を思うと、〈作品〉と〈テクスト〉という別個の概念を癒着させたり、どちらでもよいなどという呑気な言い方は出来なくなる。そのことを改めて教えられたが、この三好氏の作品論を批評的に継承し乗り越えていくところに本書の基本的立場がある。田中氏もまた、三好氏同様バルトの「テクストの理論」を峻拒する。その理由は、「作者」にあくまでも固執したゆえに自分には無縁とした三好氏とは異なり、作品〈本文〉の消去によって、〈文学〉解体化の方向を促進させたバルトの理論から、〈文学〉そのものを奪回したいがためにであった。「還元不可能な複数性」を顕示するという、一回限りの〈読み〉の実践に距離を覚えるからであった。田中氏が、〈文学〉の可能性にいかに固執し期待しているかが窺える。〈本文〉を〈他者〉とする概念規定は、その時々の読者の〈読み〉のなかで逃げ水のように相貌を変える〈本文〉を、ひとまず読者のなかで固定するための装置として機能する。「到達不可能な〈他者〉」である「〈本文〉との葛藤、対決」を無限に繰り返す読書行為、「読み深める」ことによって実現する「新しい作品論」の立場を顕揚する。理論としては抽象的で、精神論的傾向が感じられなくもないが、この読書行為を通してまず読み手自身が「変革」されることを期待するという「新しい作品論」とは、多く読み手の〈主体〉に関わるものとしてあることが明らかである。「作者の意図」を半ば実体的に問題にし、ストイックに読者の〈私〉を退けようとした三好氏の作品論とは、決定的に異なる点がここにある。

　田中氏によれば、日本ではバルトの理論とは似て非なる「和製てくすと論」が展開されただけだという。そう言われて、改めて現在の研究状況を眺めると、私には、流通している〈テクスト〉概念と、田中氏の提唱する「新しい作品論」の〈作品〉の概念とは意外に差がないように見えてくる。〈読み〉は読者の中に現象するものでしかないという点において。そしてそう考えた時、その先の方向性こそが焦眉の課題となる。田中氏の提言の意味もここにある。研究者一人一人が進めたい研究の方向を再度見定めることの要請である。いわゆる〈テクスト論〉がそれまでの〈読み〉の不徹底を一掃するに果たした役割を認めるにやぶさかではないが、それと同時に安直な「読書の民主主義」を生んだことも事実であろう。果たして日本の近代小説はどうにでも読めるものなのか（小説言説の自律性は?）。小説という文学の一ジャンルはどうにでも読んでよいものなのか。未だ歴史の浅い「学問」である日本の近代文学研究を更に進めるためにも、ここで立ちどまって考えてみたい問題ではある。二つの方法を分かつ最大の相違点は、小説をトータルな世界として捉える〈読み〉を行なうか否か。〈読み〉において、「究極の意味」を求める〈解釈〉を実践するか否かである。この点が田中氏の提言の眼目になると思われる。「作品の意志」「内的必然性」「ことばの仕組み」という、必ずしも明瞭ではない言い方でこの書に頻出する、田中用語の意図するところも、読者の向こう側に或る種の〈絶対〉を想定したいがためであろう。

ここまで私流に田中氏の提言を多大な共感をもって受けとめてきたが、要は「新しい作品論」の今日的意義であり、具体的実践である。私の印象では、それは〈究極の鑑賞〉ということになりそうである。「新しい〈作品論〉は〝小説の力〟を引き出し、現代と鋭く交差する〈場〉」（「あとがき」）と言う時の「小説の力」とは、まず読者に〈感動〉を与える力であろう。現代を生きる読者（研究者）の〈感動〉のなかにこそ、作品への〈批評〉があるとする立場である。小説に潜在する力（価値）と、それを発見する読者（鑑賞者）との葛藤のなかに新たな〈文化〉生産の〈場〉を拓いていく。ここにこそ「新しい作品論」の今日的意義があると思われる。文化生産が純粋な創造であるという信仰が崩壊し、更に文化を「生産」する〈場〉自体が危機にあるとされる現代社会である（P・ブルデュー『芸術の規則』）。思えば三好氏が作品論を提唱した時代と較べ、〈文学〉の置かれている位置は想像以上に大きく変貌しているようである。その意味で「新しい作品論」が、〈文化〉としての文学研究へと研究者を促し、〈文学〉を復権する〈場〉として機能することを期待したい。

各論に移ろう。八本の作品論はまさに「新しい作品論」を模索する田中氏の実践編ともいうべきもので、折々氏の読解の方法をめぐる言説が挿入されつつ展開されている。この間、持続的に「新しい作品論」の可能性を考えてきた軌跡が窺える。いずれも力作といってよいが、殊に巻頭に並んだ「羅生門」「舞姫」「こゝろ」論の三本からは、一読圧倒的な説得力を感じさせられる。「批評する〈語り手〉」と題した「羅生門」論は、最新の論であるが、本書の企図を最も力強く反映した論文となっている。作中で「作者」を自称する〈語り手〉によって語られた話、メタ小説であるとする〈読み〉は、これまでの「羅生門」の捉え方を一新する。観念の陥穽にはまり易い若い下人が、自己正当化のなかで社会の最底辺で生きる弱者・老婆を踏みつけにする。ここには「認識と認識の出会い」(三好氏)があったのではない。極限的な飢餓の現実を生きる老婆とは遂に出会えない、青臭い青年の姿が提示されたのである。認識者である〈語り手〉の、登場人物を批評的に見詰める視点を介在することによって見えてきた世界である。それゆえ、この作品はいじめの蔓延する現代の教育現場で批評性を発揮するのだと、著者は「あとがき」でも論じていく。作品を一個のかたまりとして読んで初めて言える言葉である。しかしこの論で、というよりも「羅生門」という作品において、〈語り手〉の「批評」の中身は必ずしも明確ではない。〈本文〉の改稿問題を視野にいれるとなおさら疑問を抱く。『鼻』版の末尾の一行については田中氏も既存の捉え方に同調しているが、果たして作品の必然だろうか、「見事な改稿」なのだろうか。この書で論じられているもう一つの改稿問題、「山椒魚」のそれと同質の問題か。ここには、〈本文〉〈作者〉〈作品〉等々、近代文学研究者誰もが考えるべき基本的な問題が横たわっている。私には「羅生門」はやはり若き芥川の勇み足が目立つ作品という思いが拭えない。改稿によって〈語り手〉自身も相対化されてしまったというのが、私の〈読み〉である。

続く「舞姫」論「多層的意識構造のなかの〈劇作者〉」は、本書には収録されていない田中氏のもう一つの「舞姫」論「『舞姫』背景考」と合わせると、氏の捉える「森鷗外」が彷彿としてきて興味深い。優れた〈作品論〉は〈作家〉を背後に浮かびあがらせる、というのが率直な印象である。太田豊太郎が自己を奪回するために書き出した手記は、当の本人も自覚し得ない心の闇を顕現する。真の愛を知らない即ち他者としての異性と向き合うことのできない日本男児の心性を、えぐり出すように論じていく氏の筆は迫力に満ちており、「舞姫」がこんなに面白い小説だったかと思わせられる。手記を書いた後の豊太郎への読者の想像力は様々に働いていく。こうした豊かな読解は、豊太郎の手記としての小説のかたちを緻密に捉えることから生まれてくるようである。田中氏の実践が、まず小説の構造を精密に読むところから出発して成功していることは、本書のどの論文を見ても確認できる。それは逆に、構造（あるいは〈語り手〉といってもよい）を読み誤ると無残な結果になることも教えてくれるが。

本書のなかで私にとって一番興味深いのは、「『こゝろ』という掛け橋」である。この論文は今から振り返ると田中氏の「新しい作品論」へ向けての第一歩を飾る論文であった。にもかかわらず、時代の研究動向のなかで必ずしも正当に評価されないまま、不幸な位置に置かれていたように私には思われる。昭和六十一年に発表されたこの論は、前年に発表された小森陽一氏の最初の『こころ』論で提起された、小説『こゝろ』の構造分析を、更に先へ確実に進展させた論文であった。ところが当の小森氏と石原千秋氏が揃ってこの論文のオリジナリティを全否定するという経緯があった。両氏は、いわゆる『こゝろ』論争のなかで三好行雄氏に向けた批判の根拠であった、「虚構言語」（石原氏「制度としての『研究文体』」）としての小説世界を対象化するという方向性、それの『こゝろ』における徹底化を自ら阻んだのである。以後の多くの『こゝろ』論は、小森論文に単純に追随するか反発するかに過ぎず、構造分析は停滞した。この『こゝろ』研究の十年を顧みると、『こゝろ』論争のなかに垣間見られた「作品論からテクスト論へ」という流れの傍らに、「新しい作品論へ」の流れが底流していたことが見てとれる。

話を田中論文に戻せば、この時小森論文の示した〈解釈〉を二点において超えていた。当初三好氏が「背信者か」と疑問を示した、「私」の「手記」公表に至るメカニズム（「私」の現在をめぐる想像力）と、「私」の編集操作の加わった「手記」全体の意味するものの捉え方において。前者は、先生の安否だけを気遣い危篤の父を見捨て汽車に飛び乗った行為即ち先生を愛するゆえに両親を裏切った「私」の切実な体験のもたらしたものであり、後者は遺書の公表は他ならない先生の「メタメッセージ」としてあった、という指摘である。〈作品論〉としての『こゝろ』論はこの地点から進められていくべきであった。本書のなかで、田中氏は三好氏を乗り越えるために氏の〈読み〉を検証し、「欠陥」として〈語り手〉の捉え方を挙げている。しかし、三好氏は、死後刊行された「夏目漱石事典」(『別冊国文学』平2・7)の「こゝろ」解題で、この小説全体が先生の遺書を引用した「私」の手記としてある形(氏の言葉によれば「小説の性格」)を認めた。新しい研究動向や後進の仕事に対して誠実に対応された姿が窺える。田中氏もまた、三好氏とは異なる〈作品論〉を目指しつつも、真摯にその先行者の仕事をたどっていることは、本書の随所に示されるように、容易に〈作家〉や〈文学史〉の問題を手放さないことからも伝わってくる。感傷的に過ぎるかも知れないが、私には『こゝろ』という作品をめぐって、新旧の〈作品論〉がバトンタッチされたように思われてならない。

ところで、『小説の力』を通読すると、日本近代文学の一つの流れを追っているような気になってくる。読者は一つ一つ異なる作家の作品論を読みながら、そこに或る共通する映像を発見するのではないか。「羅生門」の下人、太田豊太郎、「こゝろ」の先生、「山月記」の李徴等々。自意識の牢獄から容易に抜け出せない人々、他者なき風土を生きる人々の群れである。〈他者〉論を、作品読解のなかで継続的に実践している田中氏の本領が発揮されており、日本の文化構造を剔抉して独特な世界観を展開している。しかし、こうした一つの概念装置の導入による〈読み〉即ち巨視的な読解は、一定の有効性をもたらす反面、作品を微視的に捉える方向・帰納法的読解を見失わせる危険も孕んでいるようである。たとえば氏は「山月記」論のなかで、「こゝろ」の先生の妻への対応と李徴の「妻子」へのそれとを重ねていくが、対象が「妻」と「妻子」とでは、所詮異質の心性であるともいえよう。結局のところ小説を「読むとは自己を読む」(序章)こと、とは田中氏の言であるが、この例に限らず、独自の世界観の先行によって、個別具体的な作品固有の問題がしばしば矮小化される印象を、少なからず受けたことも確かである。「山月記」においては、〈芸術〉の問題こそが論の中心に据えられるべきではないか。

〈作品論〉を志向する者は、自分にはこうとしか読めないというぎりぎりのところまで、その小説の表現を追い詰めていく。求めても容易に得られない〈他者〉としての〈本文〉と限りなく葛藤し、或る〈絶対〉を求めて「読み深め」ていく。その結果としての〈作品論〉が〈他者〉なき自己完結的世界として終始し、一種のナルシシズムに陥らないとも限らない。自戒もこめて喚起しておきたい危惧である。けれども、真に優れた小説は、誰が読んでもそうとしか読めないというぎりぎりの点まで突き詰めた、としたその先に、様々な〈問い〉を顕現して来るのである。その小説の問いかけをめぐって豊かな〈想像力〉を働かせるところに読解の醍醐味があり、批評精神の発露する場がある。論を競い合い、議論を重ね合う場がそこにこそあるのである。その時、他者の〈読み〉もまた、自己を「倒壊」させ「造り変える」ものとして確実に機能してくるはずである。その意味でも『小説の力』は、私にとって様々な刺激を与えてくれた書であり、また近代文学研究の良き入門書にもなると思われた。多くの読者に受けとめてもらいたい一書である。

（大修館書店、一九九六年、四六判三一〇頁）

〈文学〉を〈語る〉ということ

女子大生と授業で太宰治「斜陽」を読んでいて考えたこと。

「斜陽」の末尾は、かず子の上原に宛てた「最後の手紙」で閉じられる。かず子は上原の子どもを身籠ったらしいことを告げ、未婚の母として生きていく決心を語る。小説読後の読者は、かず子の未来に横たわる過酷な人生に想いを馳せつつ、やがて生まれてくる子どもと共に母としてたくましく生きていく姿に〈想像力〉を働かせたりする。学生のほとんども先行研究に影響されたのか、あるいは「母は強し」という「母親幻想」に心底囚われているのか、この地点で思考を停止させてしまう。このことに私は非常に抵抗を覚えた。二十一世紀を生きる学生たちの〈想像力〉がいかに貧しいか。いかに既成のものの見方にがんじがらめになってしまうか。いや学生だけではない。私自身も決してそれから免れてはいない。この目に見えない壁を小説読解の過程を通して、考え考えすることによって超えられないか。豊かな〈想像力〉はいかにして発揮できるのか。近頃しきりに考える。

近年の「斜陽」論を見るとわかるように、この小説はかず子の編集した一篇の手記として捉えることができる。その手記は、かず子の執筆時を異にするいくつかの日録的文章と上原へ宛てた四通の手紙、弟直治の「夕顔日誌」

や「遺書」、といった複数のエクリチュールによって構成されており、後に（全ての出来事が終わった後に）かず子自身の編集（再構成）の手が入っていると読むことができる。このように小説の〈かたち〉を押さえた時、読解の仕方は様々に拡がっていく。〈書く〉行為が、かず子にもたらしたものは？　かず子の手記の文体の変化は何を意味するのか？　弟の秘密（心の奥）を日記を盗み見ることによって知ったかず子は、今何を伝えたいがためにその日記を引用していくのか？　等々。小説から投げ掛けられる問いは尽きない。そして、読後の、かず子の未来に対する〈想像力〉の働かせ方も変わってくる。かず子の生き方を前述のような身体的・母性的なところでのみ評価するのならば、手記をまとめるかず子の試みは何だったのか、ということになる。かず子の〈書く〉行為を、かず子のエクリチュール自体を対象化すること、この地点から「斜陽」の読みは始まるのではないか。「斜陽」末尾、手紙によってかず子が上原に告げた、最後の願いのなかにこめたものとは、貴族として死んでいった母や弟やの精神世界の復活・再生を図るかず子の意志の表明にほかならない。それはむしろ、それ以前のかず子が縛られていた物語・「母性神話」の超克を意味していないか。太宰は敗戦後の荒廃した現実のなかで、かず子とともに女性の論理によって紡ぎ出される、新しい文化的社会の実現を夢見ていたのではないか。だとしたら、「斜陽」に対する〈想像力〉は、〈新しい社会〉の中身をめぐって働かせることになる。学生との議論もこの点をめぐって展開されたらと思う。小説を読むことが、今を生きる私たちの問題と切り結ばれ、未来へ向けての〈想像力〉を発揮していく〈場〉になる。そんな授業を目指したいものである。

ところで、この夏読んだ何冊かの本は分野は異なるものの期せずして皆、この歴史の流れのなかで、今・ここで〈語る〉ことの必要を促すものであった。野家啓一『物語の哲学—柳田國男と歴史の発見』（平8・7　岩波書店）マサオ・ミヨシ『オフ・センター——日米摩擦の権力・文化構造』（平8・3　平凡社）大浦康介編『文学をいかに語るか——方法論とトポス』（平8・7　新曜社）などである。〈歴史〉を語る者の側へ、〈文学〉の読み手の側へ、と学問の潮流がシフトの転換を要請してきた結果とも言えるが、一方で時代の行方が見えにくくなっている現状が存在しているからと見ることもできる。〈語る〉ことが難しくなっている状況があるからこそ、人は語らなければならなくなり、語り続けることを促されるのかも知れない。そして、野家氏のように、「言葉を語る動物」である人間の「言語活動の在り様」自体を対象化しようとした時、またミヨシ氏のように西欧中心主義にはがいじめにされた現代文明社会の問題を「周縁」としての日本をモデルに照らし返そうとした時、〈虚構〉としての〈文学〉の占める位置は殊の外大きいようである。私たち文学研究者も、研究対象としてそこに文学作品があるからというだけで研究行為がなされるわけではないはずである。なぜ〈文学〉を研究するのか、〈文学〉について何を〈語る〉のか、誰もが常に心のどこかで問い続けていることではあるが、これらの書に触れて、私は今もっともっと突き詰めて考えたいと思い始めた。

その意味で題名といい、帯に「読むための理論から語るための理論へ」「文学を語り合うための技法を実践的かつ多面的に提示する」と謳った言葉といい、『文学をいかに語るか』という一冊を手にして、心惹かれた。友人に勧められて読み始めたこの書は、仏文系の学者十五名の分担執筆による、欧米における今世紀後半の文学理論及び批評の流れを網羅的に且つ簡明に紹介・整理した啓蒙書である。おそらく、想定している読者は、文学部の学生や外国文学が専門ではない研究者、つまり国文学者ではないだろうか。古くはロシアフォルマリズムやニュークリティシズムから、構造主義・ポスト構造主義を経て近年フランスで盛んになってきたテクスト生成論まで十一の項目を立てて（「I方法論」）論じられている。概説的な叙述は非常にわかりやすく、これまで断片的な形でしか捉えていなかった知識が整理されるようだった。また言語や読書行為についての抽象化された議論は、思考を進めるためのヒントを与えてもくれる。しかし、こうした本書の持つ性格のためか、通読しつつ、或るもの足りなさを感じたことも事実であった。それは具体例に基づいて論じたという「IIトポス」の論文、いわば実践編にあたる部分を読んで余計に感じたことでもあった。

ひとつには理論の背後に垣間見える西欧における「近代」性や「文学」像やに対して、私の捉える日本のそれとの距離・異質性から来るようである。前掲ミヨシ氏著によれば〈ノヴェル〉と〈小説〉は別のジャンルだという。日本のフランス文学研究者が欧米の批評の歴史を整理し概説するという行為のなかで、この差異が何らかの形で反映してこないはずはないだろう（もっともこの書の中の何編かには見られるのだが）。もの足りなさは、「文学をいかに語るか」と謳いながら〈語る〉側の姿があまり見えてこなかったせいかも知れない。〈文学〉の自明性が失われている現代において、私たちが今何か〈文学〉について語ろうとすれば、歴史的且つ個別的存在としての〈自己〉を対象化するところから始めるしかないのではないか。文学理論や批評の理論を構築していくという歴史を持たなかった国だとするならば、この立脚点の確認は余計必要なのではないだろうか。日本の近代文学研究者が、外来の批評のものさしを、便利に「使える」からといって無限定に日本化し消費していくだけでは今や意味がない。

「文学を読む」ことから「文学を語る」ことへの間には、「読む」という行為自体の意識変革があったはずだが、更に一歩進んで〈語る〉ためには、語る〈主体〉自体の検討がこれまで以上に問われて来ることだけは確かであろう。その意味では、もの足りないなどと言う前に、私自身もこの『文学をいかに語るか』の論者の整理の仕方自体を対象化して見ること、そこから日本近代文学研究の課題も立ち現れてくるのだろう。「斜陽」のかず子のように、ひとまず〈書く〉という営為の中で〈自己〉を見詰め続けることは、いずれにしろ大切なことなのかも知れない。

「死への準備教育」と文学

近頃私は、A・デーケン氏や慶応高校の高橋誠氏の推進する「死への準備教育」研究会の活動に関心を抱き、関連書物を読んだり、会に参加させてもらったりしている。「死への準備教育」とは、欧米では既に学校教育の場に組み込まれている「Death Education」のことで、早期に児童生徒に〈死〉を考えさせることによって、より良い〈生〉を生きる姿勢を獲得させようとする教育のことである。現代社会において〈生〉と〈死〉は必要以上に分断され、私達が〈死〉について正面から考える機会は皆無である。病院での最期が一般的になり、老親を介護し、看取るということが必ずしも家族の「日常」ではなくなっている。都会への一極集中、核家族化、住宅事情、肉体的延命を第一義とする近代医療の「進歩」「発展」等々。長期に亘る「近代化」の中で、社会のシステムは構造的に変化を遂げ、今そのシステム自体のもたらす「ゆがみ」「ひずみ」があらゆる場所で顕在化し始めている。〈死〉をめぐる文化的心理的変化が起こっている。この、時代の変動期のなかで育つ子供たちの感受性や人間性への危惧から、先の活動は始められた。時代が病めば、真っ先に感染するのは抵抗力のない子供であろう。この活動は、コンセプトが我が国の教育現場へ広く浸透するよう喧伝しつつ、実践のための具体化・充実化を図ることに向かっている。五月の研究会に参加した先生たちは、どのような教科で、どのようなカリキュラムを編成するのか真剣に模索し、既に実践されている高橋氏の詳細な報告に熱心に耳を傾けていた。

さて、今年の大会テーマ（一九九八年度日本文学協会第五三回大会テーマ「文学は教えられるのか」）が掲げられた時、私は真っ先にこの会に参加した時の自分を思い起こした。友人に誘われて会に顔を出した私の心のなかには、無論自分が現在関わっている文学教育との接点を求める気持ちが強く存在していた。それだけ、現在の私の授業実践が、迷い・模索・試行錯誤のなかにあるという訳だが、この直接的に問い掛ける大会テーマは、「文学」を自明のものとして安住している心性をこそ撃ってくる。そして、日々教壇で学生を前にして「あなたは文学を通して何を教えるのですか」と自分に問う声と重なって切実である。大学・短大でのいや全ての文学教育は、現代において要請されているのか、またその中身はと、真剣に検証せざるを得ないのが現実ではないか。「既存」の文学の陰に隠れて惰眠を貪ったり、「文学の力」を信じようとかいう掛け声だけの楽観論は既に通用しない。文学教育に携わる一人ひとりが、自分は文学を通して「何を教えるのか」自覚的に問い続け、授業に結びつけることしか道はないように思われる。その結果として文学部や国文科を解体しようが、文学研究者が歴史学者や文化研究者に「トラバーユ」しようが構わないのだ。それとも、「日本の」文学を盾に政府に国文学科の保存・保護を訴えていくことが、ベストなのか。その時、文学は過去の文化資料・文化遺産となるのだろうか。

今の私は、先の研究会に参加することによって得た課題を「文学」を通して考えている。様々な観点から人間の〈死〉を考えさせようとする構想のなかに、「文学」を置いてみたいと思っている。実践されている「死への準備教育」の教材には、介護の記録や「末期の眼」で綴った自分史や多くのノンフィクションが使われ、読んだ生徒たちの心を確実に動かしている。涙なしには読めない感動の書ばかりである。中には「文学」といってもよい文章もある。しかし、虚構としての文学作品の受容回路には、それとは異質なものがある。そのことを具体的に突き詰め、新たな「教材」として考えてみたい。カリキュラム編成が急務である。そして、その作業や実践が逆に「文学」を捉え返すことになれば……。大会では、日々の授業実践の中からの生《なま》な言葉を聞きたい。

「文学研究」再編成の秋《とき》に

今や「文学研究」は、大学という高等教育の場で「制度」として温存されていることによって成り立っているに過ぎないのか……。しかし、今その「制度」自体も危うい。

大学の国文科に勤務し、日頃の授業で、学生たちを前に自分の「研究成果」をそのままに話すことなど到底虚しく、現代社会において果たして文学あるいは文学教育は要請されているのか、どのように自分の「研究」を生かしていけるのか、迷い、たちどまってばかりいる私には、こうした日常とは無縁のところで、現在の研究状況に向かって批評なり提言なりを述べ、「展望」を拓くことは、正直言って難しい。「文学研究」をめぐる環境はそれくらい変化している。単なる制度と化し、時代の実情にそぐわない（既に改革・解体している大学も多いのだが）、形骸化した姿を呈しているかのような、大学国文科の教育内容や意義やを根本から顧みることなく、現実の「近代文学研究」をひとまず自明のものとして論評することは、まさに「研究」という制度の「再生産」以外のなにものでもないだろう。このところ、いくつかある学会誌で繰り返し「展望」が掲載され、それぞれの立場からの発言が重ねられた。誰もが真剣に研究状況を考えていること、考えなければいられないという緊迫感は感じられる。しかし、それらを読むと、概ね時代の流れのなかで常に起こる「新しい」研究動向への、批判か擁護かに終始しているようで、読んでいて少々憂鬱になってくる。「研究」と「教育」をめぐっての本質的な問題は、もっと違う次元にあるのではないかと考えさせられる。しかし、……難しい。ただ、二十一世紀に「日本近代文学研究」という「学問」がどのような形で存在していくのか、研究者一人ひとりが問うべき瀬戸際に立たされている現実だけが確かなのか、と立ちすくむばかり……。

あらゆる学問の境界が超えられている現在、近代文学研究の方法・あり方に、もはや王道はない。一枚岩であることなど、有り得ない。研究者一人ひとりが、自身の研究や教育に対して自意識を持つことが今ほど要請されている時代はないのではないか。まず問うべきは自分自身だ。そんな風に居直ってみるしかない。以下は、そんな迷いのなかにいる私の、現時点での「自己点検」の言葉である。

＊

さて、現在の近代文学研究が大きく二極に分かれていっていることは、今日誰の眼にも明らかであろう。一つには「文学」というものを特権化しない立場にたち、文学作品を歴史的資料として対象化していく研究である。文化研究、カルチュラル・スタディーズとも呼ばれ、社会学や歴史学との学際的研究の方向を強めている新しい動向である。もう一つは、「文学主義」と揶揄されるようにもなってきた立場で、「文学」という領域へのこだわりから、「文学」として読むことの道を探り、個々の作品の価値を測っていこうとするもの。従来の文学研究の継承のうちにあり、個別の作家研究などは続々論集として刊行され、表面的には依然として活発である。ただし、こちら側の中身は必ずしも一様ではない。「作品論／テクスト論」という「二項対立」的議論もあって、現在、「論」の方向性が見えにくい面もある。が、つまるところ研究者は、究極の「鑑賞」(批評)への道を模索することになるのでは、と私自身はひそかに考えているし、願ってもいる。

この二つの方向は、個々の作業のなかでは重なる部分は多々あっても、原理的な立場を異にするので、相容れることは難しい。おそらく、二極分化の傾向は今後ますます強まり、それぞれの立場での研究の深化・洗練を計っていくことになる。それはそれでよい。ただ、これから「近代文学研究」を志す者にとっては、「文学」に対する自身の立場への自意識を持つことは必須となろう。少なくとも「文学」を所与のもの自明のものとすることはできない。――と考えてくると、私自身はやはり「文学」主義にこだわりたい。「文学」として読むことにこだわる立場から、一旦は作品の統一的意味を求める〈読み〉にこだわりたい、と思う。

近頃は、めっきり作品の〈解釈〉を競う論文が減っている傾向がある。そうでなくても「作者の意図」という着地点を喪失して以後の作品論の行方が混迷している。意味の求め方・〈解釈〉の安直さに、ある危惧を抱かざるを得ない状況がある。また、たとえカルチュラル・スタディーズを実践する場合でも、詩的言語である文学テクストを対象にした場合、〈解釈〉にはそれなりの手続きが必要とされるのではないか。断片的な表象としてのみ文学テクストを扱うことに私は抵抗を覚える。人文系のみならずどの学問においても、様々なテクストを〈読む〉という行為を抜きに考えることはできない。「読者の誕生」を経た今、〈読む〉ことをめぐっての議論はますます重要になっているはずである。実のところ、〈読む〉ことを問うことは、「文学研究」それ自体を問うことにも通じる広範で且つ本質的課題なのではないだろうか。

ところで、授業の必要からたまたま眼にした、太宰治「女生徒」（『文学界』昭14・4）を論じた近年の二つの論文から、私は〈読む〉ということについて改めて様々なことを考えさせられた。その論文とは、宮内淳子氏「「女生徒」論――「カラッポ」を語るとき――」（『太宰治研究』4　平9・7）と後藤康二氏「「女生徒」について」（『芸術至上主義文芸』23号　平9・12）である。周知のように、「女生徒」は太宰の「女性語り」の手法を使った一連の作品のなかでも、評価の高いものである。女学生「私」の朝の目覚めから一日の終わり・就寝まで、時間の流れのなかで繰り広げられる様々な思惟が、この女学生自身によって語られていく。一人称の「語り」のみで成り立つ形式の作品である。「私」の連想は縦横に飛躍し、一読容易に収拾がつかないような印象を与える。この作品を自分なりに合理化するためには、読者は意識しようがしまいが、自らの「女性」観あるいは「女学生」観を作動させつつ読むのではないだろうか。ここには幾重にも性差が絡みついている。男性作家である太宰が創出した「女性語り」の虚構世界（背後には、太宰作品の愛読者であった有明淑子の日記を基にしているという事実が存在している。）を、男性の、あるいは女性の読者が読む。その時、どのような〈読み〉が、どのような差異が現象してくるのだろうか。二つの論文を読みながら、私にはそんな興味がふつふつと湧いてきたのである。

二論文とも「語り」自体の精緻な分析を読みの中心に置いている。つまり読みの方向性は共通する。かつて見られたような、主人公と作者を過剰なまでに重ねた「主人公中心主義」の読みや、単純に作家の伝記的事実と関わらせるような、二重に恣意性を重ねた読み方は故意に退け、いわば構造主義や読者論を通過して以後の読み方即ち小説を言語による虚構世界として対象化することから出発する読み方を踏襲していく。この点でも両者は共通している。これまで、この作品をどう論じたらよいか、ある種の混迷があったようであるが、二論文の、「語りの在り方」「語りの特徴」を検証することが読みの基本とする方向性は、徹底して揺るぎがない。しかし、その分析によって浮上してくる語り手の「私」像、この女生徒の輪郭はかなり異なるのである。

後発の論であるが、まず、後藤氏の読みを見てみよう。後藤氏は、「私」の世界を、亡き父に象徴される、安定した「既に過ぎ去った」世界と、不安定で未確定な「今」の世界との相関の構図のなかで見ていく。そして、「今」

の「私」の〈揺らぎ〉の中身を実に精緻に分析していく。「判断のあいまいさ」から起こる揺れ、常に「あり得べき自分とある自分、あり得べき世界とある世界」という二極を「その時々の気分や感覚によって」揺れ動く「私」、「生の決定を保留する在り方」、ものごとが「統辞論的には先に進まない」ままに常に自己に回帰する「思考のパターン」等々。しかし、論者は、こうした「私」の様々な「心情の揺れ」を、「私」が喪失した過去の世界(依存すべき〈父〉の存在する世界)の潜在的重さによるものと把握しつつ、「女生徒つまり十代後半の娘たちの心情」「この年頃の娘にありがちな心的傾向」という一般論的幅の中に回収していく。従って、「散漫で拡散的ですらある」「私」の連想の底に、「やがては恋愛や結婚を暗示させる「私」の好き/嫌い」「恋愛や結婚への期待や可能性」「収束すべき愛の対象が見いだせない」ためのジレンマが流れていることを読み取っていく。おそらく、やがて依拠する対象が現れれば、「私」はこの「心情の揺れ」から解放されるのだろう。要するに、後藤氏は、「女生徒」という題名に示される、この年頃の女性一般を「巧みに」顕現した「物語」として、この小説の言説を再構築しているといえよう。その限りで、この小説の「私」は、紋切り型の歴史的〈女性〉像の枠内にいる。太宰が固有名を必要としなかったゆえんか、と妙に納得したりもする。

これに対して宮内氏の読みは、この小説の語り手の「私」を論文の中で終始「彼女」と呼ぶことからもわかるように、「私」の個別具体性を読み取ろうとする姿勢で貫かれている。後藤氏が指摘する「私」の側面、即ち「私」の頭の中も「観念の女」でいっぱいであり、気分によって「既成の女の型」が取り出されるといった側面を確認しながらも、「彼女」を「若い女性」と一括りにしてとらえる視線、読み手に生じる「外部から、女性を型として眺める眼」から極力自由でいようと意識的である。氏は、「私」の「語り」のなかに見る、「過去化する思考」、書き言葉として定着すべき表現の使用等、自己を客観化する視線を丹念に拾っていく。そこで読み取られた「私」は、きわめて理性的で思念的である。「彼女」の「今」の〈揺らぎ〉は、むしろ後藤氏の指摘とは逆で、「女性」としての既定のレールに乗ることへの抵抗としてあり、既成の秩序や世界観に安住できないことから生じてくるのである。「美しく生きたいと思います」と念じつつ、その中身が容易に見出せない「カラッポ」さゆえに、「彼女」の願いは切実でリアリティがあると読んでいく。「彼女」は「女性」という枠組みに拘束された生き方からの逸脱を自覚的に潜在させているのである。そして、小説末尾の「王子さまのゐないシンデレラ姫」という「私」の自己規定の解釈の相違は両者の差異をきわだたせる。後藤氏が「今」現在「愛の対象が見いだせないための」「空虚さ」の象徴ととらえるのに対して、宮内氏は、こうした自己規定からくる「不安定な情緒」の中に「王子さま」のいない心細さと、「王子さま」に拘束されない自在さの両面を読み取る。語り手「私」の「未来」へ向けての想像力は、両者の中で大きく分岐していくのである。

私は今、二論文の読解上の問題を指摘し、自身の「女生徒」論を展開したいのではない。また、一つの作品をめぐる、こうした相異なる読みを対照して、男性研究者と女性研究者との差異を強調しジェンダー論的な問題に導いていこうというのでもない(それも考えてもよい問題ではあるが)。まず「読むということ」が、いかに自己投影的・主観的なものであるかという当然のことを確認しておきたかったのである。女学生・「私」の「意識の流れ」のみからなるこの小説は、他のかたちの小説に比べて、より一層、読み手の取捨選択による言葉の再構築という、作品を論じる記述に際して、読み手の主観を表出しやすいのではないだろうか。どちらも精緻な読解を展開した好論である。それなのに、論の収斂の仕方にこれだけの差異が生じることに興味を覚えたのである。そして論者それぞれの、この「私」の意識のどこに力点を打って読むのかを比較し、想像力の働かせ方の仕組みにひそかに思いを馳せたのである。そこには論者自身の既有の「女性」観が確実に反映しているとしか思えない。潜在的か顕在的かという違いはあるにしろ。小説という、人間の生の営みが集約的に・総合的に顕現された言葉の世界を読むことは、まさに自らの生き方を露呈しつつ読むことにほかならない。

〈読む〉ことをめぐっての意識変革がなされて久しい。研究対象としての小説の読み方も、日本においても、この二十年で大きく変わって来た。今や、文学テクストを読むことは、読み手の自己言及的行為にほかならない。また、そうでなければ小説の言葉との格闘の記述は生命をもってこないだろう。このことの確認をするところから、改めてこれからの文学研究の再編成を計ることが必要ではないか。論文の（批評の）収斂する先が見えにくくなっている今、この点の確認だけは強調しておきたいと思う。未来が見えにくい時代、無限の相対主義のなかにあるかのような現代において、個別具体的に紡ぎだす思惟の積み重ねが重要になってくる。

しかし、小説を読むことの意味はそれだけにとどまらない。〈他者〉の言葉の集積である小説を読むことは、また逆に、論者自らの思い込みや、制度に囚われた主観やに亀裂を走らせ揺さぶりをかける〈場〉となってくる。たとえば「女生徒」を読んでいても、突然の男言葉の出現・二人称の呼び掛け・末尾に置かれた意味不明瞭な言葉等々、思いつくまま挙げても、自分なりの合理化の作業（解釈）を停止させる記述にぶつかる。容易に答えの得られない問いを投げ掛けられる。また女性読者である私は、この小説を〈女性〉というカテゴリーを抜きにして語れないのか、などとかえって過敏な思考を強いられ、自明であったかのような近代小説の〈語り〉（多く男性作家のもの）の総体へ思いをめぐらせたりもする。こうした問いを考え自分なりの〈解釈〉を深めるためには、小説に内在する言葉だけではなく、「時代」の言葉として読むための外部の調査等、様々な次元の手続きが自ずと要請されてくる。そうした作業を通して〈解釈〉を追い詰め、追い詰めして行っても、なお小説には答えの見出せない問いや余剰や空白が残されたりする。たとえ小さな窓からでも〈世界〉を見る契機が摑めるのが、小説を〈読む〉ことの醍醐味ではないか。その「体験」の難しさと楽しさとが、私を小説を論じることへと促していることは一面の事実だ。

「読むこととは？」「解釈を深めるとは？」という文学研究の基本のところで、今こそ、もっともっと文学研究者は考えて見ることが必要なのではないか。他者の〈読み〉の集積である、所謂「研究史」の検証の仕方も、従来のそれとは変わってきている。既に指摘があるという確認のために、即ち自己の〈読み〉のオリジナリティを顕示するために先行研究を検証するのではなく、その文学テクストの歴史的位置を明らかにするためにこそ、「読まれ方の歴史」として相対化する作業が、今現在要請されているのではないか。その時代時代の「解釈共同体」自体を対象化してみることが求められているのである。「読書の自由」「読書の民主主義」を真に獲得するためにも。

*

ところで中村三春氏は、昨年邦訳が復刊されたJ・カラー著『ディコンストラクション』I II（富山太佳夫・折島正司訳　初版　昭60　岩波書店）を紹介・解説する文章（『国文学』特集「『知』のプロジェクト」平10・9）の中で次のように言う。

本書は構造主義以後の批評動向に関心を持つ初学者にとって格好の指南書であることは無論のこと、批評理論の現在と今後を根底から再考することを構想する者にとっても、重要な霊感の淵源となりうるだろう。いったい、いわゆる日本文学研究の領域において、どれだけの数の脱構築批評が書かれたのか？　そこで構造主義はまだしも、脱構築は、流行もせぬのに流行現象として葬り去られたのではなかっただろうか？

前半の言はその通りである。構造主義からポスト構造主義へという、一九七〇年代の欧米の批評理論の動向をきわめて明晰に整理して、フェミニズムや脱構築の思想の有効性を論じた、このカラーの書は、その出版（昭57）の三年後に翻訳が日本でも刊行されたが、日本の状況の中では復刊（平10・5）された今こそ、「初学者」のみならず多くの研究者が読むことに意味があるように私にも思われる。しかし、中村氏の後半の言には、状況認識としてもかなり違和を覚える。日本近代文学研究の領域では、「構造主義」批評もどれだけなされて来たのだろうか。また、「流行現象として葬り去られた」という「脱構築」が、徹底した構造分析も経ないなかで、果たして、真に切実なものとして発想されてくるのだろうか、と思わざるを得ない。二十世紀、飽くなき「近代化」「西欧化」を推進してきたこの国においても、決して無縁の問題として済ませられない、バルトやデリダのラディカルな批評・提言に対して、その思想の有効性がどこまで自覚的に追究されたのだろうか。「読むことの物語」という観点からなされるカラーの整理を読んでいると、一層多くの疑問が湧いてくる。

「記号論・構造主義批評が近代文学研究に与えた影響のうち、もっともよく定着し、成果をあげたのは「語り手」論だったといってよい。今や「語り」の問題をぬきにして作品分析は考えられないといってもいいほどだ」（東郷克美氏「近代文学現代文学　研究の動向」『別冊国文学51』平10・7）という指摘があるように、こうした作品分析をめぐる状況認識は大方に共通するものであろう。小説を小説たらしめている〈語り手〉を読むことは、小説世界の構造を捉えることに他ならない。しかし、その割には、日本の近代小説を対象にした構造分析の実践、あるいは「語り」の研究やその「理論」構築の方向性は未だ深まりを見せてはいないのではないだろうか。かつてこの同じ「展望」欄で後藤康二氏（「日本文学研究にとっての日本語」『日本近代文学』平3・5）が、「日本語の固有のしくみ」の解明に基づく「小説の語り手と聴き手、主人公の関係や、それと不可分の物語世界の固有性についての議論」へ、外来の理論との真の対決へと研究の伸展を促していた。近年では中山昭彦氏が「ナラトロジーの問題系」について触れながら、「日本の近代文学が、ジュネットたちがモデルとしている十九世紀の欧米の文学からも影響を受けてきた〈歴史〉

を持つ以上、欧米の諸理論を「積極的に援用しながら、日本の近代文学の表現史に関する諸問題を丹念に考察し、欧米の理論との統合の可能性や、それとのズレや断層がはらむ問題を明らかにしてゆくべき」(「新しい理論をどう有効に取り込むか」前掲『別冊国文学51』)という同様の発言をしている。こうした作業のこの七年の間の進捗を思うと、そこにむしろ後退すら感じるのは私だけであろうか。なかで、田中実氏は「新しい作品論」と名づけて日本の近代小説の「固有の構造」の解明を顕揚し、「その作業はどこかで言語を媒体とした近代天皇制システムとの相関を考えることにもなり、これはやがて、と言ってもいつのことか分からないが、近代文学研究にとって常識になるはずである」(『小説の力』「序章」平8・2 大修館書店)という大胆な予言(?)を漏らしている。ことの当否は置くにしても、〈読む〉ことが自己言及的行為であると自覚されるようになった今、日本の近代小説を〈読む〉ことが、その「固有の構造」の解明を促すと同時に、日本の「近代」を生きてきた私たち自身に潜在する心性、それ自体を掘り起こしていく作業にもなることは確かだろう。こうした作業を通じて具体的に見えてくる文学研究の「展望」こそを期待したい。

〈読み〉とは、〈解釈〉とは、所詮恣意性を免れないものである。しかし、だからといって、言葉の意味を求める〈解釈〉を拒むことは、そうたやすくできることではない。文学テクストを、〈創作者〉による〈作品〉として対象化する立場を、仮に「作品論」と呼ぶならば、この現代の「作品論」は、構造分析から入っていくほかないように思われる。小説の構造にかかわる「仮設モデル」を互いに提示しつつ、〈解釈〉を重ね、読み手それぞれのなかに一個の「物語」を造っていくこと、このプロセスが「作品論」の当面の作業ではないか。自分なりに〈わかる〉こと、即ち近代的合理主義にいったんは身を委ね、徹底した〈解釈〉に身をさらしつつ、厄介な言葉との格闘を経た時、バルトの「テクストの理論」や脱構築の思想の有効性やが、この国でも真に見えてくるのではないだろうか。

思うに、バルトの言う〈テクスト〉として論ずることを志向した論が、〈作品〉論へと回収されることは本来あり得ない。しかし、〈作品〉論を志向しつつ、結果として〈テクスト〉へと導かれていく方向性は、言葉を媒介とする以上、あり得るのではないだろうか。その時、真正の「読みのアナーキー」へと導かれていくのである。季節はずれと言われようが、今の私はこうした「文学研究」の方向性に魅力を覚えるのである。文学を〈読む〉こととは？　また文学について何を〈語る〉のか？　自問自答しつつ〈解釈〉を重ねていく道しか私の前にはないようである。

初出一覧

序に代えて　読むことは考えること――文学の読み方、あるいは「解釈共同体」の現在をめぐって(書き下ろし)
悲恋小説としての『こゝろ』………『漱石研究』第3号　平成6（一九九四）・11　翰林書房
『こゝろ』論へ向けて――「私」の「手記」の編集意図を探る
『相模女子大学紀要』57号　平成6（一九九四）・3　のち猪熊雄治編「夏目漱石『こころ』作品論集」『近代文学作品論集成③』所収　平成13（二〇〇一）・4　クレス出版
『こゝろ』の読解をめぐって――其一・Kの自殺の真相に迫る道………『相模女子大学紀要』60号　平成9（一九九七）・3
「斜陽」の〈かたち〉覚書――かず子の「手記」としての世界(書き下ろし)
「坊っちゃん」論――〈大尾〉への疑問………
『東京女子大学日本文学』第70号　昭和63（一九八八）・9　のち片岡豊・小森陽一編「坊っちゃん・草枕」『漱石作品論集成』第2巻 所収　平成2（一九九〇）・12　桜楓社
清はなぜ〈坊っちゃん〉に肩入れするのか………「漱石がわかる。」『AERA・MOOK』平成10（一九九八）・9　朝日新聞社
「我中心に満足を与へん」ものを問うて――太田豊太郎の葛藤………『相模国文』第28号　平成13（二〇〇一）・3
国木田独歩「春の鳥」再考――語り手「私」の認識の劇《ドラマ》を追って………『相模女子大学紀要』63号　平成12（二〇〇〇）・3
芥川龍之介「蜜柑」の「私」………『日本文学』第49巻第1号　平成12（二〇〇〇）・1
「隣室」から「一兵卒」へ――脚気衝心をめぐる物語言説………『日本近代文学』第53集　平成7（一九九五）・10

『三四郎』・叙述の視点………『日本文学』第41巻第1号　平成4（一九九二）・1

揺らめく「物語」――「たけくらべ」試解

田中実・須貝千里編『〈新しい作品論〉へ、〈新しい教材論〉へ』第1巻　所収　平成11（一九九九）・2　右文書院

「鼻」の語り手………『相模国文』第22号　平成7（一九九五）・3

「蜘蛛の糸」の語り手………

『芥川龍之介』第3号　平成6（一九九四）・2　洋々社　のち関口安義編「蜘蛛の糸―児童文学の世界」『芥川龍之介作品論集成』第5巻　所収　平成11（一九九九）・7　翰林書房

川端康成「夏の靴」の世界へ（『掌の小説』から）（未発表）

〈走る〉ことの意味――太宰治「走れメロス」を読む………

『相模女子大学紀要』59号　平成8（一九九六）・3　のち山内祥史編「太宰治『走れメロス』作品論集」『近代文学作品論集成⑧』所収　平成13（二〇〇一）・4　クレス出版

田中実著『小説の力――新しい作品論のために』を読む（書評）………『季刊文学』一九九六・夏　平成8（一九九六）・7　岩波書店

〈文学〉を〈語る〉ということ（子午線）………『日本文学』第45巻第12号　平成8（一九九六）・12

「死への準備教育」と文学（大会テーマへ向けて）………『日本文学』第47巻第10号　平成10（一九九八）・10

「文学研究」再編成の秋《とき》に（展望）………『日本近代文学』第60集　平成11（一九九九）・5

＊本書に収録するにあたり、題名に若干の修正を加えたものがある。ここでは、初出の題名のままに並べた。

あとがき

小説の〈かたち〉に着目することから、小説のことばを読むようになって久しい。そのことに自覚的になったのは、この書に収めた論文の中でもっとも古いものである「坊つちやん」論あたりからである。そして、小説の〈かたち〉がもっとも見えやすく、その〈かたち〉にこだわるところから読解を展開することの面白さを知ったのは、三本の『こゝろ』論を書くことを通してである。その意味で、どうしても『こゝろ』論を巻頭に並べたかった。ある意味で変則的な構成はそんなところに理由がある。

当初、この本は、翰林書房の今井肇氏から、漱石論を中心にして、『漱石叢書』の一冊としてまとめてほしいという依頼を受けたことから、編み出したものである。私のわがままから、時間的にも延々と引き延ばし、おまけに『漱石叢書』の企画とは完璧にはずれる、個人的論集本へと発展してしまったのである（もっともその構想は依頼のあった以前から私のなかにあり、依頼の話に横着にも自分の構想でよいかなどと、率直に交渉したのが事実である）。実のところ、私のような、漱石研究者とは言えない者に声を掛けてくださった、石原千秋氏や今井氏ご夫妻には、本当に申し訳なく、また感謝の気持ちでいっぱいである。こうした経緯が、本書の構成に残存したために、各パートの頭に漱石論を置く、という余り明確な理由も感じられない結果となった。もっと漱石論を書きたいと頭では思いつつ、私の興味関心は、処処に広がっていってしまったのである。『漱石叢書』の影を残して、依頼者への恩義に何程か応えた意を汲んでいただきたい。

　こうして本書を振り返ってみると、詰まるところ、小説の〈かたち〉を考えることは、小説の話法、即ち、語りを考えることに他ならない。いかなる小説も、誰かが語らなければ成り立たない。小説を小説たらしめているのは、〈語り〉・〈語り手〉なのである。しかし、小説の中の〈語り手〉を読むことは、一筋縄ではいかない難しさがある。ことに、三人称の小説の〈語り手〉は、難しい。私は演劇鑑賞が趣味で、よく劇場に足を運ぶが、演劇と小説との違いや、そのアナロジーやを考えてみると、その問題ははっきりと見えてくる。

　登場人物の台詞とト書きとで成る戯曲・脚本は、俳優が上演して初めて観客に世界が見えてくる。観客の想像力の前に、個々の登場人物は、具体的身体性（演技者の容貌・声・動き）によって独立した存在感を主張し、容易に、物語（脚本）の、あるいは演出家の枠を踏み越えて世界を臨場させる。キャスティングが異なれば舞台は大きく変ってくる。因みに、私は「にごりえ」の舞台化・映像化されたものを、六人のお力で観た。坂東玉三郎・太地喜和子・水谷八重子（良重）・浅丘ルリ子・田中裕子・鈴木あかね（こんにゃく座オペラ「にごりえ」のお力。もっとも美しく魅力的なお力であった）などである。一つ一つ全く異なる世界が顕現していた。要するに、演劇は、観客に直接的に訴える生《なま》な世界だ。観客は、いわば受動的に、相異なる舞台を楽しむことができる。ところが、小説はそうはいかない。

　小説は、ひとりの読者が、観客のみならず、演出家・すべての登場人物の演技者を兼ね、その上舞台装置家、場合によっては音楽担当者などなど、舞台を創る人たち全てを独りで兼ねなければならない。こうした総合的想像力を発揮して、ひとつの世界を自分のなかに構築していくのが、小説を読むことであろう。そして、こうした読書のプロセスを導くのが小説の〈語り手〉である。けれども、この小説の〈語り手〉は、必ずしも読者の信頼に応えてくれないのである。〈語り手〉自身が小説の展開のなかで変貌し揺れ始めるのである。そこに、〈語り手〉を読むことの難しさと面白さが生まれてくる。

実は、読者が本書を読んだ時、こうした三人称小説の〈語り手〉を読むという面白さに、いささか欠ける印象を持たれるのではないか、と心配している。この部分が、今回もっとも手薄なのである。わずかに、「たけくらべ」「走れメロス」を論じたなかに現象しているが、小説の〈語り手〉にとって、登場人物が〈他者〉となる瞬間が生まれるのである。小説がダイナミックに動きだす時である。〈語り手〉が、冒頭から語って（説明して）きて、登場人物が読者の中で肉付けされていく。同時に、繰り広げられる登場人物同士の会話が蓄積されていく。やがて、登場人物は、〈語り手〉の制御を超えて、自立し始め、読者の中で動きだす。読者は、〈語り手〉を超えたところに、新たな像を結び、小説が別の世界を開いていくのに立ち会うのである。そここそを読むのが、小説を読むことの醍醐味だと思う。その意味で、三人称小説の検討は今後の課題としておきたい。そして、この〈語り手〉をめぐって、もう少し、議論の湧く研究状況を期待したい。

ここで、表紙カヴァーの装画について説明しておきたい。少壮気鋭の中国人画家楊暁閩《ヤン・シャオミン》氏の「二〇〇一年若者」と題する、縦一二五糎、横八五糎の大作である。この夏、楊氏は本書のためにこの男性像を描いてくださった。私の論文も読みながら。楊先生（私のデッサンの先生でもある）は、もう二十年余り、中国及び日本の、いや世界の若者を見つめ続けてきた。これまで、毎年の個展のために何人の若者を描いたのだろう。私も、ここ三年ほど、氏の個展を楽しみに観ているが、そのオリジナリティあふれる世界には、毎回衝撃をうける。氏の描く若者は時に批評家から、そのインパクトとともに「不気味」と評されたりもする。墨と白の岩絵具とで処理していく技法は、単彩で贅肉のない若者を、現代的感覚でくっきりと形どる。アルミの箔を貼った背景の金属的世界と融合して、静かな沈黙の世界を現前する。しかし、じっと視ていると、若者の叫び・ため息・怒り・うめき、さまざまな心の声が聞こえてくる。

対象のかたち・構造のとらえ方の精確さには、デッサン教室でいつも感心してばかり。私は、先生から、常に「曖昧」「自信がないから」と評される。それでもめげずに、デッサン教室に通うのは、先生の独特な指導に心底惹かれるから。そんな経緯から、「構造分析」から小説を読むという、本書のコンセプトに、もっともふさわしいと考え、自著の装幀を気楽に頼んでしまった。それが、幸いして、本書は私が想像していた以上のぜいたくな装幀になった。本書の処処に配置された若者像は、みな楊先生の作品である。思いつきで次々出す遠慮のない私の要求に応え、ふんだんに作品を提供して、素晴らしい装幀の一冊にしてくださった。先生に、この場を借りて、深く感謝の意を表したい。

結果として、この本のなかには、楊氏の描く多くの若者が集まったが、考えてみると私たち大学教員は、毎年々々十八歳前後の若者を迎える。自分自身は年齢を重ねても、新たに迎える学生は、常に若さ溢れる「若者」がほとんどである。私も、また、楊先生と同じように、若い人々を見つめ続けてきたことを、今、思う。その意味で、本書が、多くの若い読者に読んでもらえるようにとの願いも、この装幀にはこめたつもりである。

感謝のことばは、もう一人の先生、大学時代からの恩師・佐藤勝先生にもここで捧げたい。学生時代、私は本当に先生に鍛えてもらったと今にして思う。それは、七年間しつこく先生の授業ばかり受講し続けたことから、だけではない。就職が土壇場でだめになり、途方にくれた私を、設立したばかりの大学院に押し込んでくれたことに始まり、いろいろな研究作業（もちろんアルバイトとして）を課してくれたことに因る。しごく普通のお嬢さんでしかなかった私を、まがりなりにも「研究」の道に導いてくれたのは、大学院時代の授業以外で課されたいくつかの「仕事」だと思う。いずれも明治の新聞・雑誌の群れにどっぷり漬かった仕事であった。あの数年間がなかったら、今の私は到底存在しなかったと思う。先生本当にありがとう。

こうした記述を始めると切りがないのだが、最後に勤務校の相模女子大学の同僚の皆様、特に国文科の皆様に、心からの感謝の意を表したい。なかで、高橋広満氏、夫人で友人の真理氏には本書の校正を手伝っていただいた。本当に助かりました。てぐすねひいて待っていてくださった、同僚の皆さんによる、本書の合評会の日が恐ろしい。とうとう順番がまわってきました。

なお、本書は、**相模女子大学平成十三年度学術図書刊行助成費**の交付を受けて成った。記して感謝の意を表します。

二〇〇一年九月十二日

海の向こうから、とてつもなく衝撃的な映像が送られてきた日に。

著者

索　　引

本書の本文中の主な人名（作家・思想家・評論家・研究者など）及び作品名を項目として選択、五十音順に配列した。但し、本文では言及・引用のみで、項目名が「注記」に記載されたものは、「注記」の頁で選択した。また、各論の対象となる作家・作品については、頻出するため論文題目からの選択を原則とし、以後の重複は避けた。翻訳文献などの著者名は、姓を第一項目とし、フルネームを別項とした（例「バルト、ロラン」別項「ロラン・バルト、R・バルト」)。